RACHEL LYNN SOLOMON

Today Tonight Tomorrow

ROMAN

Aus dem Englischen
von Jennifer Michalski

ARCTIS

Die Originalausgabe erschien 2020 unter dem Titel
Today Tonight Tomorrow bei
Simon & Schuster Children's Publishing.

Deutsche Erstausgabe
1. Auflage 2024
© Atrium Verlag AG, Imprint Arctis, Zürich 2024
Alle Rechte vorbehalten
Today Tonight Tomorrow © 2020 by Rachel Lynn Solomon
Übersetzung: Jennifer Michalski
Lektorat: Emily Brodtmann
Umschlaggestaltung: Niklas Schütte und Johanna Lohse (W1-Verlage GmbH)
unter der Verwendung des Coverdesigns von Laura Eckes
Coverillustration © 2020 by Laura Breiling
Illustrationen der Innenklappen © 2023 by Laura Eckes
Illustration Wolfskopf auf den Seiten 91, 150, 196, 284: Omar Mouhib/iStock
Satz: Greiner & Reichel, Köln
Druck und Bindung: GGP Media GmbH, Pößneck
Printed in Germany
ISBN 978-3-03880-079-8

www.arctis-verlag.de

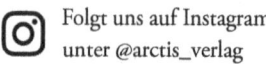

Folgt uns auf Instagram
unter @arctis_verlag

Für Kelsey Rodkey,
die sich als Erste in dieses Buch verliebt hat

BOTE
Wenn ich es recht verstehe, junge Dame,
ist er für sie kein Gentleman, wie er im Buche steht.
BEATRICE
Nein, und wäre dem so, würde ich meine Lesestube verbrennen.
(*Viel Lärm um nichts* von William Shakespeare)

5:54 Uhr

McNIGHTMARE

Guten Morgen!

Hiermit möchte ich freundlich darauf hinweisen, dass du nur noch etwas mehr als drei (3) Stunden hast, bis du eine demütigende Niederlage durch den zukünftigen Abschlussbesten einstecken musst.

Denk an Taschentücher. Du bist doch so nah am Wasser gebaut.

Dreimaliges Vibrieren reißt mich eine Minute vor meinem 5:55-Wecker aus dem Schlaf. Das heißt, mein Hassmensch ist schon wach. Neil McNair – im Handy als »McNightmare« gespeichert – ist ätzend pünktlich. Eine seiner wenigen guten Eigenschaften.

Seit der Zehnten schreiben wir uns lieber fiese Nachrichten, weil wir wegen unserer morgendlichen Auseinandersetzungen auf dem Schulflur ein paarmal zu spät im Klassenraum erschienen sind. Letztes Jahr gab es eine Phase, in der ich die Klügere sein wollte und mir geschworen habe, wenigstens mein Zimmer zu einer McNair-freien-Zone zu machen. Also habe ich mein Handy auf stumm geschal-

9

tet, bevor ich ins Bett gegangen bin. Aber es hat mir in den unterm Kissen vergrabenen Fingern gejuckt, die nächste schlagfertige Antwort zu tippen. Ich konnte nicht einschlafen bei dem Gedanken daran, dass er mir vielleicht gerade schrieb. Mich provozierte. *Lauerte.*

Neil McNair ist mein Wecker. Einer mit Sommersprossen, der immer einen wunden Punkt trifft.

Ich schlage die Decke zurück, bereit für die Schlacht.

> oh, mir war nicht klar dass weinen noch als zeichen der schwäche gilt

> und nur um das klarzustellen: du hast mich erst einmal weinen sehen, da kann man ja wohl nicht von »nah am wasser gebaut« sprechen

> Wegen eines Buchs!

> Und du hast dich gar nicht mehr eingekriegt.

> das nennt man »gefühle zeigen«

> solltest du auch mal ausprobieren

Seiner Meinung nach sind Bücher einzig und allein dafür da, damit man sich belesen fühlen kann. Er ist einer von denen, die glauben, echte Literatur käme nur von toten weißen Männern. Und wenn er könnte, würde er Hemingway für einen letzten gemeinsamen Cocktail wiederauferstehen lassen, mit Fitzgerald eine Zigarre rauchen oder mit Steinbeck die menschliche Existenz erörtern.

Unser Konkurrenzkampf hat nach einem Schulwettbewerb in der Neunten begonnen, als eine (kleine) Jury ihn mit seinem Essay über das Buch, das uns am meisten beeinflusst hat, zum Gewinner gekürt hat. Ich bin damals Zweite geworden. McNair, originell wie er ist, hat sich für *Der große Gatsby* entschieden. Ich für *Frühlings-*

träume, meinen Lieblingsroman von Nora Roberts, über den er sogar nach seinem Sieg noch die Nase gerümpft hat. Offenbar war es für ihn absolut unverständlich, wie ich mit einem *Liebesroman* den zweiten Platz belegen konnte. Ist ja auch ein total berechtigter Einwand, wenn man selbst nie einen gelesen hat.

Seitdem kann ich ihn nicht ausstehen. Allerdings muss ich zugeben, dass er ein würdiger Gegner ist. Nach dem Essay-Wettbewerb war ich fest entschlossen, ihn bei der nächstbesten Gelegenheit zu schlagen – und so habe ich kurz darauf die Wahl zur Klassensprecherin gewonnen. Er hat direkt gekontert und mich in einer Debattierrunde in Geschichte knapp übertrumpft. Um mich mit ihm zu messen, habe ich daraufhin mehr Dosen als er für den Umweltschutzclub gesammelt. Seither vergleichen wir sämtliche Prüfungsergebnisse und unseren Notendurchschnitt und treten bei jedem Schulprojekt und jeder Klimmzug-Challenge im Sportunterricht gegeneinander an. Wir können es einfach nicht lassen, uns gegenseitig den Rang abzulaufen. Bis heute.

Nach der Abschlussfeier am Wochenende muss ich ihn nie wiedersehen. Endlich keine morgendlichen Nachrichten und keine schlaflosen Nächte mehr.

Dann bin ich frei.

Ich lege das Handy auf den Nachttisch neben mein aufgeschlagenes Notizbuch. Darin steht ein Satz, den ich um zwei Uhr hineingekritzelt habe. Mal gucken, ob mein nächtlicher geistiger Erguss auch bei Tag was taugt. Ich knipse das Licht an, doch es bleibt dunkel.

Verdutzt drücke ich noch ein paarmal auf den Schalter, ehe ich aus dem Bett steige und es mit der Deckenlampe versuche. Nichts. Seit gestern Abend regnet es durchgehend, und ein Junisturm fegt Zweige und Kiefernnadeln gegen unser Haus. Bei dem Wind muss eine Stromleitung beschädigt worden sein.

Schnell schnappe ich mir wieder mein Handy. Zwölf Prozent Akku.

(Und keine Antwort von McNair.)

»Mom?«, rufe ich, renne aus dem Zimmer und die Treppe hinunter. Vor Anspannung ist meine Stimme eine Oktave höher als sonst. »Dad?«

Mom steckt den Kopf aus dem Büro. Die Brille mit den orangefarbenen Gläsern sitzt ihr schief auf der Nase, und ihre langen, dunklen Locken – die ich geerbt habe – sind noch wirrer als üblich. Bändigen lassen sie sich eh nie. Meine Endgegner? Neil McNair und meine Haare.

»Rowan? Warum bist du auf?«

»Weil es Morgen ist?«

Sie rückt die Brille gerade und wirft einen Blick auf die Uhr. »Oh, dann sind wir wohl schon länger hier drin.«

In ihrem fensterlosen Büro ist es duster, nur das Licht von ein paar Kerzen auf dem riesigen Schreibtisch flackert über die Papierstapel mit den rot gekürzten Sätzen.

»Arbeiten bei Kerzenschein?«, frage ich.

»Uns blieb nichts anderes übrig. Die ganze Straße ist ohne Strom, und wir stehen kurz vor der Deadline.«

Meine Eltern, das Autorin-Illustrator-Duo Ilana García und Jared Roth, haben bisher mehr als dreißig Bücher herausgebracht, angefangen bei Bilderbüchern über skurrile Tierfreundschaften bis hin zu einer Kinderbuchserie mit einem jungen Mädchen, das Paläontologin ist und Riley Rodriguez heißt. Mom ist in Mexiko-Stadt geboren und ist die Tochter einer russisch-jüdischen Mutter und eines mexikanischen Vaters. Als sie dreizehn war, heiratete ihre Mutter einen Texaner und zog mit der Familie Richtung Norden. Bevor Mom meinen ebenfalls jüdischen Dad am College kennenlernte, hat sie die Sommer ihrer Kindheit und Jugend in Mexiko bei ihrem Vater verbracht. Mit den Büchern wollen Mom (mit Worten) und Dad (mit Bildern) zeigen, dass ein Kind sich in zwei Kulturen zu Hause fühlen kann.

Jetzt taucht Dad hinter Mom auf. Er gähnt. Die beiden arbeiten gerade an einem Spin-off zu Rileys jüngerer Schwester, einer aufstrebenden Konditorin. Auf den Seiten springen einem überall pastellfarbene Torten und Kuchen und französische Macarons entgegen.

»Hey, Ro-Ro«, begrüßt er mich mit seinem speziellen Spitznamen für mich. Als ich noch klein war, hat er immer »row, row, Rowan your boat« gesungen. Ich war am Boden zerstört, als ich herausfand, dass das nicht der richtige Liedtext war. »Fröhlichen letzten Schultag.«

»Wahnsinn, dass es schon so weit ist.« In einem Anflug von Nervosität starre ich auf den Teppich. Dabei habe ich das Ausräumen meines Spinds und die Abschlussprüfungen ganz ohne Nervenzusammenbruch überstanden. Und heute habe ich definitiv zu viel zu tun, um mich meinen Gefühlen hinzugeben. Als Co-Schulsprecherin leite ich nämlich die Abschiedsversammlung für die Zwölfte.

»Oh!«, ruft Mom auf einmal hellwach. »Wir brauchen noch ein Foto mit dem Einhorn.«

Ich stöhne. Ich hatte gehofft, sie würden es vergessen. »Kann das nicht warten? Ich will nicht zu spät kommen.«

»Dauert doch nur zehn Sekunden. Schreibt ihr heute nicht sowieso nur in eure Jahrbücher und spielt Spiele?« Mom schüttelt mich sanft. »Du hast es fast geschafft. Stress dich nicht so.«

Sie meint immer, ich wäre so verkrampft, dass meine Schultern mir mit dreißig wahrscheinlich an den Ohrläppchen kleben.

Mom kramt im Flurschrank und kehrt mit dem Einhornrucksack zurück, den ich am ersten Tag im Kindergarten getragen habe. Auf dem Heute-ist-der-erste-Tag-im-Kindergarten-Foto strahle ich vor Begeisterung. Aber auf dem Bild, das meine Eltern am *letzten* Kindergartentag von mir geschossen haben, sehe ich aus, als wollte ich den Rucksack abfackeln. Das fanden sie so lustig, dass sie seitdem jedes Jahr am ersten und letzten Schultag ein Foto von mir machen. Genau das hat sie zu ihrem Bilderbuchbestseller *Einhorn geht zur Schule* inspiriert. Ist manchmal ein seltsamer Gedanke, wie viele Kinder mit mir aufgewachsen sind, ohne mich tatsächlich zu kennen.

Obwohl ich mich sträube, muss ich beim Anblick des Rucksacks lächeln. Das armselige Horn des Einhorns hängt nur noch an einem Faden, und ein Huf fehlt komplett. Ich ziehe die Riemen so weit wie möglich nach vorn und posiere mit Leidensblick vor meinen Eltern.

»Perfekt.« Mom lacht. »Du wirkst richtig gequält.«

Dieser Moment führt mir vor Augen, wie viele letzte Male ich heute wahrscheinlich erleben werde. Das letzte Mal, dass ich zur Schule gehe, das letzte Mal, dass McNair mir morgens eine Nachricht schreibt, das letzte Mal, dass wir ein Foto mit dem guten alten Rucksack schießen.

Ich weiß nicht, ob ich schon bereit bin, von alldem Abschied zu nehmen.

Dad tippt auf seine Uhr. »Wir müssen uns ranhalten.« Er wirft mir eine Taschenlampe zu. »Damit du nicht im Dunkeln duschen musst.«

Das letzte Mal, dass ich vor der Schule dusche.

Vielleicht geht es bei Nostalgie genau darum: unbedeutenden Dingen nachzutrauern.

Nach dem Duschen zwinge ich meine Haare in einen feuchten Knoten, weil das Ergebnis nach dem Lufttrocknen sowieso nie schön ist. Mit dem flüssigen Eyeliner gelingt mir rechts direkt beim ersten Versuch ein perfektes Cat-Eye, links muss ich mich mit einem bescheideneren Schwung zufriedengeben. Was würde ich darum geben, mich auf beiden Seiten gleichmäßig schminken zu können.

Das letzte Mal, dass ich mir Cat-Eyes für die Highschool mache, denke ich, bremse mich aber sofort. Wenn ich jetzt wegen Eyeliner sentimental werde, schaffe ich es auf keinen Fall durch den Tag.

Da ploppt auf einmal wieder McNair mitsamt Interpunktion und korrekter Groß- und Kleinschreibung auf, wie bei einer grausamen Partie Hau-den-Maulwurf.

> Wohnst du nicht da, wo der Strom ausgefallen ist?

> Wir wollen doch nicht, dass ich dich als »zu spät« eintragen muss und du die Null-Fehlzeiten-Urkunde nicht bekommst.

> Gab es eigentlich je eine (Co-)Schulsprecherin, die keine einzige Auszeichnung erhalten hat?

Ich habe mir schon vor Tagen überlegt, was ich heute anziehe: mein ärmelloses, blaues Lieblingskleid mit dem weißen Bubikragen, das ich in der Vintage-Abteilung von Red Light gefunden habe. Als ich es anprobiert und die Hände in die Taschen gesteckt habe, wusste ich sofort, dass ich es haben muss. Meine Freundin Kirby hat meinen Kleidungsstil mal als Hipster-Bibliothekarin-trifft-auf-Hausfrau-aus-den-50ern beschrieben. Ich bin von der Körperform her das, was man in Frauenzeitschriften den Birnen-Typ nennt. Mit dem breiten Kreuz und den noch breiteren Hüften passt mir Vintage-Kleidung grundsätzlich besser als moderne. Heute runde ich den Look mit Kniestrümpfen, flachen Ballerinas und einem cremefarbenen Cardigan ab.

Ich befestige gerade einen schlichten goldenen Ohrstecker, da fällt mir ein Umschlag ins Auge. Stimmt ja, den habe ich Anfang der Woche rausgelegt und seitdem jeden Tag angestarrt. Bei seinem Anblick ringen in mir Angst und Aufregung miteinander. Die Angst behält fast immer die Oberhand.

In der Schrift meines vierzehnjährigen Ichs, die etwas größer und schnörkeliger ist als heute, habe ich darauf notiert:

Am letzten Highschooltag öffnen

Es ist eine Art Zeitkapsel, die ich vor vier Jahren verschlossen und an die ich zwischendurch nur hin und wieder gedacht habe. Ich weiß nur noch grob, was drinsteht.

Da die Zeit knapp ist, stecke ich den Umschlag zusammen mit dem Jahrbuch und dem Notizbuch in meinen dunkelblauen Rucksack.

> wahnsinn dass dir die blöden sprüche selbst nach vier jahren nicht ausgehen

> Was soll ich sagen? Du bist eine unerschöpfliche Inspirationsquelle.

> und du bist eine unerschöpfliche migränequelle

»Ich bin weg. Hab euch lieb. Viel Erfolg noch!«, rufe ich meinen Eltern zu, bevor ich die Haustür hinter mir zuziehe und geknickt begreife, dass das nächstes Jahr nicht mehr möglich ist.

> Dann halt Taschentücher *und* Kopfschmerztabletten. NICHT VERGESSEN!

Mein Auto ist um die Ecke geparkt, da in die meisten Garagen von Seattle nicht mal unsere Halloween-Deko passen würde. Nachdem ich eingestiegen bin, stöpsle ich mein Handy an, um es zu laden, fische eine Haarklammer aus dem Getränkehalter und schiebe sie in das Haarknäuel auf meinem Kopf. Lieber würde ich sie McNightmare in die Stirn bohren.

Bald könnte ich zur Abschlussbesten der Westview High ernannt werden. In weniger als drei Stunden, wie McNair mir ja netterweise mitgeteilt hat. Bei der Abschiedsversammlung wird die Schulleiterin einen unserer Namen ausrufen. Und in meiner schönsten Fantasie ist es meiner. Seit Jahren träume ich von diesem letzten, alles entscheidenden Wettbewerb. Der Samtschleife meiner Highschoolzeit.

Das wird im ersten Moment so niederschmetternd für McNair sein, dass er mir bestimmt nicht in die Augen sehen kann. Wahrscheinlich zieht er die Schultern hoch und starrt auf seine Krawatte, immerhin macht er sich an Versammlungstagen immer extrafein. Das wird so was von peinlich für ihn. Vielleicht läuft die blasse Haut unter seinen Sommersprossen so rot an wie seine Haare. Wobei die vielen Sommersprossen kaum noch etwas von seinem Gesicht übrig lassen. Dann durchläuft er alle fünf Phasen der Trauer, ehe er akzeptiert, dass ich ihn nach all den Jahren endgültig besiegt habe. Dass ich die Gewinnerin bin.

Mit einem Ausdruck größten Respekts und demütig gesenktem Kopf wird er zu mir aufschauen und sagen: »Du hast es verdient, Rowan. Herzlichen Glückwunsch.«

Und das wird sein voller Ernst sein.

Triff Delilah Park in Seattle, heute Abend!

Delilah Park PR <updates@delilahpark.com>
An: Undisclosed recipients
12. Juni, 6:35 Uhr

Guten Morgen, Lovers of Love!

Die Tour der internationalen Bestsellerautorin Delilah Park geht weiter! Mit ihrem Roman *Skandal bei Sonnenuntergang* legt sie heute Abend um 20:00 Uhr einen Stopp bei Books & More in Seattle ein. Lasst euch die Chance nicht entgehen, sie persönlich kennenzulernen, eure Lieblingsbücher von ihr signieren zu lassen und in einer drei Meter großen Nachbildung der Sugar-Lake-Laube ein Foto mit ihr zu machen!

Sichert euch außerdem Delilahs neuen Roman *Skandal bei Sonnenuntergang*, ab sofort im Handel!

Knuddler und Knutscher
Delilah Parks PR-Team

6:37 Uhr

McNIGHTMARE

Ticktack.

Der graue Himmel grollt und droht mit dem nächsten Regen-
schauer, Zedern biegen sich im Wind. Oberste Priorität hat gerade
Kaffee. Zum Glück liegt das Two Birds One Scone auf dem Weg
zur Schule. Da jobbe ich, seit ich sechzehn bin und meine Eltern
mir klargemacht haben, dass sie kein Studium in einem anderen
Bundesstaat finanzieren können. Obwohl ich mein ganzes Leben
in Seattle verbracht habe, wollte ich fürs College immer schon weiter weg. Letztendlich habe ich mich für eine kleine Kunsthochschule namens Emerson in Boston entschieden. Den Großteil der
Kosten für das erste Semester decken Stipendien ab, den Rest muss
ich von meinem Ersparten bezahlen.

Das Café ist so eingerichtet, dass es einem Vogelkäfig ähnelt.
Aus allen Ecken wird man von Plastikvögeln beobachtet. Das Two
Birds ist übrigens nicht für seine Scones bekannt, sondern für die
frisbeegroßen Zimtschnecken mit Frischkäseglasur, die hier warm
serviert werden.

Vom Tresen aus winkt mir Mercedes zu. Sie hat gerade in Seattle ihren Bachelorabschluss gemacht und arbeitet oft morgens,

damit sie abends in ihrer Van-Halen-Frauencoverband spielen kann.

»Hey, hey«, begrüßt sie mich, für diese Zeit eindeutig zu munter, und greift auch schon nach einem der nachhaltigen Becher. »Haselnusslatte mit extra Sahne?«

»Du bist die Beste. Danke.« Das Two Birds ist klein. Es arbeiten nur ungefähr acht Leute hier, zwei pro Schicht. Mercedes mag ich von allen am liebsten, besonders, weil bei ihr die beste Musik läuft.

Während ich warte und Mercedes die *Greatest Hits* von Heart mitsummt, vibriert mein Handy. Ich rechne fest damit, dass es wieder McNair ist. Doch es ist etwas viel Spannenderes.

Die Lesung meiner Lieblingsautorin Delilah Park steht seit Monaten bei mir im Kalender, aber wegen der schlimmen Nostalgitis um den Abschluss herum habe ich sie glatt vergessen. Delilah Park schreibt Liebesromane mit weiblichen Heldinnen und schüchternen, süßen Helden. Ihre Romane *Behütete Herzen*, *Immer für dich da* und *Zucker am Sugar Lake* habe ich quasi inhaliert. Für Letzteren hat sie mit zwanzig den im ganzen Land angesehensten Literaturpreis für Liebesromane erhalten.

Nur dank Delilah Park glaube ich daran, aus meinen Notizen könnte eines Tages mehr werden. Trotzdem: Zur Lesung für einen Liebesroman zu gehen, würde bestätigen, dass ich diese Art von Büchern mag. Und das habe ich seit dem niederschmetternden Essay-Wettbewerb in der Neunten vermieden.

Geschweige denn herumerzählt, dass ich selbst einen schreibe.

Das Dilemma ist: Meine Leidenschaft für Romance-Bücher ist für andere bestenfalls eine *heimliche* Leidenschaft. Fast die gesamte Welt putzt bei jeder Gelegenheit dieses eine Medium runter, das Frauen wie kein zweites in den Mittelpunkt rückt. Liebesromane taugen oft nur als Pointe, obwohl damit ein Millionengeschäft gemacht wird. Nicht mal meine Eltern haben einen Funken Respekt davor. Mom hat sie mehr als nur einmal als »Schund« bezeichnet, und Dad wollte letztes Jahr einen kompletten Karton an Goodwill spenden, weil mein Bücherregal aus allen Nähten geplatzt ist und er dachte, ich würde sie eh nicht vermissen. Zum Glück konnte ich ihn abfangen, bevor er zur Haustür raus war.

Mittlerweile verrate ich niemandem mehr, was ich lese. Und meinen ersten Roman habe ich einfach stillschweigend angefangen zu schreiben. Ich bin davon ausgegangen, ich würde es meinen Eltern irgendwann erzählen, aber jetzt fehlen mir nur noch ein paar Kapitel bis zum Ende, und sie haben nach wie vor keinen blassen Schimmer.

»Voilà, der leckerste Haselnusslatte in ganz Seattle«, sagt Mercedes, als sie ihn mir überreicht. Im Licht blitzen sechs Gesichtspiercings auf, die ich mir nie stechen lassen könnte. »Arbeitest du heute?«

Ich schüttle den Kopf. »Ist mein letzter Schultag.«

In gespielter Sehnsucht fasst sie sich ans Herz. »Hach, die Schule. Wie gut ich mich daran erinnere. Zumindest an die Tribüne von unten. Da haben meine Leute und ich immer heimlich Joints geraucht.«

Mercedes will kein Geld von mir, trotzdem stecke ich einen Dollarschein ins Trinkgeldglas. Auf dem Weg nach draußen komme ich an der Küche vorbei und rufe Colleen, der Eigentümerin und Chefbäckerin, ein schnelles Hallo und Tschüss zu.

Die Ampeln auf der Fünfundvierzigsten sind alle aus, sodass ich an jeder Kreuzung halten muss. Schule startet um fünf nach sieben. Das wird knapp – was McNair zu freuen scheint, so oft, wie er mein Handy aufleuchten lässt. Als ich wieder mal stehe, schicke ich Kirby und Mara eine Sprachnachricht mit der Info, dass ich im Verkehr feststecke. Laut singe ich meinen Soundtrack für regnerische Tage mit. Natürlich ist er von The Smiths, von wem sonst. Meine Tante aus Portland ist New-Wave-Fan, und bei ihr laufen die Lieder an Chanukka und Pessach rauf und runter. Bei trübem Wetter gibt es nichts Besseres als Morrisseys Songtexte.

Wie sie wohl in Boston klingen, wenn sie mir bei einem Spaziergang auf dem schneebedeckten Campus unter der Strickmütze ins Trommelfell wummern?

Der rote SUV vor mir kriecht vorwärts. Ich krieche vorwärts. In Gedanken bin ich bei heute Abend. Wie ich in den Buchladen stolziere, hoch erhobenen Hauptes und ohne die von Mom beklagte Anspannung in den Schultern. Ich gehe zu Delilah an den Signiertisch, wir machen uns gegenseitig Komplimente zu unseren Outfits, und ich erzähle ihr, wie sehr ihre Romane mein Leben verändert haben. Am Ende des Gesprächs erkennt sie das überragende Talent in mir und bietet an, meine Mentorin zu werden.

Abrupt bremst der SUV vor mir ab – was ich nicht mitkriege. Bis ich hineinkrache. Ein Schwall heißer Kaffee ergießt sich über mein Kleid.

»*Scheiße!*« Als der Schock des Aufpralls etwas nachlässt, hole ich ein paarmal tief Luft und versuche zu begreifen, was passiert ist. Mein Verstand treibt sich allerdings nach wie vor auf einer exklusiven Party für Autorinnen und Autoren herum, zu der Delilah mich eingeladen hat. Der laute blecherne Knall schrillt mir noch in den Ohren, da wird hinter mir schon gehupt. *Ich bin eine gute Fahrerin!*, würde ich ihnen gern zurufen. Ich hatte bisher keinen Unfall und halte mich immer an die Geschwindigkeitsbegrenzungen. Seitlich rückwärts einzuparken ist zwar nicht meine Stärke, aber entgegen der aktuellen Beweislage bin ich wirklich eine gute Fahrerin. »Scheiße, scheiße, scheiße.«

Es wird weiter fleißig gehupt. Der SUV-Fahrer vor mir streckt einen Arm aus dem Fenster und bedeutet mir, ihm in eine Seitenstraße zu folgen.

Mit einem Kloß im Hals nestle ich am Gurt. Der Kaffee tropft an mir runter und bildet eine Pfütze in meinem Schoß. Draußen läuft der Fahrer des SUV steif um den Wagen herum zum Heck. Mein Magen zieht sich zusammen.

Ich habe ausgerechnet den Typen erwischt, der kurz vor dem Abschlussball mit mir Schluss gemacht hat.

»Das tut mir echt leid.« Ich taumle aus dem Auto. Dann, weil ich das Fahrzeug nicht erkenne: »Ähm. Ist der neu?«

Spencer Sugiyama schaut mich finster an. »Ja, gerade mal eine Woche alt.«

Ich schaue ihm dabei zu, wie er den Schaden begutachtet. Seine etwas längeren schwarzen Haare fallen ihm ins Gesicht, während er vor dem Auto kniet. Es hat kaum einen Kratzer abbekommen. Bei meinem hingegen ist die vordere Stoßstange übel zugerichtet und das Nummernschild verbogen. Es ist ein gebrauchter Honda Accord, grau, nichts Besonderes, mit einem sehr speziellen Geruch im Innenraum, den ich nie losgeworden bin. Aber er gehört allein *mir*. Ich habe ihn letzten Sommer von meinem Two-Birds-Gehalt bezahlt.

»Was sollte das, Rowan?« Spencer, zweiter Klarinettist und besagter Ex-Freund, hat mich sonst immer angeguckt, als hätte ich auf alles eine Antwort. Als würde er mich bewundern. Jetzt sehe ich in seinen Augen nur Frust. Und vielleicht noch Erleichterung, weil wir nicht mehr zusammen sind.

»Glaubst du, das war Absicht? *Du* hast doch plötzlich gebremst!« Ich brauche wohl nicht zu erklären, dass wir nicht im Guten auseinandergegangen sind. Insgeheim verschafft es mir eine gewisse Genugtuung, dass er nie erster Klarinettist geworden ist. (Und ja, versucht hat er es.)

»Da war ein Stoppschild! Warum bist du so schnell gefahren?«

Ich hüte mich, Delilah Park zu erwähnen. Wahrscheinlich ist der Unfall wirklich auf meinem Mist gewachsen.

Die Beziehung mit Spencer war nicht meine erste, aber meine längste. In der Neunten und Zehnten hatte ich hin und wieder für eine Woche einen Freund. Das waren allerdings nur so Intermezzos, die meistens per Textnachricht beendet wurden, weil es uns in der Schule zu peinlich war, sich auch nur anzuschauen. Am Ende der elften Klasse bin ich mit Luke Barrows gegangen, einem Tennisspieler, der dauernd alle zum Lachen gebracht und etwas zu gern Partys gefeiert hat. Damals dachte ich, ich wäre in ihn verliebt, heute glaube ich, ich war einfach nur in den Menschen verliebt, der ich in seiner Gegenwart war: ein lustiges, ausgelassenes und hübsches Mädchen, das mit Vorliebe klassische Essays schreibt und auf dem Autorücksitz rummacht. Als die Schule im Herbst wieder anfing, war es vorbei. Er wollte sich auf Tennis konzentrieren, und ich war froh, mich intensiver mit den College-Bewerbungen beschäftigen zu können. Trotzdem grüßen wir uns noch, wenn wir uns im Gang über den Weg laufen.

Spencer hingegen … Mit Spencer war es kompliziert. Er sollte mein perfekter Highschool-Freund werden, an den ich später zurückdenken würde, während ich anzüglich klingende Cocktails mit Freundinnen schlürfe. Von so einem Freund hatte ich immer geträumt. Einer, der in Englisch hinter mir sitzt, mir irgendwann auf die Schulter tippt und mich schüchtern nach einem Stift fragt.

Und da die Zeit knapp wurde, dachte ich, Spencer und ich müssten nur genug zusammen unternehmen, dann würde sich das von allein ergeben. Allerdings hielt er sich eher zurück, wodurch ich wie eine Klette an ihm hing. So gut ich mich in Lukes Gegenwart leiden konnte, so wenig mochte ich mich in Spencers. Ich fand es schrecklich, nicht zu wissen, woran ich bin. Die offensichtliche Lösung wäre natürlich gewesen, ihn abzuschießen, aber ich habe weiter geklammert und gehofft, es würde sich noch ändern.

Spencer zieht die Service-Card seiner Versicherung aus dem Portemonnaie. »Am besten tauschen wir Daten aus, oder?«

Ich erinnere mich vage daran, das in der Fahrschule so gelernt zu haben. »Ja, gut.«

Es war nicht *nur* ätzend mit Spencer. Nach unserem ersten Mal hat er mich lange in den Armen gehalten und mir das Gefühl gegeben, besonders und wertvoll zu sein.«Wir können ja Freunde bleiben«, hat er vorgeschlagen, als er Schluss gemacht hat. Feigling. Er wollte mich loswerden, ohne dass ich sauer auf ihn bin. Das war in der Schule, direkt vor einer SV-Versammlung. Er meinte, er wolle das College als Single anfangen. »Spencer und ich haben gerade unsere Beziehung beendet«, habe ich McNair kurz darauf erklärt, bevor wir die Versammlung eröffnet haben. »Ich wäre dir also sehr verbunden, wenn du die nächsten vierzig Minuten nicht so fies wärst wie sonst.«

Keine Ahnung, was ich erwartet habe. Dass er Spencer gratulierte, mir sagte, ich hätte es verdient? Stattdessen nahm sein Gesicht einen weichen Ausdruck an, den ich nicht einordnen konnte. »Okay. Tut … tut mir leid«, stammelte er.

Eine Entschuldigung aus seinem Mund klang fremd, aber ehe ich darüber nachdenken konnte, ging die Besprechung los.

»Ich habe wirklich gehofft, wir könnten befreundet bleiben«, erklärt Spencer, nachdem wir Fotos von den Service-Cards gemacht haben.

»Sind wir. Auf Facebook.«

Er verdreht die Augen. »Doch nicht so.«

»Wie soll das denn aussehen?« Ich lehne mich an meinen Wagen. Ob es jetzt endlich mal zu einer Aussprache kommt? »Schicken wir uns gegenseitig unsere College-Stundenpläne? Oder gucken in den Ferien zu Hause zusammen einen Film?«

Pause. »Wahrscheinlich nicht«, gibt er zu.

Von wegen Aussprache.

»Wir sollten zur Schule«, sagt Spencer, als ich einen Tick zu lange schweige. »Wir sind eh schon zu spät, aber am letzten Tag ist das bestimmt egal.«

Zu spät. Ich will mir gar nicht vorstellen, was für McNachrichten diesmal auf dem Handy warten.

Ich winke zum Abschied mit der Service-Card und stecke sie ein. »Schätze, deine Leute rufen meine Leute an. Oder so.«

Er rast davon, bevor ich den Motor überhaupt starten kann. Von dem Vorfall müssen meine Eltern nichts erfahren. Nicht jetzt, kurz vor ihrer Deadline. Immer noch zittrig – ob vom Aufprall oder dem Gespräch – versuche ich, die Schultern zu entspannen. Sie sind echt verkrampft.

Wäre ich eine Figur in einem Liebesroman, hätte ich diesen kleinen Crash mit einem süßen Typen gehabt, der eine Bar besitzt und in Teilzeit auf Baustellen arbeitet. Mit einem von den Typen, die geschickt mit den Händen sind. Die meisten Helden in Liebesgeschichten sind geschickt mit den Händen.

Während unserer Beziehung habe ich mir eingeredet, Spencer würde sich irgendwann bestimmt in so einen Typen und das zwischen uns sich in Liebe verwandeln. Ich steh zwar auf Romantik, aber an das Konzept der Seelenverwandtschaft habe ich nie geglaubt. Das ist doch nur ein Hirngespinst, genau wie Männerrechtsaktivismus. Liebe kommt nicht von jetzt auf gleich oder automatisch – dafür braucht es Initiative, Zeit und Geduld.

Wahrscheinlich werde ich niemals so ein Glück in der Liebe haben wie die Frauen in fiktionalen Küstenstädten. Aber manchmal habe ich diese seltsame Sehnsucht in mir. Nicht nach etwas, das mir fehlt, sondern nach etwas, das ich noch nie erlebt habe.

Als ich mich der Westview Highschool nähere, fängt es wieder an zu regnen. Seattle halt. Eigentlich sollte ich längst zur Anwesenheitskontrolle im Klassenraum sein, aber meine Eitelkeit siegt. Ich bin sowieso zu spät. Die paar Extraminuten spielen jetzt auch keine Rolle mehr.

Auf den Toiletten in der ersten Etage schaue ich in den Spiegel und sauge scharf die Luft ein. Der Kaffeefleck auf meinem Kleid bedeckt eineinhalb Brüste. Ich wasche den Stoff so kräftig wie möglich mit Seife und Wasser aus. Trotzdem ist er nach fünf Minuten immer noch ziemlich braun. Dann hat die ganze Fummelei ja nicht mal was gebracht.

So viel zum perfekten Outfit für den letzten Schultag. Klamotten zum Wechseln habe ich leider nicht. Ich tupfe die nassen Stellen mit einem Papiertuch ab, damit es nicht aussieht, als würde ich Milch absondern. Danach rupfe ich den Cardigan zurecht, um den Fleck bestmöglich zu verstecken, und kämme mir den Pony erst zur rechten, dann zur linken Seite. Ich kann mich nie entscheiden, ob ich ihn rauswachsen oder kurz lassen soll. Im Moment reicht er mir bis zu den Augenbrauen und ist lang genug, um mich zu nerven. Vielleicht schneide ich fürs College die Spitzen und versuche mich an einem Bettie-Page-Look.

Als ich ausgiebig herumgezupft habe, fällt mir im Spiegel ein rotes Poster ins Auge:

DIE PIRSCH
12. JUNI
12 UHR
PREIS: LASST EUCH ÜBERRASCHEN

Die zweite Sache, die ich bei der morgendlichen Hektik verdrängt habe. Die Pirsch ist Tradition für die Abschlussklasse der Westview High und funktioniert wie eine Mischung aus Schnitzeljagd und dem Spiel Mörder. Die Teilnehmenden jagen sich gegenseitig, während sie einem Leitfaden nachgehen, der sie durch ganz Seattle führt. Wer zuerst alle Hinweise enträtselt und gelöst hat, gewinnt bares Geld. Organisiert wird das Spektakel von der Schülervertretung der elften Klasse, sozusagen als Verabschiedung der Abschlussklasse. Letztes Jahr haben McNair und ich uns bei der Organisation fast die Köpfe eingeschlagen. Natürlich werde ich dieses Jahr selbst mitmachen, aber darüber kann ich auch nach der Versammlung noch nachdenken.

Auf dem Gang laufe ich Miss Grable in die Arme, meiner Englischlehrerin in der Zehnten und Elften, die gerade aus dem Lehrerzimmer hastet.

»Rowan!«, ruft sie mit leuchtenden Augen. »Kaum zu fassen, dass Sie uns verlassen.«

Miss Grable, bestimmt erst Ende zwanzig, hat immer darauf geachtet, dass auf der Lektüreliste überwiegend Bücher von Frauen und People of Color standen. Ich habe sie geliebt.

»Alles Gute ist irgendwann vorbei. Sogar die Highschool«, erwidere ich.

Sie lacht. »Die Schülerinnen und Schüler, die das so sehen, kann ich an einer Hand abzählen. Das sollte ich jetzt wahrscheinlich nicht sagen, aber …« Sie beugt sich verschwörerisch zu mir und flüstert: »Sie und Neil, Sie zwei waren mir die Liebsten.«

Das versetzt mir einen Stich. Auf der Westview wurde ich immer in einem Atemzug mit McNair genannt. Rowan gegen Neil und Neil gegen Rowan. Jahr für Jahr für Jahr. Die Gesichter der Lehrkräfte waren mal von Horror, mal von Entzückung gezeichnet, wenn sie zu Beginn des Schuljahres erfahren haben, dass wir beide bei ihnen im Kurs sind. Die meisten finden unseren Konkurrenzkampf unterhaltsam, lassen uns beim Debattieren gegeneinander antreten und weisen uns gemeinsame Projekte zu. Deswegen möchte ich so gerne Abschlussbeste werden. Ich möchte die Highschool als *ich* beenden, nicht als ein Teil eines streitsüchtigen Duos.

Gezwungen lächle ich Miss Grable an. »Danke.«

»Sie gehen auf die Emerson, oder?«, erkundigt sie sich, und ich nicke. »Ihre Essays waren immer sehr informativ. Haben Sie vor, in die Fußstapfen Ihrer Eltern zu treten?«

Wie schwer wäre es, darauf mit Ja zu antworten?

Natürlich mache ich mir Sorgen darüber, wie die Leute auf Liebesromane von mir reagieren würden. Aber abgesehen davon ist da noch eine zweite Angst, die mich bei der Frage, was ich später werden will, mit den Schultern zucken lässt. Solange es nur mein

Traum ist, Schriftstellerin zu werden, muss ich keinen Gedanken daran verschwenden, eventuell nicht gut genug zu sein. In meinem Kopf kann nur ich mich kritisieren. In der Öffentlichkeit können das alle tun.

Als Tochter von Ilana und Jared würde man gewisse Erwartungen an mich stellen, sobald ich mich zur Autorin erkläre. Und sollte ich die nicht erfüllen, es nicht sofort auf die Reihe kriegen und erst langsam dazulernen, würde das Urteil wahrscheinlich ziemlich hart ausfallen. Meine Eltern sind nun mal keine Podologen, Köche oder Statistiker. Es herumzuerzählen würde bedeuten, dass ich mindestens okay – wenn nicht sogar *gut* – darin bin. Und so sehr ich mir das auch wünsche, habe ich doch Angst, dass es nicht der Realität entspricht.

Wenigstens drängt mich niemand festzulegen, worin ich den Bachelor machen werde. Emerson habe ich mir zwar bewusst wegen des tollen Studiengangs im Kreativen Schreiben ausgesucht, aber auf die Frage, was ich später im Hauptfach studieren will, antworte ich immer mit einem »Weiß ich noch nicht«. Ich hätte nie gedacht, dass ich mal in die Fußstapfen meiner Eltern treten würde. Tja, und jetzt träume ich davon, wie ich über ein Buchcover streiche, auf dem mein Name steht – im Idealfall natürlich in schimmernd geprägten Lettern.

»Vielleicht«, erwidere ich schließlich. Es fühlt sich an, als würde ich es mir damit schon halb eingestehen, aber Miss Grable sehe ich nach dem Abschluss sowieso nicht wieder. Für einen Menschen, der Wörter liebt, fällt mir das Sprechen manchmal echt schwer.

»Wenn jemand ein Buch herausbringen kann, dann ja wohl Sie! Es sei denn, Neil kommt Ihnen zuvor.«

»Ich sollte los«, werfe ich vorsichtig ein.

»Alles klar, logisch«, sagt sie und umarmt mich, bevor sie weiterläuft.

Heute gibt es so viele letzte Gelegenheiten, und die womöglich wichtigste ist, McNair zu schlagen. Wenn ich Abschlussbeste werde, hat das intellektuelle Tauziehen endgültig ein Ende. Ich wäre Rowan Luisa Roth, Abschlussbeste der Westview Highschool, Punkt. Kein Komma. Kein »und«. Nur ich.

Dank meines inneren Monks steuere ich nicht direkt den Klassenraum, sondern zuerst das Sekretariat an. Ich würde mich nämlich noch schlechter fühlen, wenn ich für meine Verspätung nicht mal eine Entschuldigung vorzuweisen hätte – selbst am letzten Schultag. Mit gestrafften Schultern drücke ich die Tür auf. Und finde mich Auge in Auge mit Neil McNair wieder.

Eine kurze Geschichte von Rowan Roth vs. Neil McNair

SEPTEMBER, NEUNTE KLASSE

Der Essay-Wettbewerb, mit dem alles begann, angekündigt für die erste Woche nach den Sommerferien. Ich war immer die Beste im Schreiben. Schon auf der Middleschool. Genau wie der dünne Rotschopf mit dem Sommersprossenüberschuss wahrscheinlich. Erster Platz geht an McNair mit seinem geliebten Fitzgerald, zweiter Platz an Roth. Ich schwöre, ihn bei nächster Gelegenheit zu schlagen – egal worin.

NOVEMBER, NEUNTE KLASSE

Der Schulsprecher fragt nach Freiwilligen für das Stufensprecheramt. Da eine Führungsrolle sich sicher gut in meiner College-Bewerbung macht und ich auf Stipendien angewiesen bin, melde ich mich. Ebenso McNair. Keine Ahnung, ob er das wirklich will oder mich nur ärgern möchte. Wen kümmert's. Ich habe am Ende drei Stimmen mehr.

FEBRUAR, ZEHNTE KLASSE

Wir werden gezwungen, das Pflichtfach Sport zu belegen, obwohl wir uns bei der Stundenplanberatung den Mund fusselig reden, dass wir die Zeit besser für unsere anspruchsvollen Advanced-Placement-Kurse (kurz AP-Kurse) nutzen könnten. Wir kommen beide nicht mit den Fingerspitzen an die Zehen, aber McNair schafft ganze drei Klimmzüge, ich nur eineinhalb. Seine Arme sind kein bisschen definiert. Wie kann das überhaupt sein?

MAI, ZEHNTE KLASSE

McNair erzielt volle 1600 Punkte im Eignungstest fürs College, ich 1560. Ich wiederhole ihn im Monat darauf und erreiche 1520. Die Info nehme ich mit ins Grab.

JANUAR, ELFTE KLASSE

Unser Chemielehrer macht uns zu Laborpartnern. Nach ein paar Auseinandersetzungen, chemikalischen Unfällen und einem (kleinen) Feuer, das hauptsächlich auf meine Kappe geht – auch diese Info nehme ich mit ins Grab –, hat er genug und trennt uns.

JUNI, ELFTE KLASSE

Bei der Schulsprecherwahl steht es 50:50. Niemand von uns verzichtet auf das Amt. Widerwillig teilen wir es uns.

APRIL, ZWÖLFTE KLASSE

Bevor die College-Antworten eintrudeln, wette ich mit ihm, wer von uns die meisten Zusagen bekommt. McNair schlägt vor, prozentual zu vergleichen. Davon ausgehend, dass wir unsere Fühler in mehrere Richtungen ausstrecken, stimme ich zu. Ich werde an sieben von zehn angenommen. Erst nach Ablauf der Frist erfahre ich, dass McNair, oberschlau und selbstsicher wie immer, sich nur für ein College beworben hat.

Seine Erfolgsquote: 100 Prozent.

7:21 Uhr

Am Empfang sitzt mein schlimmster Albtraum. »Rowan Roth. Ich hab dir was mitgebracht.«

Mein Puls schießt in die Höhe, wie immer kurz vor einem Wortgefecht mit McNair. Ich habe total vergessen, dass er vor Unterrichtsbeginn im Sekretariat aushilft (Schleimer – ernsthaft, so was hab ich nicht nötig). Hinüber ist die Hoffnung, dass er mich bis zur Versammlung nur übers Handy terrorisiert.

Mit den vor sich verschränkten Händen erinnert er mich an einen grausamen König, der auf den Knochen seiner Widersacher thront. Die roten Haare sind noch feucht von der morgendlichen Dusche, oder vom Regen. Wie erwartet trägt er einen seiner Versammlungsanzüge: ein schwarzes Sakko, dazu ein weißes Hemd und eine blau gemusterte Krawatte – unnormal sorgfältig und fest geknotet. Trotzdem fallen mir die kleinen, aber feinen Makel sofort auf. Seine Hose ist einen Zentimeter zu kurz, seine Ärmel einen Zentimeter zu lang. Auf dem linken Brillenglas prangt ein Fingerabdruck, und hinter dem Ohr steht eine ungebändigte Haarsträhne ab.

Das allerschlimmste aber ist sein Gesichtsausdruck. Er hat die Lippen zu diesem Grinsen verzogen, das er seit dem Sieg im Essay-Wettbewerb perfektioniert hat.

Ehe ich etwas erwidern kann, greift er in die Sakkotasche und wirft mir eine Minipackung Taschentücher zu. Zum Glück schaffe ich es trotz meiner mangelnden Hand-Augen-Koordination, sie zu fangen.

»Wäre nicht nötig gewesen«, sage ich trocken.

»Meiner Co-Schulsprecherin soll es doch am letzten Tag an nichts fehlen. Was führt dich an diesem stürmischen Morgen ins Sekretariat?«

»Du weißt genau, warum ich hier bin. Stell mir einfach so einen Wisch aus.«

Er runzelt die Stirn. »Was für einen Wisch hättest du denn gerne?«

»Du weißt, welchen!« Als er mit den Schultern zuckt und weiterhin den Ahnungslosen mimt, verbeuge ich mich salbungsvoll vor ihm. »Oh McNair, Herrscher über das Sekretariat«, trällere ich melodramatisch, um ihn auf die Palme zu bringen. Er hat schließlich mit diesem Theater angefangen, und mir bleiben nicht mehr viele Gelegenheiten, ihn zu ärgern. Also sollte ich mich danebenbenehmen, solange ich noch kann. »Untertänigst bitte ich Euch um einen letzten Gefallen: eine vermaledeite Verspätungsbescheinigung!«

Er schwingt mit dem Stuhl herum und holt einen Stapel grüner Formulare aus der Schreibtischschublade – in der Geschwindigkeit ziemlich zähen Ahornsirups. Bevor ich McNair kennengelernt habe, wusste ich nicht, dass Geduld sich wie ein Körperteil anfühlen kann, den er dehnt und verbiegt, wie es ihm passt.

»War das deine Interpretation von Prinzessin Leia in den ersten fünfundzwanzig Minuten von *Eine neue Hoffnung*, in denen sie noch nicht erkennt, dass es ihr nichts bringt, die Nase so hochzutragen?« Angesichts meines verwirrten Blicks schnalzt er mit der Zunge, als würde es ihm körperlich wehtun, dass ich die Anspielung nicht verstehe. »Ach stimmt, diese großartigen Insider aus *Star Wars* weißt du ja nicht zu schätzen, Erzwo.«

Da bei mir Vorname und Nachname mit R anfangen, hat er mich Erzwo getauft, nach R2-D2. Ich habe die Filme zwar nie gesehen, weiß aber, dass R2-D2 eine Art Roboter ist, also meint er es als Beleidigung. Seine förmliche Besessenheit hat mein Interesse für Star Wars im Keim erstickt.

»Ist nur fair. Du weißt ja auch so vieles nicht zu schätzen«, entgegne ich. »Meine Zeit zum Beispiel. Geht's noch langsamer?« Wir sabotieren uns immer gegenseitig, aber nie auf richtig böse Art. Wie damals, als er seinen USB-Stick in einem Büchereicomputer hat stecken lassen, und ich ihn mit Dubstep-Musik vollgeladen habe. Oder als er in der Cafeteria das Chili-con-keine-Ahnung über meine Mathehausaufgabe (die hätte Zusatzpunkte gegeben!) geschüttet hat. Und woran ich mich persönlich am liebsten erinnere: Als ich die Hausmeisterin mit einem Set signierter Bücher von meinen Eltern für ihre Kinder bestochen habe, damit sie McNairs Spindkombination verrät. Mit anzusehen, wie er sich daran die Zähne ausbeißt, war unbezahlbar.

»Fordere mich nicht raus. Ich kann noch viel langsamer.« Als Beweis braucht er ganze zehn Sekunden, um die Kappe des Stifts abzuziehen. Sehr witzig! Es kostet mich alles an Zurückhaltung, nicht über den Tresen zu langen und ihm den Stift wegzuschnappen. »Das heißt dann wohl: Adé, Null-Fehlzeiten-Urkunde«, meint er und schreibt meinen Namen auf.

Selbst seine Hände sind mit Sommersprossen übersät. In einer unserer SV-Sitzungen habe ich aus Langeweile angefangen, die kleinen Punkte in seinem Gesicht zu zählen. Bei Hundertzwanzig habe ich aufgehört.

»Mir genügt es, Abschlussbeste zu werden«, erwidere ich mit gezwungen süßem Lächeln. »Uns beiden ist doch klar, dass die anderen Auszeichnungen total banal sind. Aber für dich wäre die Null-Fehlzeiten-Urkunde natürlich ein guter Trostpreis. Die kannst du dir zu Hause neben die Dartscheibe mit meinem Bild hängen.«

»Woher weißt du, wie mein Zimmer eingerichtet ist?«

»Versteckte Kameras. An allen Ecken und Enden.«

Er schnaubt. Ich recke den Hals, um zu sehen, was er als Verspätungsgrund notiert.

Hat versucht, Kleid braun zu färben. Spektakulär gescheitert.

»Echt jetzt?«, frage ich und ziehe den Cardigan über den Fleck, der geradezu schreit: *Hier! Brüste!* »Ich stand im Stau. Die Ampeln in unserem Stadtteil waren aus.« Den Auffahrunfall erwähne ich mit keiner Silbe.

Er kreuzt UNENTSCHULDIGT an und reißt das Formular vom Block und in der Mitte durch. »Ups«, sagt er, klingt aber ganz und gar nicht so, als würde es ihm leidtun. »Da muss ich wohl noch mal neu anfangen.«

»Super. Ich hab's ja nicht eilig.«

»Erzwo, heute ist der letzte Schultag.« Er schlägt die Hände vors Herz. »Wir sollten diese kostbaren gemeinsamen Momente genießen. Wenn ich es mir recht überlege …« Er holt einen schicken Kalligrafie-Stift aus seiner Sakkotasche. »Das ist die perfekte Gelegenheit, meine Schönschrift zu üben.«

»Das ist doch nicht dein Ernst!«

Unbeeindruckt mustert er mich über den Rand seiner dünnen ovalen Brillengläser. »Darüber würde ich nie Witze machen.«

Dies könnte der Anfang meiner *villain era* sein. Er drückt die Spitze aufs Papier und lässt langsam Buchstaben darauf entstehen. Dabei rutscht ihm die Brille immer weiter die Nase runter. McNairs konzentrierter Gesichtsausdruck ist zum Schießen, aber irgendwie auch gruselig. Er presst Kiefer und Zähne aufeinander und verzieht den Mund leicht zu einer Seite. In dem Anzug wirkt er steif, wie ein Buchhalter oder Versicherungsberater oder ein kleines Licht in einer Software-Firma. Ich habe ihn noch nie auf einer Party getroffen und kann mir auch nicht vorstellen, dass er je entspannt genug ist, einen Film zu gucken. Nicht mal *Star Wars*.

»Sehr beeindruckend. Ganz klasse«, bemerke ich sarkastisch, dabei sieht mein Name in den feinen schwarzen Tintenschnörkeln gar nicht mal schlecht aus. Auf einem Buchcover würde sich das bestimmt gut machen.

Er hält mir das Formular hin, gibt es aber noch nicht aus der Hand, damit ich nicht direkt abhaue. »Warte kurz. Ich will dir was zeigen.«

McNair lässt den Zettel so abrupt los, dass ich nach hinten taumele, springt auf und marschiert aus dem Sekretariat. Ich bin zwar genervt, aber auch neugierig, also hefte ich mich an seine Fersen. Vor der Pokalvitrine bleibt er mit einer ausladenden Geste stehen.

»Ich gehe seit vier Jahren auf diese Schule. Ich kenne die Vitrine«, sage ich.

Doch er lenkt meine Aufmerksamkeit auf eine bestimmte Gedenktafel, in die Namen und Abschlussjahre graviert sind. Er tippt gegen das Glas. »Donna Wilson, 1986. Westviews erste Abschlussbeste. Weißt du, was sie gemacht hat?«

»Sich vier Jahre der Qual erspart, weil sie schon drei Jahrzehnte, bevor du kamst, ihren Abschluss in der Tasche hatte?«

»Nah dran. Sie war US-Botschafterin in Thailand.«

»Wo ist das denn *nah dran*?«

Er wedelt mit der Hand. »Steven Padilla, 1991. Hat den Nobelpreis für Physik erhalten. Swati Joshi, 2006. Hat olympisches Gold im Stabhochsprung gewonnen.«

»Falls du mich mit deinem Wissen über vergangene Abschlussbeste beeindrucken willst – Mission accomplished.« Ich trete an ihn heran und klimpere mit den Wimpern. »Das törnt mich so was von an.«

Ich übertreib's, schon klar, aber das ist die leichteste Art, diesen nicht aus der Ruhe zu bringenden Typen aus der Ruhe zu bringen. Er und seine letzte Freundin, Bailey, haben sich in der Schule nicht mal angeguckt. Da habe ich mich öfter gefragt, was wohl privat so lief. Allein bei dem Gedanken, er könnte seine harte Schale lange genug abstreifen, um rumzumachen, wurde mir flau im Magen – so furchtbar fand ich die Vorstellung, dass jemand Neil McNair küsst.

Wie erhofft wird er rot. Normalerweise ist die Haut unter den Sommersprossen superhell, von daher bekommt man jede noch so kleine Gefühlsregung mit.

Er räuspert sich. »Was ich eigentlich sagen will: Westview High hat viele erfolgreiche Abschlussbeste zu verzeichnen. Was würde bei dir stehen? Rowan Roth – Liebesromankritikerin? Ist irgendwie nicht auf dem gleichen Level, oder?«

Kirby und Mara habe ich erzählt, dass ich keine Liebesromane mehr lese, aber McNair erwähnt sie immer noch bei jeder Gelegenheit. Sein abfälliger Tonfall ist einer der Gründe, warum ich mit meiner Vorliebe für diese Bücher nicht hausieren gehe.

»Vielleicht schreibst du mit deinem guten Abschluss ja sogar einen eigenen«, fährt er fort. »Noch ein Liebesroman – genau das, was die Welt braucht.«

Bei seinen Worten weiche ich zurück, bis seine Sommersprossen zu einer Masse verschwimmen. Er soll nicht merken, wie sehr mich das trifft. Selbst wenn ich irgendwann den Titel »Romance-Autorin« trage, würden Leute wie McNair keine Sekunde zögern, mich niederzumachen und das zu verspotten, was ich so liebe.

»Muss ganz schön traurig sein, Romantik so zu verabscheuen, dass man sie nicht mal anderen gönnt«, sage ich.

»Du bist doch gar nicht mehr mit Sugiyama zusammen, oder?«

»Ich … Was?«

»Wegen der Romantik? Ich dachte, das hätte sich erledigt.«

Hitze steigt mir ins Gesicht. Das ist … Mit diesem Gesprächsverlauf habe ich nicht gerechnet.

»Spencer hat damit nichts zu tun.« Dann hole ich zum Gegenschlag aus, tief unter der Gürtellinie: »Du siehst heute so anders aus, McNair. Haben sich die Sommersprossen über Nacht vermehrt?«

»Müsstest du mit deinen versteckten Kameras doch am besten wissen.«

»Tja, die übertragen die Bilder leider nicht in HD.« Ich verkneife mir den schmutzigen Witz, der mir auf der Zunge liegt, und fuchtle mit dem grünen Formular vor seinem Gesicht herum. »Da du so nett warst und mir eine Bescheinigung ausgestellt hast, sollte ich sie wohl besser nutzen.«

Das letzte Mal, dass die Anwesenheit überprüft wird. Ich hoffe, der Spaziergang zum Klassenzimmer hilft meinem Puls dabei, sich zu beruhigen. Das Adrenalin gibt immer Vollgas, wenn ich mit McNair rede. Der Stress, den er bei mir auslöst, hat meine Lebenserwartung wahrscheinlich schon um ein halbes Jahrzehnt verkürzt.

Er nickt. »Das Ende einer Ära. Du und ich.« Seine Stimme klingt sanfter als noch vor zehn Sekunden.

Einen Moment lang sage ich nichts, sondern frage mich, ob sich der heutige Tag für ihn wohl genauso endgültig anfühlt wie für mich. Schließlich erwidere ich: »Ja. Sieht ganz so aus.«

Auf einmal scheucht er mich mit einer Geste fort und reißt mich damit aus der Nostalgie. Sofort verspüre ich wieder die altbekannte Verachtung.

Bye, bye, McNightmare.

LEIHFRIST-ERINNERUNG

Westview Highschool Bücherei
<westviewbib@seattleschools.org>
An: r.roth@seattleschools.org
10. Juni, 14:04 Uhr

Diese Mail wurde automatisch erstellt.

Die Leihfrist der folgenden entliehenen Medien ist abgelaufen.
Bitte geben Sie sie zurück oder verlängern Sie die Frist, um
Mahngebühren zu vermeiden.

- *Dein Weg zur Bestnote: Analysis für Fortgeschrittene* /
  Griffin, Rhoda
- *Meisterlich durch die Prüfung: Politik für Fortgeschrittene* /
  Wagner, Carlyn
- *Liebeserklärungen: Liebesromane im Wandel der Zeit* /
  Smith, Sonia und Tilley, Annette
- *Austen analysieren* / Ramirez, Marisa
- *Was nun? Das Leben nach der Highschool* / Holbrook, Tara

8:02 Uhr

Fünfzehn Minuten mit McNerv, und schon kündigen sich Kopfschmerzen an. Ich massiere mir die Schläfen und haste zum Klassenzimmer.

»Unsere zukünftige Abschlussbeste«, begrüßt mich Mrs. Kozlowski lächelnd, als ich ihr die Bescheinigung reiche. Hoffentlich hat sie recht.

Die erste Stunde verbringen wir jeden Tag in einer Art Klassenverband, bunt zusammengewürfelt aus Schülerinnen und Schülern unterschiedlicher Stufen. Das hat McNair vor zwei Jahren bei einer SV-Sitzung angeregt, und die Schulleiterin hat ihm natürlich sofort aus der Hand gefressen. Die Idee an sich war nicht schlecht, nur gäbe es wesentlich dringendere Baustellen: die immer extremeren Plagiatsversuche in der Neunten, die Verkleinerung unseres CO_2-Fußabdrucks und die längst überfällige Erweiterung des Speiseangebots in der Cafeteria, damit Unverträglichkeiten endlich berücksichtigt werden.

Bevor ich mir einen Weg zu Kirby und Mara bahnen kann, stürzen drei Mädchen aus der Elften auf mich zu.

»Hi, Rowan!«, sagt Olivia Sweeney.

»Wir haben uns schon Sorgen gemacht, dass du nicht kommst«, meint ihre Freundin Harper Chen.

»Jetzt bin ich ja da«, erwidere ich.

»Zum Glück«, wirft Nisha Deshpande ein, und die drei kichern. Wir sind zusammen in der Schülervertretung, und sie stehen geschlossen hinter mir, nicht hinter McNair, wofür ich echt dankbar bin. Sie machen mir immer Komplimente zu meiner Kleidung, haben bei etlichen Kampagnen geholfen und mir nach der Zusage für die Emerson sogar Cupcakes mitgebracht. Kirby und Mara nennen sie meinen »Fanclub«. Und die Mädels sind wirklich etwas übereifrig, wenn auch sehr lieb.

»Steht alles für die Pirsch?«, frage ich.

Die drei grinsen sich verschmitzt an.

»Wir sind schon seit Wochen fertig«, erklärt Nisha. »Ich will ja nicht angeben, aber das könnte die beste Pirsch *ever* werden.«

»Von uns gibt es keine Tipps«, fügt Harper hinzu.

»So gern wir dir einen Vorsprung verschaffen würden.« Olivia bückt sich und zieht ihre Kniestrümpfe hoch, die verblüffende Ähnlichkeit mit meinen haben.

»Okay, keine Tipps.« Voriges Jahr haben McNair und ich das Spiel organisiert. Da allerdings kein Ort zweimal benutzt werden darf, sind wir genauso ahnungslos wie alle anderen Mitspielenden.

»Schreibst du uns was ins Jahrbuch?«, fragt Nisha. »Ist ja dein letzter Schultag.«

Prompt halten mir alle drei einen Edding hin. Also kritzle ich fleißig eine etwas abgewandelte Nachricht in jedes Buch. Nachdem sie sich im Chor bei mir bedankt haben, steuere ich auf Kirby und Mara zu, die mir aus einer Ecke des Raumes zuwinken. Mom hatte recht, wir tauschen in der ersten Stunde nur Jahrbücher hin und her. Im Anschluss wird die Versammlung stattfinden, und für diejenigen, die ihren Abschluss noch nicht gemacht haben, gilt heute ein verkürzter Stundenplan.

»Da bist du ja«, begrüßt mich Kirby. Sie hat sich die schwarzen Haare wie eine Krone um den Kopf geflochten. Letztes Jahr haben wir stundenlang zu dritt den Bauernzopf geübt, aber Kirby ist die Einzige, die es richtig hinkriegt. »Was war heute Morgen los?«

Ich berichte von dem Stromausfall und der Spencer-Panne. »Und dann wurde ich im Sekretariat gemacnairvt. Was für ein Tag! Dabei ist es erst acht Uhr.«

Mara legt mir beschwichtigend eine Hand auf den Arm. Sie ist ruhiger und bedachter als Kirby, reißt in der Gruppe selten das Gespräch an sich und stellt sich nur in den Mittelpunkt, wenn sie auf der Bühne ein Solo tanzt. »Alles okay bei dir?«

»Ja, McNair hat sich nur wieder unmöglich benommen. Die Verspätungsbescheinigung hat er in *Schönschrift* ausgefüllt. Ist das zu fassen? Hat mich an letzten Herbst erinnert, als ich für den Jane-Austen-Aufsatz recherchieren musste und er das Internet in der Bücherei mit dem Runterladen seiner bescheuerten Hundevideos lahmgelegt hat. Er lässt sich einfach Chance entgehen, mich auszubremsen.«

Sie zieht eine helle Augenbraue hoch. »Eigentlich habe ich wegen des Unfalls gefragt.«

»Oh, ach so. Mir geht's gut, bin nur noch etwas geschockt. Ich bin noch nie jemandem hinten reingefahren.« Keine Ahnung, warum meine Gedanken direkt zu McNair gewandert sind, wo der Unfall eindeutig das heftigere Erlebnis war.

»Mara«, ruft Kirby plötzlich aus und deutet auf ein Foto im Jahrbuch, das die beiden tanzend bei der Wintertalentshow zeigt. »Guck mal, wie süß wir zusammen aussehen.«

Kirby Taing und ich haben uns angefreundet, als wir beim klassischen Vierte-Klasse-Vulkanexperiment Partnerinnen waren. Kirby wollte mehr Natron reinkippen, um einen stärkeren Ausbruch zu provozieren. Es war eine Riesensauerei, aber immerhin wurde es mit B bewertet. Wenig später hat sie die viel ehrgeizigere Mara Pompetti in einem Ballettkurs kennengelernt.

Seitdem wir drei auf derselben Middleschool gelandet sind, sind wir unzertrennlich. Und obwohl ich beide lieb habe, hatte ich sehr lange ein etwas engeres Verhältnis zu Kirby. Sie war in der siebten Klasse auf der Beerdigung meines Opas für mich da, und in der

Neunten war ich die Erste, die erfahren hat, dass sie nur auf Mädchen steht. Im Jahr darauf hat Mara uns erzählt, dass sie sich als bisexuell identifiziert. Für eine gewisse Zeit haben die zwei über mich versucht, herauszufinden, was die jeweils andere empfindet. Letzten Herbst sind sie dann zusammen zum Homecoming-Ball gegangen und seither ein Paar.

Kirby und Mara lachen über die ungünstig liegenden Haare auf einem Foto von jemandem aus unserer Stufe, während ich das Jahrbuch durchblättere. Dabei habe ich als Chefredakteurin jede Seite natürlich schon Hunderte Male gesehen. Für die Awards-Sparte mussten McNair und ich Rücken an Rücken mit verschränkten Armen posieren. Darüber steht: ERFOLGSVERSPRECHENDE TALENTE. Auf dem Bild sowie im echten Leben sind wir fast gleich groß. Nachdem wir die Aufnahme im Kasten hatten, ist er von mir weggesprungen, als würde er den körperlichen Kontakt mit seiner Rivalin, nur getrennt durch unsere T-Shirts, nicht aushalten.

»Können wir gehen?«, bettelt Star-Quarterback Brady Becker Mrs. Kozlowski an. Brady Becker ist einer dieser Typen, die ständig gute Noten bekommen, weil unsere Lehrkräfte das Footballteam gern gewinnen sehen – was nicht möglich wäre, wenn Brady Becker lauter Ds mit nach Hause bringen würde. »Die anderen Klassen durften auch früher abhauen.«

Mrs. Kozlowski hebt ergeben die Hände. »Na gut. Raus mit Ihnen. Denken Sie nur an die Versammlung, die …«

Aber da stürmen wir schon zur Tür hinaus.

Mara und ich lehnen an den Spinden, die wir uns direkt in der Neunten gesichert haben, und teilen uns eine Käsebrezel und eine Tüte Chips vom Kiosk. Sobald wir hier weg sind, werden die Zahlencodes geändert. Diese Woche sollten wir unseren Spind ausräumen. Offenbar hat Kirby das bis jetzt vor sich hergeschoben. Typisch.

»Soll ich das behalten?« Sie zeigt uns ihr Westview-Sportshirt. In der Zehnten mussten wir ein ernstes Wörtchen mit ihr reden, weil sie ständig vergessen hat, es mit nach Hause zu nehmen, und es dementsprechend selten gewaschen wurde.

»Nein!«, antworten Mara und ich gleichzeitig. Mara richtet die Handykamera auf Kirby, die so tut, als würde sie mit dem T-Shirt Walzer tanzen.

»Sport in der Zehn war die reinste Folter. Ich versteh immer noch nicht, warum wir das Fach nicht alle abwählen durften«, sage ich.

»*Du* wolltest es abwählen«, entgegnet Kirby. »*Ich* fand's cool, mein Talent für Badminton zu entdecken.«

Oh. Hmmm. Ich habe es gehasst und bin automatisch davon ausgegangen, dass das auch für alle anderen gilt. Wie es scheint, haben nur McNair und ich uns bei der Stundenplanberatung beschwert.

Früher kannte ich Kirby in- und auswendig, aber das hat nachgelassen, seit sie und Mara ein Paar sind. Was normal ist, schließlich verbringen die beiden viel Zeit zu zweit. Trotzdem sind wir im Grunde noch genauso eng befreundet wie auf der Middleschool.

Auf der anderen Seite des Flurs steht die Pokalvitrine mit den Würdigungen der Abschlussbesten. Es will schon etwas heißen, dass die Schule nicht die Football- oder Basketballtrophäen in den Mittelpunkt stellt, sondern die akademischen Erfolge. An der Westview High ist es verpönt, nicht mindestens *einen* AP-Kurs zu belegen, Musik ausgenommen. Alle wissen, dass Mr. Davidson das nur unterrichtet, damit er uns die Aufnahmen seiner grottigen Jam-Band vorspielen kann. Besucht man einen seiner Auftritte, verdient man sich sogar Extrapunkte. Als Kirby das Fach in der Zehnten gewählt hat, waren wir mal zusammen da. Sagen wir mal so: Auf das Bild eines Lehrers im mittleren Alter, der sich auf der Bühne das schweißnasse T-Shirt vom Leib reißt und ins Publikum schleudert, hätte ich gut und gerne verzichten können.

Mara schwenkt das Handy zu mir, und ich schlinge den Cardigan um mich, so fest ich kann. »Der Fleck auf meinen Brüsten muss nicht auf Instagram verewigt werden.«

Kirby wedelt mit ihrem Sportshirt herum. »Huhu, hier ist ein sauberes Oberteil. Darin habe ich schon ganz viele Badminton-Spiele gewonnen.«

»Man sieht den Fleck fast gar nicht«, sagt Mara in so liebem Tonfall, dass es kaum nach Lüge klingt. Dann klappt ihr die Kinnlade runter. »Kirby Kunthea Taing. Ist das ein Kondom?«

Was Kirby da hochhält, ist definitiv ein Kondom. »Das ist aus Gesundheitskunde letztes Jahr. Haben sie uns angedreht. Ich wollte nicht unhöflich sein …«, meint sie.

Maras Lachen verschwindet hinter einem Vorhang aus lockigen blonden Haaren. »Ich bin mir relativ sicher, dass wir beide das niemals nutzen werden.«

Kirby wendet sich an mich: »Willst du es haben? Ist mit Spermizid.«

»Nein, Kirby. Ich will dein altes Gesundheitskundekondom nicht.« Falls ich in nächster Zeit eins brauche, habe ich eine Schachtel im Kleiderschrank unter der Periodenunterwäsche versteckt. »Außerdem ist es wahrscheinlich längst abgelaufen.«

Sie späht auf die Verpackung. »Nope. Bis September haltbar.« Sie zieht den Reißverschluss meines Rucksacks auf, wirft das Kondom rein, macht ihn zu und klopft zufrieden darauf. »Du hast drei Monate, um einen geeigneten Kandidaten zu finden.«

Ich verdrehe die Augen und biete Mara den letzten Chip aus der Tüte an, doch sie schüttelt den Kopf. Kirby schmeißt das Sportshirt und sonstigen Krimskrams in den nächsten Mülleimer. Hin und wieder rennen ein paar Leute durch den Flur und rufen »AB-SCHLUSS!«, was wir mit einem »WHOOP WHOOOP!« erwidern. Wir geben Lily Gulati die Ghettofaust, klatschen Derek Price ab und pfeifen den Kristens zu (Kristen Tanaka und Kristen Williams sind vom allerersten Schultag an beste Freundinnen und quasi unzertrennlich gewesen).

Sogar Luke Barrows und seine Freundin Anna Ocampo, Nummer eins des Mädchentennisteams, kommen vorbei und tauschen ihre Jahrbücher mit uns aus.

»Ich zähle die Tage, bis wir endlich frei sind«, sagt Luke.

»Ja, seit der neunten Klasse«, witzelt Anna. Zu mir meint sie: »Ich werde deine Mittwochmorgen-Ansprachen vermissen. Du und Neil habt mich immer zum Lachen gebracht.«

»Ich trage gern zur allgemeinen Unterhaltung bei.«

Die beiden konnten Tennisstipendien an zwei Unis mit den besten Sportprogrammen des Landes ergattern, und das freut mich für sie. Hoffentlich klappt es mit ihrer Fernbeziehung.

»Oh mein Gott, Kirby.« Anna unterdrückt ein Kichern, als ein Stapel Papiere aus Kirbys Spind segelt.

»Ich weiß«, stöhnt Kirby leise.

Nachdem wir die Jahrbücher zurückgegeben haben, erdrückt Luke mich fast mit seinen muskulösen Armen, die er seiner Wahnsinnsrückhand zu verdanken hat. »Viel Glück«, wünscht er mir. Warum kann man nach einer Beziehung nicht immer so auseinandergehen? Ohne Drama und peinlichen Eiertanz.

Mara postet auf Instagram eine Story davon, wie Kirby einen locker zweieinhalb Meter langen Schal aus dem Spind zieht, und untermalt es mit schauriger Horrormusik, während ich im Rucksack nach meinem Notizbuch krame. Dabei streife ich den Umschlag von heute Morgen.

Ich weiß, was darin ist. Zumindest grob. Im Detail kann ich mich nicht daran erinnern, und genau das macht mich nervös. Vorsichtig öffne ich ihn und hole das gefaltete Blatt Papier heraus.

Rowan Roths Erfolgsrezept für die Highschool. Darunter eine Liste, die mich zurück in den Sommer vor der Highschool katapultiert. Den zehnten und letzten Punkt habe ich einen Monat nach den Ferien in der Neunten hinzugefügt. Natürlich stammt die Idee aus einem Buch. Ich war damals total aufgeregt und schon ganz verknallt in den Menschen, der ich am Ende dieser Zeit sein würde. Eigentlich handelt es sich dabei nicht um ein Erfolgsrezept, sondern um einzelne Ziele.

Und keins davon habe ich erreicht.

Kirby räumt weiter aus. »Hundert Prozent in einem Mathetest! Was sagt man dazu?«

»Papiermüll, Kirby.« Trotzdem knipst Mara zuerst ein Foto.

»Unsere rasende Reporterin«, kommentiert Kirby.

Ich bin immer noch vollauf beschäftigt mit dem Erfolgsrezept, vor allem mit Nummer sieben: Mit meinem Freund, Kirby und Mara zum Abschlussball gehen. Da Spencer und ich kurz vorher Schluss gemacht haben, ist der Abend für mich ins Wasser gefallen. Ich wäre zwar auch ohne Date hingegangen, aber ich wollte nicht das fünfte Rad am Wagen bei Kirby und Mara sein und ihnen den Abend vermiesen.

Dieser handfeste Beweis, dass mein Leben nicht nach Plan verläuft, trifft mich härter als erwartet. Die Highschool ist fast vorbei, und jetzt erst wird mir klar, wie viel ich verpasst habe.

Der Schulgong um Viertel nach acht ist wie eine Erlösung. Ich springe auf, stopfe die Liste zurück in den Rucksack und werfe ihn mir über die Schulter. Zeit für die letzte Bewährungsprobe meiner Highschool-Karriere.

»Ich muss mich auf die Versammlung vorbereiten«, sage ich.

Kirby reißt die Verpackung eines Snickers auf, das sie in den Untiefen ihres Spinds entdeckt hat. »Egal, was passiert, du bist unsere Nummer eins«, erklärt sie in einem Ton, der mich wahrscheinlich ermutigen soll, bei ihr allerdings eher sarkastisch rüberkommt. Das fällt offenbar auch ihr auf, denn sie verzieht das Gesicht. »Sorry. Das klang in meinem Kopf irgendwie netter.«

Ich versuche zu lächeln. »Ich glaub's dir.«

»Los, auf, auf«, meint Mara. »Ich passe weiter auf, dass Kirby alle potenziell gesundheitsgefährdenden Inhalte entsorgt.«

Ihr Gelächter begleitet mich auf dem Weg zur Aula.

Am Ende des Sommers verlasse ich Seattle, während Kirby und Mara in Seattle bleiben und auf die University of Washington gehen. Zusammen. Mara will Tanz studieren, und Kirby möchte mehrere unterschiedliche Veranstaltungen belegen, bevor sie sich für ein Hauptfach entscheidet. Natürlich sehen wir uns immer in den Ferien. Trotzdem frage ich mich, ob die Entfernung uns wohl auseinandertreibt und unsere Freundschaft eine weitere Sache ist, von der ich mich bald verabschieden muss.

<u>Rowan Roths Erfolgsrezept für die Highschool</u>
von Rowan Luisa Roth, 14
zu öffnen nur von Rowan Luisa Roth, 18

1. Den Pony endlich in den Griff kriegen.

2. Mir einen perfekten Highschool-Freund angeln
   (im weiteren Verlauf PHF genannt), im Idealfall bis Mitte
   der Zehnten, spätestens bis zu den Sommerferien nach
   der Elften. Mindestanforderungen:
   — Liest gern.
   — Hat vernünftigen Musikgeschmack.
   — Vegetarier.

3. JEDES WOCHENENDE mit Kirby und Mara verbringen.
   (Vergiss vor lauter Büchern die echte Welt da draußen
   nicht!)

4. Während eines Footballspiels unter der Tribüne mit PHF
   rummachen.

5. Fließend Spanisch sprechen lernen.

6. <u>Niemals</u> von meiner Leidenschaft für Liebesromane
   erzählen — zumindest solange die Gefahr besteht,
   dass man mich dafür übelst aufzieht.

7. Mit PHF, Kirby und Mara zum Abschlussball
   gehen, wunderschönes Kleid kaufen, Limo mieten
   und in schickem Restaurant essen. Das ganze
   Hollywood-Teenie-Film-Programm, nur ohne toxische
   Männlichkeit. Den Abend mit PHF in einem Hotelzimmer
   ausklingen lassen, wo wir uns unsere Liebe gestehen
   und unsere Unschuld in einer zärtlichen, romantischen

Nacht verlieren, die ich den Rest meines Lebens nicht vergessen werde.

8. An einem College auf Lehramt studieren und mir den lebenslangen Berufswunsch als Englischlehrerin erfüllen. Ziel: KLUGE KÖPFE AUSBILDEN!

9. Abschlussbeste der Westview High werden.

10. Neil McNair vernichtend schlagen. Er soll den Essay über »Der große Gatsby« und alles danach bitter bereuen.

9:07 Uhr

»... *in den Kampf, weiß und blau,*
Westview-Wölfe, schlagt Radau!«
Am Ende unseres Schulschlachtrufs legen wir den Kopf in den
Nacken und stimmen lautes Wolfsgeheul an. Als ich das in der
Neunten zum ersten Mal bei einem Footballspiel miterlebt habe,
war ich total eingeschüchtert und fand es komisch, aber heute liebe
ich diesen Sound, diese Energie. In solchen Momenten vergessen
wir sämtliche Selbstzweifel.
Das letzte Mal, dass ich mit diesen Leuten um die Wette jaule.
Ich stehe in der Aula hinter der Bühne und tausche mit der SV-
Schriftführerin Chantal Okafor die Jahrbücher zurück.
»Ich glaube, jetzt hast du keine Seite mehr frei«, sagt Chantal.
»Übrigens hoffe ich, du wirst es. Abschlussbeste, meine ich.«
Prompt denke ich wieder an das Erfolgsrezept. Ich versuche,
mich auf die drei Monate zu konzentrieren, die ich noch mit Mara
und Kirby habe. Ein perfekter letzter Sommer vor dem College,
mit Festivalsund Strandtagen, an denen wir abends darüber me-
ckern, wie kalt das Wasser war.
Bei der restlichen Liste sieht es schon schlechter aus. Klar, ich
habe sie mehr oder weniger aus Spaß aufgesetzt, trotzdem habe ich
nicht mal den einfachsten Punkt darauf abgehakt: Den Pony endlich in den Griff kriegen. Wenn ich das schon nicht schaffe, wie

soll ich dann Abschlussbeste werden? Zwischen den beiden Sachen besteht zwar kein Zusammenhang, aber ich hatte vier Jahre Zeit, verdammt. Haare bekommt man normalerweise schneller in den Griff als die Zukunft.

Dass ich Englischlehrerin werden wollte, geht mir nicht aus dem Kopf. An der Middleschool hatte ich eine Phase, da habe ich so getan, als würde ich Hausarbeiten bewerten, und mir die ein oder andere Lektüreliste überlegt. Für mein vierzehnjähriges Ich war es ein »Lebenstraum«, nur kann ich mich heute kaum noch daran erinnern.

Dann muss ich alle Hoffnung wohl in Punkt Nummer neun setzen. Abschlussbeste kann ich noch werden. Ich bin nah dran.

Flüchtig lächle ich Chantal zu und stecke das Jahrbuch in den Rucksack. »Danke. Freust du dich schon auf die Spelman?«

»Oh ja. Endlich kein Highschool-Drama mehr.« Chantals Braids wirbeln herum, als sie in McNairs Richtung sieht. Der studiert gerade seine Karteikarten und formt tonlos Worte. Anfänger. Ich brauche keine Notizen. Hochkonzentriert hat er die Nase in die Karten gesteckt, während ihm die Brille immer weiter runterrutscht. Würde ich ihn nicht so verabscheuen, würde ich jetzt rübermarschieren und sie ihm wieder hochschieben. Oder sie hinter seinen Ohren festkleben. »Du freust dich bestimmt auch, oder? Endlich kein Neil mehr.«

»Endlich kein Neil mehr«, wiederhole ich zustimmend und wuschle durch meinen Pony, streiche ihn erst nach links, dann nach rechts und wünschte, er würde einfach mal vernünftig liegen.

»Kann es kaum erwarten.«

»Ich vergesse nie die SV-Versammlung letztes Jahr, die bis Mitternacht gedauert hat. Mr. Travers konnte euch nicht dazu bringen, sie zu beenden. Ich dachte schon, er fängt deswegen an zu heulen.«

»Das hatte ich gar nicht mehr auf dem Schirm.« Wir haben über die Verteilung der Finanzmittel für das Folgejahr diskutiert.

McNair hat darauf bestanden, der Fachbereich Englisch benötige neue Exemplare von *Weißer Mann in Not* (ist natürlich nicht der richtige Titel, aber um was anderes geht es in solchen Büchern ja nie). Währenddessen habe ich mich dafür eingesetzt, das Geld lieber in Bücher von Frauen und People of Color zu investieren. »Das sind aber keine Must-Reads«, argumentierte McNair. Woraufhin ich träge zurückschoss: »Und dein Gesicht ist kein Must-See«. Zu meiner Verteidigung: Es war schon spät. Das Ganze ist halt etwas aus dem Ruder gelaufen.

»Jedenfalls hast du die Highschool unvergesslich gemacht.«

»Unvergesslich. Okay.« Ich habe ein schlechtes Gewissen, weil ich Chantal kaum kenne. Dass sie zur Spelman geht, wusste ich nur wegen der Aktion mit dem Plakat, das wir über den Schuleingang gehängt haben. Darauf haben alle aus dem Abschlussjahrgang notiert, welches College sie besuchen werden. Ich dachte immer, als Mitglied der Schülervertretung würde ich mich zwangsläufig mit den anderen anfreunden, aber wahrscheinlich war ich so darauf fixiert, McNair zu bezwingen, dass ich dazu nie die Gelegenheit hatte.

Offenbar hat McNair unsere Blicke bemerkt, denn jetzt schlendert er herüber und baut sich vor mir auf. Nicht zum ersten Mal wünschte ich, ich wäre wenigstens einen Zentimeter größer als er.

»Viel Glück«, sagt er knapp und schnippt eine imaginäre Fluse vom Kragen. Seine Haare sind mittlerweile trocken.

Ich imitiere den Tonfall. »Gleichfalls.«

Niemand von uns bricht den Blickkontakt ab, als wäre dies ein Wettbewerb und der Preis nichts Geringeres als ein Jetski, ein Welpe und ein nigelnagelneues Auto.

Auf der Bühne schnappt sich die Schulleiterin Mrs. Meadows das Mikrofon. »Ruhe, bitte, Ruhe.« Stille senkt sich über die Aula.

»Nervös, Erzwo?«, fragt McNair mit gedämpfter Stimme.

»Kein Stück.« Ich zupfe den Cardigan zurecht. »Du?«

»Klar, ein bisschen.«

»Das zuzugeben macht dich nicht zu einem besseren Menschen als mich.«

»Nein, aber zu einem ehrlicheren.« Er schaut zum Vorhang, dann zurück zu mir. »Wie rücksichtsvoll von dir, dass du dich so großzügig bekleckert hast. So sehen das wenigstens auch die Leute in der letzten Reihe.«

Ich deute auf seine zu kurze Hose. »Irgendwomit müssen sie sich ja von diesen viel zu freizügigen Fußknöcheln ablenken.«

»Ich mag es gar nicht, wenn Mom und Dad sich streiten«, witzelt Chantal.

McNair und ich wirbeln zu ihr herum. Mir klappt die Kinnlade runter. Bestimmt zeichnet sich auf unseren Gesichtern gerade ein ähnlicher Horror ab. Doch bevor wir etwas entgegnen können, fährt die Schulleiterin fort.

»Zu Beginn begrüßt bitte mit mir euer Schulsprecherteam, Rowan Roth und Neil McNair!«

Ich genieße den Beifall und freue mich darüber, dass mein Name vor seinem genannt wurde. McNair zieht den Samtvorhang beiseite und lässt mir den Vortritt. Normalerweise würde ich ihm dafür einen passenden Spruch drücken – bin kein Fan von diesem überholten Gentleman-Gehabe –, aber diesmal verdrehe ich bloß die Augen.

Wir schnappen uns die kabellosen Mikros von den Ständern in der Mitte der Bühne. Das Licht blendet, die Schülerschaft ist hibbelig und die Atmosphäre prickelt förmlich. Trotzdem ist es ein Heimspiel, ich bin hier oben seit Jahren nicht mehr nervös.

»Ich weiß, ihr seid schon ganz wild darauf, endlich hier rauszukommen und mit der Pirsch zu starten«, sagt McNair. »Wir fassen uns kurz.«

»Nicht allzu kurz«, widerspreche ich. »Immerhin sollt ihr die Anerkennung bekommen, die euch zusteht.«

Er runzelt die Stirn. »Klar. Natürlich.«

Gelächter schwappt durch die Reihen. Unsere Mitschülerinnen und Mitschüler kennen es von uns nicht anders.

»Es war mir eine Ehre, dieses Jahr als euer Schulsprecher zu fungieren«, erklärt McNair.

»*Co*-Schulsprecher.«

Er fummelt am Mikro herum und verursacht eine schrille Rückkopplung. Hände werden über Ohren geschlagen, und ein kollektives Stöhnen geht durch den Saal.

»Was für eine passende Reaktion auf dich als Schulsprecher«, sage ich. McNair fällt unangenehm auf, ich ziehe daraus meinen Vorteil.

Er wird rot. »Sorry, liebes Rudel.«

»Ich bin mir nicht sicher, ob das alle gehört haben. Vielleicht ist ihnen gerade das Trommelfell geplatzt.«

»Also«, verkündet er mit einem Blick auf seine Karteikarten, »beginnen möchten wir mit dem Videoclip, den Miss Murakamis' Filmkurs von unserem tollen gemeinsamen Jahr zusammengestellt hat. Der Soundtrack wurde beigesteuert von Mr. Davidsons Band.« Noch ein Blick auf die Notizen. »The Pure Funk Project.«

Genau zwei Personen klatschen. Eine davon ist hundertpro Mr. Davidson selbst.

Das Licht wird gedimmt und das Video auf eine Leinwand hinter uns geworfen. Wir lachen mit den anderen über die peinlichen Momente. Trotzdem überkommt mich eine gewisse Beklemmung. Es gibt Ausschnitte von Footballspielen, Schulfesten und Theateraufführungen. Vom Abschlussball. Ein paar Leute in der ersten Reihe können die Tränen nicht zurückhalten, und obwohl ich das niemals zugeben würde, bin ich dankbar für die Packung Taschentücher von McNair. Ich mochte vielleicht nicht jede und jeden Einzelnen aus meiner Stufe, aber wir waren eine Gemeinschaft. Niemand weiß so gut wie wir, wie perfekt die Kristens aufeinander abgestimmt sind – so gut, dass sie bei der Homecoming-Party mit ihren jeweiligen Dates sogar im gleichen Kleid aufgetaucht sind.

Oder was daran so lustig ist, dass Javier Ramos bei den Basketball-Heimspielen immer ein Karottenkostüm trägt.

Tief durchatmen. Reiß dich zusammen.

Nachdem McNair und ich noch ein paar zusätzliche Highlights aufgezählt haben, übernimmt Mrs. Meadows wieder das Mikro. Wir setzen uns an den Rand der Bühne auf die Stühle, und sie ruft die Kursbesten in jedem Fach auf und überreicht ihnen die Plastik-Awards in Wolfsform. Es ärgert mich, dass McNair nicht nur in Englisch gewinnt, sondern auch in Französisch und Spanisch. Vor allem Letzteres ist bitter. In der Elften habe ich Spanisch abgewählt, um mehr Englischwahlfächer zu belegen. Dabei wollte ich mich eigentlich irgendwann mal mit Moms Seite der Familie unterhalten können. Bis heute ist daraus nichts geworden. Punkt fünf meines Erfolgsrezepts. Ein weiteres Ziel, das ich nicht erreicht habe.

»Kommen wir nun zur Verleihung der Null-Fehlzeiten-Urkunde«, kündigt Mrs. Meadows an. »Das ist zwar keine akademische Auszeichnung, aber wir finden es durchaus interessant, welche Schülerinnen und Schüler es 180 Tage lang ohne Verspätung oder unentschuldigtes Fehlen durchgehalten haben. Diese Anerkennung haben sich in diesem Jahr verdient: Minh Pham, Savannah Bell, Pradeep Choudhary, Neil McNair und Rowan Roth.«

Da muss was schiefgelaufen sein.

»Rowan«, ruft sie mich ein zweites Mal auf, denn ich bin die Einzige, die sitzen geblieben ist. Ich beeile mich, aufzustehen und meine Urkunde mit den anderen Pünktlichkeitspros entgegenzunehmen.

Zurück auf dem Platz pikse ich mit der Ecke der Urkunde in McNairs Bein.

»Ich, äh, hab deine Verspätungsbescheinigung nicht eingereicht«, murmelt er. »Dachte, die eine Sache gönn ich dir mal. Weil es der letzte Tag ist und so.«

»Wie großzügig von dir«, sage ich, was nicht sarkastisch gemeint ist. Vielmehr bin ich verwirrt. McNair und ich schenken uns nichts.

Es bleibt nicht viel Zeit, darüber nachzugrübeln, denn nun gestikuliert Mrs. Meadows in unsere Richtung, um die einzige Auszeichnung anzukündigen, die mir wirklich etwas bedeutet. »Es war dieses Jahr ein Kopf-an-Kopf-Rennen um den Titel der oder des Abschlussbesten«, hebt sie an. »Nie zuvor gab es zwei in einer Stufe, die sich in allem so ähnlich waren: bei den Noten, den außerschulischen Aktivitäten und ihrem Engagement für die Schule.«

Ich umklammere die Urkunde. Das ist der Moment. Die letzte Schlacht.

»Ihr kennt sie zwar sehr gut, dennoch möchte ich betonen, dass sie nicht nur persönliche Erfolge gefeiert, sondern sich auch in besonderem Maße um die Westview Highschool verdient gemacht haben. Beide haben unglaubliche Arbeit geleistet, um die besten Voraussetzungen für die Zukunft zu schaffen. Fangen wir mit Neil an. Er wird im Herbst an die New York University gehen und dort Linguistik studieren. Im Eignungstest hat er die volle Punktzahl erreicht und in den AP-Kursen Spanisch, Französisch und Latein Bestnoten erhalten. Er ist Gründer und Vorsitzender des Schullesezirkels, und in seiner Funktion als Schulsprecher hat er einen Club-Fonds zur finanziellen Unterstützung außerschulischer Aktivitäten ins Leben gerufen. Ich bin mir sicher, davon werden die Schülerinnen und Schüler der Westview High viele Jahre profitieren.«

Höflicher Beifall ertönt. Ich klatsche halbherzig mit. Röte kriecht in McNairs Gesicht und macht den Sommersprossen die Vorherrschaft streitig.

»Und dann ist da Rowan.« Ich könnte schwören, ihr Lächeln hat sich gerade vertieft. »Sie wird das Emerson College in Boston besuchen, vorerst ohne Festlegung auf ein Hauptfach. An der Westview High war sie Kapitänin des Quizteams, Chefredakteurin des Jahrbuchs, hat insgesamt zwölf AP-Kurse belegt und war von Anfang an in der Schülervertretung. Als Co-Schulsprecherin hat sie sich für Unisex-Toiletten eingesetzt und dabei geholfen, die Schule ein bisschen grüner zu machen. Dank Rowan kompostieren wir heute und haben ein Mülltrennungssystem vorzuweisen.«

Ich wünschte, sie hätte nicht ausgerechnet damit abgeschlossen.

Mein Vermächtnis: Müll.

In Gedanken gehe ich zum wohl hundertsten Mal in den letzten Monaten meine Chancen durch. Die AP-Kurse werden bei der Berechnung nach einer komplizierten Methode gewichtet, daher lässt sich unser Notendurchschnitt schwer vergleichen.

»Erzwo«, flüstert McNair, als Mrs. Meadows zu einem Vortrag über bekannte Abschlussbeste und deren Errungenschaften in der Schulgeschichte anhebt und somit seine Vitrinen-Lektion von vorhin noch einmal aufgreift.

Ich schenke ihm keine Beachtung. Hier oben können uns alle sehen. Er sollte mittlerweile wissen, dass das nicht der richtige Ort für ein Pläuschchen ist.

Kaum merklich stößt er sein Knie gegen meins. »Erzwo.« Bestimmt will er mich an den Kaffeefleck erinnern. »Ich wollte nur sagen ... Das waren schöne vier Jahre. Dank unseres Konkurrenzkampfs bin ich immer am Ball geblieben.«

Die Worte dringen nur allmählich zu mir durch. Als ich zu ihm rüberlinse, wirft er mir durch die Brille hindurch einen gutmütigen Blick zu, keinen überheblichen wie sonst. Außerdem verzieht er den Mund ganz seltsam. Einen Sekundenbruchteil später geht mir auf, dass er lächelt – aufrichtig. Ich habe mich so an sein Grinsen gewöhnt, dass ich auf alles andere überhaupt nicht vorbereitet bin.

Keine Ahnung, was ich darauf erwidern soll. Ich bin mir nicht mal sicher, ob das ein Kompliment war. Bedanke ich mich bei ihm oder sage ich einfach »gern geschehen«? Oder lächle ich zurück?

Da ich ihn jetzt allerdings schon viel zu lange anstarre, lenke ich meine Aufmerksamkeit wieder auf Mrs. Meadows. Seit vier Jahren träume ich von diesem Moment. Wenigstens kann ich dann einen

Punkt auf der Liste abhaken. Das ist der Beweis, dass ich zumindest *eine Sache* richtig gemacht habe. Ich stelle mir meinen Namen in den Notizen der Schulleiterin vor, höre, wie er durch die Lautsprecher schallt.

»Ohne euch nun weiter auf die Folter zu spannen, präsentiere ich euch die diesjährige Nummer eins: Neil McNair!«

10:08 Uhr

Der Rest der Versammlung rauscht nur noch an mir vorbei. In einer symbolischen Geste überreichen McNair und ich das Mikrofon an unsere Nachfolgerin, Logan Perez. Versehentlich lasse ich es fallen, so betäubt fühle ich mich. Diesmal bin ich diejenige, die beim schrillen Fiepen der Rückkopplung zusammenzuckt.

Mrs. Meadows verkündet, der Abschlussjahrgang sei für heute fertig, die anderen Schülerinnen und Schüler hätten sich jedoch ganz normal im Anschluss in ihren Kursen einzufinden. Damit beendet sie die Versammlung. Polternd und rumorend brechen alle auf, und ich mische mich in das Gewühl. Ich kann Kirby und Mara nirgends entdecken, aber Kirby überschwemmt unseren Gruppenchat mit Heul-Emojis, und Mara schreibt ein paar aufmunternde Worte. Die beiden sind noch online, als ich den Messenger schließe. Das Hintergrundbild auf meinem Handy ist vom letzten Sommer und zeigt uns drei beim Bumbershoot-Festival, das wir seit der Middleschool jedes Jahr besuchen. Das Foto wurde aufgenommen, kurz nachdem wir uns einen Weg zur Hauptbühne gebahnt hatten. Kirby reckt die Arme in die Höhe, Mara presst sich lachend eine Hand auf den Mund und ich schaue geradewegs in die Kamera.

Jetzt ist alles vorbei: Seattle, die McFehde, die Highschool.

Das war's mit dieser Schule. Aber ich bin noch nicht bereit, sie zu verlassen.

Eine Weile schlendere ich durch die Gänge. Die Leute aus meiner Stufe feiern, während einige Lehrkräfte versuchen, die Jüngeren wieder in die Kursräume zu scheuchen. Schließlich sinke ich in einem leeren Flur in der Nähe des Kunstraums auf eine lange Bank, lehne mich gegen die Wand und hole mein Notizbuch hervor. Kirby, Mara und ich wollten uns vor der Pirsch in unserem liebsten indischen Restaurant zum Essen treffen, aber vorher muss ich mich ein bisschen sammeln. Und Schreiben hatte schon immer eine beruhigende Wirkung auf mich.

Ich schlage das Buch an der Stelle auf, an der ich heute Nacht etwas reingekritzelt habe, und hoffe, ein paar aufbauende Zeilen zu finden, die mir durch den Rest des Tages helfen.

Natürlich kann ich die Schrift nicht mal entziffern.

Das Erfolgsrezept verhöhnt mich sogar noch aus den Untiefen meines Rucksacks. Perfekter Highschool-Freund: Nope. Abschlussball: Nope. Abschlussbeste und damit McNair vernichtend geschlagen: Nope. Jeder Traum geplatzt, jedes Ziel verfehlt. Entweder sind sie der Zeit oder den Umständen zum Opfer gefallen oder ich war einfach nicht gut genug.

Ich hatte eine genaue Vorstellung davon, was für ein Mensch ich am Ende der Highschool sein wollte.

Aber der bin ich nicht geworden.

»Erzwo?«

Ich schaue auf, obwohl ich längst weiß, dass es McNair ist. Jetzt versaut er mir auch noch diesen nachdenklichen Augenblick mit meinen Selbstzweifeln, als hätte er nicht eh schon alles versaut. Fahrig stopfe ich das Notizbuch in den Rucksack zurück.

Seine Krawatte sitzt locker, seine Haare sind zerzaust, wahrscheinlich wegen der vielen Glückwunsch-Umarmungen. Er hebt eine Hand zum Gruß, und sofort drücke ich alarmiert den Rücken durch. Hoffentlich gibt mein Blick ihm zu verstehen, dass ich lieber das Jahrbuch fressen als mich mit ihm unterhalten würde. Ohne Erfolg.

»Und, wann stellen sie dir zu Ehren eine Büste vor der Schule auf?«, frage ich.

»Sie haben gerade die Maße genommen. Ich habe auf Marmor statt Bronze bestanden. Hat mehr Stil.«

»Wow … toll«, stammle ich. Normalerweise bin ich genauso schlagfertig wie er, nur war die letzte Stunde echt hart. Ich bin nicht ganz auf der Höhe.

Er zögert, setzt sich dann aber doch neben mich auf die Bank. Immerhin mit einem halben Meter Abstand. Da wir hier allerdings die Einzigen sind, sitzt er strenggenommen trotzdem *neben* mir. Er schiebt den Ärmel zurück und schaut auf die Uhr. Sie ist alt, silbern und hat keine Ziffern, sondern römische Zahlen. Er trägt sie jeden Tag, daher habe ich mich schon oft gefragt, ob sie wohl ein Familienerbstück ist.

»Ich meinte das vorhin übrigens ernst. Das mit dem Konkurrenzkampf. Du warst eine formidable Gegnerin.« So was wie »formidable Gegnerin« kann auch nur McNair sagen. »Du hast mich zu Höchstleistungen angespornt. Und das soll jetzt nicht böse klingen, aber … ohne dich wäre ich nicht Abschlussbester.«

Da kann ich nicht mehr länger an mich halten. Vielleicht will er wirklich nur ehrlich sein, aber es kommt mir eher so vor, als würde er sich über mich lustig machen. »Ohne mich wärst du nicht Abschlussbester? Was soll das werden, deine Siegesrede? Es ist *vorbei*, McNair. Du hast gewonnen. Geh und lass dich feiern.« Ich scheuche ihn mit einer Geste fort, wie er mich heute Morgen an der Pokalvitrine.

»Ach komm, sei doch nicht so. Ich reiche dir hier einen Olivenzweig.«

»Was nützt der mir, wenn ich dich damit nicht hauen kann?« Ich stoße einen tiefen Seufzer aus und kämme mir mit den Fingern durch den Pony. »Sorry. Mir wird das jetzt erst klar. Dass alles zu Ende ist. Fühlt sich irgendwie … komisch an.« Das Wort »komisch« ist viel zu harmlos nach der Sache mit dem Erfolgsrezept.

Ich fühle mich wie eine Versagerin.

Er atmet aus, und seine Schultern entspannen sich sichtlich, als hätte er sich die ganze Zeit über verkrampft. Offenbar drohen uns beiden erhebliche Haltungsschäden.

»Stimmt.« Er zupft an der Krawatte. »Richtig angekommen ist es bei mir bis jetzt auch nicht. Wahrscheinlich tauche ich Montag normal in der Schule auf.«

»Ist ein seltsamer Gedanke, dass einfach alles ohne uns weiterläuft.«

»Ja, oder? Ich meine, existiert die Westview überhaupt ohne uns? Oder sind wir wie der Baum, der im Wald umfällt und den niemand hört?«

»Und wer geht in Zukunft Mr. O'Brien in Chemie auf die Nerven?«

McNair schnaubt. »Ich glaube, er war der einzige Lehrer, der uns nicht leiden konnte.«

»Ganz ehrlich? Kein Wunder. Das Feuer war übrigens deine Schuld.« War es nicht, aber diese Einvernehmlichkeit zwischen uns ist kaum auszuhalten, und außerdem kann ich es nicht lassen, ein bisschen zu sticheln. »Du hast die falschen Chemikalien hinzugefügt«

»Weil du sie falsch aufgeschrieben hast«, entgegnet er mit unschuldig großen Augen. »Ich hab nur die Anweisungen befolgt.«

»Immerhin wird Mrs. Meadows uns vermissen.«

Er hält sich ein unsichtbares Mikro vor den Mund. »Rowan Roth, die das Müllsystem an der Westview High revolutioniert hat.«

»Klappe!«, sage ich, muss aber lachen. Witzig, dass ihm das auch aufgefallen ist. »Rowan Roth, Mülleimer-Emoji.«

»Nein, das passt nicht zu dir. Du bist eher die Frau, die die Hand so ausstreckt.« Er knickt die Hand ab, sodass sie flach nach oben zeigt, als würde er ein Tablett darauf tragen. Angeblich soll das Emoji eine Infoschalter-Servicekraft darstellen, allerdings habe ich das damit noch nie verbunden.

»Sie wirft eindeutig das Haar zurück, da kann mir doch niemand was erzählen.«

»Ich hab jetzt schon Mitleid mit den Leuten, die es versuchen.« Das ist einer von diesen seltsamen Momenten, in denen wir uns mal einig sind.

»Laut Mrs. Meadows sprichst du hundert Sprachen. Emojis sind also wahrscheinlich nicht komplex genug, um dich zu beschreiben«, entgegne ich.

»Stimmt«, meint er. »Ich bin überrascht, dass du dir die Chance entgehen lässt, mir das Scheißhaufen-Emoji zuzuordnen.«

»Wenn du findest, dass das Emoji dein Wesen am besten einfängt, will ich dir nicht widersprechen.«

Ein Zwitschern aus seiner Sakkotasche beendet unser Geplänkel. Er holt sein Handy raus und runzelt die Stirn.

»Was? Hast du eine Nachricht bekommen, dass du in Literatur für Fortgeschrittene durchgefallen und doch nicht Abschlussbester bist?«

»Von wegen.« Er tippt schnell eine Antwort und steckt das Handy zurück in die Tasche. Die Stirn bleibt jedoch gerunzelt.

Wäre er jemand anderes, würde ich fragen, was los ist.

Aber er ist nun mal Neil McNair. Keine Ahnung, wie ich das anstellen soll.

Keine Ahnung, was wir füreinander sind.

Eine merkwürdige, angespannte Stille breitet sich zwischen uns aus. Ich starre auf meine Ballerinas, überschlage die Beine, dann wieder nicht, klopfe auf meinen Rucksack. Stille ist nichts für McNair und mich. Diskussionen und Drohungen sind unser Ding. Feuer und Flammen.

Jetzt nicht mehr, erinnert mich eine Stimme im Kopf. Punkt zehn des Erfolgsrezepts war das letzte Kapitel im Buch meines Scheiterns.

Er trommelt mit den Fingerknöcheln auf sein Jahrbuch und räuspert sich. »Also … ähm. Ich hab mich gefragt, ob du vielleicht … was reinschreibst?«

Ich starre ihn an, überzeugt davon, dass er Witze macht. Aber was wäre die Pointe? Mir liegt ein »Klar, warum nicht« auf der Zunge.

Heraus kommt allerdings nur das mittlere Wort. »*Warum?*«, presse ich angewidert hervor. Und bereue es sofort.

Er zieht die Augenbrauen zusammen. Diesen Ausdruck habe ich in den vier Jahren, die wir jetzt im Clinch liegen, noch nie gesehen. Er wirkt *verletzt.*

»Vergiss es«, sagt er, ohne mich anzuschauen, und schiebt seine Brille wieder hoch. »Schon kapiert.«

»Neil«, setze ich an. Mehr kriege ich nicht über die Lippen. Was sollte ich in sein Jahrbuch schreiben? Dass er ebenfalls ein formidabler Gegner war? So was Banales wie »Viel Erfolg für die Zukunft«? Ich würde es tun, wenn er darauf besteht. Ich würde alles tun, um dieser peinlichen Situation zu entrinnen. Um das Gleichgewicht wiederherzustellen.

»Passt schon, Rowan. Ehrlich.« Er steht auf und klopft die zu kurze Anzughose ab. »Wir sehen uns bei der Abschlussfeier. Ich bin derjenige, der die Rede nach dir hält.«

Mein Name aus seinem Mund lässt mich innehalten und versetzt mein Herz in einen seltsamen Rhythmus. Bei ihm klingt er so weich. So ungewohnt.

Ist wohl das letzte Mal, dass ich ihn so höre.

Chat von Rowan Roth und Neil McNair
9. Klasse, Februar

UNBEKANNTE NUMMER

Hier ist Neil McNair.

> ich liebe gruppenprojekte wo zwei leute die gleiche note kriegen obwohl die eine Person *eindeutig* mehr arbeit reinsteckt

UNBEKANNTE NUMMER

Hi, Rowan.

> komm nach der schule in die bücherei damit wirs hinter uns bringen können

UNBEKANNTE NUMMER

Treffen wir uns in der Abteilung für Triviales mit den oberkörperfreien Männern auf den Covern oder in der für richtige Literatur?

Kontakt gespeichert als McNightmare.

11:14 Uhr

Knoblauch-Naan hebt meine Laune, wie es nur Brot kann.

»Sicher, dass alles in Ordnung ist?«, fragt Mara mich nun schon zum zehnten Mal.

Ich nicke und tauche ein Stück Naan in das Tamarinden-Chutney.

Das nimmt sie mir offenbar nicht ab, denn sie fährt fort: »Heute ist ein aufregender Tag. Konzentrieren wir uns auf das Positive. Wir haben unseren Abschluss fast in der Tasche. Bald fängt die Pirsch an und ...«

»Diese Samosas sind ein Traum«, ergänzt Kirby und hält eins hoch. »Ich hole noch mehr davon.«

Doch Maras blassblaue Augen ruhen unablässig auf mir. Über den Tisch hinweg streichelt sie mir die Hand. »Rowan ...«

»Ich kann einfach nicht glauben, dass es vorbei ist«, presse ich heraus.

»Wir haben noch den ganzen Sommer vor uns. Es ist nicht *vorbei* vorbei. Und Zweitbeste in einer Stufe mit fünfhundert Leuten zu sein, ist eine Riesenleistung.«

Ich weiß nicht, wie ich es ihr erklären soll. Es geht nicht darum, dass ich gern Abschlussbeste wäre oder McNair jetzt in meiner Rede ankündigen muss. Es geht um alles, was mit dieser Auszeichnung zusammenhängt. Um ein Kuddelmuddel von Dingen, die ich momentan nicht aussprechen kann. Weil sie mir selbst in Gedanken surreal erscheinen. Als McNair meinte, dass er Montag wahrscheinlich einfach wieder in der Schule auftaucht ... Seine Worte haben etwas tief in meinem Inneren angestoßen. Es wird keine Montage an der Highschool mehr geben. Keine Schulfeste oder SV-Sitzungen. Keinen Wecker um 5:55 Uhr oder noch frühere Wecknachrichten von McNightmare. Nicht dass ich die besonders vermissen werde. Trotzdem waren sie Teil der Highschool.

Das Entscheidende aber ist: Immer, wenn ich mir den heutigen Tag ausgemalt habe, habe ich mich besser gefühlt als jetzt.

Kirby lässt sich auf ihren Platz plumpsen, mit frischen Samosas und einem willkommenen Themenwechsel. »Ich kann nicht fassen, dass wir endlich auf die Pirsch dürfen.«

»Oh, ich bin schon seit Jahren bereit«, meint Mara mit einem listigen Lächeln. Sie fotografiert Kirbys kunstvoll arrangiertes Essen.

»Heißt das, wir erleben heute wieder die zielstrebige Mara?«, fragt Kirby, und Mara verdreht die Augen. »Die ist zum Fürchten, aber ich liebe sie.«

Während ich vor allem in der Schule ehrgeizig bin, kennt Mara bei Sport und Spiel keine Gnade. Von einer so zierlichen und netten Person wie ihr würde man das eigentlich gar nicht erwarten. Wir haben einmal drei Stunden lang »Zug um Zug« gespielt. Am Ende war Kirby fast am Heulen.

»Ich will nur, dass McNair ausscheidet. Vor mir, wenn's geht«, werfe ich ein und bin überrascht, wie sehr mich der Gedanke aufheitert. Ich trinke einen Schluck von meinem Mango-Lassi, der gleich viel süßer schmeckt.

Da kommt mir eine Idee. Die Pirsch! Es besteht immer noch die Chance, McNair zu schlagen. In einem allerletzten Wettkampf zwischen uns – und dem Rest der Schule.

»Ich werd's richtig vermissen, ihn zu hassen«, sage ich. Mein mentaler Motor überdreht. Wenn ich McNair besiege, habe ich wenigstens *etwas* von dem Erfolgsrezept geschafft, womöglich sogar das größte, wichtigste Etwas. Die glorreiche Zehn.

Kirby und Mara werfen sich einen Blick zu. »Schreibt ihr euch nicht jeden Tag und wünscht euch einen guten Morgen?«, fragt Mara vorsichtig.

»Nein, wir wünschen uns einen *schlechten* Tag. Das ist was völlig anderes«, erkläre ich. Nicht, dass meine besten Freundinnen die Beziehung, die ich mit meinem Rivalen habe (hatte?), falsch verstehen.

»Du wirst ihn vermissen, weil er dir keinen schlechten Tag mehr wünscht?« Kirby schüttelt den Kopf. »Heteros …« Dann pfriemelt sie eine Haarsträhne zurück in ihren Bauernzopf. »Falls wir heute Abend schon alle aus dem Spiel geflogen sind, sollten wir endlich mal wieder irgendwo zusammen übernachten. Haben wir ewig nicht gemacht.«

»Unbedingt«, stimmt Mara zu. Früher war das am letzten Schultag vor den Ferien normal. Wir haben sogar einmal im Monat Übernachtungspartys organisiert, bis uns in der Zwölften irgendwann der Stress eingeholt hat.

»Ich … ähm …«, stottere ich. Heute Abend findet Delilahs Lesung statt.

Ich kann problemlos hingehen und McNair trotzdem schlagen. Wenn die Pirsch bis dahin nicht zu Ende ist, fahre ich einfach auf einen kurzen Abstecher dort vorbei. Jemanden von den anderen werde ich da ja wohl nicht treffen. Aber wie soll ich es Kirby und Mara beibringen? Ich kann ihnen nicht erklären, wie viel mir Delilahs Signaturstempel bedeutet. Er hat die Form ihrer Lippen, und sie drückt ihn vorher in ein purpurrotes Stempelkissen, damit es aussieht, als hätte sie jedes Buch geküsst.

In meiner Fantasie mögen meine Freundinnen Delilah Parks Romane genauso wie ich.

In der Realität halten sie meine Lieblingsbücher für Schund.

Einmal, als wir im Buchladen des Einkaufszentrums an einer

Auslage mit Liebesromanen vorbeigekommen sind, hat Mara spöttisch geschnaubt. Mit nur einem Geräusch hat sie die Bücher total abgewertet, sodass ich mich sofort dafür geschämt habe, jedes auf dem Tisch liegende gelesen zu haben. Ein anderes Mal hat Kirby die Liebesromane in meinem Regal entdeckt, und ich habe gelogen und gesagt:»Die sind von Mom«. Kirby hat sie einzeln rausgezogen und über die Titel gelacht. Mir war das extrem peinlich, aber ich wusste nicht, wie ich sie aufhalten sollte.

Es war einmal ein Mann: Der Roman hat mich in der neunten Klasse im Krankenhauswartezimmer abgelenkt, als Dad wegen seines Blinddarms eine Notfall-OP hatte.

Glück im Bett: Der hat mir gezeigt, dass auch Frauen den ersten Schritt in einer Beziehung machen können.

Des Dukes dunkles Geheimnis: Tja, das war einfach spaßig.

»Warten wir mal ab, wie die Pirsch so läuft«, wiegle ich ab.

Es bimmelt an der Eingangstür zum Restaurant. Aus Reflex schaue ich mich um und entdecke dort zu meiner Überraschung McNairs beste Freunde: Adrian Quinlan, Sean Yee und Cyrus Grant-Hayes, die Vorsitzenden der Schach- und Roboter-AG sowie des Anime-Fanclubs, in der Reihenfolge. McNairs Abwesenheit fällt mir natürlich sofort auf und lässt alle Alarmglocken schrillen.

Mein erster Gedanke: Mit den Jungs bin ich zusammen auf eine Schule gegangen. Vergangenheitsform. Vieles in Seattle ist ab jetzt nur noch Erinnerung.

»Ich geh noch mal«, sage ich, schiebe den Stuhl zurück und stelle mich hinter den dreien am Buffet an.

»Was geht, Rowan?«, begrüßt mich Adrian, der sich gerade Basmatireis auf den Teller schaufelt.

»Hey, Adrian. Wo habt ihr denn McNair gelassen?«, frage ich so beiläufig wie möglich.

Einzeln sind sie ganz vernünftig. Als Gruppe haben sie schon mehrmals Partei im Roth-McNair-Konflikt ergriffen. Zum Beispiel sind sie einmal Mitglieder in der Schülervertretung geworden, nur um eine Wahl zugunsten von McNair zu beeinflussen. Anschließend sind sie direkt wieder ausgestiegen. Oder bei dem Analysistest, als sie den Notendurchschnitt absichtlich runtergezogen haben, um Neil zu pushen. Die meiste Zeit schütteln sie allerdings nur die Köpfe und grinsen über uns, als wären wir eine Show, die zwar nicht besonders wichtig, aber unterhaltsam genug ist, um sie laufen zu lassen.

Cyrus entscheidet sich für das Saag Paneer. »Vermisst du deine bessere Hälfte etwa schon?«

Die Frage bringt mich aus dem Konzept. *Bessere Hälfte.* Ich habe es immer gehasst, in einem Atemzug mit McNair genannt zu werden, aber bei Cyrus klingt es gar nicht so furchtbar. Als wäre es grundsätzlich nichts Schlechtes.

»Ob ich ihn vermisse? Ich wollte nur wissen, ob er bereit ist für die Pirsch. Vermissen, von wegen. Ich hab ihn doch vor einer Stunde noch gesehen«, entgegne ich und lache, weil Cyrus' Andeutung so albern ist. »Und in einer Stunde laufen wir uns wahrscheinlich eh wieder über den Weg. Ganz sicher vermisse ich ihn nicht.«

»Entspann dich«, meint Adrian. »Er ist nicht da. Familiärer Notfall.«

»Oh.« *Notfall?* »Ist alles … in Ordnung?«

Ich hätte mir meinen Kommentar vorhin einfach sparen und in sein Jahrbuch schreiben sollen. Wir haben uns jahrelang gegenseitig getriezt, und ausgerechnet heute schaffe ich es, ihn mit nur einem Wort zu verletzen. Auf dem Flur kam McNair mir seltsam sensibel vor. Passt gar nicht zu ihm, wo er doch sonst keine Schwäche zeigt. Oder auch nur einen Riss in seiner Mauer.

Sean zuckt die Achseln und häuft Samosas auf seinen Teller. »Hat nicht viel gesagt. Er … spricht nicht so gern über Privates.«

»Ich kann mich nicht erinnern, wann ich das letzte Mal bei ihm zu Hause war«, meint Cyrus.

Adrian wirft ihm einen scharfen Blick zu, den ich nicht interpretieren kann. »Er hat halt selten Besuch.«

Ich gehe im Kopf durch, was ich über McNair weiß. Er muss irgendwo in der Nähe der Westview High wohnen. Wo genau, keine Ahnung. Und offenbar hat er eine Schwester. Bevor Adrian damit herausgeplatzt ist, hätte ich allerdings vermutet, er wäre Einzelkind wie ich, weil er sie nie erwähnt hat. *Er spricht nicht so gern über Privates.* Was ist so privat, dass er es nicht mal seinen Freunden erzählen würde?

»Er macht aber bei der Pirsch mit, oder?«, frage ich.

»Klar, Mann.« Sean streicht sich schwungvoll die schwarzen Strähnen aus den Augen. Den leicht verwegenen Look fand ich immer schon süß. McNairs Haare würden niemals so lässig aussehen. »Er meinte, das Spiel will er keinesfalls verpassen.«

Das beruhigt mich. So ernst kann der Notfall dann ja nicht sein. Das soll mich nicht von meinem neuen Ziel abbringen. Ein Ziel, das mir diesen vertrauten Selbstbewusstseinskick gibt.

Ich werde McNair ein letztes Mal vernichtend schlagen.

Vielleicht fühle ich mich danach wieder wie ich selbst.

VERTRAULICH

Die Pirsch – Offizielle Spielregeln
Eigentum der 11. Klasse, Westview Highschool

TOP SECRET
NICHT WEITERLEITEN.
NICHT VERVIELFÄLTIGEN.
NICHT UNBEAUFSICHTIGT LASSEN,
SCHON GAR NICHT AUF DEM COMPUTER,
WÄHREND DU DIR KÄSEBREZEL VOM KIOSK HOLST,
AUCH WENN DAS DOKUMENT »HUNDERTPRO« GESICHERT IST.
(JA, DU BIST GEMEINT, JEFF.)

DIE PIRSCH ist eine stadtweite Schnitzeljagd mit einem
Haken: Eure Mitschüler*innen haben es auf euch abgesehen.

ZIEL DES SPIELS
1. Folge den 15 Hinweisen und mache
in der ganzen Stadt zu jedem ein Foto.
2. Schicke es zur Überprüfung an die Leitwölfe (uns ☺).
3. Pass auf, dass du nicht geschnappt wirst.

Zu Beginn des Spiels erhältst du den Namen deiner
ersten Zielperson. Du kannst sie ausschalten, indem
du dir ihr blaues Armband schnappst. Hast du sie erwischt,
übernimmst du ihre Zielperson.

Gewonnen hat, wer allen 15 Hinweisen
nachgeht und als Erste oder Erster wieder an der
Sporthalle der Westview High ist.

PREISGELD: $ 5.000
VIEL GLÜCK! IHR WERDET ES BRAUCHEN.

11:52 Uhr

Als wir am Footballfeld ankommen, sind schon fast alle aus unserer Stufe da. Kirby und Mara steuern sofort auf ihre Tanzgruppe zu, um Selfies zu machen und Jahrbücher zu tauschen. Da es endlich wärmer wird, ziehe ich den Cardigan aus und lege ihn zusammengefaltet in meinen Rucksack. Seitdem ich den neuen Plan gefasst habe, fühle ich mich schon viel besser. McNair vernichtend schlagen. Mir meine Selbstachtung zurückholen. Delilah treffen und hoffen, dass sie mich mag.

McNairs Freunde hatten recht. Er ist hier, auf der Tribüne, und kramt in seinem Rucksack. Von der Sonne angestrahlt, sind die feurigen Haare eine echte okulare Gefahr. Wenn ich direkt hinschaue, verätze ich mir wahrscheinlich die Hornhaut. Total Eclipse of McNair. Ich schirme die Augen ab und lasse den Blick weiter nach unten wandern. Er hat sich umgezogen und trägt jetzt ein schwarzes T-Shirt mit einem lateinischen Spruch drauf. Seine dunkle Jeans hat ein Loch am Knie, und die Füße stecken in abgewetzten Adidas mit angeknabberten Schnürsenkeln. Ob er einen Hund hat? Endlich sieht er mal wie ein normaler Jugendlicher aus, nicht wie ein Steuerberater oder der stellvertretende Schulleiter einer Middleschool.

Das eigentlich Faszinierende ist allerdings das T-Shirt. Normalerweise läuft er in Sweatshirts oder Hemden, manchmal auch in diesen Altherren-Cardigans mit Ellbogen-Patches rum. Aber wer weiß, vielleicht ist das hier seine Sommermontur. Sonst sehen wir uns ja immer nur in den neun tristen Schulmonaten. Sommersprossen bedecken die blassen Arme und verschwinden unter den Ärmeln. Er hat sogar Bizeps. In der Zehnten, als er noch ein Lauch war, haben die dürren Ärmchen wie Zweige aus dem sackartigen Westview-Sportshirt geragt, das sowieso niemandem passte. Dieses T-Shirt hingegen passt ihm definitiv.

»Alles okay, Erzwo?«

Ich blinzle. Er sieht mich mit hochgezogenen Augenbrauen an, ein Lächeln umspielt seine Lippen.

»Was?«

»Du guckst so komisch«, meint er.

Keine Ahnung, was er damit andeuten will. Angestarrt habe ich ihn jedenfalls nicht. Er stand nur zufällig in meinem Sichtfeld und sah anders aus als sonst. Ist doch klar, dass mein Blick da kurz an ihm hängen bleibt.

Ich straffe die Schultern und deute auf seine Klamotten. »Normale Alltagskleidung? Ist der Roboter, der deinen Körper steuert, im Anzug zu heiß gelaufen?«

»Nee, den Wärmehaushalt kann er perfekt regulieren. Ein Roboter ohne diese Funktion wäre heute total nutzlos.«

»Schade, ich hab mich schon darauf gefreut, dich in einem Kubikmeter Polyester durch Seattle rennen zu sehen.« Nach dem Jahrbuchfiasko ist dieser Schlagabtausch echt beruhigend.

Er verschränkt die Arme. Ihm scheint nicht bewusst zu sein, wie viel Haut er auf einmal zeigt. So wirken die Oberarme noch muskulöser. Krass! Stemmt er Gewichte? Warum sollten sie sonst so definiert sein?

»Wie beleidigend«, meint er. »Der Anzug besteht aus einem Wolle-Baumwoll-Mix.«

Wir stehen mittlerweile nah genug zusammen, dass ich den lateinischen Satz auf seiner Brust entziffern kann: QUIDQUID LATINE DICTUM, ALTUM VIDETUR. Sicherlich wartet er nur darauf, dass ihn jemand fragt, was es bedeutet. Ich werd's später googeln.

Er schließt den Reißverschluss des Rucksacks und schwingt ihn sich über die Schulter. Ich entdecke einen Pin: Ein glänzender Korb voll Corgis mit der Aufschrift FREE PUPPIES! Kein Plan, was das zu sagen hat. Aber ich bin mir zu 98 Prozent sicher, dass er nicht heimlich Hunde züchtet.

»Bist du …?« Für das »okay« mache ich nur eine vage Handbewegung und lasse den Satz lieber unvollendet. Ich will nicht so tun, als würden wir uns besonders nahestehen.

»Rund?«, fragt er. Nachdenklich tippt er sich ans Kinn. »Verbogen? Ich bin ein bisschen eingerostet, was Scharade angeht. Wie viele Silben hat das Wort?«

»Nein, ich … ich hab die anderen beim Mittagessen getroffen. Sie meinten, du hättest einen Notfall gehabt?«

Seine Ohren laufen rot an. »Oh! Nein. Wobei, ja, aber es ist alles in Ordnung.«

»Gut«, sage ich hastig. Schließlich weiß ich noch weniger über sein Privatleben als seine Freunde. Ich dachte immer, er würde im Anzug Hausaufgaben machen, im Anzug zu Abend essen, im Anzug schlafen, am nächsten Morgen im Anzug aufwachen und so weiter. Das T-Shirt und die nackten Arme bringen die Theorien über McObersekretär ins Wanken. »Dass es nichts Schlimmes war, meine ich. Zum Glück kannst du mitspielen. Und ich muss kein schlechtes Gewissen haben, wenn ich gewinne.«

»Und das von einer, die sich weigert, in mein Jahrbuch zu schreiben.« Er zieht die Augenbrauen hoch, als wüsste er genau, wie schuldig ich mich deswegen fühle.

Jetzt laufe ich rot an. Wäre mein Pony länger, könnte ich mich wenigstens dahinter verstecken. »Das war nicht … Also …«

Beschwichtigend hebt er die Hand, trotzdem ist mir nach seinem Kommentar unwohl zumute. »Ich guck mal, wo der Rest der Quad ist.«

McNair und seine Freunde nennen sich selbst Quadriga, kurz Quad, und ja, das ist das Nerdigste, was ich je gehört habe. Umso seltsamer, dass die anderen so wenig über Neils Privatleben wissen. Als wäre die Quadriga eher eine Troika mit Anhängsel. Die vier verstreuen sich nächstes Jahr in alle Himmelsrichtungen. Neil geht an die NYU, Adrian an irgendeine Universität in Kalifornien, Cyrus zur Western und Sean zur University of Washington.

Kirby und Mara schlendern auf mich zu. Mara starrt mit gerunzelter Stirn auf ihr Handy. »Es ist schon zwei Minuten nach. Sind wir hier sicher richtig?«

»Ich glaube nicht, dass sich alle Leute aus unserem Jahrgang vertan haben«, meint Kirby.

Es verstreicht noch mehr Zeit, und allmählich breitet sich Unruhe aus. Hat das Orga-Team einen Fehler gemacht? Das Spiel ist jedes Mal anders. Die Elftklässlerinnen und Elftklässler der Schülervertretung verbringen fast ein ganzes Quartal damit, es auf die Beine zu stellen. Trotz der ständigen Streitereien hinter den Kulissen war die von mir und McNair geplante Pirsch im letzten Jahr ein voller Erfolg. Hat man die Orte, zu denen unsere Hinweise führten, auf der Karte miteinander verbunden, kam die Form eines Wolfs dabei heraus.

»Da stand ›um Punkt zwölf‹«, regt sich Justin Banks auf.

»Haben die uns vergessen?«, fragt Iris Zhou.

Ein paar Meter weiter steht McNair und sieht zu mir herüber, eine stumme Frage im Blick: *Sollen wir irgendwas unternehmen?* Ich bin unsicher. Wir sind nicht mehr die amtierenden Schulsprecher, auch wenn wir daran gewöhnt sind, die Dinge in die Hand zu nehmen.

»Das ist doch Mist«, meint Justin. »Ich bin raus.«

Als er vom Feld stapft, vibrieren, klingeln und plingen knapp fünfhundert Handys gleichzeitig. Wir werden allesamt von einer unbekannten Nummer mit Nachrichten zugespammt.

SEID GEGRÜSST, ZWÖLFER-WÖLFE

Na, überrascht? Tja, wir fangen gerade erst
an. Die schnellsten fünfzig, die es zu unserem
Geheimversteck schaffen, bleiben im Spiel.

Hier ist euer Rätsel:

2001

1968

70

2,5

»2001, 2001 …«, murmelt Kirby. »Da waren wir nicht mal auf
der Welt. Was gab es 2001? Abgesehen von fragwürdigen Mode-
trends.«

Googeln ist nicht verboten, aber die Hinweise sind oft so kon-
zipiert, dass man sie online schlecht findet.

»Ah!«, ruft Mara. »Bezieht sich das vielleicht auf diesen alten
Film? *2001: Odyssee im Weltraum?*«

»Sag's doch noch lauter«, meint Kirby.

»Sorry. Das ist die Aufregung.«

Wir laufen zu meinem Auto, da ich als Einzige von uns dreien
zur Schule fahre. Kirby und Mara wohnen nah genug, um zu Fuß
zu gehen. Der Rest der Stufe scheint die gleiche Idee zu haben. Die
meisten teilen sich in Gruppen auf. Einige marschieren Richtung
Parkplatz, andere zur Bushaltestelle.

»Ich glaube, Mara hat recht mit dem Film«, sage ich, während
ich meinen Browser anfeuere, schneller zu laden. »Den hab ich mal
mit Dad geguckt. Na ja, vielmehr hat er ihn allein geguckt, ich bin
eingeschlafen. Der ist von … 1968.«

»Er muss in irgendeinem Zusammenhang mit Seattle stehen«,

wirft Kirby ein. »Vielleicht wurde er hier gedreht … Nope. In England, laut Wikipedia.«

»Du hast drei Jahre AP-Kurse belegt und nutzt nach wie vor Wikipedia?« Mara klingt schockiert. Bevor Kirby zu einer Verteidigung ansetzen kann, erreichen wir meinen Honda Accord mit der in Mitleidenschaft gezogenen Stoßstange. »Rowan! Ach du heilige Scheiße! Dein armer Wagen.«

»Immerhin fährt er noch«, erwidere ich etwas verlegen. »Los, steigt ein.«

»Falls alle Hinweise was mit Filmen zu tun haben, könnte die 70 vielleicht auf das 70-Millimeter-Format hindeuten.« Mara rutscht auf die Rückbank, nachdem Kirby sich den Beifahrersitz gesichert hat. »Gibt es in Seattle Kinos, die das bis heute nutzen?«

»Wenn, dann bestimmt das Cinerama«, antworte ich. Es ist eins von Seattles ältesten Kinos. Wir googeln eifrig. »Moment … Da!« Berauscht davon, der Lösung auf der Spur zu sein, halte ich den beiden das Handy vor die Nase. »Im Cinerama lief der Film im 70-Millimeter-Format. Zweieinhalb Jahre lang!«

»Ab zum Cinerama!«, ruft Kirby und haut aufs Armaturenbrett.

Auf dem Weg in die Stadt scrollt sie durch meine Musik und ignoriert dabei die unausgesprochene Regel, dass eigentlich die Person hinter dem Steuer auswählen darf.

»Ich wusste, die Pirsch tut dir gut. Du hast schon viel bessere Laune«, bemerkt Mara. Sie lehnt den Kopf ans Fenster. »Würde es Seattle eigentlich umbringen, uns mehr als zehn Minuten Sonne zu schenken?«

Der Himmel hat sich wieder zugezogen und trägt sein beständiges Grau zur Schau.

»Nicht umsonst sagt man, der Sommer in Seattle beginnt erst am vierten Juli«, meint Kirby, schaut allerdings nicht mal von der Playlist auf. »Warum hast du Electric Light Orchestra hier drauf?«

Ich versuche, ihr mein Handy wegzunehmen, aber sie hält es weit von mir. »›Don't Bring me Down‹ ist zeitlos.«

»Hoffentlich fällt am Lake Chelan nicht alles ins Wasser«, wirft Mara ein.

Kirby erstarrt und blickt über die Schulter zu Mara.

»Was ist am Lake Chelan?« Ich nehme die Ausfahrt 99 Nord Richtung Denny Way und lande prompt in der mittäglichen Seattler Rushhour.

Kurz herrscht Schweigen. Kirby knibbelt ein paar alte Parkplaketten vom Fenster.

»Mist«, murmelt Mara.

»Wir wollten es dir noch sagen«, meint Kirby. »Maras Eltern reisen über den vierten Juli zum Lake Chelan und haben mich eingeladen mitzukommen.«

»Sie haben dich eingeladen«, wiederhole ich. Mir rutscht das Herz in die Hose. »Nur dich.«

»Ja.«

»Übers Wochenende?«

»Nein, äh, für zwei Wochen.«

Zwei Wochen! Es ist nicht so, als würden wir im Sommer grundsätzlich jeden Tag zusammen verbringen. Alle zwei Jahre besucht Kirbys Familie Verwandte in Kambodscha, und Mara war schon zweimal in einem Tanz-Camp in New York. Aber dies ist unser letzter Sommer, und ich dachte, das hätte was zu bedeuten.

Im Kopf habe ich mir alles längst ausgemalt. Wie wir am Alki Beach und im Golden Gardens Park die Zehen in den Sand graben. Wie wir uns im Seattle Center gegenseitig herausfordern, den großen Brunnen zu berühren, als wären wir zwölf. Wie wir Portobello-Burger im Plum Bistro, Schokoladenkuchen mit flüssigem Kern im Hot Cakes und Zimtschnecken im Two Birds schlemmen ...

»Wir können immer noch zusammen auf das Bumbershoot-Festival«, sagt Mara sanft.

Ich kralle die Finger ums Steuer. »Ich kann nicht mit euch zum Bumbershoot. Ich ziehe Ende August nach Boston.«

»Oh.«

»Ich dachte … Wir hatten so viele Pläne.«

»Wir haben nie wirklich darüber geredet«, erwidert Kirby. Der Verkehr kriecht langsam vorwärts.

Ich öffne den Mund, um ihr zu widersprechen, aber sie hat recht. Ich kann mich auch nicht daran erinnern. Erst kamen die Tests in den AP-Kursen, dann die Vorbereitungen auf die Abschlussprüfungen, die Abschlussprüfungen selbst, und jetzt ist er da, der letzte Tag vor unserem letzten Sommer. An dem ich meine beiden besten Freundinnen plötzlich früher verliere als erwartet.

3. JEDES WOCHENENDE mit Kirby und Mara verbringen.

»Parkplatz!«, schreit Mara unvermittelt und schlägt, offenbar überrascht über ihren eigenen Ausbruch, die Hand vor den Mund. »Ich meine … da ist ein guter Platz zum Parken. Da vorne.«

Schweigend stelle ich den Wagen ab.

Das Kino zieht sich über den Großteil des Blocks, obwohl es nur einen Saal mit einer Riesenleinwand umfasst. In der Eingangshalle sind Kostüme aus mehreren Filmreihen ausgestellt. Aber was ich am Cinerama immer schon am liebsten mochte …

»Schokopopcorn«, ruft Mara in einem weiteren Versuch, den Frieden wiederherzustellen. »Willst du was, Rowan?«

Ich lehne kopfschüttelnd ab – zum ersten Mal in meinem Leben.

Nisha Deshpande und Olivia Sweeney, die Schülervertreterinnen aus der Elften, nehmen uns an der Tür zum Kinosaal in Empfang. »Rowan! Hi!« Nisha kritzelt meinen Namen auf ihr Klemmbrett. »Ich bin so froh, dass du es geschafft hast.«

Fanclub, formt Kirby mit den Lippen.

Wir sind unter den ersten Zehn. Bis auf ein paar gedämpfte Gespräche herrscht Stille im Saal. Wir sichern uns drei Plätze am Gang, damit wir nachher schneller rauskommen.

Und dann warten wir.

Die anderen aus unserer Stufe trudeln in kleinen Gruppen ein, ab und zu aber auch einzeln. Als Spencer hereinspaziert, sinke ich tiefer in meinen Sitz. Ich entdecke McNairs rote Haare, die man wie immer schlecht übersehen kann. Eine Mischung aus Stolz und Erleichterung erfüllt mich. Er ist hier, aber ich war vor ihm da.

Es ist fast halb eins, als die letzte Person eintrifft.

»Nummer fünfzig – Glück muss man haben!«, ruft Brady Becker und sprintet mit ausgestreckter Hand durch den Gang. Ein paar Leute klatschen ihn ab.

Er rutscht in der zweiten Reihe auf einen Sitz, und schon schließen sich mit einem *Wuuusch* die Türen, und es wird dunkel im Saal.

12:26 Uhr

Die Leinwand erwacht. *Willkommen*, steht in weißen Lettern auf schwarzem Hintergrund. *Ihr habt den ersten Test bestanden.*

Es ist, als würde man einen Stummfilm sehen. Schwarz-weiße Momentaufnahmen und geschriebene Dialoge, unterlegt mit Jazz-Musik. Die Darstellerinnen und Darsteller aus der Elften machen vor, wie gespielt wird, zeigen, wie man sich die Zielperson richtig schnappt und was gegen die Regeln wäre. Außerdem liefern sie uns eine total übertriebene Verfolgungsszene, in der ein Teilnehmer am Ende in den Green Lake hechtet.

»Licht an!«, ruft jemand, als der Film vorbei ist, aber der Saal bleibt dunkel. Dann energischer: *»Licht an!«*

Während sich meine Augen an die Helligkeit gewöhnen, betreten einige Elftklässlerinnen und Elftklässler aus der Schülervertretung die Bühne: die zukünftige Schulsprecherin Logan Perez, ihr Stellvertreter Matt Schreiber sowie Nisha und Olivia. Die vier tragen die gleichen blauen T-Shirts, aber Nisha und Olivia schleppen Klemmbretter, Papiere und Kartons voller Armbänder. Man erkennt sofort, wer da die Mädchen für alles sind.

»Herzlichen Glückwunsch, lieber Abschlussjahrgang!«, verkündet Logan. Ihre Stimme ist so kräftig, dass man sie sogar ohne Mikro deutlich hört. Sie hat der Westview High schon zu zwei Basketball-Meisterschaften verholfen, was ihr wahrscheinlich auch nächstes Jahr gelingen wird – nur erlebe ich das dann leider nicht mehr live mit. »Hiermit eröffne ich offiziell die diesjährige Pirsch!« Großes Gejubel bricht los. Es ist unmöglich, sich nicht von der Begeisterung mitreißen zu lassen. Schon beim letzten Mal konnte ich es kaum erwarten, selbst mitzuspielen. Man ist erst mit der Westview High durch, wenn man bei der Pirsch mitgemacht hat. Momentan klammere ich mich fest an diesen Gedanken.

»Denkt dran: *Jede und jeder* kann euch potenziell gefährlich werden«, fährt Logan fort und tigert über die Bühne. »Eure besten Freunde oder Freundinnen, eure Partnerin, euer Partner. Ihr könnt niemandem vertrauen!«

Mara und Kirby tauschen einen alarmierten Blick aus, während Matt das Mikro übernimmt.

»Die Spielregeln sind im Grunde die gleichen wie die letzten Jahre«, erklärt er. »Bevor ihr den Kinosaal verlasst, bekommt ihr ein blaues Armband und einen Zettel mit dem Namen eurer Zielperson. Um sie zu töten, müsst ihr ihr das Armband klauen. Anschließend übernehmt ihr deren Zielperson. Ganz wichtig also: *Den Zettel nicht verlieren!*« Er legt die Hand wie einen Trichter ans Ohr. »Wie war das?«

»Den Zettel nicht verlieren«, schallt es von allen zurück, und er reckt den Daumen nach oben.

»Schreibt uns bitte eine Nachricht, wenn ihr eure Zielperson geschnappt habt, damit wir den Überblick behalten«, ergänzt Logan. »Die Nummer habt ihr ja noch von gerade.«

»Aber, Logan«, wirft Matt ein. »Wie kann man denn gewinnen?«

»Gute Frage, Matt. Sobald ihr diesen Saal verlasst, bekommt ihr einen Leitfaden mit fünfzehn Hinweisen. Um zu beweisen, dass ihr jedem einzelnen nachgegangen seid, ist pro Hinweis ein Foto erforderlich. Einige führen euch zu konkreten Sehenswürdigkeiten, andere sind eher allgemein gehalten. In welcher Reihenfolge ihr sie abarbeitet, ist egal, aber vergesst nicht, dass es bei den Sehenswürdigkeiten oft vor Menschen nur so wimmelt und ein paar davon euch womöglich im Visier haben. Nachdem ihr uns die Fotos zugeschickt habt, überprüfen und bestätigen wir sie. Wir jagen sie durch eine Bildersuche, damit ihr nicht mogelt, aber ihr dürft sie gern mit Freundinnen und Freunden teilen. Gewonnen hat die Person, die als Erste für alle fünfzehn Hinweise die Beweisfotos geschickt hat und an der Sporthalle der Westview High eintrifft. Die Pirsch endet spätestens eine Stunde vor der Abschlussfeier am Sonntag, falls wir bis dahin keinen Sieger oder keine Siegerin haben.«

»Soll das etwa heißen, das Spiel läuft die ganze Nacht? Und morgen?«, fragt Matt.

Logan nickt. »Jep! Und der Haufen Geld, den ihr dieses Jahr gesammelt habt, macht die Schnitzeljagd umso aufregender, denn das Preisgeld …« Logan hält grinsend inne, um die Spannung zu erhöhen, »… beläuft sich auf fünftausend Dollar!«

Pfiffe ertönen. Fünftausend Dollar – mehr als doppelt so viel wie letztes Jahr. Das sind in etwa die Kosten, die durch meine Stipendien für das erste Studienjahr noch nicht abgedeckt sind.

Davon könnte ich stapelweise Bücher kaufen.

»Okay, okay«, sagt Logan und hebt die Hand, um sich erneut Gehör zu verschaffen. »Sollen wir jetzt über die jagdfreien Zonen und Zeiten sprechen, Matt?«

»Sprechen wir über die jagdfreien Zonen und Zeiten, Logan!«

Bewundernswert, wie einwandfrei die beiden das Ganze einstudiert haben und wie toll sie sich ergänzen. Sie waren immer schon gut befreundet und haben bei Projekten oft zusammen die Leitung übernommen. Außerdem zeigt das ziemlich eindeutige Wahlergebnis, wie beliebt sie bei ihren Mitschülerinnen und Mitschülern sind. Wahrscheinlich geht es mit ihnen in der Schülervertretung wesentlich friedlicher zu.

»Wir schicken euch zwischendurch Nachrichten, damit ihr euch an gewissen jagdfreien Zonen einfindet. Es ist Pflicht, dort zu erscheinen. Zum einen sollt ihr euch nicht dauerhaft irgendwo verstecken, zum anderen wollen wir euch die Möglichkeit geben, euch auszuruhen und Zeit mit euren Freundinnen und Freunden zu verbringen. Auch wenn ihr ausgeschieden seid, könnt ihr kommen. Heute ist der letzte Tag. Das letzte Mal, dass ihr euch alle seht. Wir wollen, dass ihr Spaß mit euren Leuten habt, …«

»… ohne sie abzumurksen«, beendet Matt den Satz. »Ist irgendwas unklar?«

Eine sommersprossige Hand schießt in die Höhe.

»Es gibt doch sicher geografische Einschränkungen?«, erkundigt sich McNair in seiner viel zu förmlichen Art.

Logan zeigt mit dem Finger auf ihn. »Ja. Guter Punkt! Das Gebiet ist im Norden begrenzt durch die Fünfundachtzigste, im Süden durch den Yesler Way, im Osten durch Lake Washington und im Westen durch den Puget Sound.«

Die beiden beantworten ein paar weitere Fragen: »Was passiert, wenn man das Armband verliert?« (Sollte möglichst nicht passieren), »Kann man ein Foto doppelt benutzen?« (Nein: pro Hinweis ein Bild). Über den aktuellen Spielstand werden wir per Nachricht auf dem Laufenden gehalten.

»Und jetzt wollen wir nicht noch mehr eurer Zeit beanspruchen«, sagt Logan. »Nisha hat die Armbänder, Olivia die Zettel mit den Zielpersonen. Nehmt beim Rausgehen bitte jeweils eins mit. Bindet die Bandanas nur einmal um den Arm, macht keinen Knoten. Und was eigentlich selbstverständlich sein sollte: Zeigt niemandem, wen ihr habt. Einige von euch wollen sich bestimmt verbünden, aber seid vorsichtig. Ihr könnt nie wissen, ob euer Partner oder eure Partnerin nicht doch die Freundschaft aufs Spiel setzt, um sich eine ordentliche Stange Geld unter den Nagel zu reißen.«

Das ist letztes Jahr passiert. Zwei beste Freundinnen haben sich für die Schnitzeljagd zusammengetan, und am Ende hat die eine die andere eliminiert, weil sie ihren Namen gezogen hatte.

»Euch bleiben fünf Minuten, bevor ihr zur Zielscheibe von jemandem werdet«, sagt Logan. »Das gilt später auch für die jagd-freien Zonen. Nach Ablauf der Zeit seid ihr noch für fünf Minuten safe, ehe wieder Angriffe gestartet werden dürfen.«

»Viel Glück, Zwölfer-Wölfe!«, ruft Matt, und der Saal bricht in lautes, ungeduldiges Geheul aus. Wir springen auf und rennen zur Tür.

In der Eingangshalle bindet Nisha mir ein blaues Bandana um den Oberarm. »Ich drück dir die Daumen«, flüstert sie. Dann hole ich mir bei Olivia einen Zettel ab.

Mein Mut schwindet, als ich den Namen meiner ersten Zielperson lese: *Spencer Sugiyama.*

Draußen vor dem Kino schlagen alle unterschiedliche Richtungen ein, einige in Grüppchen, andere allein. Die Hinweise sind erschreckend schwer. Eine Handvoll davon scheint ziemlich eindeutig zu sein, aber bei manchen bin ich echt überfragt.

Kirby, Mara und ich trödeln vor dem Ausgang zur Lenora Street herum. Jetzt, da wir wieder unter uns sind, steht das Gespräch im Auto wie eine Mauer zwischen uns.

»Die fünf Minuten sind fast um«, bemerke ich mit Blick auf mein Handy, ehe ich es zurück in die Kleidtasche gleiten lasse.

»Okay.« Kirby bohrt die Zehenspitzen in den Gehweg. »Und wir könnten uns gegenseitig gezogen haben.«

Ich rechne schnell im Kopf. »Die Wahrscheinlichkeit dafür liegt bei zwei Prozent.«

»Bitte kein Mathe. Schule ist doch vorbei«, mault Kirby. »Hätte ich eine von euch, würde ich es sofort verraten.«

»Echt? Ich nicht.« Unschuldig lächelnd streicht Mara sich eine blonde Haarsträhne hinters Ohr.

Als ich ebenfalls nicht mit der Sprache herausrücke, meint Kirby: »Oh Mann, ich traue keiner von euch beiden.«

So befangen haben wir uns noch nie verhalten. Ich zupfe an meinem Pony – wie immer, wenn ich nervös bin. Auf den Straßen ist viel los, Geschäftsleute hasten nach ihrer Mittagspause zurück ins Büro.

Mein Handy vibriert. »Fünf Minuten sind um«, sage ich leise, unsicher, wie es weitergeht. Sowohl jetzt als auch in Zukunft. »Wir sollten uns bis zum ersten Jagdfrei trennen.«

Ich hätte nie gedacht, dass die Pirsch so schnell einen Keil zwischen uns treiben würde, aber ich brauche Zeit, um mir über meine Gefühle klar zu werden.

Mara nickt. Ein teuflisches Grinsen zeichnet sich auf ihrem Gesicht ab. Sie ist längst im Konkurrenzmodus. »Falls ihr bis dahin überlebt.«

Die beiden haben sich bereits entschuldigt. Ich möchte ihnen kein schlechtes Gewissen machen, weil sie gemeinsam in den Urlaub fahren wollen. Mich stört nur, dass sie es mir nicht erzählt haben. Sie haben noch das ganze Jahr zusammen, während meine Tage mit ihnen im wahrsten Sinne des Wortes gezählt sind, nämlich auf dem Kalender in meinem Zimmer, wo das Umzugsdatum im August rot eingekringelt ist.

»Viel Glück«, meint Kirby. Mara stellt sich auf Zehenspitzen, um ihr einen Kuss zu geben, und die zwei fassen sich an den Händen und drücken sie. Eine kleine Geste, die besagt: *Ich liebe dich.*

»Wir sehen uns in der jagdfreien Zone.« Ich hole tief Luft, ziehe das Bandana enger und sprinte los.

LEITFADEN FÜR DIE PIRSCH

- ☽ *Laden, der Nirvanas erstes Album führt*
- ☽ *Ort, der von oben bis unten rot ist*
- ☽ *Chiroptera-Zone*
- ☽ *Ein regenbogenfarbener Zebrastreifen*
- ☽ *Eis für Schneemenschen*
- ☽ *Der Riese im Mittelpunkt des Universums*
- ☽ *Etwas, das regional, nachhaltig und bio ist*
- ☽ *Eine Diskette*
- ☽ *Kaffeebecher mit einem fremden Namen (oder deinem eigenen, aber total falsch geschrieben)*
- ☽ *Auto mit Knöllchen*
- ☽ *Hoher Aussichtspunkt*
- ☽ *Die beste Pizza der Stadt (subjektiv)*
- ☽ *Eine Touri-Aktion, die Einheimischen peinlich wäre*
- ☽ *Ein Regenschirm (wir wissen alle, dass wahre Seattler Nordlichter keinen benutzen)*
- ☽ *Würdigung des rätselhaften Mr. Cooper*

12:57 Uhr

Kurz darauf bleibe ich stehen. In Seattle geht es zu viel bergauf und bergab. Ich habe nichts gegen Bewegung. Nur lässt Sport sich so schlecht mit Lesen vereinbaren. Als ich elf war, habe ich mal ein Buch mit aufs Fußballfeld genommen, nachdem meine Eltern mich in eine Mannschaft namens »Die Erdferkel« gesteckt haben. Ich habe mir das Taschenbuch in den Hosenbund geklemmt und es immer dann hervorgezogen, wenn der Ball in der anderen Spielfeldhälfte war. Sobald das gegnerische Team in unsere Richtung rannte, habe ich es natürlich wieder zurückgestopft. Trotzdem war das die erste und letzte Fußballsaison für mich.

Ich gehe den Leitfaden noch einmal durch. Irgendeine der Aufgaben kann ich garantiert hier in der Nähe lösen. Im Café auf der gegenüberliegenden Straßenseite könnte ich mir zum Beispiel einen Becher mit einem fremden Namen holen und mir eine Strategie überlegen. Die meisten haben sich bestimmt weiter entfernt, also müsste ich hier sicher sein.

Als ich das Café betrete, tönt mir Volksmusik mit sphärischen Frauengesängen entgegen. Es riecht nach Schokolade und Kaffeebohnen. Echte Autorinnen und Autoren sitzen in meiner Vorstellung ständig in Oversize-Pullis in Cafés und sagen Dinge wie: »Sorry, keine Zeit, ich steh kurz vor einer Deadline.« Ich selbst schreibe normalerweise nachts im Bett mit dem warmen Laptop auf dem Schoß.

»Riley.« Diesen Namen nenne ich der Barista, als ich den zweiten Latte für heute bestelle.

Wenig später setze ich mich an einen Tisch und checke Delilahs Instagram-Account.

delilahschreibdochmal
Ich komme, Seattle! Gibt es gar keinen Regen? Betrug!
#Skandalbeisonnenuntergangtour

Wohl hundert Mal habe ich meinen Monolog, warum mir Liebesromane so viel bedeuten, einstudiert, und trotzdem mache ich mir Sorgen, dass ich keinen Ton rauskriege. Meinen ersten Roman, einen Nora Roberts, habe ich mit zehn auf einem Gartenflohmarkt gekauft. Damals war ich noch ein bisschen zu jung, um bestimmte Szenen zu verstehen, aber nachdem ich alle Empfehlungen der Schulbibliothekarin gelesen hatte, wollte ich mal etwas Erwachseneres ausprobieren. Und *das* war ein Volltreffer.

Meine Eltern haben nicht widersprochen und mich das Buch einfach lesen lassen. Sie fanden es lustig und haben mich ermutigt, Fragen zu stellen, falls ich welche hätte. Ich hatte viele, wusste aber nicht, wo ich anfangen sollte. Im Laufe der Jahre habe ich in Liebesromanen immer wieder Zuflucht und Zuspruch gesucht. Als ich älter war, hat mein Herz während der Sexszenen wie wild geklopft. Meistens habe ich sie im Bett hinter verschlossener Zimmertür gelesen, nachdem ich Mom und Dad gute Nacht gesagt hatte und sicher sein konnte, dass sie mich nicht stören. Die Geschichten waren spannend und lehrreich, wenn auch manchmal unrealistisch. (Kann ein Mann wirklich fünf Orgasmen an einem Abend haben? Das habe ich bis heute nicht rausgefunden.) Spicy Szenen kamen zwar nicht überall vor, aber dank der Bücher konnte ich mit meinen Eltern und Freundinnen frei über Sex, Einverständnis und Verhütung reden. Ich hatte gehofft, sie würden mir auch in Beziehungen das nötige Selbstbewusstsein verleihen, aber

Spencer und ich hatten echte Kommunikationsprobleme. Und mit Luke war alles so neu, dass ich einfach keine Ahnung hatte, wie ich jemandem sagen sollte, was mir gefällt.

Irgendwann allerdings haben Mom und Dad mich ständig Dinge gefragt wie: »Liest du die immer noch?« oder »Willst du nicht mal was Gehaltvolleres ausprobieren?« In den meisten Filmen und Serien, die ich mir mit Freundinnen angeguckt habe, dienen die Frauen als reine Sexobjekte, als Accessoires, als überraschende Wendungen. Die Bücher haben mir das Gegenteil gezeigt.

Es ist beruhigend, dass am Ende die Stränge zu einer hübschen Schleife verschnürt werden. Außerdem schließe ich die Charaktere schnell ins Herz. Ich fiebere mit und folge ihnen Band für Band, wenn sie flirten, verzweifeln und sich verlieben. Ich schmelze dahin, wenn sie zufällig in *einem* Hotelzimmer mit natürlich nur *einem* Bett landen. Ich habe die Liebe in all ihren Facetten lieben gelernt und wünsche mir nichts mehr, als über sie zu schreiben, sie vielleicht sogar selbst zu erleben.

Ich habe es satt, mit meiner Begeisterung für Liebesromane allein zu sein. Deswegen will ich – *muss* ich – heute Abend zu Delilahs Veranstaltung. Es gibt noch andere Menschen, die diese Art von Büchern mögen und lesen, und ich muss sie treffen, damit ich es endlich glaube. Vielleicht färbt ja etwas von ihrem Selbstbewusstsein auf mich ab.

»Hast du vor, dich hier zu verstecken?«, fragt jemand und reißt mich aus meinen Gedanken.

Vor mir steht Spencer Sugiyama mit einem Kaffee in der Hand. Der Becher ist beschriftet mit *Spenza*.

»Mann, Spencer, du hast mich zu Tode erschreckt.«

»Sorry«, meint er und beäugt den freien Stuhl an meinem Tisch. »Darf ich …?« Er wartet die Antwort gar nicht ab, sondern setzt sich einfach. Das hätte bestimmt nicht mal McNair gebracht. »Irgendwie bin ich froh, dich hier zu sehen. Ich hab viel nachgedacht und will nicht … im Streit auseinandergehen.«

»Schon okay. Ehrlich.« Mir ist nur allzu bewusst, dass in meiner Tasche ein Zettel mit seinem Namen steckt. Sein Bandana ist direkt vor meiner Nase. Ich muss nur zugreifen.

Doch ein kleiner Teil von mir, auf den ich absolut nicht stolz bin, möchte erst hören, was er zu sagen hat. Ich will wissen, warum die längste Beziehung, die ich an der Highschool hatte, so katastrophal war. Wie sie mich in diesen Menschen verwandeln konnte, mit dem ich selbst nicht zufrieden bin. Einen, der keinen der zehn Punkte auf dem Erfolgsrezept erreicht hat.

»Nein«, erwidert er. »Es ist nicht okay. Ich muss was loswerden.« Seine Miene wirkt gequält. Wahrscheinlich habe ich mich genau wegen dieser Verletzlichkeit am Anfang zu ihm hingezogen gefühlt.

Das zieht auch in Liebesromanen immer bei mir: wenn sich herausstellt, dass der Held eine tragische Vergangenheit hat oder freitagabends nicht etwa weg ist, weil er sie betrügt, sondern weil er mit seiner kranken Großmutter Bridge spielt. Wenn jemand eine sanfte Seite von sich zeigt, will ich mehr darüber wissen. Dann will ich, dass er sich öffnet. Und zwar *mir* gegenüber.

Wäre das hier ein Liebesroman, würde Spencer jetzt gestehen, dass er nicht aufhören kann, an mich zu denken, seitdem Schluss ist. Dass es die schlimmste Entscheidung seines Lebens war und es ihn völlig über Bord geworfen hat. In ein Meer aus Reue, ohne Rettungsweste. Aber irgendwie habe ich das Gefühl, das wird nicht passieren. So poetisch veranlagt ist Spencer nicht.

»Raus damit.«

Er nippt am Kaffee und wischt sich mit dem Handrücken den Mund ab. »Erinnerst du dich an unser erstes Date?«

Die Frage kommt unerwartet.

»Klar«, erwidere ich leise. Mein Herz macht einen verräterischen Satz. Natürlich erinnere ich mich.

Wir haben monatelang im Politikkurs miteinander geflirtet. Bis zu dem Punkt, an dem ich mir die männlichen Hauptfiguren in den Liebesromanen mit seinem Gesicht vorgestellt habe. Angefangen hat alles, wie in den meisten modernen Beziehungen, auf Social Media. *Deine bunt markierten Lernpläne sind irgendwie süß*, hat er geschrieben, und ich habe geantwortet: *Genau wie du.* Es ist einfacher, mutig zu sein, wenn einem die andere Person nicht gegenübersteht.

Dann hat er mich gefragt, ob ich an dem Samstag Zeit hätte. Es war Oktober, also sind wir zu einem Kürbisfeld gefahren, haben uns in einem Maisfeld verirrt und uns einen Becher heiße Schokolade geteilt. Nach dem Abendessen in einem schicken Restaurant (es hatte sogar einen Dresscode) sind wir in seinem Auto übereinander hergefallen. Ich war wie berauscht von ihm, von seinen Händen auf mir, davon, wie er mich auf die Nasenspitze geküsst hat. Es war mehr als ein *OMG-der-Typ-mag-mich*-Ding von früher, es fühlte sich ernst an. Erwachsen. Wie etwas aus einem meiner Bücher.

Es fühlte sich an, als könnte daraus Liebe werden.

Mir ist auf einmal ganz warm, bestimmt werde ich gerade rot.

Anscheinend hat dieser Blick in die Vergangenheit auf ihn nicht die gleiche Wirkung. Er ist immer noch ruhig und reserviert.

»Okay. Erinnerst du dich an unser zweites Date? An das dritte? Das siebte?«

»Äh, nein. Worauf willst du hinaus?«

»Ich wusste es! Ich glaube, du wolltest, dass die gesamte Beziehung so wird wie unser erstes Date.«

»Das ist doch albern«, wehre ich ab. Er hält einen Finger in die Höhe. Offenbar ist er noch nicht fertig. Ich sacke nach hinten gegen die Lehne. Wenn ich wollte, könnte ich ihn relativ schnell zum Schweigen bringen. Dafür müsste ich mir nur das Armband schnappen.

»Ich habe gemerkt, wie enttäuscht du warst, wenn wir einfach nur zusammen rumgehangen und Hausaufgaben gemacht oder einen Film geguckt haben. Ich hatte immer das Gefühl, ich würde deine Erwartungen nicht erfüllen. Dass ich mich nicht mit den Typen aus deinen Büchern messen kann.«

Ich bereue vieles in Bezug auf Spencer. Am meisten, dass ich ihm erzählt habe, was ich gern lese. Er hat es zwar besser aufgenommen als andere, aber vielleicht auch nur, weil er mit mir schlafen wollte.

»Ich war nicht enttäuscht«, sage ich, nicht ganz sicher, ob ich meiner Erinnerung vertrauen kann. »Es war, als … hättest du kein Interesse mehr.«

Und nicht nur das. Ich wollte in der Öffentlichkeit Händchen halten, während er die Hände immer tief in den Taschen vergraben hatte. Im Kino, als ich den Kopf auf seine Schulter gelegt habe, ist er so lange unruhig herumgerutscht, bis ich ihn wieder weggenommen habe. Sobald ich ihm näherkommen wollte, ist er auf Abstand gegangen.

Ich habe romantische Dates geplant: Eislaufen, ein Picknick, eine Bootstour, zahlreiche Spaziergänge. Dabei hat er dauernd auf sein Handy gestarrt, und ich habe mich gefragt, ob ich wirklich so langweilig bin.

»Hatte ich vielleicht auch nicht mehr«, gibt er zu. »Es war wie eine Pflicht. Wow, das klingt furchtbar, aber … Highschool-Beziehungen halten doch sowieso nie.«

Heute ist es offensichtlich, dass Spencer und ich kein Happy-End-Material sind. Die schönste Zeit hatten wir im Bett, wenn unsere Eltern nicht zu Hause waren. Und wahrscheinlich ist das okay. Es ist okay, dass er nicht der perfekte Freund war.

Nicht okay ist, dass er hier sitzt und mich an der einen Sache zweifeln lässt, an der ich bisher nie gezweifelt habe.

»Dann entschuldige ich mich für diese sieben schrecklichen Monate, die du mit mir verbringen musstest.«

»So habe ich das nicht gemeint.« Er schneidet eine Grimasse und starrt auf seinen Kaffeebecher. »Rowan …«

Dann tut er etwas Merkwürdiges: Er legt die Hand offen auf den

Tisch, wie eine Aufforderung. Als klar wird, dass er da lange warten kann, zieht er sie wieder zurück.

Ich denke an Kirby und Mara. Wenn sie Händchen halten, wirkt es nie erzwungen. Auch bei meinen Eltern nicht. Die beiden haben immer noch Herzchen in den Augen, wenn sie sich anschauen, und das nach fünfundzwanzig Jahren.

»Keine Ahnung, was hier der Plan war, aber falls ich mich mies fühlen soll, hast du dein Ziel erreicht.«

Es war wie eine Pflicht. Du warst wie eine Pflicht, ist das, was mein Verstand aus seinen Worten macht. Dabei würde ich gern einfach darüberstehen. Luke und ich haben uns sogar gegenseitig was ins Jahrbuch geschrieben. Aber mit Spencer war es immer kompliziert. Vielleicht liegt das an mir. Vielleicht bin *ich* kompliziert.

Vielleicht ist es zu schwer, mich zu lieben.

Seufzend kratzt er sich am Kopf. »Ich versuche nur, zu erklären, was los war – aus meiner Sicht. Du wünschst dir diese perfekte Liebesgeschichte, nur funktioniert das Leben so nicht. Irgendwann werden alle Beziehungen langweilig.«

Da habe ich plötzlich Mitleid. Mitleid mit diesem Neandertaler, der nicht weiß, dass Liebe im Laufe der Zeit nicht zwangsläufig verdörrt. Ich brauche keine Pferdekutsche, die mich weit fortbringt. Trotzdem gehören immer zwei dazu, für Romantik zu sorgen, sofern es ihnen wichtig ist. Und damit meine ich nicht den ganzen heteronormativen Quatsch, der besagt, Männer müssten den ersten Schritt machen, fürs Essen zahlen und beim Antrag auf die Knie fallen.

Ich wünsche mir große Gefühle und Leidenschaft, eine Liebe, die mein Herz erfüllt. Ich möchte ein bisschen was von dem, was Emma und Charlie haben, Lindley und Josef, Trisha und Rose – auch wenn sie nur fiktive Figuren sind. Denn eines weiß ich ganz sicher: Ist man mit der richtigen Person zusammen, sind jedes Date und jeder Tag etwas Besonderes.

»Ich werd mal wieder los«, sagt er, steht auf und kehrt mir den Rücken zu.

»Spencer?«

Er dreht sich noch einmal um, und mit einem unschuldigen Lächeln stürze ich vor und reiße das Band von seinem Arm.

13:33 Uhr

Ich steige in einen Bus und fahre über die Third Avenue. Das Adrenalin rauscht wie eine Droge durch meinen Körper, seit Spencer sich über sein frühes Ausscheiden aufgeregt und mir seine Zielperson ausgehändigt hat: Madison Winters, die im Kreatives-Schreiben-Kurs viele Geschichten über gestaltwandelnde Füchse verfasst hat – ein oder zwei, okay, aber sieben? Wenn es sich schon so gut anfühlt, Spencer zu schnappen, wie wird es erst sein, McNair aus dem Spiel zu kicken?

Nachdem Spencer sich vom Acker gemacht hatte, habe ich dem Orga-Team ein Foto von meinem Kaffeebecher geschickt und wurde prompt mit einem grünen Häkchen belohnt. Anschließend bin ich die anderen Hinweise durchgegangen. Die, die sich auf spezielle Sehenswürdigkeiten beziehen, waren mir sofort klar. *Der Riese im Mittelpunkt des Universums* ist ganz sicher der Fremont Troll – eine Steinfigur unter der Aurora Bridge in einem Viertel, das man auch den »Mittelpunkt des Universums« nennt.

Am sinnvollsten ist es, zuerst alles in Downtown abzuarbeiten, bevor ich weiter Richtung Norden fahre. Pike Place Market ist zum Beispiel nur ein paar Haltestellen entfernt, dafür lohnt es nicht, den Parkplatz aufzugeben. Wahrscheinlich gehört der Markt zu den Top-drei-Orten, die die Leute mit Seattle verbinden, nach der Space Needle auf Platz eins und Amazon-Microsoft-Boeing-Starbucks auf Platz zwei. Der Pike Place Market ist der landesweit älteste Bauernmarkt. Er hat das ganze Jahr über geöffnet und ist ein lebhafter, immer noch florierender Teil der Geschichte Seattles. Dort tummeln sich Touristen, sogar an regnerischen Tagen.

»Rowan!«, ertönt eine Stimme, nachdem ich meine ORCA-Card durchgezogen habe. Sie gehört Savannah Bell, die mir von ihrem Platz aus zuwinkt. Ich zögere. Sie könnte meinen Namen haben. Doch sie hebt die Hände als Zeichen, dass von ihr keine Gefahr droht. Ich erwidere die Geste, während ich innerlich stöhne. Es ist eine ungeschriebene Regel in öffentlichen Transportmitteln, sich neben eine Person zu setzen, wenn man sie kennt.

»Hey, Savannah«, begrüße ich sie und rutsche auf den Sitz gegenüber. Sie streicht sich die schwarzen Haare hinters Ohr und entblößt kronleuchterförmige Ohrhänger aus recyceltem Material. Die verkauft sie seit letztem Jahr auf Etsy. Ich kann Savannah Bell weder sonderlich gut noch sonderlich schlecht leiden, aber ich weiß, dass ich nicht unbedingt ihr Lieblingsmensch bin. Sie ist in jedem Kurs die Drittbeste nach McNair und mir, und obwohl sie manchmal Witze darüber reißt – »An euch komm ich wohl nie vorbei!« –, geht auch eine gewisse Feindseligkeit von ihr aus.

Ich versuche es mit Smalltalk. »Na, wie war der letzte Schultag?«

»Ganz okay.« Ihr Lachen klingt gezwungen. »Gegen dich und Neil hatte ich eh nie eine Chance, oder?«

»Wir waren eventuell etwas verbissen.«

Savannah greift in ihre Tasche und zeigt mir einen vertrauten Zettel. Ihre Zielperson. »Rache ist süß.«

Darauf steht: *Neil McNair.*

Mein Magen fällt ins Bodenlose, vielleicht, weil der Bus mit einem plötzlichen Satz anfährt. Das Spiel läuft gerade mal eine Stunde, doch aus Savannahs Blick spricht grimmige Entschlossenheit. Es war wohl ein bisschen arrogant anzunehmen, dass am Ende der Pirsch nur McNair und ich übrig bleiben. Trotzdem! Ich will nicht einfach nur länger überleben als er. Ich will diejenige sein, die ihn schnappt.

Falls Savannah ihn aus dem Spiel kickt, sehe ich ihn erst am Sonntag wieder, wenn seine feurigen Haare unter der Absolventenkappe hervorlugen.

»Viel Glück«, sage ich mit leicht krächzender Stimme.

Savannah schaut auf ihr Handy und gibt mir damit, wie allgemein bekannt, die Erlaubnis, auch auf meins zu gucken. Also tue ich das.

Ich tippe eine Nachricht, ehe ich weiter darüber nachdenken kann.

> savannah bell hat deinen Namen gezogen, sie will rache

Wenn er raus ist, bevor ich ihn mir selbst vorknöpfen kann, wüsste ich nicht, warum ich weiterspielen sollte. Ich hätte keine Chance, Punkt zehn auf meiner Liste abzuhaken.

Seine Antwort lässt nicht lange auf sich warten.

McNIGHTMARE

Warum sollte ich dir glauben?

> weil du genauso unbedingt gewinnen willst wie ich

Gutes Argument. 🙂

> sie sitzt mir gerade im bus gegenüber, fährt vom cinerama richtung süden

»Ich hab mir den Arsch aufgerissen!«, meint Savannah plötzlich. »Ich kann mich nicht mal daran erinnern, wann ich das letzte Mal vor zwölf Uhr ins Bett gegangen bin. Trotzdem haben mir die Lehrkräfte nie so viel Beachtung geschenkt wie dir und Neil. Sie fanden euren kleinen Konkurrenzkampf ja immer ach so putzig.«

»Glaub mir, der war nicht putzig.«

Ihr Kiefermuskel zuckt. »Ist mir klar. Nur ... ich hätte auf die Stanford gehen können. Jetzt stehe ich nur auf der Warteliste.«

»Das tut mir leid«, erwidere ich. »Die Seattle University ist doch auch super.« Das ist mein voller Ernst, aber Savannah schnaubt bloß.

»Pike Street!« ruft der Fahrer, und noch vor mir hat Savannah schon an der Leine gezogen.

Widerwillig steige ich aus und trotte neben ihr her bergab.

Da kommt die Leuchtreklame in Sicht, die das PUBLIC MARKET CENTER ankündigt. Die gepflasterten Straßen hier sind uneben, wie in allen älteren Bereichen der Stadt. Etwas entfernt befindet sich der allererste Starbucks, vor dem die Leute immer Schlange stehen, obwohl es da nichts anderes gibt als in den übrigen Filialen. In der Markthalle werden lauthals regionale Produkte wie Blumen und Handwerksarbeiten angeboten, und die weltbekannten Fischhändlerinnen und Fischhändler schmeißen sich den ganzen Tag Heilbutt und Lachs zu. Auf der Grundschule haben wir jedes Jahr Klassenausflüge hierher gemacht, und jedes Mal habe ich, Vegetarierin die ich bin, das Gesicht in der Jacke vergraben, leicht verstört von dem Fischherumgewerfe.

»Bis später«, verabschiede ich mich von Savannah, die bereits auf den Starbucks zusteuert. Kein schlechter Ort, um das typische Touri-Foto zu schießen, aber ich habe mir was anderes überlegt.

Ich biege links ab und folge einer gepflasterten Gasse mit jeder Menge Streetart bis in die Post Alley zur Gum Wall.

Tausende von Touristen kleben hier täglich ihre Kaugummis hin. Bunt hängen sie in Fäden an Fenstern und Türen, ziehen sich von

Stein zu Stein und dienen als Befestigung für Flyer und Visitenkarten. Die Wände sind in ihrer dreißigjährigen Geschichte erst wenige Male gesäubert worden, und jedes Mal macht ganz Seattle ein Riesentheater darum. Als wären die angekauten Hubba Bubbas ebenso Teil der Stadt wie die Space Needle.

Es ist verrückt und eklig, und ich liebe es.

»Du machen Foto?«, fragt mich ein Mann mit starkem Akzent, den ich nicht zuordnen kann. Seine Familie, darunter drei Kleinkinder, haben sich schon vor der Wand aufgestellt.

»Oh, klar«, erwidere ich und verkneife mir ein Lachen. Das passiert mir hier ständig. Sie rücken zusammen und blasen die Kaugummis auf, während ich ein paar Fotos schieße.

Als sie die klebrige Masse zu dem Mosaik hinzufügen, halte ich das auf meinem Handy fest. *Eine Touri-Aktion, die Einheimischen peinlich wäre.* Ein weiterer grüner Haken vom Orga-Team.

Zwei geschafft, dreizehn fehlen noch.

Ich schaue auf den Leitfaden. Wahrscheinlich bekomme ich *etwas, das regional, nachhaltig und bio ist* hier an sämtlichen Marktständen. Plötzlich rast jemand an mir vorbei und erschreckt mich so sehr, dass ich fast das Handy fallen lasse. Ich wirble herum. Ein roter Blitz.

»Neil?«, rufe ich und sprinte hinterher.

Er bleibt stehen. »Savannah«, keucht er und stützt sich mit den Händen auf die Knie. »Sie hat mich gefunden. Ich bin ihr nur knapp entkommen. Ich … ich muss …« Vage deutet er die Gasse hinunter.

»Savannah ist Läuferin.«

Bei seinem Blick würden Gletscher schmelzen. »Ja, danke, das weiß ich.«

Panik macht sich in mir breit. Wir haben nicht viel Zeit. Savannah könnte jeden Moment auftauchen.

»Du kannst zwar nicht vor ihr weglaufen, aber du kannst dich verstecken.« Ich deute auf das unscheinbare Market Theater in der

Post Alley. Manche nennen sie Ghost Alley in Anspielung auf die Gerüchte, dass es am Pike Place Market spukt. Es werden sogar Geistertouren angeboten.

Größtenteils schenken uns die Leute keine Beachtung. Sie sind zu beschäftigt damit, das perfekte Gum-Wall-Foto zu schießen. Ich durchquere die Gasse und probiere es an der Tür zum Theater. Sie lässt sich öffnen.

McNair sieht mich skeptisch an, als wüsste er nicht, ob er mir trauen kann. Seine Brust hebt und senkt sich im schnellen Rhythmus, und der Wind hat seine Haare zerzaust. Eigentlich fänd ich es ja lustig, ihn so aufgelöst zu erleben, wenn ich mir nicht so viele Sorgen um seinen möglicherweise bevorstehenden Spieltod machen würde.

»Hier rein.« Ich winke ihn herüber, und nach kurzem Abwägen folgt er der Aufforderung.

»Falls du mich einsperren willst, damit du die Abschlussrede halten kannst, sag bitte allen, ich wäre gestorben, wie ich gelebt habe ...«

»Als Riesennervensäge? Klar doch.«

Er verschwindet in der Dunkelheit, und ich schließe die Tür hinter ihm. Wenige Sekunden später kommt Savannah angesprintet. Die Leute weichen ihr aus und drücken ihre persönlichen Gegenstände schützend an sich.

»Hast du ihn gesehen?«, fragt sie, kaum am Schwitzen. »Neil?«

Ich deute die Gasse hinunter. »Da lang.«

Sie schenkt mir ein Lächeln, das ich mühelos erwidere. Dabei klopft mir das Herz bis zum Hals. Es beruhigt sich erst, als sie außer Sichtweite ist.

Ich warte noch eine Minute, ehe ich die Tür aufmache. »Na los«, sage ich zu McNair, und diesmal folgt er mir ohne Widerrede.

Zusammen hasten wir zurück – weg von den Menschenmassen, der Gum Wall und den Geistern.

WESTVIEW HIGHSCHOOL
VORFALLMELDUNG

Datum / Zeit des Vorfalls: _15. Januar, 11:20 Uhr_

Ort: _Raum B208, Labor_

Gefertigt von: _Todd O'Brien, Chemielehrer_

Beteiligte Person(en): _Rowan Roth, Neil McNair_

Beschreibung des Vorfalls: _Habe Roth und McNair Anfang des Jahres zu Laborpartnerin und Laborpartner bestimmt, damit sie lernen, friedlich zusammenzuarbeiten. Beide baten mich, ihnen jemand anderes zuzuteilen. Ich informierte sie, Entscheidung sei final. Nach Streitigkeiten zu Beginn hoffte ich, es wäre überstanden. Lag falsch. Bei Experiment zu exothermen Reaktionen geriet Versuchsaufbau in Brand. Bekämpfte ihn umgehend mit Feuerlöscher. Weder Roth noch McNair konnten sagen, was schiefgelaufen war. Schoben sich gegenseitig die Schuld zu._

Verletzungen: _Keine_

Ergriffene Maßnahmen: _Roth und McNair zur Schulleitung geschickt, waren einverstanden nachzusitzen, solange Vorfall nicht in Schülerakte vermerkt wird. Da es sich offenbar um Unfall handelt, beide zum ersten Mal auffällig geworden sind und sonst Bestleistungen erbringen, keine Disziplinarmaßnahmen erforderlich._
Werde Roth und McNair neu aufteilen.

Gegengezeichnet:

Karen Meadows

Schulleiterin M.Ed., Karen Meadows

14:02 Uhr

Schließlich landen wir im Orange Dracula, einem Krims-Krams-Laden im Punkrock-Stil. Hier verkaufen sie vor allem Retro-Gothic-Zeug, von Buttons und Patches über Vampir-Räucherstäbchen bis hin zu Schrumpfköpfen. Ab und zu legen sie sogar live Tarotkarten. Auf einem Schild im Fenster steht: JA, HIER KÖNNEN SIE KAUGUMMIS KAUFEN. Als ich klein war, war das für mich der coolste Ort auf Erden. Seattle fehlt es nicht an kitschigen, verrückten Sachen, und dieses Geschäft setzt dem Ganzen die Krone auf.

»Du hast mir das Leben gerettet«, keucht McNair. Es klingt wie eine Frage, als könnte er nicht glauben, dass das gerade alles wirklich passiert ist. Ehrlich gesagt bin ich selbst überrascht.

Ich laufe durch einen Gang mit Kühlschrankmagneten. Sie zeigen alte Groschenromancover mit Titeln wie *Viertel nach Angst* und *Straße der Sünden*. Auf vielen sind halbnackte Frauen abgebildet. Hier sollten wir vor Savannah sicher sein. Sie geht bestimmt davon aus, dass McNair sich nicht mehr am Pike Place aufhält.

»Das Spiel würde keinen Spaß machen, wenn du so früh rausfliegst«, sage ich. Was nur die halbe Wahrheit ist.

McNair steckt die Hände in die Taschen, zieht sie wieder heraus. Ich weiß nicht, ob das an dem Nahtoderlebnis liegt oder ob er immer solche Hummeln im Hintern hat und ich es nur nie bemerkt habe.

»Ah. Deswegen also.« Er blättert durch einen Stapel unanständiger Postkarten. Eine Deko-Hexe gackert laut los, und in der Nähe quetschen sich kichernd ein paar junge Mädchen in eine alte Fotokabine.

McNair steht mit dem Rücken zu mir, und ohne dass ich es will, betrachte ich die geschwungene Linie seiner Schultern, die geschmeidig in die Armmuskeln übergeht. Nette Schultern. Schade, dass sie an ihn verschwendet wurden.

»Jetzt mal ehrlich«, sage ich an seinen Nacken gewandt, »wer hat gegen uns schon eine Chance?«

Als er sich umdreht und die Rucksackriemen zurechtschiebt, fallen mir seine gewölbten Bizeps auf. Die Muskeln, die er mindestens eineinhalb Jahre versteckt hat, bringen mich mehr aus dem Konzept, als sie dürften. Irgendwie muss ich mal herausfinden, ob er Sport treibt. Wenn das Geheimnis gelüftet ist, kann ich bestimmt auch aufhören, sie anzustarren.

Plötzlich vibrieren unsere Handys.

HALLO ZWÖLFER-WÖLFE

NA, HABT IHR ES FEIN?

IN 20 MINUTEN

MÜSST IHR AN DER JAGDFREI-ZONE SEIN

IHR SOLLTET EUCH SPUTEN

Auf einer verlinkten Karte haben sie das Hilltop Bowl markiert, ein Bowlingcenter in Capitol Hill.

»Jetzt schon?«, fragt McNair, und obwohl er die Zeit genauso gut von seinem Handy ablesen könnte, schaut er auf die Uhr. »Wow. Bei uns hat es vor fünf keine Pause gegeben.«

Jagdfrei bedeutet, ich werde mit Kirby und Maras Urlaubsplänen konfrontiert. Und mit den Gedanken an das Leben ohne sie, das ich ab Ende August führen werde. So gern ich das noch rauszögern würde – die jagdfreien Zonen dürfen nicht ausgelassen werden.

»Tja«, sage ich, als wir den Laden verlassen. Diese zehn Minuten mit Neil McNair im Orange Dracula waren echt schräg. »Dann bis gleich?« Wenn ich mit dem Bus zurück zum Wagen und damit dann zum Hilltop Bowl fahre, komme ich nach dem Jagdfrei schneller wieder weg.

»Genau, bis gleich«, antwortet er, trottet mir aber hinterher.

»Verfolgst du mich?«

Er hält an. »Wir haben dasselbe Ziel, und ich habe kein Auto, also bin ich auf den Bus angewiesen. Hoffentlich hat er keine Verspätung. Wäre bitter, wenn ich deswegen rausfliege … wo du doch unbedingt willst, dass ich im Spiel bleibe.«

Ich verschränke die Arme vor der Brust. »Vergiss es«, sage ich energisch. Neil McNair in meinem Wagen – das geht nicht. Der bietet ihm viel zu viel Angriffsfläche: die Musik, die dürftige Sauberkeit, die kaputte Stoßstange. »Ich nehm dich garantiert nicht mit!«

»Schickes Teil«, meint McNair und fummelt an den Knöpfen für die Klimaanlage herum. Als er merkt, dass sie nicht funktioniert, kurbelt er das Fenster runter. Ich habe meinen Cardigan wieder übergezogen, weil mir der Fleck auf dem Kleid unangenehm ist. Und so warm ist es gar nicht.

»Fass bitte nichts an.« Dummerweise bin ich komplett zugeparkt und muss mich Zentimeter für Zentimeter aus der Lücke herausmanövrieren. Der Wagen hinter mir hat ein Knöllchen kassiert, das wir beide direkt für den Punkt auf unserer Pirsch-Liste genutzt haben.

McNair mustert die Parkplaketten im Beifahrerfach und die verstreuten Quittungen auf dem Boden. Was wohl in seinem Kopf vor sich geht? Mein Auto ist eindeutig kein schickes Teil, auch wenn ich es über alles liebe. Zum Glück hat er wenigstens den Schaden nicht entdeckt, da wir von hinten gekommen sind, und hoffentlich sagt er nichts zu dem seltsamen Geruch. Stinken tut es zwar nicht, aber es riecht nicht gerade angenehm.

McNair knibbelt an den Resten einer Plakette, bis er den Hebel findet, mit dem man den Beifahrersitz verstellen kann. Er rückt ihn viel zu weit nach hinten, anschließend viel zu weit nach vorn. Dann ...

»Bist du immer so hibbelig?«, frage ich.

Er stellt den Sitz in die Ursprungsposition zurück und legt die Hände in den Schoß. »Sorry. Bin noch etwas aufgekratzt von der Flucht vor Savannah, schätze ich.«

»Das hier ist eine absolute Ausnahme«, sage ich und biege in die Pike Street ein. Ich habe ihn bisher nie irgendwohin chauffiert, nur bei Schulveranstaltungen saßen wir schon zusammen in Bussen oder Autos. »Ich mach das nur, weil es mit den Öffentlichen zu lang gedauert hätte. Und denk nicht mal dran, meine Fahrkünste zu kritisieren, sonst kannst du gleich aussteigen.«

»Ich kann selbst nicht fahren, von daher kann ich dich auch nicht kritisieren«, erwidert er.

Das wusste ich nicht. Kaum vorstellbar, dass McNair irgendeinen Test verhaut. »War die schriftliche Prüfung zu schwer?«

»Habe nie an einer teilgenommen.«

»Oh.«

»Und ab Herbst bin ich eh in New York, da lohnt es sich nicht mehr, den Führerschein zu machen.«

»Stimmt.«

Ein paar Minuten herrscht unangenehme Stille. Offenbar haben wir beide verlernt, ein Gespräch in Gang zu halten. Ich habe mich in meinem eigenen Auto noch nie so unwohl gefühlt.

»Das ist ja wie auf der Rückfahrt vom Quizturnier letztes Jahr«, bemerke ich.

Damals hat niemand einen Ton gesagt, nachdem wir den Wettkampf in der Tri-Cities-Metropolregion verloren hatten. Darius Vogel und Lily Gulati saßen vorn, Neil und ich hinten. Und selbst einen schweigenden McNair finde ich nervig. Er meinte, er würde unter Reiseübelkeit leiden, aber ich vermute eher, er war wegen unserer Niederlage angefressen (zu recht).

»Na ja, diesmal können wir noch gewinnen«, entgegnet er.

»Weil du mittlerweile weißt, dass die letzte Schlacht im Unabhängigkeitskrieg die bei Yorktown war, nicht die bei Bunker Hill?«

Er stöhnt. »Glaub mir, das werde ich mein Lebtag nicht vergessen.«

Ich bin überrascht, dass er nicht in Abwehrhaltung geht. Aber der heutige Tag ist eh irgendwie seltsam. Er rutscht auf dem Sitz rum, als wollte er es sich bequem machen – was im Auto seiner Erzfeindin wahrscheinlich gar nicht so leicht ist. An einer roten Ampel erkenne ich eine Ecke seines Jahrbuchs, das aus dem Rucksack ragt. Krampfhaft umklammere ich das Lenkrad. Ich hätte einfach reinschreiben sollen.

Er zückt sein Handy und ruft den Pirsch-Leitfaden auf. Ich frage mich, ob er mehr Hinweise entschlüsseln kann als ich.

»Wusstest du, dass wir das Wort ›Leitfaden‹ in Anlehnung an einen griechischen Mythos verwenden? Er besagt, dass Ariadne Theseus ein Wollknäuel gab, damit er es auf dem Weg ins Labyrinth des Minotaurus' aufdröseln konnte. So fand er im Anschluss wieder zurück nach draußen.«

Ich erinnere mich vage daran, dass wir den Mythos in Weltgeschichte durchgenommen haben. »In der griechischen Mythologie hatte man also wortwörtlich einen Faden, und heute nutzen wir es als Metapher für etwas, das uns irgendwo durchführt?«

»Genau.« Er nickt bekräftigend.

»Hmm.« Es ist zwar nicht untypisch für McNair, einen etymologischen Fun Fact rauszuhauen, aber heute spüre ich zum ersten Mal seine Begeisterung dabei.

Schließlich parke ich ein paar Straßen entfernt vom Hilltop Bowl.

»Gott sei Dank«, murmelt er. Keine Ahnung, ob er erleichtert darüber ist, dass wir so schnell einen Parkplatz gefunden haben oder dass er endlich aus diesem Wagen rauskommt und mich gleich los ist. Wahrscheinlich beides.

»Na dann … viel Glück«, sage ich, leicht verunsichert, vor dem Bowlingcenter.

Er schiebt die Hände in die Taschen. »Ja. Ebenso.«

Nachdem Logan Perez unsere Namen auf einer Liste abgehakt und uns erklärt hat, dass wir ab jetzt fünfundvierzig Minuten jagdfreie Zeit genießen können, trennen wir uns. Ich war noch nie so froh, ein Paar Schuhe anziehen zu können, in denen schon hundert andere Füße gesteckt haben.

Kirby und Mara warten an einer Bowlingbahn am hinteren Ende auf mich.

»Möchtest du mit Bande spielen, Rowilein?«, fragt Kirby.

Beim Bowling stelle ich mich ungefähr so geschickt an wie beim Lidstrichzeichnen mit links. Fünfzig Punkte zu knacken, würde an ein Wunder grenzen. »Haha, ja, vielleicht.«

»Lass sie doch mit Bande spielen, wenn sie will.« Mara stellt etwas am Computer ein.

Ein paar Bahnen weiter wirft McNair gerade einen Split, und seine Freunde stöhnen kollektiv auf. McNair schüttelt lachend den Kopf. Die vier sind im Umgang miteinander so locker. Wieder frage ich mich, was nach dem Abschluss wohl aus ihnen wird. Verbringen sie den Sommer zusammen, bevor der Herbst sie auseinanderreißt? Und bleiben sie danach in Kontakt?

»Mara und ich haben beschlossen, uns für den Rest der Pirsch zu verbünden«, eröffnet Kirby mir, nachdem sie in die Rinne geworfen hat. »Wir haben uns gegenseitig nicht gezogen, also sind wir vorerst safe.«

»Mach doch mit«, meint Mara etwas zu eifrig. »Wir drei als Team, das wär super!«

Auch beim zweiten Wurf hat Kirby nicht mehr Glück und trifft die Rinne. »Die Bande ist vielleicht gar keine so dumme Idee.«

»Sagt die, die sich gerade noch darüber lustig gemacht hat.« Normalerweise würde ich mich ihnen liebend gern anschließen. Aber … »Ich weiß nicht, ob wir uns zusammentun sollten.« Und das liegt nicht nur daran, dass ich McNair allein besiegen will.

Kirby lässt sich auf den Plastiksitz mir gegenüber sinken. »Geht es um den Urlaub?«

Jetzt ist die Katze aus dem Sack. »Ja, Kirb. Genau darum geht's. Um den zweiwöchigen Urlaub, den ihr beide ohne mich plant, obwohl ihr euch das ganze Jahr auf dem College seht.«

»Tut mir leid«, meint Mara – mehr zu Kirby als zu mir. Sie wischt die Handflächen an ihrer Stoffhose ab, ehe sie sich eine violette Bowlingkugel schnappt. »Ich hätte nicht gedacht, dass sie sich so aufregt.«

Sie wirft einen Strike, wirkt aber nicht besonders glücklich darüber.

»Ich habe einfach das Gefühl, es gibt so viele Mara-und-Kirby-Dinge, bei denen ich außen vor bin«, erkläre ich in möglichst ruhigem Tonfall. »Ihr seid verliebt, und das freut mich für euch, ehrlich. Nur manchmal scheint ihr zu vergessen, dass ich auch noch da bin.«

Sie wechseln einen merkwürdigen Blick miteinander. Mara umklammert die Lehne von Kirbys Sitz. »Rowan, genau *das* Gefühl haben wir bei *dir*«, entgegnet sie sanft.

Verwirrt verziehe ich das Gesicht. »Was?«

»Du warst das ganze Jahr über mit Neil beschäftigt«, sagt sie und wird langsam lauter. »Du hast ein komplettes Wochenende an einem Physikprojekt gearbeitet, damit du seins übertriffst. Du musstest unbedingt bei jeder Veranstaltung dabei sein, um als

Schulsprecherin für die Wählerschaft präsent zu sein oder so. Und heute Morgen, als ich dich wegen des Unfalls gefragt habe, ob alles okay ist, dachtest du, ich meine ihn. Und seid ihr zwei nicht sogar zusammen hier angekommen? Das hörst du jetzt wahrscheinlich nicht gern, aber du bist wie besessen von ihm.«

»*Besessen?*« Ich spucke ihr das Wort förmlich entgegen. »Ich bin nicht besessen. McNair ist mir vollkommen egal. Ihr seid meine Freundinnen. Das kann man nicht vergleichen!« Ich blicke zu Kirby, in der Hoffnung, dass sie Partei für mich ergreift.

Kirby seufzt. »Erst haben wir vermutet, du magst ihn. Das wäre noch irgendwie logisch gewesen. Du weißt, dass du es uns erzählen kannst, wenn es so ist, oder? Wir können darüber reden, dir helfen ...«

»Wir sind nicht mehr in der dritten Klasse.« Fast schreie ich, aber ich kann nicht anders. Kirbys Theorie ist total absurd. Die Teenies an der Bahn neben uns schauen in unsere Richtung, also senke ich die Stimme. »Das ist hier kein blödes ›Was-sich-neckt-das-liebt-sich‹-Geplänkel.«

»Gut. Dann bist du eben nicht besessen von McNair«, sagt Kirby ausdruckslos. »Aber kannst du dich daran erinnern, wann wir zuletzt was zu dritt unternommen haben?«

»Ich ...« Ich breche ab, weil mir ad hoc nichts einfällt. Am letzten Wochenende haben McNair und ich uns mit Logan getroffen, um ihr die Verantwortung für ein paar Dinge in der Schülervertretung zu übertragen. Und das Wochenende davor war Mara bei einem Tanzwettbewerb. Davor haben wir für Prüfungen gelernt, davor waren die beiden beim Abschlussball, und noch weiter davor war ich mit Spencer zusammen ...

»Wir waren bei der Stufenauktion«, sage ich. Das war Anfang Mai, aber immerhin.

»Vor *einem Monat*«, erwidert Mara. »Und selbst da musstest du dich mit McNair um irgendeinen Notfall kümmern und hast uns den Großteil des Abends allein gelassen.«

Ich fahre mir mit den Fingern durch den Pony. »Tut mir leid. Es ist nur … Ihr wisst, wie stressig es am Ende des Schuljahres war …« Früher habe ich ihnen alles erzählt. Heute haben sie nicht mal eine Ahnung von meinem Versuch als Schriftstellerin. Mara strebt zwar auch eine künstlerische Karriere im Tanzen an, aber sie ist sowieso großartig. Dafür gibt es genügend Videobeweise. Alles, was ich habe, ist eine leise gemurmelte Vermutung. *Ich glaube, ich wäre gut darin.* Eine Vermutung, von der ich wünschte, ich hätte sie sofort laut ausgesprochen, als ich zum ersten Mal ein Buch von Delilah Park zugeklappt und gedacht habe: *Vielleicht kann ich das irgendwann auch. Vielleicht kann ich auch so ein Buch schreiben.* Denn hätte ich das getan, müsste ich die zwei jetzt nicht davon überzeugen, dass Liebesromane nicht so schrottig sind, wie sie meinen.

Meine Gedanken schweifen zu dem Hintergrundfoto auf meinem Handy. Das Foto, das ich neun Monate nicht geändert habe.

Haben wir drei danach überhaupt noch Bilder zusammen gemacht?

»Du redest immer davon, was für einen tollen Sommer wir verbringen werden«, fährt Mara fort. »Und es tut mir leid – du weißt, wir haben dich lieb –, aber es fällt uns etwas schwer, das zu glauben.«

Ihre Worte ziehen mich runter und meine Schultern Richtung Boden. Die Bahn vor mir schwankt. So streiten wir uns sonst nie. Ich dachte, unsere Freundschaft könnte nichts erschüttern. Ist sie in Wahrheit kurz davor, in die Brüche zu gehen?

»Spielt ruhig weiter.« Ich schlüpfe aus den Bowlingschuhen. »Ich muss mal an die Luft.«

Situationen, in denen ich meine Freundinnen eventuell wegen Neil McNair versetzt habe (ungewollt)

NOVEMBER, ELFTE KLASSE

Kirby und ich waren im Geschichtskurs für Fortgeschrittene bei Miss Benson. Wir sollten uns für ein Abschlussprojekt in Zweierteams zusammenfinden. Kirby ist davon ausgegangen, dass wir Partnerinnen werden. Aber da Miss Benson nicht die alberne Philosophie vertritt, alle in einer Gruppe müssten die gleiche Note bekommen, habe ich einen Blick mit McNair gewechselt. Wir haben uns zugenickt, und sofort war klar: Wir würden bei diesem Projekt ein Team bilden, um uns gegenseitig zu sabotieren. Am Ende haben wir beide 98 Prozent erreicht.

MÄRZ, ELFTE KLASSE

McNair und ich sind nach dem Training für den nächsten Quizwettkampf noch in der Schule geblieben. Wir haben so lange über eine Antwort diskutiert, dass wir irgendwann Hunger gekriegt und unsere Auseinandersetzung in einem kleinen, unscheinbaren mexikanischen Restaurant in der Nähe fortgesetzt haben. Er hat mich so genervt, dass ich meinen Veggie-Burrito nicht wirklich genießen konnte. Eigentlich war ich zu einer Tanzaufführung von Mara und Kirby eingeladen, habe aber die Zeit vergessen und deswegen nur die zweite Hälfte gesehen.

SEPTEMBER, ZWÖLFTE KLASSE

Kirby, Mara und ich wollten zur Premiere eines Films aus Kirbys Lieblingsmarvelreihe gehen. Spontan musste ich dann aber helfen, die Stimmen für die Schulsprecherwahl auszuzählen. Das Ergebnis konnte *unmöglich* genau 50:50 ausgefallen sein. Um ein Uhr nachts sind wir nach mehrmaligem Zählen zu dem

Schluss gekommen, dass es doch nicht unmöglich war. Den Film habe ich verpasst.

MAI, ZWÖLFTE KLASSE

Es hat in der zwölften Klasse Tradition, eine stille Auktion zu veranstalten, um Geld für die Schule zu sammeln. Der gesamte Abschlussjahrgang inklusive Eltern ist dazu eingeladen, etwas zur Versteigerung beizusteuern – ob einen Gegenstand oder ein Erlebnis. Die Leute aus der Stufe laufen dann herum und schreiben die Gebote auf. Für eine staatliche Schule ist das ziemlich nobel. Deswegen haben Kirby, Mara und ich uns richtig fein gemacht. Wir haben ausgefallene Häppchen gegessen, bis auf einmal ein Korb mit teurem Käse verschwunden war. Als Schulsprecherduo waren McNair und ich dafür verantwortlich, ihn ausfindig zu machen. Wie sich später herausstellte, hatte ein kleines Kind ihn mitgenommen. Trotzdem dauerte es knapp eine Stunde, bis wir es mit dem Korb zusammen in seinem Buggy entdeckt hatten.

HEUTE

… Ups.

14:49 Uhr

Der Flipperautomat verschluckt einen Quarter nach dem anderen. *Besessen von Neil McNair.* Dass ich nicht lache! Von wegen besessen – wir haben einfach nur dieselben außerschulischen Aktivitäten und Kurse belegt und auf das gleiche Ziel hingearbeitet. Ein Ziel, das nur einer von uns erreicht hat.

Was wäre denn die Alternative gewesen? Ich musste doch wissen, was in seinem Hirn vorgeht, herausfinden, wie ich ihn zu Fall bringen kann, Probleme lösen, die nur wir lösen konnten. Dabei habe ich nie geschafft, ihn komplett aus der Reserve zu locken. Das ist das Seltsame. So viele Jahre, und kein einziges dunkles Geheimnis oder peinliches Eingeständnis. Bei uns hat sich immer nur alles um die Schule gedreht.

Trotzdem kriege ich die Worte von Kirby und Mara nicht aus dem Kopf.

Du bist wie besessen von ihm.

Mann! Sogar jetzt denke ich an McNair statt an meine Freundinnen – die ich dieses Jahr ständig nur vertröstet habe.

Vor drei Uhr dürfen wir die jagdfreie Zone nicht verlassen, und Flipper zu spielen ist einfacher, als über mich selbst nachzudenken. Es erinnert mich an das erste Date aus einem meiner Lieblingsromane. In *Glück im Bett* verbringen Annabel und Grayson Stunden in einer heruntergekommenen Spielhalle. Als Annabel kurz davor ist, den Flipper-Highscore zu knacken, versammeln sich immer mehr Menschen um sie. Zwar konzentriert sie sich die ganze Zeit fast ausschließlich auf den Automaten, aber trotzdem spürt sie die Nähe ihres verführerischen Geschichtslehrers Grayson, die Wärme seines Körpers, atmet sein Eau de Cologne ein. Nachdem sie schließlich den Highscore erreicht hat, schließt er sie in diese Wahnsinnsumarmung, die sie bis in die Zehenspitzen fühlt. Mir war vorher nicht bewusst, dass eine Umarmung so heiß sein kann – auch wenn ich der Schülerin-Lehrer-Romanze ziemlich skeptisch gegenüberstehe.

Ich habe Annabels Glück weder im Bett noch beim Flippern. Als ich bereits viel zu viele Münzen verbraten habe, schaue ich auf dem Handy nach der Uhrzeit. Es sind erst fünf Minuten vergangen, und ich bin nicht bereit, schon wieder zu den anderen zu gehen.

Aus einiger Entfernung höre ich meinen Namen. Ich drehe mich um, aber ich glaube nicht, dass mich jemand gerufen hat, so gedämpft, wie es klang. Es will niemand was von mir – man redet über mich. Da sich die Spielhalle eine Ebene über den Bowlingbahnen befindet, ist es schwer, bei dem Lärm der fallenden Pins und der lachenden, schwatzenden Menge die Quelle auszumachen. Ich bin allein. Wahrscheinlich, weil es hier oben aussieht, als wäre die letzten zwanzig Jahre nicht geputzt worden. Der Teppich hat inzwischen schon einen jämmerlichen Grau-Beige-Ton angenommen.

Doch dann höre ich meinen Namen wieder, und dieses Mal bin ich sicher, dass es von der Essecke gegenüber der Spielhalle kommt.

Die beiden Bereiche sind nicht durch eine Tür voneinander abgetrennt, aber zum Glück steht am Eingang zur Spielhalle eine Topfpflanze, die ungefähr so groß ist wie ich.

Was ich vorhabe, ist albern, das ist mir klar. Trotzdem schleiche ich geduckt zur Pflanze und hoffe, dass ihre Blätter mich vollständig verdecken. Ich spähe zwischen ihnen hindurch und entdecke bestimmt zehn Leute von der Westview High an einem Tisch, übersät mit Fertigpizzen und Getränken in Pappbechern. Savannah Bell sitzt am Kopfende und wirkt so begeistert wie ich damals, als ich von dem Gleichstand bei der Schulsprecherwahl erfahren habe.

»Kotzt es euch nicht an, dass Rowan und Neil immer die Besten sind?«, tönt sie gerade und schwenkt einen Becher durch die Luft, um den Worten Nachdruck zu verleihen. »Bei jeder Prüfung, jedem Wettbewerb heißt es nur *Neil und Rowan, Rowan und Neil*. Ich bin so froh, wenn ich das nicht mehr hören muss.«

Und ich erst.

»Es ist der letzte Schultag, Sav. Was tut das jetzt noch zur Sache?«, fragt Trang Chau, ihr Freund.

»Weil … wenn Rowan oder Neil heute gewinnt« – Savannahs Ohrringe klimpern vor Entrüstung – »war die Highschool ein einziger Erfolg für sie. Dann gehen sie selbstzufrieden zum College und denken, sie wären was Besseres als wir. Überlegt mal, was für eine Genugtuung es wäre, sie auf den Boden der Tatsachen zurückzuholen. Die zwei Spitzenstars der Stufe, im Finale doch noch geschlagen.«

Die Unterhaltung hat einen bedrohlichen Unterton. McNair und ich haben uns jede Anerkennung und jeden Sieg verdient.

»Ich dachte immer, zwischen den beiden läuft was«, wirft Iris Zhou ein, und ich unterdrücke den Impuls, lauthals zu protestieren.

»Nee, auf keinen Fall«, sagt Brady Becker. Guter Junge. »Ich hab letztes Jahr mit ihnen an einem Gruppenprojekt gearbeitet. Die hätten sich fast gegenseitig umgebracht. Krass brutal.«

»Da wäre ich mir nicht so sicher.« Meg Lazarski tippt sich ans Kinn. »Amelia Yoon meinte, sie hätte gesehen, wie die zwei vor Kurzem zusammen in der Abstellkammer verschwunden sind, und als sie wieder rauskamen, wäre Neils Haar völlig durcheinander und Rowan total rot gewesen.«

Ich unterdrücke ein Kichern. Die Abstellkammer war winzig, und als ich nach einer Farbdose greifen wollte, habe ich ihn aus Versehen gestreift. So viel Nähe zu einem Menschen, vor allem auf so beengtem Raum, kann einen schon mal in Verlegenheit bringen. Was seine Haare betrifft: Tja, es war Prüfungswoche. Manche Leute raufen sie sich halt, wenn sie nervös sind. Eine Sache, die wir gemeinsam haben.

»Mir ist egal, was da läuft«, erwidert Savannah. »Ich will sie von ihrem hohen Ross runterholen.«

»Ist das nicht ein bisschen … unfair?« Brady schiebt sich ein halbes Stück Pizza in den Mund.

»Wir brechen damit keine Regeln. Vorhin hab ich versucht, Neil zu fangen, aber Rowan hat sich eingemischt und ihm geholfen«, erzählt Savannah.

»Da läuft was«, trällert Iris, als wäre das die Erklärung für alles.

Savannah wirft ihr einen vernichtenden Blick zu. »Außerdem braucht Rowan das Geld eh nicht.«

»Wieso nicht?«, fragt Meg.

»Sie ist doch jüdisch«, erwidert Savannah und tippt sich an die Nase.

Sie tippt sich an die Nase!

Ich höre nicht mehr, was dann gesagt wird, ob jemand lacht oder zustimmt oder sie zurechtweist. Ich kann nichts hören. Nichts sehen. Ich kann kaum *denken*. Eine Angst, die jahrelang geschlummert hat, lodert glühend heiß in mir auf.

Halt suchend schließe ich die Finger um den Stamm der künstlichen Pflanze. Selbst in der superliberalen Stadt Seattle, von der behauptet wird, sie wäre *so offen*, ist man nicht vor den Sticheleien sicher, die die Leute als harmlos abtun, vor den Stereotypen, die sie als Wahrheit anerkennen. Es gibt nicht viele jüdische Menschen hier. Tatsächlich kenne ich die Namen aller jüdischen Schülerinnen und Schüler an der Westview High – insgesamt sind es vier.

Kylie Lerner, Cameron Pereira, Belle Greenberg und Rowan Roth.

Wenn man jüdisch aufwächst, lernt man schon in jungen Jahren, dass man bei blöden Sprüchen entweder gute Miene zum bösen Spiel machen oder sich dagegen auflehnen kann, dabei aber Schlimmeres riskiert. Besonders als Kind kann man meistens nicht erklären, warum der Spruch nicht lustig war. Ich habe mich immer für Option A entschieden. Mir wird flau, wenn ich daran denke, dass ich in solchen Situationen auf der Grundschule mitgelacht habe. Denn wie heißt es so schön: Man muss mit den Wölfen heulen?

Ich reibe über die knöcherne Erhebung auf meiner Nase. In der vierten Klasse habe ich einen Sehtest mal absichtlich nicht bestanden, weil ich gehofft habe, eine Brille würde vielleicht von der Monstrosität in meinem Gesicht ablenken. Hinterher hatte ich deswegen ein so schlechtes Gewissen, dass ich es letztendlich meinen Eltern gebeichtet habe. Bis heute ist es nicht unbedingt mein liebstes körperliches Merkmal. Ein blöder Kommentar, und ich bin wieder an dem Punkt, an dem ich mein Spiegelbild kaum ertrage.

»Ihr seid hergekommen«, hebt Savannah gerade an, und ich lenke meine Aufmerksamkeit zurück auf das Gespräch, »weil ihr sie auch aus dem Rennen werfen wollt, oder nicht? Falls ihr jetzt kneift, könnt ihr gerne gehen.«

Kein Schwein rührt sich. Dann steht Brady auf.

»Ich bin raus. Rowan und Neil sind cool, und ich will hier niemandem den Spaß verderben.«

Lily Gulati schließt sich ihm an. »Ich war eh nur wegen der Pizza da – die übrigens supermittelmäßig ist. Viel Glück bei eurem Rachefeldzug.«

Der Rest bleibt sitzen.

Ich bin nicht so naiv, zu glauben, dass mich auf der Highschool alle leiden konnten, aber mit diesem Hass habe ich nicht gerechnet. Die Wahrheit trifft mich. Vielleicht habe ich Savannah unterschätzt. Sie scheint mächtig Einfluss zu haben, wenn sie so eine Meute um sich scharen kann. Und nachdem, was sie gesagt, wie sie sich an die Nase getippt hat … Na ja, besonders gern mochte ich sie nie, aber jetzt hat sie sich als wahre Superschurkin entpuppt.

Allmählich kriege ich Nackenstarre. Ich müsste den Kopf dringend mal dehnen, nur darf ich nicht riskieren, Aufmerksamkeit auf mein Versteck zu ziehen.

»Das hätten wir also geklärt«, meint Savannah. »Kümmern wir uns als Nächstes um eine Strategie. Neil ist immer noch meine Zielperson.« Sie wedelt mit dem Namenszettel rum. »Allerdings weiß er, dass ich ihm auf den Fersen bin.« Sie lässt den Satz unkommentiert stehen, als würde sie abwarten, bis die anderen begreifen, worauf sie hinauswill.

»Ich ahne, was du vorhast.« Trang. »Jemand von uns soll dich aus dem Spiel werfen und dir Neils Namen abnehmen, damit er wieder im Dunkeln tappt?«

Savannah grinst hämisch. »Exakt.«

»Erzwo? Was machst du da?«

Beim Klang der Stimme schnappe ich überrascht nach Luft. Sofort halte ich mir mit der Hand den Mund zu.

»Mist, Mist, Mist«, zische ich und wirble herum. McNair ragt über mir auf und starrt mit verwirrter Miene auf mich herab.

Mit hämmerndem Herzen zerre ich ihn am Ärmel zu mir hinunter und hinter den unbesetzten Schuhausgabetresen. Stolpernd duckt er sich. Unsere Knie treffen etwas härter auf den grau-beigefarbenen Teppich als beabsichtigt. Vor uns stehen die Bowlingschuhe ordentlich aufgereiht in den Regalen. Hier können uns die anderen mit Sicherheit nicht sehen, allerdings kann ich sie hier auch nicht hören.

»Du darfst mich loslassen«, flüstert McNair.

Oh. Plötzlich merke ich, wie nah wir uns sind und dass ich ihn immer noch am Ärmel festhalte. Ich habe das Gefühl, seit Stunden keinen normalen Atemzug mehr getan zu haben. Seine Brust aber hebt und senkt sich vollkommen regelmäßig, genau wie der lateinische Schriftzug.

Ich löse den Griff und versuche, direkten Hautkontakt zu vermeiden, während ich mich auf die Fersen setze und meinen Cardigan penibel zurechtzupfe. Die Spionage war schon schweißtreibend, und jetzt mit jemandem auf engstem Raum zu hocken – selbst wenn es nur McNair ist –, macht es nicht unbedingt besser.

Meine Gedanken rasen. Savannah will McNair und mich unbedingt aus dem Spiel kicken. Warum? Aus Rache, weil wir gut in der Schule waren?

McNair öffnet gerade den Mund, um etwas zu sagen, da halte ich einen Finger an die Lippen. Langsam, ganz langsam, rutsche ich auf Knien nach links, bis ich einen Blick auf den Essbereich erhasche. Das Grüppchen räumt zusammen und schlendert zu den Bowlingbahnen. Was immer sie sonst noch beschlossen haben, habe ich verpasst.

Ich krieche zurück zu Neil, der sich – das muss man ihm lassen – still und ruhig verhält.

»Ich bin verwirrt. Gehört das zum Spiel?«, fragt er.

»Ich erklär dir später, was los ist, versprochen.« Ich schaue aufs Handy. Die jagdfreie Zeit ist fast vorbei. »Nur nicht hier.«

Er klatscht in die Hände und grinst von einem Ohr zum anderen. »Heißt das, ich darf noch mal bei dir im Auto mitfahren? Ach, Erzwo, was bin ich doch für ein Glückspilz.«

Ich verdrehe die Augen. »Wir treffen uns am Wagen, sobald sie uns hier rausgelassen haben. Und pass auf, dass du nicht verfolgt wirst.« Uns soll niemand zusammen sehen.

Ein amüsierter Ausdruck huscht über sein Gesicht, aber er nickt. Offenbar merkt er, wie ernst es mir ist. Ich kann ihm vertrauen.

Glaube ich.

»Ich würde übrigens einen großartigen Spion abgeben«, ruft McNair mir entgegen, als ich fast am Auto bin. Er lehnt dagegen, ein Fuß auf dem Hinterreifen. Bei jemand anderem hätte das vielleicht lässig ausgesehen. »Falls du Zweifel daran hattest.«

Ich ignoriere ihn und vergewissere mich, dass uns niemand gefolgt ist. Nachdem ich die Spielhalle verlassen hatte und wieder an der Bowlingbahn war, meinte Mara, ich könnte mich ihr und Kirby immer noch anschließen. Ich habe abgelehnt und mich bis später von ihnen verabschiedet. Danach haben wir uns angeschwiegen, offenbar unfähig, mit dieser neuen Situation umzugehen, in der so viele Probleme – *meine* Probleme – offen auf dem Tisch lagen.

Diesmal entgeht ihm der Zustand der vorderen Stoßstange nicht. Er saugt scharf die Luft ein.

»Oh.« Ich verziehe das Gesicht. »Ja, ich, äh, bin jemandem hinten reingefahren. Heute Morgen.«

»Warst du deswegen zu spät?« Er bückt sich und inspiziert den Schaden.

»Ich hab nichts gesagt, weil es mir peinlich war.«

Auf einmal wird seine Stimme unerwartet weich, und in seinen Augen könnte ich – wenn ich es nicht besser wüsste – so etwas wie Sorge erkennen. »Geht es dir gut?«

»Ja, nichts passiert.« Ich schlinge den Cardigan um mich. »Ich war nicht so schnell unterwegs. Nur mein Kleid hat was abgekriegt.«

»Das tut mir ehrlich leid. Ich saß letztes Jahr auf dem Beifahrersitz neben Mom, als uns ein anderes Auto hinten draufgefahren ist. Am Wagen war nichts, aber ich war ganz schön durch den Wind. Hätte ich das gewusst, hätte ich dir das Leben heute Morgen nicht so schwer gemacht.«

»Ist doch … Danke«, bringe ich heraus, da das hier ein normales Gespräch zu sein scheint und er offenbar wirklich froh ist, dass ich nicht draufgegangen bin. »Ich kann niemanden sehen. Steig ein.«

Wir ziehen die Türen zu. So nah am Bowlingcenter fühle ich mich trotzdem noch nicht sicher. Also fahre ich ein paar Minuten schweigend durch irgendwelche Wohnblocks, bis ich irgendwo in Capitol Hill einen Parkplatz finde.

»Allmählich machst du mir Angst«, meint McNair, als ich den Motor abstelle.

Ich seufze tief. »Das klingt jetzt wahrscheinlich komisch, aber ich habe Savannah Bell dabei belauscht, wie sie über uns gesprochen hat. Sie hat eine Gruppe von zehn oder zwölf Leuten zusammengetrommelt, die sich gegen uns verbünden sollen.«

Seine Miene verändert sich. »Was? Warum?«

»Weil sie echt mies sind? Weil sie uns heimzahlen wollen, dass wir in der Schule die Besten waren?«

»Eigentlich warst du nur die Zweitbeste«, erwidert er, doch ich bin zu angespannt, um mich darüber zu ärgern.

»Laut Savannah will sie uns nach all den Jahren einen Denkzettel verpassen. Es schien ihr sehr ernst damit zu sein. Außerdem hat sie erzählt …« Ich halte inne. Fast hätte ich ihm gesagt, dass sie sich an die Nase getippt hat. Aber wie soll ich einer nichtjüdischen Person, die solche Erfahrungen nie gemacht hat, erklären, dass es antisemitisch ist, das Judentum mit Wohlstand gleichzusetzen? Früher durften jüdische Menschen kein eigenes Land besitzen und mussten sich ihren Lebensunterhalt als Händler und Bänker verdienen. Daraus entwickelte sich das Vorurteil, wir wären nicht nur reich, sondern auch noch gierig. »Sie hat erzählt, ähm, dass sie dich gezogen hat.«

McNair nickt und zupft an einem losen Faden seines Rucksacks.

»Soweit ich weiß, will Savannah sich fangen lassen, damit jemand anderes dich als Zielperson übernimmt«, fahre ich fort.

»Wer?«

»Habe ich nicht gehört. An dem Punkt hast du mich abgelenkt.«

»Und du weißt auch nicht, wer dich hat?«

»Nein, du hast mich abgelenkt. Hörst du mir nicht zu? Die haben es auf uns abgesehen, dafür würden sie sich sogar selbst opfern. Offenbar geht es ihnen nicht ums Geld.«

Kurz herrscht Stille. McNair runzelt die Stirn, als würde er versuchen, den Sinn hinter alledem zu begreifen.

Solange ich im Spiel bleibe, ist die Highschool noch nicht vorbei, und ich muss mich nicht der Realität stellen, dass ich den Ansprüchen meines vierzehnjährigen Ichs nicht gerecht geworden bin. Am liebsten würde ich Montagmorgen einfach wieder in die Schule spazieren, mit Mrs. Kozlowski in den Tag starten, mit McNair im Politikkurs debattieren und in der Mittagspause mit Mara und Kirby herumalbern. Ich bin noch nicht bereit für die Welt außerhalb der Westview High. Nur wie soll ich ihm das beibringen?

Aber vielleicht muss ich das gar nicht. Vielleicht geht es ihm genauso.

»Scheiße«, sagt er schlicht, was mir trotz allem fast ein Lachen entlockt. Das klingt so resigniert. McNair hat bisher nie resigniert, solang ich ihn kenne nicht. »Was machen wir denn jetzt?«

Komisch, dass er das fragt. Nicht nur, weil er »wir« benutzt, als wären wir ein Team, sondern auch, weil ich mir die gleiche Frage stelle: Was unternehmen *wir* dagegen?

Für den nächsten Vorstoß sammle ich all meinen Mut. Aber so oft, wie wir auf der Highschool miteinander vorliebnehmen mussten, ist der Vorschlag vielleicht gar nicht so abwegig. Ich denke darüber nach, seit ich die anderen belauscht habe. Es ist die einzige Lösung. Mit mahlenden Kiefern würge ich die Worte hervor.

»Wir sollten uns verbünden.«

SPIELSTAND
TOP 5

Neil McNair: 3
Rowan Roth: 3
Brady Becker: 2
Savannah Bell: 2
Mara Pompetti: 2

IM SPIEL VERBLEIBEND: 38

GRAUSAMSTE BLUTTAT: Alexis Torres
versetzt Aiden Gallagher den Todesstoß,
indem sie mit ihm Schluss macht 💀 💔

15:07 Uhr

McNair schweigt einige Sekunden. Er lässt den Rucksack, den er gerade noch fest umklammert hat, in den Fußraum sinken. Bestimmt erzählt er mir gleich, dass ich nicht albern sein soll, dass es bescheuert wäre, ein Team zu bilden. Er legt die Stirn in Falten, verzieht den Mund zu einer schmalen Linie, legt wieder die Stirn in Falten. Pro und Kontra wechseln sich ab, spiegeln sich in seinen Gesichtszügen wider.

»Ich wünschte, es gäbe einen anderen Weg«, sage ich. »Aber wenn wir beide gewinnen wollen, wovon ich ausgehe, dann …« Ich lasse ihn den Satz selbst beenden.

Der Vorschlag fällt mir nicht leicht. In der Vergangenheit haben wir meistens zusammengearbeitet, weil wir mussten. In der Schülervertretung, bei Gruppenprojekten. Wir hatten zwar das gleiche Ziel, aber völlig unterschiedliche Ansätze. Der Vorfall *Weißer Mann in Not* hat sich quasi in Endlosschleife wiederholt. Savannahs Komplott lässt unseren Konkurrenzkampf, und damit auch Punkt zehn meines Erfolgsrezepts, in den Hintergrund rücken.

»Was bedeutet das für uns, wenn wir uns verbünden?«, fragt er, ganz der Pragmatiker.

In der sanften Nachmittagssonne wirkt es, als würden seine Sommersprossen von innen heraus leuchten. So hat er unter den Energiesparlampen der Westview High nie ausgesehen. Die Wimpern glühen bernsteinfarben. Das ist so irritierend, dass ich weggucken muss.

»Wir helfen uns gegenseitig beim Enträtseln der Hinweise. Geben einander Rückendeckung.« Da fällt mir ein, dass ich keine Ahnung habe, wer McNairs Zielperson ist. Das macht mich misstrauisch. »Moment mal. Wen hast du eigentlich?«

»Oh ... Carolyn Gao.« Die Vorsitzende des Theaterclubs. Bei der Aufführung von *Der kleine Horrorladen* war sie super. »Ich weiß, du hast meinen Namen nicht, aber ...«

»Madison Winters.«

Er nickt. »Falls wir das durchziehen – uns verbünden –, was passiert am Ende? Immerhin wären wir beide gleichzeitig mit der Schnitzeljagd fertig.«

»Sobald wir den letzten Ort verlassen, geht es um alles oder nichts. Wer es zuerst zurück zur Sporthalle schafft, gewinnt. Wir schnappen uns den ersten und zweiten Platz, wie immer.« Jetzt sind wir ein Team, später besiege ich ihn. Das ist ja der Clou an der Sache.

Die Lesung von Delilah Park erwähne ich nicht. Bis dahin bleiben mehr als vier Stunden. Sollten wir uns dann noch nicht zu Tode genervt haben, erfinde ich halt irgendeine Ausrede, um einen Abstecher dorthin zu machen.

McNair zupft an dem ausfransenden Nylon seines Rucksacks, wo der Free-Puppies!-Pin hängt. »Was springt für dich dabei raus? Du willst doch nicht nur gewinnen, um mich zu schlagen, oder?«

»Zum Großteil schon«, gebe ich zu. Es würde mich zwar nicht dafür entschädigen, dass ich nicht Abschlussbeste geworden bin, aber bestimmt fühlt es sich toll an, als Siegerin aus unserem letzten Wettkampf hervorzugehen. Ich will nicht die ewig Zweite sein. »Außerdem könnte ich das Geld gut fürs College gebrauchen.« Ich stelle ihm die gleiche Frage.

»College«, antwortet er wie aus der Pistole geschossen. »New York ist teuer.«

»Stimmt«, sage ich, habe aber den Eindruck, dass er mir nicht die komplette Wahrheit erzählt.

»Nur mal angenommen, ich lasse mich auf deinen Plan ein, und du gewinnst zum Schluss. Dann erntest du den Ruhm. Und was bekomme ich? Das wäre kein guter Deal.«

Ich überlege. »Oder wir teilen das Geld, fifty-fifty. Egal, wie es endet.«

Ein Grinsen breitet sich auf seinem Gesicht aus, und ich habe langsam ein ziemlich mieses Gefühl bei der Sache. »Was, wenn wir den Einsatz erhöhen?«

»Ich höre.«

»Schließen wir eine Wette ab«, schlägt er vor. »Du und ich. Eine Wette, mit der wir dieses vierjährige epische Leistungsgemetzel ein für alle Mal besiegeln.«

»So was wie: Wer verliert, geht nur mit Robe bekleidet, darunter nackt, zur Abschlussfeier?«

Er schnaubt. »Ernsthaft? Wie alt bist du – zwölf? Ich dachte an was Persönlicheres.«

Ich zermartere mir das Hirn. Bestimmt gibt es so einige Dinge, die McNair hasst, aber dafür kenne ich ihn privat nicht gut genug.

Plötzlich schnappe ich nach Luft und schlage mir die Hand vor den Mund, um ein Grinsen zu verbergen. Mir ist gerade etwas eingefallen. »Wer verliert, muss einen Buchbericht zu einem Werk schreiben, das die Person, die gewinnt, aussucht.«

»Über wie viele Absätze?«

»Mindestens fünf. Doppelter Zeilenabstand, nicht weniger als drei Seiten.« Ich verschränke die Arme vor der Brust. Das ist die nerdigste Wette *ever*. Aber oh Mann, was für Lektüren ich ihm aufzwingen könnte! »Bist du dabei oder nicht?«

Einen Moment lang zucken wir beide nicht mit der Wimper. Trotz unserer zahlreichen Wettbewerbe haben wir noch nie um irgendetwas gewettet. Es stand auch so genug auf dem Spiel.

»So seltsam das ist, am letzten Schultag über Buchberichte zu sprechen, es ist perfekt!«, meint er. »Bleibt nur die Frage, ob es *Der alte Mann und das Meer* wird oder *Große Erwartungen*. Oder, halt, ich würde ja gerne wissen, was du zu *Krieg und Frieden* sagst. Der ungekürzten Fassung, natürlich.«

»Wow, bei so vielen unspektakulären weißen Männern kann man sich echt kaum entscheiden.«

»Die Werke gehören nicht ohne Grund zu den Klassikern.« McNair streckt mir die Hand hin. »Auf einen guten, letzten Wettbewerb.« Wir schlagen ein.

Wir haben zwar so ziemlich die gleiche Körpergröße, aber nicht die gleiche Handgröße, was ich bisher verständlicherweise nie bemerkt habe. Seine sind warm und etwas größer. Sommersprossenübersäte Finger schließen sich um meine blasse Haut.

»Du hast wirklich eine Menge Sommersprossen.«

Er löst den Griff und schaut in gespielter Überraschung auf seine Hand. »Ach, diese Punkte sind *Sommersprossen*!« Er lässt die Hände in den Schoß sinken. »Ich hasse sie.«

»Warum denn das?« Mir ist klar, dass es ihm unangenehm ist, wenn ich ihn damit aufziehe. Dabei finde ich sie gar nicht unattraktiv oder so – was ich ihm nie sagen würde. Es sind einfach sehr viele. »Sie sind … interessant. Ich mag sie.«

Pause. Er hebt eine Augenbraue. »Du … magst meine Sommersprossen?«

Ich verdrehe die Augen, spiele aber mit. »Ja. Sind die eigentlich *überall*?«

Mittlerweile weiß ich, welche Knöpfe ich drücken muss, damit er rot wird. Er reagiert immer empfindlich auf dieses Thema. Trotzdem schnalzt er mit der Zunge und meint: »Manche Dinge sollte man besser unbeantwortet lassen.« Er streicht über seinen nackten Arm. »Reiß dich zusammen, Erzwo. Wir sind jetzt ein Team. Wenn du mit diesen heißen Sommersprossen nicht klarkommst, haben wir keine Chance.«

Bei all dem Gerede über Sommersprossen starre ich ihn einen Tick zu lange an. Die Sache ist die: Ich frage mich tatsächlich, ob er überall welche hat. Aus purer wissenschaftlicher Neugier. So, wie man sich fragen würde, wann Seattle vom nächsten großen Erdbeben heimgesucht wird oder wie lange es dauert, bis sich ein Kaugummi zersetzt. So wie es auf seinen Armen und in seinem Gesicht davon wimmelt, hat er bestimmt überall welche, oder?

»Deine Brille sitzt schief«, merke ich an, und er rückt sie gerade. Hoffentlich reicht das, um zur Normalität zurückzukehren.

Nur ist die Normalität in diesem Fall kein »Rowan gegen Neil« mehr, sondern ein »Rowan und Neil gegen den Rest der Stufe«. Wahrscheinlich ist das hier eine extrem schlechte Idee.

Bei einem Stück der besten Pizza von Seattle – laut McNair – besprechen wir, wie wir vorgehen. Na ja, zuerst streiten wir uns, denn als ich mein Essen zahlen will, besteht er darauf, die Rechnung zu übernehmen. Immerhin würde ich ja schon fahren. Anschließend teile ich widerwillig das Foto von der Gum Wall mit ihm. Natürlich nur im Austausch gegen eins mit Regenschirm, damit wir weiterhin gleichauf sind.

Ich würde am liebsten direkt allen Hinweisen des Leitfadens auf den Grund gehen, aber McNair hält das für Zeitverschwendung. Er will sich auf das konzentrieren, was wir wissen, und sich später um den Rest kümmern.

»Man kann es auch übertreiben mit der Planung«, sagt er und bestreut seine Pizza mit Paprikaflocken. Meiner Meinung nach gibt es bei Upper Crust nicht die beste Pizza Seattles. Auf meiner sind zu viel fadenziehender Mozzarella und zu wenig Soße. »Muss ich dich an den Vorfall mit der Sommerlektüreliste erinnern?«

Ich schneide eine Grimasse. Unsere Englischlehrerin in der Elften hat eine Woche vor den Ferien eine Liste herumgeschickt, und ich habe beschlossen, alle fünf Titel so schnell wie möglich durchzuackern, damit ich über den Sommer lesen konnte, was ich wollte. Genau an dem Tag, als ich das letzte Buch beendet hatte, hat sie uns per Mail geschrieben, es wäre die falsche Liste gewesen, aber es hätte »bestimmt eh noch niemand angefangen«.

»Das war ein blöder Zufall.« Ich ziehe den Autojoker: Wenn er laufen wolle, könne er gern abhauen, sobald wir mit dem Essen fertig sind, aber ich würde bleiben und erst ein paar weitere Hinweise entschlüsseln. Er gibt nach.

Zumindest bei den Hinweisen die auf spezifische Orte abzielen, kommen wir zum gleichen Ergebnis. *Eis für Schneemenschen* steht wahrscheinlich für die Yeti-Sorte bei Molly Moon's, der bekanntesten Eisdiele von Seattle. Und bei *Chiroptera-Zone* der wissenschaftlichen Bezeichnung für Fledermäuse, sind wir uns ziemlich sicher, dass es sich um den Nachtschwärmerbereich im Woodland Park Zoo handelt.

»Hast du eine Idee, was mit *Würdigung des rätselhaften Mr. Cooper* gemeint sein könnte?«, fragt er. »Das ist so vage formuliert. Ich habe ›Seattle Cooper‹ bei Google eingegeben, darunter aber nur einen Abschleppdienst, ein Autohaus und ein paar Ärzte gefunden. Oder was ist mit *Ort, der von oben bis unten rot ist?*«

»Red Hall in der Zentralbibliothek Downtown«, antworte ich aus dem Bauch heraus. Die habe ich schon bis in den letzten Winkel ausgekundschaftet, weil meine Eltern dort regelmäßig aus ihren Büchern lesen. Die Etage ist unheimlich, aber faszinierend – ein Phänomen in einem Gebäude voller Phänomene. Der Mr.-Cooper-Hinweis allerdings erscheint mir genauso rätselhaft wie die Person selbst. »Jetzt weiß ich, warum du einverstanden warst, ein Team zu bilden.« Ich schiebe überschüssigen Käse von der Pizza. »Von den schwierigen Hinweisen kannst du keinen einzigen lösen.«

»Stimmt doch gar nicht.« Er deutet auf *Etwas, das regional, nachhaltig und bio ist.* »Dein Müllsystem an der Westview High.«

Ich schnaube. »Oh bitte, ich esse gerade.«

Es ist seltsam, mit Neil McNair in einer Pizzeria zu sitzen. In der Fensterscheibe erhasche ich einen Blick auf uns beide und bekomme eine Vorstellung davon, wie wir zwei wohl auf andere wirken. Seine roten Haare sind windzerzaust, während mein Dutt diesen Zustand schon seit Stunden hinter sich gelassen hat und jetzt wie eine wahre Naturkatastrophe aussieht.

Nach einem weiteren Wortgefecht sind wir immer noch nicht schlauer, was den rätselhaften Mr. Cooper betrifft. Aber damit können wir uns auch später beschäftigen. Zunächst mal steuern wir Doo Wop Records für das erste Nirvana-Album an.

Als wir Upper Crust verlassen, holt Neil sein Handy hervor, um den Plattenladen auf der Karte zu markieren. Neben den normalen Social-Media-Kanälen und Messengerdiensten hat er auf dem Home-Bildschirm mehr als nur ein paar Wörterbuch-Apps.

»*Merriam-Webster*-Fan, hm?«, frage ich.

»Nee, eigentlich bin ich eher der *OED*-Typ.« Als ich ihn verständnislos anstarre, sagt er: »*Oxford English Dictionary?* Ist ja bloß das Standardwörterbuch für Englisch.«

»Ich weiß, was das *Oxford English Dictionary* ist«, blaffe ich. »Ich kannte nur die Abkürzung nicht. Wie oft hört man das im Alltag?«

Er zuckt die Achseln. »Oft, wenn man Lexikograf werden will.«

»Ah.« Ich nicke, als wüsste ich genau, wovon er spricht.

Er schmunzelt. »Du hast keine Ahnung, was das ist, oder?«

»Ich muss mich gerade echt zurückhalten, dir nicht an die Gurgel zu springen.«

»In dem Beruf stellt man Wörterbücher zusammen«, erklärt er. Es passt zu ihm. »Ich liebe Wörter, deswegen möchte ich das gern machen. Es gibt kein befriedigenderes Gefühl, als in einem Gespräch die richtigen Worte zu finden. Außerdem mag ich die Herausforderung, neue Sprachen zu lernen und darin Muster zu erkennen. Es ist total faszinierend, dass sich Begriffe aus anderen Sprachen in den englischen Wortschatz geschlichen haben, zum Beispiel ›Garage‹, ›Embargo‹, ›Tattoo‹ …«

Das erzählt er mit leuchtenden Augen und eindringlichen Gesten. Ich weiß nicht, ob ich ihn schon mal so lebhaft, so begeistert gesehen habe.

»Das klingt echt cool«, gebe ich zu. Und das tut es wirklich. »Wie viele Sprachen kannst du eigentlich?«

»Hmm ...« Er zählt sie an den Fingern ab. »Ich bin sehr gut in Spanisch, Französisch und Latein. Japanisch wollte ich belegen, aber da sie es nicht angeboten haben, muss ich bis zum College warten. Die romanischen Sprachen sind ziemlich einfach, wenn man eine von ihnen einigermaßen beherrscht. Italienisch habe ich mir selbst beigebracht.« Er lächelt. »Du darfst gerne sagen, wie beeindruckt du bist. Das ist okay.«

Ich will das gar nicht, aber es ist schwer, davon nicht beeindruckt zu sein. Vor allem, da sogar meine Fähigkeiten in Spanisch, Moms Muttersprache, nicht über das Standardniveau hinausreichen.

Der Plattenladen ist nicht weit weg, und so gehen wir zu Fuß, statt das Schicksal herauszufordern und auf noch einen freien Parkplatz in Capitol Hill zu hoffen. Seite an Seite spazieren wir an einer Wäscherei, einem Schuhladen und einem Sushi-Restaurant vorbei. Weil wir fast gleich groß sind, klatschen unsere Schuhe im Gleichschritt auf den Gehweg. Beim Dreibeinlauf wären wir unschlagbar.

Die Hauptstraße in Capitol Hill ist der Broadway, wo kleine Lokale und Boutiquen im Laufe der Zeit von Bäckereiketten und Katzencafés verdrängt wurden. Einige Dinge, die zur Geschichte der Stadt gehören, sind allerdings erhalten geblieben, zum Beispiel die Bronzestatue von Jimi Hendrix an der Ecke Pine Street, die ihn bei einem Gitarrensolo zeigt, oder Dick's Drive-In. Die Burger da esse ich zwar nicht, aber der Schoko-Milchshake ist Perfektion im Plastikbecher. Dies ist außerdem die Hochburg der LGBTQIA+-Community, deshalb gibt es hier auch Regenbogen-Zebrastreifen. Wir schießen Fotos davon und holen uns einen weiteren grünen Haken ab.

»Darf ich dich mal was fragen?«, meint Neil plötzlich. Er scheint sich sichtlich unwohl zu fühlen, und sofort habe ich Angst, er könnte mich wieder auf das Jahrbuch ansprechen. Falls es das ist, werde ich auf der Stelle reinschreiben und mir jeglichen sarkastischen Kommentar verkneifen. »Warum hasst du mich so?« Er spricht es einfach so ohne Vorwarnung aus und ohne dabei ins Straucheln zu geraten. Mich erwischt er damit allerdings eiskalt. Abrupt bleibe ich stehen.

»Ich …« Am liebsten würde ich etwas Schlagfertiges erwidern, aber ich weiß nicht, was. »Ich hasse dich nicht.«

»Fällt mir schwer, das zu glauben. Du machst dich immerhin ständig über mich lustig.«

»›Hass‹ ist ein starkes Wort. Ich hasse dich nicht. Du …« Ich wedele mit der Hand durch die Luft, als könnte ich die richtige Formulierung einfangen. »… frustrierst mich nur.«

»Weil du immer die Beste sein willst.«

Ich ziehe eine Grimasse. So wie er es ausdrückt, kommt mir mein Verhalten kindisch vor. »Na ja – ja … das ist nicht alles. Meistens sind unsere Gespräche harmlos, aber die abfälligen Bemerkungen über Liebesromane, mit denen du anscheinend nicht aufhören kannst –, das sind keine harmlosen Sticheleien für mich. Die tun weh.«

Er lockert den Griff um die Rucksackriemen und lässt betreten den Kopf sinken. »Erzwo«, sagt er sanft, »das tut mir leid. Ich dachte … Das ist doch nur Spaß.« Offenbar bereut er es wirklich.

»Das fühlt sich aber nicht so an, wenn du mir ständig einredest, ich müsste mich für das schämen, was ich mag. Ich rechtfertige mich schon ständig vor meinen Eltern und meinen Freundinnen dafür. Ich hab's kapiert, ja? Haha, da sind nackte Männer auf dem Cover. Nur kapier ich nicht, warum man ausgerechnet diese eine Sache so verurteilt, die ausnahmsweise vor allem was für Frauen ist. Nicht mal das gönnt man uns. Dabei schadet es doch niemandem. Aber nein, wenn man Liebesromane toll findet, hat man entweder keinen Geschmack oder ist eine einsame alte Jungfer.«

137

Als ich endlich aufhöre (Gott sei Dank), schnaufe ich richtig. Außerdem ist mir warm. Ich hätte nicht gedacht, dass ich mich so in Rage reden könnte, besonders nicht an dem Tag, an dem ich der Göttin der Literatur, Delilah Park, begegne, und besonders nicht vor Neil McNair.

Er starrt mich aus großen Augen durch seine Brille hindurch an. Gleich lacht er mich aus. Drei, zwei, eins …

Nichts.

»Erzwo …«, sagt er, diesmal sogar noch sanfter, korrigiert sich jedoch. »Rowan. Es tut mir wirklich leid. Ich … ich hab nicht so viel Ahnung davon.« Er streckt die Hand aus, als wollte er meine Schulter anfassen. Ich frage mich, was ihn dazu bewegen würde, und denke unweigerlich an das Foto für die Awards-Sparte im Jahrbuch. Was hat er sich da angestellt. Als würde eine simple Berührung grenzenlose Zuneigung ausdrücken. Und die haben wir schließlich nie füreinander empfunden. Gegenseitiger Respekt, ja. Aber Zuneigung? Nie im Leben.

Er lässt die Hand sinken, ehe ich mir den Kopf weiter darüber zerbrechen kann.

»Entschuldigung angenommen.« Ich war auf Gegenwehr vorbereitet, nicht auf Friedensgespräche. »Darf ich dich auch was fragen?«

»Nein.« Womöglich soll das ein Versuch sein, die Stimmung zu heben, denn seine Mundwinkel zucken verräterisch.

Ich knuffe ihn spielerisch gegen die Schulter, so wie ich es bei einer guten Freundin tun würde. Das fühlt sich so seltsam an, dass mein Magen einen Satz macht. Ich bin mir nicht sicher, ob sich zwischen McNair und mir eine Freundschaft entwickeln könnte. Aber eigentlich ist das auch egal. In zwei Monaten ziehen wir weg, und ich habe sowieso kaum Zeit.

»Warum hasst du Liebesromane so?«

Er wirft mir einen komischen Blick zu. »Ich hasse sie nicht.«

UPPER CRUST PIZZA

12.06.2020, 15:18 Uhr
Bestellung Nr. 0102
Es bediente Sie: Jennifer
Gäste: 2   Tisch: 9

Im Haus

1 X Veggie Vengeance $ 2,99
1 X Pepperoni Pizzazz $ 3,49

Summe netto: $ 6,48
Steuer: $ 0,65

Summe gesamt: $ 7,13

Trinkgeld: $ 2,50

Visa Xxxxxxxxxxxx1519
McNair, Neil A

Vielen Dank!

15:40 Uhr

Bei Doo Wop Records fühle ich mich in der Zeit zurückversetzt: Es läuft The Temptations, und der ganze Laden mit den alten Konzertpostern an den Wänden und den Hörkabinen im hinteren Teil ist eine Hommage an die 1960er Jahre.

»Du passt hier gut rein.« McNair deutet auf mein Kleid.

»Ich ... oh.« Es ist so untypisch für McNair, so etwas zu sagen, dass ich einen Moment brauche, bis ich eine Antwort parat habe.

»Ja, sieht so aus. Ich mag die Klamotten und die Platten von früher. Und du? Hörst du gern Musik?« Das sollte man als grundlegendes Merkmal über einen Menschen wissen. Rowan Roth: braune Haare, braune Augen, würde fragwürdige Dinge tun, um die Smiths noch einmal live zu erleben.

»Ob ich gern Musik höre?«, spottet er, als wir durch den Gang ROCK J-N schlendern. »War Hemingway der beste Schriftsteller des zwanzigsten Jahrhunderts? Natürlich höre ich gern Musik. Am liebsten Bands aus der Umgebung. Sowohl die, die groß rausgekommen sind, als auch die, die es noch nicht geschafft haben. Death Cab, Modest Mouse, Fleet Foxes, Tacocat, Car Seat Headrest ...«

»Hast du Fleet Foxes vor ein paar Jahren beim Bumbershoot-Festival gesehen?«, frage ich, ohne auf seinen Hemingway-Kommentar einzugehen. Zur Strafe werde ich ein Buch mit extraviel Sexytime für ihn raussuchen, wenn ich gewinne.

Er strahlt. »Ja! Die Show war mega!«

Auch wenn wir vier Jahre dieselbe Schule besucht haben, ist das irgendwie merkwürdig. McNair und ich waren beim selben Konzert und haben in einem Meer aus schwitzenden Seattle-Hipstern derselben Band zugejubelt.

Er erreicht den Bereich für N zuerst und fängt sofort an, die Alben zu durchsuchen, also werfe ich einen Blick in den Gruppenchat mit Kirby und Mara. Es ist nicht abwegig, dass Savannah nach dem Jagdfrei im Hilltop Bowl noch mehr Leute gegen uns aufgestachelt hat, und auch wenn es zwischen uns gerade krieselt, möchte ich keine Angst vor ihnen haben müssen.

> die antwort ist bestimmt nein aber ihr habt euch nicht zufällig savannah bell und ihrer crew angeschlossen um mcnair und mich zu töten oder?

MARA

Natürlich nicht.

KIRBY

WTF???

> hab im hilltop mitbekommen wie sie ein paar andere gegen uns aufgehetzt hat

KIRBY

Ich wiederhole: WTF???

> ja :-(

> deswegen bilde ich jetzt mit mcnair ein team

Ich stecke das Handy zurück in die Tasche. Noch bin ich nicht bereit für ihre Antworten.

»Sie haben es nicht hier«, meint McNair, woraufhin ich mich an ihm vorbeidrängle, um selbst zu gucken.

»Kann ich euch helfen?«, fragt eine Frau mit einem Doo-Wop-Schlüsselband um den Hals. Sie ist so Mitte zwanzig, trägt die platinblonden Haare in einem Pixie Cut und einen langen Overall zu robusten Boots. Auf dem Namensschild steht VIOLET.

»Wir sind auf der Suche nach dem ersten Album von Nirvana.« Und weil ich es vorher nachgeschaut habe, schiebe ich hinterher: »Ich glaube, es heißt *Bleach*.«

»Genau!«, flötet Violet. »Das ist noch oldschool Nirvana. Ich liebe es. Ihr seid nicht die Ersten, die heute danach fragen. Macht ihr bei irgendeinem Spiel mit?«

»Ja, ist eine Art Schnitzeljagd«, erwidert McNair.

»Hmm. Ich weiß, dass wir es da haben. Eigentlich müsste es hier sein.« Wir gehen aus dem Weg, damit sie bei den *Alben mit N* nachgucken kann.

Vielleicht haben es die Leute vor uns versteckt? In diesem Laden gibt es Tausende von Platten. Sie könnten sie einfach irgendwo dazwischengesteckt haben.

McNair scheint zum gleichen Schluss zu kommen. »Haben Sie nicht zufällig woanders noch ein zweites Exemplar?«

»Wir haben *Nevermind* – meiner Meinung nach total überbewertet –, *In Utero* und *MTV Unplugged in New York*. *Das* ist richtig gut.« Sie zieht es heraus und streicht zärtlich darüber. »Das beste Live-Album, das ich je gehört habe.«

Violet schaut McNair lange an. Zuerst denke ich, er hat irgendetwas im Gesicht. Ich mustere ihn. Da ist nichts. Heißt das ... Flirtet sie etwa mit ihm?

Wow, was für ein Fremdschäm-Moment.

»Definitiv«, stimmt McNair ihr zu. Flirtet er jetzt auch noch zurück?

Violet strahlt ihn an. »*Bleach* kann ich leider nicht finden. Vielleicht hat es jemand falsch einsortiert oder es mit in eine Hörkabine genommen.«

»Oder es gekauft«, werfe ich ein. Es gibt zwar noch andere Plattenläden in Seattle, aber der Weg dorthin würde Zeit kosten, nur um eventuell festzustellen, dass sie das Album ebenfalls nicht haben.

»Lasst mich kurz hinten nachsehen, okay?« Violet steckt *MTV Unplugged* wieder weg. »Es wäre möglich, dass uns ein Exemplar zum Verkauf reingebracht wurde.«

»Super, vielen Dank.« McNairs Höflichkeit liegt bei 11 von 10. Als Violet davonstiefelt, ziehe ich die Augenbrauen hoch. »Was?«, fragt er.

»*Definitiv*. Bestes Live-Album in der Geschichte der Menschheit.«

Er glotzt mich an. »Sollte das … Machst du mich nach?«

»Kommt drauf an. Hast du mit Violet geflirtet?« Ich werde ihm nicht die Genugtuung verschaffen und ihm verraten, dass *sie* angefangen hat. Vielleicht hat sie nur seine Sommersprossen gezählt.

»Hätte ich nichts gesagt, hätte sie nur weiter von Nirvana geschwärmt.«

»Du hast nie was von Nirvana gehört, stimmt's?«

»Nicht eine einzige Single. Aber solange wir warten …« McNair schaut zu den Hörkabinen im hinteren Teil des Ladens. »Die wollte ich immer schon mal ausprobieren.«

»Glaubst du echt, wir können uns auf irgendwas einigen?«, frage ich, obwohl auch mein Blick, seit wir hier sind, ständig sehnsüchtig zu den Hörkabinen wandert.

Nachdenklich tippt er sich ans Kinn. »Was, wenn wir beide ein Album auswählen und jeweils einen Song davon hören, bevor wir uns ein Urteil bilden?«

Das könnte tatsächlich Spaß machen. »Na gut, aber lass uns nicht trödeln.«

KIRBY

AHA?? So, so. 👀

du bist also in einem Team mit dem
Typen, von dem du ganz sicher nicht
besessen bist?

MARA

@Kirby Sei lieb zu ihr.

Trotzdem: 👀 👀 👀

Ich verdrehe die Augen. Gleichzeitig bin ich froh, dass so ein Austausch nach unserem Streit noch möglich ist.

Du bist wie besessen von ihm.

Wohl eher besessen vom Gewinnen. Und McNair ist nun mal
der Einzige, der mich meinem Ziel näherbringen kann.

Ich bin nur einen kurzen Augenblick vor ihm an der Hörkabine.
Schnell verstecke ich das Handy. Mir klopft das Herz bis zum Hals,
obwohl er das Chatfenster nicht gesehen haben kann. Er presst das
ausgesuchte Album fest an seine Brust, als wollte er es umarmen.
In der winzigen Kabine auf dem Tischchen befinden sich ein Plat-
tenspieler und zwei Paar Kopfhörer. McNair schottet uns mit dem
Vorhang vom Rest des Ladens ab.

»Fang du an«, sage ich, als wir die Stühle zurückziehen und uns
die Kopfhörer schnappen.

Ich dachte immer, ich würde mit einem tollen Typen hierher-
kommen, stundenlang herumstöbern und Knie an Knie in einer
Kabine wie dieser sitzen, um allen möglichen Platten zu lauschen.
Hier hätte ich mit meinem perfekten Highschool-Freund abhän-
gen können. Manchmal, wenn ich nachts wach gelegen habe, habe
ich mir ausgemalt, wohin es mich und den mysteriösen Fremden
auf einer Tour durch Seattle verschlagen würde. Gemeinsam Musik

zu hören war dabei mit das Romantischste, was ich mir vorstellen konnte. Im Kopf habe ich ganze Playlists für uns zusammengestellt, darunter auch »Close to me« von The Cure. Wegen der gehauchten Töne und der zweideutigen Lyrics der wohl sexyste Song aller Zeiten. Bestimmt findet das Universum es urkomisch, dass ich nun ausgerechnet mit Neil McNair zum ersten Mal hier bin.

McNairs Song hat einen mitreißenden Takt und klingt fröhlich, der männliche Gesang recht hoch. Nach gerade mal fünfzehn Sekunden zieht er den Kopfhörer auf einer Seite vom Ohr und fragt: »Und, was hältst du davon?« Sein Bein wippt ungeduldig auf und ab.

»Der verbreitet gute Laune«, gestehe ich. Damit er sich darauf nichts einbildet, füge ich hinzu: »Fast schon übertrieben gute Laune.«

»Mir war nicht klar, dass dir gute Laune so gegen den Strich geht.« Er zeigt mir das Albumcover, das – wie auch sein Pin – einen Korb voller Corgis zeigt.

»Free Puppies?«, lese ich. »Ist das ernsthaft deren Name?«

»Nein. Free Puppies! Ausrufezeichen!« Er deutet auf den Pin an seinem Rucksack. »Du musst das Ausrufezeichen mitsprechen. Die Band kommt hier aus der Gegend, ich hab sie schon ein paarmal live gesehen. Mittlerweile laufen sie sogar landesweit im Radio, aber zum Mainstream werden sie vermutlich nie gehören.«

»Deine Lieblingsband heißt Free Puppies!?« Dabei verleihe ich dem Ausrufezeichen so viel Nachdruck wie möglich.

Entnervt schüttelt er den Kopf. »Irgendwann, wenn du auf ein Free-Puppies!-Konzert gehst, spürst du die Magie selbst.«

Mir ist zu warm in meinem Cardigan, wahrscheinlich, weil draußen wieder die Sonne scheint. Oder die Thermostate hier sind zu hoch eingestellt. Jedenfalls ziehe ich ihn aus und haue McNair dabei aus Versehen mit einem leeren Ärmel.

»Sorry.« Ich hänge ihn über die Stuhllehne.

»Ist eng hier«, meint er mit einem entschuldigenden Achselzucken, als wäre er schuld.

»Ihr habt Glück!« Das ist Violet. McNair zerrt den Vorhang zurück. Dahinter steht sie und winkt mit einem schwarzen Album. Auf dem Cover ist das Negativ eines Fotos abgebildet. »Das habe ich in einem Stapel gespendeter LPs gefunden, die wir noch nicht eingepflegt haben.«

»Danke«, sage ich, während McNair es entgegennimmt.

»Kein Problem.« Sie zögert und wippt vor und zurück, sodass ich einen Moment denke, sie hätte es schon wieder auf einen Flirt angelegt. Dann sprudelt es aus ihr heraus: »Der dritte Titel. ›About a Girl‹. Da hat sich zum ersten Mal abgezeichnet, dass Nirvana mehr kann als Grunge. Auch wenn ihr das Album nicht kauft, hört euch den Song unbedingt auf Schallplatte an. Dafür wurde er gemacht.«

»Alles klar«, erwidert Neil, und Violet schenkt uns noch ein Lächeln, ehe sie den Vorhang zuzieht.

McNair dreht das Album um.

»Hat sie ihre Nummer hinten draufgeschrieben?«, frage ich. »Ich hoffe, sie ist bereit für viele Nachrichten mit korrekter Interpunktion und Groß- und Kleinschreibung.«

»Erzwo. Ich bin nur die Tracks durchgegangen. Und ich glaube, sie ist einfach ein Riesen-Nirvana-Fan.«

Er legt die Platte auf den Tisch, und wir schießen beide ein Foto davon.

»Dann sind wir hier ja fertig«, sage ich.

Er runzelt die Stirn. »Wir müssen uns noch deinen Song anhören.«

»Nicht Nirvana?«

Er schüttelt den Kopf. »Hoffentlich verbannen sie mich nicht aus Seattle für diesen Kommentar, aber ich hab den Hype nie verstanden.«

Ich präsentiere ihm meine Wahl: The Smiths' *Louder than Bombs*. Der erste Titel ist »Is it Really so Strange?«. Neil ist während der vollen drei Minuten nervtötend still.

»Hat Ohrwurm-Potenzial, ist aber auch melancholisch«, meint er.

»Schlimm?«

»Es passiert zu viel Mist auf der Welt, um sich ständig deprimierende Musik reinzuziehen.« Er tippt auf das FP-Album. »Deswegen lieber Free Puppies!.«

Es ist fast zu perfekt: Als wir den Vorhang öffnen, steht dort Madison Winters – die mit den gestaltwandelnden Füchsen. Sie durchstöbert gerade den Laden mit ein paar anderen Leuten von der Westview High und hat mich noch nicht bemerkt. Ich schleiche mich von hinten an sie heran und schnappe mir ihr blaues Bandana.

»Du hast dich ja richtig rangepirscht. Respekt!«, meint ihr Freund Pranav Acharya und hebt die Hand, um mit mir abzuklatschen.

»Wow, sehr loyal von dir«, sagt Madison in gespielter Entrüstung. Sie nimmt das Ganze mit so viel Humor, dass ich schon ein schlechtes Gewissen verspüre, weil ich mich vorher über ihre Füchse lustig gemacht habe. Wenigstens hat sie ein eigenes Markenzeichen.

McNair und ich bleiben draußen vor dem Laden stehen, damit ich den Fang meiner Zielperson melden kann. Das war irgendwie echt cool. Nicht wie in meiner romantischen Vorstellung mit dem perfekten Freund, aber so übel war es mit McNair auch nicht.

»Du hast jemanden abgemurkst!« Er ist richtig aufgeregt. Seine Augen leuchten, als wäre er stolz – was Sinn ergibt, immerhin sind wir in einem Team. Vorerst.

Auf einmal wird meine Nachrichten-App von einer blauen Service-Mitteilung verdeckt:

Software-Update 1 von 312 wird installiert …

Klar, tolles Timing.

»Moment. Ausgerechnet jetzt lädt mein Handy ein Update.«

Software-Update 2 von 312 wird installiert …
Plötzlich wird das Display schwarz. Ich halte den Power-Knopf gedrückt. Nichts.

»Shit«, fluche ich. »Es geht nicht mehr an.«

»Lass mich mal.«

Ich funkle ihn wütend an. »Ich glaube nicht, dass es einen Unterschied macht, ob *du* den Knopf drückst oder ich.« Außerdem will ich nicht, dass er zufällig den Gruppenchat mit Kirby und Mara sieht und auf komische Gedanken kommt. Trotzdem reiche ich ihm das Smartphone. Falls es neu startet, muss ich es ihm einfach schnell genug wieder wegnehmen.

»Es geht nicht mehr an«, wiederholt er meine Worte, nachdem er jeden Knopf länger als nötig gedrückt und meine Nerven zusätzlich strapaziert hat. »War es aufgeladen?«

»Es war im Auto angeschlossen.« Fordernd halte ich die Hand auf. Es ist nämlich echt seltsam, Neil mit meinem Handy in der geometrisch gemusterten Hülle zu sehen, die Mara mir zu Chanukka geschenkt hat. Ich probiere es noch mal mit dem Power-Knopf. »Ohne kann ich nicht weiterspielen.«

»Warte, Moment. Das kriegen wir hin.« Er wischt auf seinem Display herum und tippt in den Kontakten auf Sean Yee. »Sean wird mit allem fertig. Letztes Jahr hat er ein zwölfjähriges MacBook wieder zum Laufen gebracht.«

»Und warum sollte er mir helfen?«

»Damit würde er ja uns beiden helfen.« McNair schreibt eine Nachricht, die ich nicht lesen kann. »Und er ist schon ziemlich früh ausgeschieden, hat also nichts mehr zu verlieren.« Sein Handy plingt. »Sean hat Zeit und ist zu Hause. Er wohnt in der Nähe der I-5, Ecke Dreiundvierzigste und Latona. Bis dahin brauchen wir nur zehn Minuten.«

»War er nicht auch in der jagdfreien Zone, zusammen mit dir, Adrian und Cyrus?« Das passt doch irgendwie nicht. Ein Freund von McNair will mir helfen, und das aus reiner Herzensgüte?

Sein Mund verzieht sich zu einem schiefen Lächeln. »Er wollte einfach ein bisschen mit uns rumhängen. Hast du mich etwa beobachtet?«

»Ich bin bloß aufmerksam.«

»Du hast mich beobachtet«, stellt er fest. »Ich fühle mich geehrt.«

LEITFADEN FÜR DIE PIRSCH

- ~~Laden, der Nirvanas erstes Album führt~~
- Ort, der von oben bis unten rot ist
- Chiroptera-Zone
- ~~Ein regenbogenfarbener Zebrastreifen~~
- Eis für Schneemenschen
- Der Riese im Mittelpunkt des Universums
- Etwas, das regional, nachhaltig und bio ist
- Eine Diskette
- ~~Kaffeebecher mit einem fremden Namen (oder deinem eigenen, aber total falsch geschrieben)~~
- ~~Auto mit Knöllchen~~
- Hoher Aussichtspunkt
- ~~Die beste Pizza der Stadt (subjektiv)~~
- ~~Eine Touri-Aktion, die Einheimischen peinlich wäre~~
- ~~Ein Regenschirm (wir wissen alle, dass wahre Seattler Nordlichter keinen benutzen)~~
- Würdigung des rätselhaften Mr. Cooper

16:15 Uhr

»Willkommen! Gehen wir in mein Labor«, begrüßt uns Sean mit der Stimme eines Actionfilm-Bösewichts, der den Bechdel-Test definitiv nicht bestehen würde. Er scheucht uns in einen kleinen Keller des Bungalows. Hier unten sieht es tatsächlich aus wie in einem Labor. Es gibt einen Arbeitstisch mit vier Bildschirmen und einem Werkzeugständer, auf dem unzählige Kabel und anderes elektronisches Zubehör verteilt sind. Das Licht taucht den Raum in einen grünlichen Schimmer.

Es ist kalt, und da fällt mir ein, dass ich meinen Cardigan in der Hörkabine des Plattenladens vergessen habe.

»Wir stören hoffentlich nicht?«, erkundige ich mich. »Danke, dass du uns hilfst. Oder es versuchen willst.«

Sean und ich haben bisher nicht viel miteinander geredet. Eigentlich hat er keinen Grund, so nett zu mir zu sein. Nach der Sache mit Savannah sollte ich niemandem mehr über den Weg trauen, so harmlos er oder sie vorher auch war.

»*Es versuchen*«, nuschelt Sean und wirft einen Blick zu McNair, woraufhin die beiden losglucksen, als wäre der Gedanke, Sean könnte scheitern, völlig lächerlich. »Ihr stört übrigens nicht. Ich hab nur das neue *Assassin's Creed* gespielt.«

»Wie kannst du dir so was geben, nachdem du schon bei der Pirsch getötet wurdest?«, fragt McNair.

151

»Danke, dass du mich so aufbaust, Mann.«

Ich tippe auf mein nicht reagierendes Handy. »Ich könnte dir per PayPal …«

Seans Augenbrauen schnellen in die Höhe. »Was? Nein, nein, Quatsch. Ohne Neil hätte ich die Abschlussprüfung in Französisch voll verhauen. Er hat noch einen gut bei mir. Oder sieben.« Als ich einwerfen will, dass es nicht dasselbe ist, wenn er *mir* hilft, hat Sean sich bereits eine Brille mit dicken Gläsern vom Arbeitstisch geschnappt und aufgesetzt. »Wo haben wir denn den Patienten?«

Ich verkneife mir ein Kichern und reiche ihm das Telefon. Neil hat erzählt, er hätte Sean unsere Situation auf der Fahrt hierher erklärt. Und falls Sean es doch komisch findet, uns zusammen zu sehen, sagt er zumindest nichts dazu.

»Was ist genau passiert?« Sean platziert das Handy behutsam auf dem Tisch, kramt in der Schublade nach einem Kabel und schließt das Smartphone damit an. Das andere Ende steckt er in seinen Hauptcomputer.

»Es hat sich bei einem Update plötzlich ausgeschaltet und ging nicht mehr an.«

»Hmm.« Sean drückt ein paar Tasten, und das Display leuchtet blau auf. »Das sollte nicht allzu schwer werden.«

Ich seufze erleichtert. »Super.«

»Danke«, meint Neil und lächelt mir aufmunternd zu.

Meine Finger zucken. Zehn Minuten ohne Handy, und schon bin ich auf Entzug. Schrecklich! Na ja, Madisons Zielperson habe ich ja auf Papier: *Brady Becker*. Er lebt also noch.

Ich schaue mich im Labor um. »Das alles hier muss ein Vermögen wert sein.«

»Das meiste von dem Elektrozeug hab ich gefunden und repariert.« Sean beugt sich über mein Smartphone, wobei ihm die schwarzen Haare ins Gesicht fallen. »Neil habe ich letztes Jahr zum Geburtstag einen neuen Computer gebaut.«

Ich starre ihn mit offenem Mund an. »Das ist … wow!«

Neben mir gibt Neil ein etwas unmenschliches Geräusch von sich. »Lass ihn lieber in Ruhe arbeiten.«

»Ich bin multitaskingfähig.«

»Multitasking ist ein Mythos. Unser Gehirn kann sich nur auf eine anspruchsvolle Aufgabe fokussieren. Deswegen kann man Auto fahren und gleichzeitig Musik hören, aber keinen Test schreiben und sich gleichzeitig auf einen Podcast konzentrieren.«

»Kein Mansplaining in meinem Labor, bitte«, mahnt Sean.

»Das war doch gar kein …«, fängt Neil an, verstummt aber, weil ihm offenbar aufgeht, dass er genau das gerade getan hat. Als ich zu ihm schiele, starrt er auf seine Schuhe.

Wir lassen Sean tüfteln. Hin und wieder flucht er leise oder trinkt einen Schluck von seinem Energydrink.

»Ich glaube, ich hab's«, meldet er sich eine Viertelstunde später, stöpselt das Handy ab und klickt sich durch ein paar Einstellungen. »Deine Daten sollten alle noch da sein. Jetzt heißt es Daumen drücken und …« Wir starren zu dritt auf das Display und warten darauf, dass der Home-Bildschirm aufploppt. Und da, vor dem Hintergrundfoto – einem von Kirby, Mara und mir – taucht das bekannte Muster von Icons auf. »Voilà! So gut wie neu.«

»Du bist ein Genie! Danke, danke, danke!«, sage ich.

»Ich habe eingestellt, dass das Update erst nächste Woche durchgeführt wird, damit du die Pirsch ohne Unterbrechung beenden kannst.«

»Oh mein Gott, ich liebe dich«, erwidere ich, und Sean wird rot. »Noch mal vielen, vielen Dank. Kennst du das Two Birds One Scone? Komm jederzeit vorbei, dann spendier ich dir eine Zimtschnecke.«

Sean nimmt die Brille ab. »So übel ist sie gar nicht«, raunt er McNair zu.

»Nicht immer«, gibt er zu.

Ich fasse mir an die Brust. »Oh, ich fühle mich geehrt«, ahme ich McNair nach.

Neil legt Sean eine Hand auf die Schulter – es sollte mehr Typen geben, die Zuneigung zeigen können, ohne ihre Männlichkeit hinterher zu verteidigen. »Sehen wir uns vor der Abschlussfeier in Beth's Café?«

»Klar. Ich würde nie ein Treffen im Beth's verpassen. Viel Glück euch beiden«, meint Sean.

»Quad life«, sagt Neil.

»Quad life!«, grölt Sean, und mir wird heiß, so peinlich finde ich das. Die zwei verabschieden sich mit einem kurzen, aber komplizierten Handschlag, ehe Sean uns wieder ans Tageslicht setzt.

Auf der Fahrt nach Downtown zur Zentralbibliothek haken wir noch ein paar leichte Aufgaben ab: Yeti-Eis bei Molly Moon's (*Eis für Schneemenschen*), Äpfel aus Washington von einem kleinen Lädchen (*Etwas, das regional, nachhaltig und bio ist*).

Währenddessen erzählt Neil mir mehr über die Quadriga. Er und Sean waren auf der Grundschule beste Freunde, genau wie Adrian und Cyrus auf ihrer Privatschule. Sean und Adrian waren früher mal Nachbarn, und so verbringen die vier seit der Middleschool regelmäßig Zeit miteinander. Neil ist sogar jedes Jahr zu Seans Familienfeier eingeladen.

Das Gespräch fühlt sich ungewohnt natürlich an. Aus irgendeinem Grund verstehen Neil und ich uns ganz gut, weswegen ich mir zwischendurch in Erinnerung rufen muss, warum wir hier sind. Ich will ihn schlagen, deswegen haben wir uns ja überhaupt erst verbündet.

Wir haben wieder Glück und finden einen Parkplatz. Als wir das Bibliotheksgebäude betreten, kann ich nicht umhin, über dieses architektonische Wunder mit seinen geometrischen Formen, bunten Farben und den ausgestellten Kunstwerken zu staunen. Es ist wie immer voll. Im Erdgeschoss treffen wir auf Chantal Okafor und die Kristens und wissen nicht so richtig, wie wir uns verhalten sollen. Alle umklammern ihre Armbänder. Doch als niemand Anstalten macht, anzugreifen, atmen wir auf. Chantal hebt die Augenbrauen und schaut vielsagend zu McNair. Ich zucke mit den Achseln. Wir haben keine Zeit für lange Erklärungen.

»Es ist … ziemlich rot«, meint Neil, als wir in der Red Hall auf der dritten Etage ankommen. Inmitten der glänzenden runden Wände hat man das Gefühl, in einem menschlichen Herzkreislaufsystem zu stecken.

»Sonst noch irgendwelche aufschlussreichen Bemerkungen?«

»Wer auch immer das hier designt hat, muss leicht sadistisch veranlagt sein.«

Kurz nachdem wir unsere Fotos abgeschickt haben, kündigt ein Vibrieren unserer Handys den aktuellen Spielstand an:

TOP 5

Neil McNair: 10

Rowan Roth: 10

Iris Zhou: 6

Mara Pompetti: 5

Brady Becker: 4

»Wow, wir haben die anderen ganz schön abgehängt«, bemerke ich.

»Selbstverständlich«, sagt Neil, offensichtlich zufrieden.

Nachdem wir die Bibliotheksaufgabe gelöst haben, geht mir Seans Kommentar im Restaurant nicht aus dem Kopf. *Er spricht nicht so gern über Privates.*

»Treffen Sean und du euch sonst auch immer bei ihm zu Hause?«, frage ich möglichst beiläufig, als wir durch die Red Hall zurücklaufen.

»Anstatt …?«

»Ich, ähm, hab sie vorhin getroffen. Sean, Adrian und Cyrus. Vor der Pirsch. Sie meinten, du hättest einen familiären Notfall und dass sie schon länger nicht mehr bei dir waren. Dabei sind sie deine besten Freunde. Das habe ich nicht so richtig verstanden.«

McNair schweigt einen Moment. »Hat nicht jeder so seine Geheimnisse?«, sagt er schließlich matt. Sein Tonfall ist weder schneidend noch besonders nett.

Immer wenn ich denke, wir würden Fortschritte machen und uns einander öffnen, blockt er ab. Plötzlich wird sein Gesicht aschfahl, und er stützt sich mit einer Hand an der Wand ab.

»Hey, alles okay?«

»Ich … Mir geht's nicht so gut.« Er schwankt und lehnt den Kopf in die Ellbogenbeuge. »Schwindlig.«

»Zu viel Rot?«, frage ich, und er nickt. Er sieht elend aus. Da meldet sich auf einmal ein ungeahnter Beschützerinstinkt in mir. »Komm, lass uns von hier verschwinden.«

Bevor ich weiter darüber nachdenken kann, lege ich ihm einen Arm um die Schulter und führe ihn aus der Red Hall hinaus zu einem Stuhl neben dem Aufzug. Er ist zwar nicht gerade mein Lieblingsmensch, aber das heißt nicht, dass ich ihn leiden sehen will.

Er bettet das Gesicht in die Hände. »Außer dem Stück Pizza habe ich heute noch nichts gegessen. Ich weiß, ich weiß, dumm von mir. Tja, erst habe ich mich um meine Schwester gekümmert, und dann hatte ich keine Zeit mehr und …«

»Warte hier, ich bin gleich zurück«, sage ich.

Seine Schwester. Der familiäre Notfall. Eine Frage geklärt, hundert neue aufgeworfen.

Notiz unter dem Scheibenwischer von Rowans Wagen

SIE HABEN DOCH BESTIMMT DIE WEISSE MARKIERUNG AUF DER STRAßE BEMERKT, LAUT DER SIE AKTUELL ZWEI PARKPLÄTZE IN BESCHLAG NEHMEN. HIER EIN NETT GEMEINTER HINWEIS, FALLS ES IHNEN ENTGANGEN SEIN SOLLTE: IHR AUTO PASST LOCKER IN EINE PARKLÜCKE.

MIT KONSTERNIERTEN GRÜßEN
EIN MITBÜRGER

16:46 Uhr

Neil schnappt sich eine Packung Salzcracker. »Hast du die extra für mich geöffnet?«

»Nein«, lüge ich.

In einem Minimarkt auf der gegenüberliegenden Straßenseite habe ich eine Flasche Wasser, eine Dose Ginger Ale und die Cracker gekauft. Könnte sein, dass ich es etwas übertrieben habe.

»Das wäre nicht nötig gewesen.« Er trinkt einen kleinen Schluck Wasser. »Trotzdem danke. Ich hatte immer schon einen empfindlichen Magen. Roadtrips mit mir sind ein wahres Vergnügen.«

Ich erinnere mich. Wenn wir mit dem Bus von der Schule aus irgendwohin gefahren sind – zum Beispiel letztes Jahr zur Bill-und-Melinda-Gates-Stiftung –, musste Neil jedes Mal vorn sitzen. Es ist ein allgemein anerkanntes Gesetz im Bus, dass die vorderen Plätze nur für uncoole Kids sind. Und da mir das aus irgendeinem Grund unangenehm war, habe ich mich gegenüber vom Gang zu ihm gesetzt (nicht neben ihn; solange genug frei ist, nimmt man einen eigenen Zweisitzer) und die ganze Busfahrt über mit ihm diskutiert.

Wir hängen jetzt schon ein paar Stunden aufeinander – die längste Zeit, die wir je zu zweit verbracht haben –, und McNair verhält sich merkwürdig normal, zwar leicht beschränkt und nervig, klar, aber nicht total ätzend. Keine Ahnung, ob sich bei uns ein

Schalter umgelegt hat, weil die Schule vorbei ist, oder ob wir vorher einfach nie in einer Situation waren, in der wir mal nicht konkurrieren mussten.

Ich lasse mich neben ihn auf einen Stuhl in einer Nische sinken und spiele mit dem Flaschendeckel. Eine Weile herrscht Stille, nur durchbrochen vom Knistern der Plastikflasche oder von McNairs Kaugeräuschen. Er bietet mir sogar einen Cracker an. Hin und wieder fährt er sich mit der Hand durch die Haare und zerzaust sie dabei noch mehr. Diese nervöse Angewohnheit haben wir wohl beide.

Nur sehen seine Haare in diesem Zustand gar nicht so schlecht aus. Und während ich meinen Erzfeind so betrachte, hier in der dritten Etage der Bibliothek, wie er in kleinen Schlucken Ginger Ale trinkt, kommt mir ein erschreckender Gedanke.

Neil ist *süß*.

Nicht, dass ich auf ihn stehen würde oder so. Er sieht nur objektiv ganz gut aus – oder vielmehr interessant. Wegen der roten Haare, des Durcheinanders von Sommersprossen und der Augen, die manchmal dunkelbraun, dann wieder fast golden wirken. Auch seine Schultern, die sich unter dem T-Shirt wölben, sind nicht zu verachten. Oder seine definierten Arme. Sogar sein selbstgefälliges Lachen ist irgendwie charmant. Und ich habe es wirklich oft genug gehört, um das einschätzen zu können.

Süß. Neil. Überraschend, aber wahr, und das denke ich heute nicht zum ersten Mal.

»Ich könnte dir was erzählen, das dich aufheitert«, sage ich, wahrscheinlich, weil er immer noch so leidend guckt.

»Ach ja?«

Das habe ich bisher nie jemandem verraten, nicht mal Kirby und Mara, da ich genau weiß, dass sie sonst ständig darauf herumreiten würden. »Erinnerst du dich an das erste Jahr auf der Highschool?«

»Das versuche ich zu vermeiden.«

»Klar, verstehe.« Ich kralle die Finger in den Pony. Er ist viel zu kurz. Das hier ist vermutlich eine schreckliche Idee, aber wenn es ihn ein wenig ablenkt, lohnt es sich vielleicht. Ich presche vor, ehe ich es mir anders überlegen kann. »Bevor du den Essay-Wettbewerb gewonnen und dein wahres Ich gezeigt hast, war ich … in dich verknallt.«

Oje, das war definitiv eine schreckliche Idee. Sofort bereue ich es und kneife die Augen zu, warte darauf, dass er mich auslacht. Als nichts kommt, blinzle ich vorsichtig.

Neil sieht mich an und wirkt schon nicht mehr ganz so blass um die Nase. Ein Schmunzeln umspielt seine Mundwinkel, als würde er ein Lachen unterdrücken.

»Du warst in mich verknallt.« Es ist keine Frage. Es ist eine Feststellung.

»Nur zwölf Tage!«, füge ich hastig hinzu. »Vor vier Jahren. Da war ich quasi noch ein Kind.«

Er braucht nicht zu erfahren, was genau an ihm so attraktiv war. Zuerst war ich total fasziniert von den vielen Sommersprossen. Ich fand sie wahnsinnig schön. Im Unterricht habe ich immer zustimmend genickt, wenn er seine Erkenntnisse mit dem Kurs geteilt hat, und habe ich eigene beigesteuert, hat mich seine Anerkennung richtig stolz gemacht.

Und er braucht auch nicht zu erfahren, dass ich mir im Laufe des Jahres öfter gewünscht habe, er hätte sich nicht als Literatursnob entpuppt und damit meinen Fantasien, wie wir uns unter einer Eiche gegenseitig Sonette vorlesen, ein jähes Ende gesetzt. Ich war enttäuscht, weil er sich nicht als Traumtyp erwiesen hat.

Und er braucht todsicher nicht zu erfahren, dass mein Magen jedes Mal, wenn sich unsere Schultern auf dem Gang streiften, Purzelbäume geschlagen hat – da war ich vierzehn, und alle Jungs gehörten zu dieser mysteriösen neuen Spezies. Einen von ihnen zu berühren war, wie die Hand durch eine Flamme zu bewegen. Mein Verstand war meinem Körper damals etwas voraus, denn der hatte schon nach zwölf Tagen begriffen, wie verachtenswert Neil McNair war, und seine Vernichtung zum obersten Ziel des Erfolgsrezepts gemacht. In der Zehnten hatte sich das mit den Purzelbäumen längst erledigt, und ich konnte mich kaum noch daran erinnern, je in ihn verknallt gewesen zu sein.

Mittlerweile grinst Neil von einem Ohr zum anderen. »Dabei war ich der uncoolste Vierzehnjährige überhaupt.«

»Ach, und ich war cool?«

»Warst du«, bekräftigt er. »Abgesehen davon, dass du *Der große Gatsby* nicht als den bedeutendsten amerikanischen Roman anerkannt hast.«

»Ah, *Der große Gatsby*. Dieser feministische Text«, sage ich, obwohl ich in Gedanken immer noch damit beschäftigt bin, dass er mich für cool erklärt hat. »Nick ist ein typisch weißer Schnösel. Daisy hat ein besseres Ende verdient.«

Er schnaubt. Aber immerhin scheint es ihm besser zu gehen. Die Gesichtsfarbe hat von Aschfahl zurück zur natürlichen Blässe gewechselt. Wahrscheinlich ist das einfach unser Ding: in einer Bibliothek über Bücher diskutieren.

»Um noch mal auf das Verknalltsein zurückzukommen: Hast du Gedichte über mich geschrieben? Meinen Namen ganz oft in dein Heft gekritzelt, mit einem Herzen auf dem *i*? Oder … *Oh!* War ich ein Held in einem deiner Liebesromane? Bitte sag ja. Bitte sag, dass ich ein Cowboy war.«

Den Traum, den ich vor ein paar Monaten hatte, nehme ich definitiv mit ins Grab. Ich konnte nichts dafür. Das Texten vor dem Schlafengehen muss mein Unterbewusstsein beeinflusst haben. Und wer weiß, vielleicht ist ihm das ja auch schon mal passiert? In meinem Traum saßen wir in einem schicken Restaurant und haben Matheprüfungen und Versuchsprotokolle gegessen, bis er irgendwann mein Gesicht in beide Hände genommen und mich geküsst hat. Er schmeckte nach Druckertinte. Da hat sich mein Grips eingeschaltet, und ich bin aufgewacht. Trotzdem konnte ich ihm danach eine ganze Woche lang nicht in die Augen schauen. Ich bin Spencer im Traum mit Neil McNair fremdgegangen. Gruselig!

»Offenbar geht's dir wieder gut.« Ich strecke die Beine. Ich könnte ein bisschen Bewegung vertragen.

Er betrachtet seine Arme. »Darüber habe ich gar nicht nachgedacht! Zeige ich zu viel Haut? Du sollst ja keinen Appetit kriegen, wenn Naschen verboten ist. Ich hätte noch einen Hoodie im Rucksack. Den kann ich anziehen, wenn du …«

»Dir geht's wieder viel zu gut. Los, raus hier.«

Mom ruft an, als wir gerade im Erdgeschoss der Bibliothek ankommen.

»Wir haben's geschafft!«, verkündet sie. Ihr Handy ist auf Lautsprecher gestellt, Dad jubelt im Hintergrund. »Das Buch ist fertig!«

»Super, Glückwunsch!« Ich bedeute Neil, mir um eine Ecke zu folgen, damit wir niemanden stören. »Erscheint es gleichzeitig mit dem nächsten Band von *Ausgegraben!*?«

»Nein, ein paar Monate vorher, im Sommer.«

»Die viel wichtigere Frage ist ja: Ist das endlich mal eins, das verfilmt wird?«

»Haha«, erwidert sie trocken. Mom und Dad sind immer noch angefressen, weil der Dreh des Riley-Films vor Jahren auf Eis gelegt wurde. »Wir werden sehen.«

»Wie war dein letzter Schultag, Ro-Ro?«, fragt Dad. »Bist du Abschlussbeste geworden?«

Seine Worte reißen das Pflaster wieder von der Wunde. »Nein«, antworte ich und schaue zu Neil. »Ich bin Zweitbeste.«

»Sehr schön. Herzlichen Glückwunsch!«, sagt Mom. »Wo bist du? Bis Sonnenuntergang dauert es nicht mehr lang. Kommst du zum Schabbatessen nach Hause?«

Neil mustert mich mit seltsamer Miene.

»Ich weiß nicht, ob das klappt. Wir … Ich bin gerade mitten im Spiel. Ist denn der Strom eigentlich noch weg?«

»Ja, leider. Aber wir könnten bei dem Italiener bestellen, den du so magst. Es wäre nur für eine Stunde. Bitte. Das letzte Schabbatessen der Highschool?«

Das gibt den Ausschlag. Neil und ich führen momentan, und außerdem hätte ich dann Gelegenheit, mich umzuziehen. »Okay, bis gleich.«

Als ich auflege und das Hintergrundfoto von Kirby, Mara und mir sehe, zieht sich mein Magen zusammen. Ich schalte das Display aus. McNair starrt mich an.

»Deine Eltern sind … Jared und Ilana García Roth«, stellt er voll Ehrfurcht fest.

»Jaaa…?«

»Ich habe ihre Bücher gelesen. Alle. Ich kriege nie genug davon.«

Jetzt starre *ich ihn* an. So etwas passiert mir ab und zu, klar, aber Neil McNair hätte ich nie im Leben für einen Fan meiner Eltern gehalten.

»Was ist dein Lieblingsbuch?«, frage ich, um ihn zu testen.

Er antwortet, ohne zu zögern. »Die *Ausgegraben!*-Reihe, eindeutig.«

»Riley ist wirklich toll«, stimme ich zu. Früher war ich auf Lesungen oft als sie verkleidet, mit zwei Messy Buns, einem roten Cardigan und ihrem Markenzeichen, den Pterodactyl-Strümpfen, die meine Eltern extra haben anfertigen lassen.

Neil schwelgt in Erinnerungen. »Da war dieser eine Band, in dem sie ihre Bat Mizwa gefeiert hat. Ihre Abuela und ihr Abuelo waren aus Mexiko City zu Besuch und haben alles über jüdische Traditionen gelernt. Erzwo, ich hab so was von geheult!«

»Band zwölf, *Mi Maravillosa Bat Mizwa*?« Die Geschichte basiert auf meiner eigenen Bat Mizwa, wobei der Kulturaustausch nicht so glatt lief wie im Buch. Moms Familie aus Mexiko war überzeugt, dass Dads Familie ihr aus dem Weg geht, und Dads Familie hat sich über das Essen beschwert und darüber, dass sie den Rabbi nicht gut gehört hatten. In der Situation habe ich mir nicht zum ersten Mal gewünscht, mein Spanisch wäre besser. Damals habe ich mich eher auf Hebräisch konzentriert.

»Ja. Den Band lese ich total gern.« Er nutzt das Präsens.

»Moment. Du liest sie *immer noch*?«

Auf seinen Wangen erscheinen rote Flecken. »Vielleicht.«

Ob er mir das wohl schon früher erzählt hätte, wenn wir Freunde statt Feinde gewesen wären? Er scheint gar nicht so ein übler Literatursnob zu sein, wie ich die ganze Zeit gedacht habe. Es ist niederschmetternd, wie viel ich mit diesem Menschen gemeinsam habe, den ich so unbedingt vernichtend schlagen will.

»Ich finde das nicht schlimm, es überrascht mich nur. Warum bist du nie zu irgendeiner Lesung von ihnen gekommen?«

»Ich wollte nicht der gruselige Typ in der hintersten Reihe sein, der ziemlich offensichtlich zu alt für die Bücher ist.«

»Man ist nie *zu irgendwas* für Bücher«, entgegne ich. »Man mag, was man mag. Unter den Fans meiner Eltern sind so einige Erwachsene, aber *mich* verurteilen sie dafür, dass ich gerne Liebesromane lese.«

Die roten Flecken auf seinen Wangen werden noch einen Hauch dunkler. »Das tut mir wirklich leid, wie gesagt. Deine Eltern halten das, was du liest, also für Schwachsinn? Sollten sie nicht … froh sein, dass du überhaupt liest?«

»Das war bei mir nie ein Problem. Kinderbücher wären für sie auch in Ordnung, aber Liebesromane?« Wüssten Mom und Dad von Delilahs Lesung, würden sie mit geschürzten Lippen den Kopf schütteln. Und damit hätten sie schon ganz klar signalisiert, dass sie weder für mich noch für Delilah und ihre Fans Verständnis haben. »Mittlerweile verstecke ich die Bücher vor ihnen. Ich konnte es nicht mehr ertragen.«

»Meine Mom mag Liebesromane auch, falls das hilft«, meint Neil.

»Ich hoffe, du verschonst sie mit blöden Kommentaren.«

Er zieht eine Grimasse. »Inzwischen ja.«

Ich schiebe das Handy zurück in die Tasche. »Zum Abendessen muss ich nach Hause, heute ist Schabbat. Das ist für jüdische Menschen ein besonderer Tag in der Woche«, erkläre ich. »Wir sind zwar nicht die Vorzeigefamilie, was Religion angeht, aber wenigstens versuchen wir, jeden Freitag zum Schabbat zusammen zu essen, und …«

»Ich weiß, was Schabbat bedeutet«, unterbricht er mich und deutet auf sich selbst. »Ich bin auch jüdisch.«

»Moment. *Was?*«

Jetzt bin ich schon zum zweiten Mal innerhalb einer Minute sprachlos.

»Ich bin jüdisch. Meine Mom ist jüdisch, also wurde auch ich jüdisch erzogen.«

»Wo gehst du zum Gottesdienst?«, frage ich, noch nicht ganz überzeugt.

»Meine Bar Mizwa hat in der Temple Beth Am stattgefunden. ›Wesot Habracha‹ war mein Abschnitt aus der Tora.«

»Ich gehe zur Temple De Hirsch Sinai«, sage ich. Das ist die einzige andere Reformsynagoge in Seattle. In einer Stadt mit einer Einwohnerzahl von knapp achthunderttausend gibt es genau zwei. Aber allein fünf Kirchen in einem Umkreis von drei Blocks um unser Haus.

Forschend mustere ich ihn, als könnte ich etwas offensichtlich Jüdisches an ihm entdecken, das ich vorher übersehen habe. Doch da ist natürlich nichts, nur sein objektiv süßes Gesicht. Normalerweise spüre ich sofort eine gewisse Connection zu anderen jüdischen Menschen – auch wenn ich nur wenige kenne.

Neil McNair ist jüdisch. Mein Herz macht einen Satz, wie immer, wenn jemand derselben Religion angehört wie ich.

»Hat dein siebter Sinn dich im Stich gelassen?«, fragt er.

»Sieht so aus. Liegt wahrscheinlich auch an deinem Nachnamen.«

Seine Miene ist nicht zu deuten. »Der ist von meinem Dad. Ich wollte ihn mit achtzehn ändern. Moms Mädchenname ist Perlman. Letztendlich hat sich das aber … nicht ergeben«, erklärt er nüchtern.

»Oh.« Es scheint mehr dahinterzustecken, als er zugibt, nur weiß ich nicht, wie ich näher darauf eingehen soll. »Na ja, jedenfalls muss ich zum Essen nach Hause.« Ich habe ein ungutes Gefühl dabei, mich von ihm zu trennen. Immerhin sind uns gewisse Leute auf den Fersen.

Er schaut auf die Uhr, dann wieder zu mir. »Wäre es okay, wenn ich kurz mitkomme? Nur um deinen Eltern Hallo zu sagen und ihnen zu erzählen, was für literarische Genies sie sind?« Er kaut auf der Unterlippe. »Wobei … Nee, das wäre seltsam. Wäre es doch, oder? Du hast heute schon so viel für mich getan. Das muss ja nicht sein«, fügt er rasch hinzu.

Wow! Er redet wirres Zeug. Offenbar will er sich auch nicht aufteilen. Ich muss mich beherrschen, damit man mir die Erleichterung nicht ansieht. Warum bin ich überhaupt erleichtert? Eigentlich habe ich angenommen, an diesem Punkt könnte ich eine Pause von ihm gut vertragen. Anscheinend ist meine McNair-Toleranzschwelle höher, als ich dachte.

»Möchtest du, äh, mit uns essen?«, frage ich. »Dann kannst du sie kennenlernen. Aber nur, wenn du versprichst, dich normal zu verhalten.«

Ich habe gerade Neil McNair eingeladen, am Schabbat mit mir und meinen Eltern an einem Tisch zu sitzen. Bei mir zu Hause. Normalerweise würde ich jetzt sofort Kirby und Mara schreiben. Allerdings habe ich keine Ahnung, wie ich ihnen das erklären soll. Ich kann es mir selbst ja nicht mal erklären.

Neil reißt die Augen auf. »Bist du sicher?«

»Klar. Sie haben gern Gäste«, erwidere ich.

»Wäre es …« Er bricht ab und schiebt die Brille höher, die schon wieder runtergerutscht ist. »Wäre es okay, wenn wir unterwegs einen Zwischenstopp bei mir einlegen? Ich möchte ein paar Bücher holen, um sie signieren zu lassen. Es dauert auch nicht lange.«

Meinten seine Freunde vorhin nicht, es wären sonst nie Leute bei ihm zu Hause? Aber wahrscheinlich rennt er nur schnell rein. Das heißt, ich betrete das Haus gar nicht.

Ich bin einverstanden und kündige ihn auf dem Weg zurück zum Auto per Nachricht bei meinen Eltern an. Dann löchere ich Neil mit Fragen zu den Büchern. Er ist ein echter *Ausgegraben!*-Experte und erinnert sich sogar an Details wie den Namen von Rileys Wüstenrennmaus (Megalosaurus), weiß, an welchem Ort sie in Band eins zum ersten Mal etwas ausgegraben hat (in einer kleinen Stadt südlich von Santa Cruz, wo ihre Familie Urlaub macht) und was sie gefunden hat (einen Sanddollar aus dem Pliozän). Ich bin ziemlich beeindruckt.

»Du musst mir sagen, wohin ich fahren soll.« Ich drehe den Schlüssel in der Zündung.

»Nach der Ausfahrt zur Fünfundvierzigsten links.« Er schnallt sich an. »Ist irgendwie seltsam, oder? Dass du mit zu mir kommst und ich danach mit zu dir?«

Ich lache, ein bisschen schriller als gewöhnlich. »Ja. Echt seltsam.«

»Nur damit du es weißt: Wir gehen zwar quasi was zusammen essen, aber das ist kein Date«, sagt Neil, ohne eine Miene zu verziehen. »Nicht, dass du dir noch Hoffnungen machst. Immerhin sind deine Eltern da, und es wäre megapeinlich, wenn du mich die ganze Zeit anschmachtest.«

WAS ICH ÜBER NEIL MCNAIRS PRIVATLEBEN WEISS

- Wohnt irgendwo nördlich vom Lake Union und südlich vom Whole Foods Market.
- Sein Kleiderschrank ist voll mit Anzügen.
- Ist jüdisch.
- Hat eine Schwester. Eventuell sogar mehr als eine? Vielleicht auch einen Bruder?
- Heute Vormittag gab es irgendeine Art Notfall.
- ähm ...

17:33 Uhr

Neil schnallt sich ab, aber ich rühre mich nicht. »Kommst du?«

»Oh, ich wusste nicht … Okay«, sage ich, unentschlossen, wie ich den Satz zu Ende führen soll.

»Es geht ganz schnell«, versichert er mir. Ich schlucke die Frage herunter, die mir auf der Zunge liegt: *Warum?* Will Neil McNair mir sein Haus zeigen oder hat er einfach nicht darüber nachgedacht oder …?

Ehe er die Tür öffnet, hält er inne. »Es könnte …«, fängt er an und fährt sich mit der Hand durch die Haare. Mich juckt es in den Fingern, sie zu entwirren. Neil McNair ist nicht Neil McNair, wenn nicht alles perfekt sitzt. »Vielleicht ist es etwas chaotisch«, sagt er, schließt auf und gewährt mir Zutritt zum McGeheimversteck.

Er wohnt in einem alten Teil von Wallingford. Sämtliche Gebäude in diesem Block sind einstöckig, und in den Gärten wuchert das Unkraut. Neils Haus wirkt ein bisschen ordentlicher als die anderen, nur der Rasen hat den Rasenmäher wohl schon länger nicht mehr gesehen. Innen ist es sauber – und kalt. Und spartanisch eingerichtet. Aber das ist ja nichts Ungewöhnliches. Mir ist ein Rätsel, worauf seine Warnung anspielen sollte.

»Ich hoffe, du magst Hunde«, meint Neil, als ein Golden Retriever auch schon schwanzwedelnd auf mich zustürmt.

»Ich liebe Hunde«, erwidere ich und kraule ihn hinter den Ohren. Dad ist allergisch, und trotzdem wünsche ich mir jedes Jahr zu Chanukka einen. »Golden Retriever sehen einfach immer glücklich aus.«

»Das ist sie auch, glaube ich. Das gute alte Mädchen wird nur langsam blind.« Er kniet sich hin, und sie leckt ihm prompt über die Wange. »Stimmt's, Lucy?«

»Lucy«, wiederhole ich, während ich sie weiter streichle. »So ein schöner Hund bist du.«

»Nachher hast du überall Haare.«

»Hast du dir mein Kleid heute mal angeguckt?«

Er steht auf, und Lucy folgt ihm. Da bemerkt er, dass ich mir über die Arme reibe. »Wir lassen die Heizung im Sommer aus. Selbst wenn es, na ja, *so ein Sommer* ist.«

»Ist doch toll. Das ist schlau. Um, äh, Geld zu sparen und so.«

Meine Eltern verdienen nicht schlecht. Natürlich kann sich Seattle nicht von Armut freisprechen, aber in der Gegend rund um die Westview High wohnen normalerweise Leute aus der Mittelschicht mit solidem oder gutem Einkommen, wobei sich hier und da auch ein paar Superreiche tummeln.

Ich hatte keine Ahnung, dass Geld eventuell ein Problem für Neils Familie ist.

Ein Mädchen mit zerzausten roten Haaren hüpft aus einem Zimmer im Flur. »Ich dachte, du kommst erst später nach Hause.« Sie wirkt wie elf oder zwölf und ist richtig niedlich mit ihrem hochgebundenen Pferdeschwanz, dem lila Kleid über der schwarzen Leggings und den Sommersprossen.

»Ich wollte nur kurz reinspringen«, sagt Neil. »Keine Sorge, ich versau dir deine Pyjamaparty schon nicht.«

»Schade. Es war beim letzten Mal echt lustig, dich umzustylen«, meint sie, und er stöhnt. Die Vorstellung von Kindern, die Neil McNair umstylen, ist zu großartig. Mir fehlen die Worte. Die Kleine wendet sich an mich. »Ich heiße Natalie, und alles, was er dir über mich erzählt, ist gelogen. Moment mal! Bist du Rowan?«, fragt sie, und Neil läuft von Kopf bis Fuß rot an. »Dein Kleid gefällt mir.«

»Genau die bin ich. Danke. Ich mag deins auch.«

Neil legt seiner Schwester eine Hand auf die Schulter. »Ist alles … in Ordnung?«, flüstert er, als wollte er nicht, dass ich es mitkriege.

»Wegen vorhin?«

Sie berührt ein Pflaster, das auf ihren Fingerknöcheln klebt. »Ja, mir geht's gut.«

Familiärer Notfall. Oh Gott, hat ihr etwa jemand wehgetan? Ich weiche ein paar Schritte zurück, weil mir auf einmal klar wird, in was ich da hineingeraten bin.

»Wenn sie dich noch mal wegen ihm ärgern, kommst du zu mir, versprochen? Du klärst das nicht wieder mit deinen Fäusten?«

»Aber damit klappt es super«, entgegnet sie, und Neil schüttelt den Kopf. »Okaaay, versprochen.«

»Neil, Schätzchen, bist du das?«, schallt eine Stimme aus der Küche.

Schätzchen?, forme ich stumm mit den Lippen, und er wird noch röter – falls das überhaupt möglich ist.

»Ja, Mom. Ich hole nur schnell was.«

Lucy folgt uns in die kleine Küche, in der Neils Mom sich an einem Tisch über einen Laptop beugt. Ihre kurzen Haare haben einen dunkleren Rotton als Neils, und offenbar trägt sie Arbeitskleidung: eine graue Stoffhose, einen schwarzen Blazer und bequeme Schuhe.

»Hi, ich bin Rowan.« Irgendwie habe ich das Bedürfnis, ihr zu erklären, warum ich hier bin. »Ich helfe Neil bei einem … einem Projekt.«

»Rowan!«, begrüßt sie mich mit warmer Stimme, springt auf und schüttelt mir die Hand. »Natürlich. Wie schön, dich endlich kennenzulernen! Ich bin Joelle.«

»Endlich?«, wiederhole ich und grinse zu Neil hinüber. Das Wort »entsetzt« trifft nicht mal annähernd seinen Gesichtsausdruck. Oh mein Gott, das ist einfach zu gut! Er hat seiner Familie von mir erzählt. Ich beschließe, ihn noch ein bisschen mehr zu quälen. »Es ist auch schön, *Sie* endlich kennenzulernen! Neil spricht ständig von Ihnen. Ich finde es toll, wenn es Jungs nicht peinlich ist, über ihre Mütter zu reden.«

»Das ist nett von dir. Du hast Neil auf der Highschool vor große Herausforderungen gestellt – im besten Sinne.« Sie legt ihm eine Hand auf die Schulter. Stumm scheint er darunter zu schrumpfen. »Neil liebt Herausforderungen. Er meinte, du gehst nächstes Jahr nach Boston?«

Das alles ist in jeder Hinsicht echt der Hammer.

»Genau. An die Emerson, eine kleine Kunsthochschule in Boston.«

»Schaffst du es heute Abend allein mit Natalie und ihren Freundinnen?«, fragt Neil und trägt damit schließlich doch etwas zur Unterhaltung bei. Sein Teint ist von einem charmanten Puterrot.

»Na klar. Außerdem will Christopher später noch vorbeischauen.«

»Bestell schöne Grüße.«

Nachdem ein paar Sekunden Stille geherrscht hat, spreche ich den ersten Gedanken aus, der mir in den Sinn kommt: »Ihr habt alle rote Haare.«

»Und damit gehören wir zu den seltenen zwei Prozent der Weltbevölkerung«, erklärt Joelle. »Wenn die beiden sich darüber beschweren, sage ich ihnen immer, dass sie was ganz Besonderes sind.« Sie knufft Neil gegen die Schulter. »Schätzchen, wo sind eigentlich deine Manieren? Du weißt doch, wie man einen Gast behandelt.«

»Ähm, möchtest du was trinken?«, murmelt das Häufchen Peinlichkeit, ehemals bekannt unter dem Namen Neil McNair.

»Nein, danke. Möchtest du nicht schon mal die Bücher holen?«, frage ich – nicht, dass er noch implodiert. Er nickt.

»Bevor du gehst … Hast du es schon erfahren?«, fragt seine Mom. »Ob du Abschlussbester bist?«

»Oh.« Neil senkt den Blick. »Ja. Ich, ähm, ich bin es geworden.«

»Ich bin ja so stolz auf dich.« Sie umarmt ihn.

Und plötzlich ist mir gar nicht mehr danach, mich über ihn lustig zu machen.

Als seine Mom ihn loslässt, höre ich, wie er ein Dankeschön flüstert.

Ich folge ihm durch den mit braunem Teppich ausgelegten Flur in sein Zimmer. Er schließt die Tür hinter uns und lehnt sich mit geschlossenen Augen rücklings dagegen, um erst einmal durchzuatmen. Ich verstehe nicht ganz, warum. Ehrlich gesagt macht mich das etwas nervös. Seine Mom ist superlieb, seine Schwester total süß. Auf mich wirkt sein Zuhause ziemlich normal.

Trotzdem nutze ich die Gelegenheit und sehe mich um. An den Wänden, von denen an einigen Stellen die Farbe abblättert, hängen ein *Star-Wars*-Poster – eins aus den neuen Filmen, glaube ich – und ein Free-Puppies!-Konzertflyer. Das Bücherregal ist gefüllt mit Titeln wie *Einfach Japanisch lernen* oder *Wie du schnell und sicher modernes Hebräisch sprichst.* Über dem Schreibtisch prangt der eingerahmte Tora-Auszug seiner Bar Mizwa, und darunter sind zahlreiche Kalligrafie-Stifte verstreut. Am Rand liegen zwei Hanteln. Die erklären auch die McMuckis. Ich versuche, mir vorzustellen, wie McNair Gewichte stemmt, während er das hebräische Alphabet aufsagt.

Und da ist sein Bett, die Decke nur halbherzig drübergeworfen. Ich hätte vermutet, es wäre ordentlich gemacht. Das Schickste hier sind die Anzüge, die teilweise aus dem Schrank lugen. In seinem Zimmer zu sein ist so persönlich – fast, als würde ich heimlich sein Tagebuch lesen.

»Sorry«, sagt er und öffnet die Augen.

»Schon gut. Du sprichst mit deiner Familie über mich. Ich fühle mich geschmeichelt.« Er sieht zu mir, und plötzlich weiß ich nicht mehr, wohin ich gucken soll. Ist wahrscheinlich am sichersten, seinen Blick zu erwidern. Nicht, dass er denkt, ich würde auf seine Gewichte starren, oder noch schlimmer, auf sein Bett. »Ist alles okay bei deiner Schwester?«

»Das wird schon wieder«, meint er und zögert lange, bevor er weiterspricht. »Mein Dad ist … im Gefängnis.«

Oh. Mir wird schwer ums Herz.

Das hätte ich im Traum nicht erwartet, wobei mir nicht klar ist, was ich überhaupt erwartet habe. *Im Gefängnis.* Das klingt so kalt und weit weg und schrecklich. Ich kann es kaum fassen und bringe keinen vernünftigen Satz heraus.

»Neil, das … das tut mir leid.« Das trifft es nicht mal ansatzweise, aber meine Kehle ist staubtrocken.

Er verkrampft die Schultern. »Muss es nicht. Er hat's versaut. Und das ist allein seine Schuld. Er hat sein Leben und unseres versaut, und das ist alles seine Schuld.«

So habe ich ihn noch nie gesehen. In seinen Augen lodert es so intensiv, dass ich unwillkürlich ein paar Schritte zurückweiche. In meinem Kopf überschlagen sich die Fragen: Was hat sein Dad getan? Wann ist es passiert? Wie kommt Neil damit klar? Mich würde das total überfordern. Und was ist mit seiner Schwester? Seiner Mutter? Heilige Scheiße. Neils Dad sitzt im Gefängnis. Das ist heftig.

»Ich hatte keine Ahnung«, sage ich stattdessen.

»Ich spreche sonst mit niemandem darüber. Nie. Deswegen lade ich auch keine Leute zu mir ein. Es ist leichter, wenn man nicht Rede und Antwort stehen muss.« Er starrt zu Boden. »Es war im Herbst, als ich gerade auf die Middleschool gewechselt habe. Das Geld war immer knapp. Dad hatte einen Eisenwarenhandel in Ballard, der allerdings nicht besonders gut lief, und Dad hatte seine Wut oft nicht im Griff. Dann, eines Abends, hat er ein paar Kids beim Klauen erwischt. Er war fuchsteufelswild, … und da hat er einen von ihnen bewusstlos geschlagen. Der Junge … lag einen Monat lang im Koma.«

Ich bin sprachlos. Aber was will man auch dazu sagen? Nichts könnte es besser machen.

Als er fortfährt, klingt seine Stimme rau. »Ich wusste nicht, dass er zu so etwas fähig ist. Zu so einer Gewalttat. Mein eigener Vater hätte fast jemanden *umgebracht.*«

»Neil«, murmle ich, doch er ist noch nicht fertig.

»Ich war alt genug, um zu verstehen, was da vor sich ging, zum Glück. Natalie nicht. Für sie war Dad auf einmal einfach weg. Meine Mitschülerinnen und Mitschüler an der Middleschool haben es rausgefunden. Es war furchtbar. Die Witze. Die Beleidigungen. Wie sie versucht haben, Streit vom Zaun zu brechen, nur um zu sehen, ob ich mich mit den gleichen Mitteln wehren würde wie er. An den meisten Tagen wollte ich gar nicht erst zur Schule. Aber eine Privatschule konnten wir uns nicht leisten, und wegen der Einzugsgebietregelung konnte ich auch nicht wechseln, also habe ich mir einen eigenen Plan überlegt. Eigentlich hätte ich mich am liebsten in Luft aufgelöst. Dann aber habe ich, um die anderen abzulenken, genau das Gegenteil getan. Ich habe mich in die Arbeit gestürzt, mich ganz darauf konzentriert, der Beste zu sein. Um den Ruf als Kind eines Knackis durch einen neuen zu ersetzen. Es hat geklappt. Falls einige Leute an der Westview High sich heute noch an die Sache erinnern, verlieren sie zumindest kein Wort darüber.«

Nach einer kurzen Pause macht er weiter: »Ein paar Kids an Natalies Schule haben irgendwie davon erfahren und sie gemobbt, also hat sie sich gewehrt. Dabei habe ich ihr schon so oft gesagt, dass das nicht okay ist. Dass wir nicht werden wollen wie unser Vater ...«

»Das wird nicht passieren«, sage ich fest. Ich kann mir dieses süße kleine Mädchen einfach nicht als gewaltbereit vorstellen.

»Deswegen der familiäre Notfall. Ich musste sie vor der Pirsch von der Schule abholen.« Er lässt die Schultern hängen. »Wenigstens hat sie heute Freundinnen zu Besuch. Das hilft ihr bestimmt.«

All die Jahre hat er sich hinter einer Mauer verschanzt. Der Plan, Teile seines Lebens zu verbergen, hat ganz offensichtlich funktioniert, nur bin ich nicht sicher, ob das gut oder schlecht ist.

»Bestimmt. Danke ... dass du so offen zu mir bist.« Hoffentlich sage ich nichts Falsches. Hoffentlich weiß Neil, dass sein Geheimnis bei mir so gut aufgehoben ist wie meine eigenen. Sogar besser.

»Das habe ich schon lange niemandem mehr erzählt«, meint er. »Bitte behandel mich jetzt nicht anders als vorher. Das ist nämlich einer der Gründe, warum ich normalerweise nicht darüber rede. Natürlich wissen meine Freunde Bescheid. Bei Sean habe ich mich damals ständig ausgeheult deswegen, was ... seltener geworden ist. Man kann den Leuten ansehen, dass sie Fragen haben, aber nicht wissen, wie sie anfangen sollen. Also: Falls du etwas wissen möchtest, frag einfach.«

Oh Mann, ich habe Millionen Fragen. Ich picke eine heraus.

»Besucht ihr ihn?«

»Natalie und Mom, ja. Ich habe ihn zuletzt mit sechzehn gesehen. Danach meinte Mom, ich soll selbst entscheiden, ob ich zu ihm möchte. Und das möchte ich nicht. Deshalb will ich ja auch meinen Namen ändern.« Er fummelt an der Decke herum. »Allerdings kostet es Geld und ist rechtlich wohl nicht ganz so simpel. Mom hat sich damals für mich und Natalie danach erkundigt. Aber es gab immer wichtigere Dinge zu erledigen. Manchmal hasse ich es, seinen Nachnamen zu tragen. Auch als er noch da war, standen wir uns nicht besonders nahe. Ich entsprach nicht seinem Verständnis von einem Mann. Für ihn gab es ›Hobbys für Jungs‹ und ›Hobbys für Mädchen‹, und die meisten Sachen, die ich mochte, gehörten zur zweiten Kategorie. Was für ein Skandal, dass ich mich nicht für Sport interessiere! Wenn er wüsste, wie emotional ich wegen ihm dauernd werde ...« Neil bricht ab, als würde die Last ihn erdrücken. Er scheitert bei dem Versuch, tief Luft zu holen.

Ich verabscheue seinen Vater von ganzem Herzen.

»Du hast jedes Recht, emotional zu werden. Egal weswegen.«

Er setzt sich auf die Bettkante und krallt die Finger in die Decke. Seine Schultern heben und senken sich im Takt des schweren Atems, und am liebsten würde ich mich zu ihm setzen und einen Arm um ihn legen, oder wenigstens *irgendwas* tun.

»Schon gut«, sage ich und bemühe mich, beruhigend zu klingen. Doch nichts ist gut. Was sein Dad getan hat, ist grausam.

»Deswegen wollte ich unbedingt gewinnen.« Ihm versagt die Stimme. »Er … er will mich sehen, bevor ich aufs College gehe, aber das Gefängnis liegt auf der anderen Seite des Bundesstaats, also müsste ich mich für eine Nacht irgendwo einquartieren, und Mom macht eh schon Überstunden und … In den nächsten vier Jahren werde ich nicht so oft nach Hause kommen, und wenn ich da bin, sind Mom und Natalie für mich Priorität Nummer eins. Von daher … Ich habe das Gefühl, ich muss noch mal hin, um mich von ihm zu verabschieden und endgültig mit diesem Kapitel meines Lebens abzuschließen. Und … und mit dem Preisgeld müsste ich nicht an mein Erspartes fürs College.«

Das bricht mir endgültig das Herz. Dass er den Gewinn an jemanden verschwenden will, der ihn so schrecklich behandelt hat.

Er fängt an zu weinen, nicht laut schluchzend, nur leise hicksend, sodass das Bandana um seinen Arm auf und ab wippt. Neil McNair *weint*.

Da ist es um mich geschehen. Das Bett knarzt, als ich mich mit etwas Abstand neben ihn setze. Trotz der Lücke zwischen uns spüre ich die Hitze, die von seinem Körper ausgeht.

Langsam lege ich ihm eine Hand auf die Schulter und warte ab, wie er reagiert. Es ist komisch, diese Grenze zu überschreiten. Jetzt bin ich mir seiner Atmung, dem unregelmäßigen Rhythmus, umso bewusster. Bei meiner Berührung scheint er sich zu entspannen, als würde sie ihm guttun. Zum Glück habe ich offenbar nichts falsch gemacht. Wahrscheinlich verhalte ich mich einfach wie eine Freundin. Und so reibe ich über sein T-Shirt. Die Haut darunter ist warm. Irgendwann nehme ich sogar die Fingerspitzen dazu und male mit dem Daumen Kreise auf seine Schulter. Eine Umarmung wäre übertrieben gewesen, zu untypisch für uns, aber *das* ... das geht.

Doch mir will nicht aus dem Kopf, dass ich auf Neil McNairs *Bett* sitze. Hier schläft er, hier träumt er, hier schreibt er mir jeden Morgen.

Hat er mir geschrieben.

Von Nahem betrachtet, haben seine Sommersprossen nicht die gleiche Farbe, sondern bedienen eine Palette von Rot-Braun-Tönen. Die langen Wimpern streifen über die Brillengläser. Sie sind einen Tick heller als seine Haare, und einen Moment lang ziehen sie mich völlig in ihren Bann.

Plötzlich erwidert er meinen Blick. Schnell reiße ich die Hand von seiner Schulter, als hätte er mich bei etwas Verbotenem erwischt. Bei etwas, von dem mein vierzehnjähriges Ich – darauf aus, McNair vernichtend zu schlagen, – ganz und gar nicht begeistert wäre. Ich sollte aufstehen. Es ist komisch, neben ihm auf dem Bett zu sitzen. Aber obwohl ich ihn nicht mehr berühre, kann ich mich nicht bewegen.

»Tut mir leid«, durchbricht er das Schweigen, und ich blinzle verwundert. Er muss sich für nichts entschuldigen.

»Ich wusste nicht, dass mich das immer noch so beschäftigt. Meine Eltern haben sich vor ein paar Jahren scheiden lassen«, fährt er fort und wischt die Tränenspuren auf seinen Wangen weg. »Wir waren alle in Therapie, was wirklich geholfen hat. Und Mom hat jemand Neues kennengelernt. Christopher. Es ist zwar superseltsam, dass Mom einen Freund hat, aber ich freue mich für sie. Und ich schäme mich nicht dafür, dass wir kein Geld haben«, setzt er nach. »Ich schäme mich nur für das, was Dad getan hat.«

»Danke, dass du so offen zu mir bist«, wiederhole ich sanft. »Das weiß ich zu schätzen.«

»Heute ist der letzte Schultag. Du kannst es eh nicht mehr gegen mich verwenden.« Er bringt ein trockenes Lachen zustande. »Genauso wenig wie das Geflenne.«

»Das würde ich nicht tun«, erwidere ich bestimmt. Er soll wissen, dass es okay ist, in meiner Gegenwart zu weinen. Für mich ist das kein Zeichen der Schwäche. »Ehrlich. Nicht mal, wenn wir Montag Schule hätten.« Ich warte darauf, dass er mich wieder anguckt. »Neil. Das musst du mir glauben. So was mache ich nicht.«

Langsam nickt er. »Nein, du hast recht.«

»Sollen wir das Thema wechseln?«, schlage ich vor.

Er atmet hörbar aus. »Ja, bitte.«

Ich springe auf, weil ich es nicht länger ertrage, auf seinem Bett zu sitzen. Mir ist warm, und das trotz der niedrig eingestellten Thermostate. Bei den Bücherregalen fühle ich mich wesentlich sicherer.

»Es war nicht übertrieben, dass du ein Fan bist. Wow. Du hast wahrscheinlich mehr Exemplare als meine Eltern.«

Er betrachtet die Bücher. »Lach mich jetzt nicht aus, aber die Geschichten waren die Abenteuer, die ich selbst nie erleben konnte. Wir haben viele Roadtrips gemacht, geflogen bin ich allerdings nie. Mit der *Ausgegraben!*-Reihe konnte ich an ferne Orte reisen. Früher war ich oft traurig, weil es für mich nicht möglich war … aber ich wusste, irgendwann würde es anders sein.«

»Nächstes Jahr zum Beispiel«, sage ich. »Wie ich gehört habe, ist das College ein einziges Abenteuer.«

Er nimmt sich Zeit, die Regale zu durchkämmen, zieht hier und da ein Buch heraus, mustert das Cover und kichert. Wäre er nicht Neil McNair, wäre es irgendwie süß.

Alles, was mir auf der Grundschule und der Middleschool passiert ist, hat den Weg in ein Buch gefunden. Der Band, in dem Riley zum ersten Mal ihre Tage kriegt – bei einigen Eltern auf Ablehnung gestoßen, da grundlegende Körperfunktionen offenbar anstößig sind –, basiert auf meiner eigenen Erfahrung. Ich habe meine Periode in der sechsten Klasse während einer Museumsbesichtigung bekommen und der Lehrerin erzählt, ich hätte mich wahrscheinlich verletzt, weil ich bluten würde. Rückblickend betrachtet weiß ich nicht mal wieso, schließlich war ich aufgeklärt. Als sie mich dann gefragt hat, wo ich blute, habe ich zwischen meine Beine gezeigt, und sie hat mir schnell eine Binde besorgt. Den Rest des Ausflugs habe ich stumm gebetet, niemand würde die Ausbeulung in meiner Hose bemerken, obwohl ich mir ziemlich sicher war, dass *alle* sie sehen konnten.

Jetzt, wo ich so darüber nachdenke, hoffe ich, Neil sucht nicht ausgerechnet *den* Band aus. Normalerweise stört es mich zwar nicht großartig, aber ich möchte wirklich nicht in Neil McNairs Schlafzimmer über meine oder Rileys Periode reden.

»Im Japanischen gibt es diesen Begriff: *tsundoku*«, sagt Neil plötzlich. »Das ist mein absolutes Lieblingswort.«

»Was bedeutet es?«

Er grinst. »Es bedeutet, dass man mehr Bücher sammelt, als man je lesen kann. Direkt übersetzen lässt es sich nicht.«

»Gefällt mir. Moment. Was ist denn das da hinten?«

»Nichts«, entgegnet Neil rasch, aber da greife ich schon nach dem vertrauten blumigen Cover. *Frühlingsträume* von Nora Roberts – der Liebesroman, über den ich in der Neunten den Essay geschrieben habe.

»Oh. Na, das ist ja mal interessant!« Ich kann das Grinsen nicht im Zaum halten.

Er krallt die Faust in die Haare. »Ich, äh, habe es gebraucht gekauft. In der Neunten. Weil ich möglicherweise ein bisschen, na ja, arschig war? Ich hab überlegt, ob nicht doch was dran ist an dem, was du gesagt hast. Ob ich es nicht vielleicht lesen sollte, bevor ich es verreiße. Es sprechen einfach so viele Leute schlecht über Liebesromane, oder? Und ich war jung und fand es wahrscheinlich cool, mich über Dinge lustig zu machen, die ich nicht kenne. Also, jedenfalls wollte ich dem Roman eine Chance geben.«

»Und?«

»Ich … mochte die Geschichte«, räumt er ein. »Sie ist gut und humorvoll geschrieben. Es ist leicht, mit den Charakteren mitzufiebern. Ich verstehe, warum es dir so gefallen hat.«

Neil McNair überrascht mich immer wieder.

»Dann kann ich das ja von der Liste der Anwärter für den Buchbericht streichen. Wobei die Reihe noch drei weitere Bände hat. Wow. Darauf komm ich echt nicht klar.« Ich klappe das Buch auf und erstarre beim Blick in das Impressum. »Krass! Ist das eine *Erstausgabe*? Willst du mich verarschen?«

Er späht mir über die Schulter. »Oh, sieht ganz danach aus. Ist mir nie aufgefallen.«

Ich starre ihn mit offenem Mund an. Neil hat eine Erstausgabe von Nora Roberts.

»Behalt sie«, meint er.

»Was? Nein. Das geht doch nicht«, sage ich, obwohl ich den Roman bereits fest an die Brust presse.

»Es bedeutet dir mehr als mir. Du solltest es nehmen.«

»Danke. Danke, danke, danke!« Ich öffne meinen Rucksack, und während ich hastig alles umsortiere, um Platz für das Buch zu schaffen, fällt eine kleine Plastikverpackung zwischen uns auf den Boden.

Eine Stille wie die, die nun folgt, habe ich noch nie erlebt. Seine Gesichtsfarbe als »Rot« zu bezeichnen, wäre arg untertrieben.

»Hast du … später noch was vor?«

Gott, wie peinlich.

»Oh Mann. Nein. *Nein*«, sage ich, schnappe mir das Kondom und stopfe es zurück in den Rucksack. »Das war ein dummer Streich. Kirby hat ihren Spind ausgeräumt. Sie hatte es aus Gesundheitskunde. Ich möchte bitte sterben. Lass mich einfach hier bei deinen Büchern.«

Wäre das irgendeiner von Delilah Parks Heldinnen passiert, hätte sie es mit einem Lachen abgetan und hinterher Witze darüber gemacht. Bei Kirby und Mara würde mir das auch gelingen, aber nicht bei Neil McNair. Mir schwirrt ein Gedanke im Hinterkopf herum – okay, vielleicht doch eher *mitten* im Kopf: Ob er wohl schon mal Sex hatte? Vorhin hätte ich das mit einem klaren Nein beantwortet, allein, weil er und seine Freundin in der Schule so abweisend zueinander waren. Aber nach dem, was hier bei ihm zu Hause passiert ist … halte ich alles für möglich. Jetzt erst wird mir richtig bewusst, wie schlecht ich ihn kenne.

»Bitte stirb nicht. Dann kann ich dich später gar nicht damit aufziehen.«

»Wir sollten los«, dränge ich und schultere das verräterische Luder von Rucksack.

Bevor er die Tür öffnet, schaut er zurück. Wahrscheinlich ist der Anblick von mir in seinem Zimmer zu schräg, um ihn in Worte zu fassen. Eigentlich ist alles, was hier vorgefallen ist, zu schräg, um es in Worte zu fassen.

Noch schräger allerdings ist die neue Entschlossenheit, die mich gepackt hat.

Ich lag falsch. Bei der Pirsch geht es um so viel mehr als um Neil und mich oder die Westview High. Neil ein Schnippchen zu schlagen, nur um irgendeinem Neunte-Klasse-Hirngespinst hinterherzujagen, klingt jetzt total albern. Das Geld könnte sein Leben ändern! Himmel, er könnte seinen Namen ändern! Ich kann nicht rückgängig machen, was ihm zugestoßen ist, aber ich kann auf meinen Anteil des Preisgelds verzichten. Ich darf nicht weiter so egoistisch sein. Wenn wir das Spiel gewinnen – *falls* wir es gewinnen –, gewinnen wir für ihn.

AUSGEGRABEN! TEIL 8: DER CHANUKKA-HORROR

von Jared Roth und Ilana García Roth

Riley zog erst den einen ihrer kleinen Buns zusammen, dann den anderen. Sie würde nicht noch einmal zulassen, dass die Haare ihr auf einer Mission in die Quere kamen.

Sie hatte keine Angst. Angst hatte sie nicht mehr gehabt, seit sie zehn oder elf Jahre alt war. Roxy war die Schreckhafte von ihnen beiden und bat Riley ständig, in ihrem Kleiderschrank und unter dem Bett nach Monstern zu suchen. Riley nahm ihre Rolle als Bestien-Bezwingerin sehr ernst, und sobald sie jede schattige Ecke ausgekundschaftet hatte, erklärte sie das Zimmer ihrer Schwester in gewichtigem Tonfall für monsterlos.

Nein, sie hatte keine Angst, als sie nun eine halbe Stunde nach Mitternacht die vertrauten Stufen zu dem Ort hinaufschlich, der ihr der liebste auf der ganzen Welt war. Sie hatte großes Glück, dass sie sich außerhalb der Öffnungszeiten im Museum herumtreiben durfte, das wusste Riley. Nachdem sie ihre Schlüsselkarte vorgehalten und Alfred, dem Nachtwächter, zur Begrüßung zugewunken hatte, erinnerte sie sich daran, dass sie den Stein unbedingt noch aus der Nähe sehen musste. Sie brauchte Ruhe, um sich die Einzelheiten einzuprägen.

Die oberste Kuratorin des Museums, Mrs. Graves, hatte erzählt, er sei bei Ausgrabungen in Jordanien entdeckt worden. Bei dem eingemeißelten Bild handele es sich ohne Zweifel um eine Menora, einen siebenarmigen Chanukkaleuchter, wenn nicht sogar um die älteste Darstellung einer solchen.

Aber irgendetwas stimmte mit dem Steinrelief nicht, und so hatte es Riley noch einmal ins Museum gezogen, während ihre Eltern dachten, sie würde schlafen.

Sie lief auf direktem Weg zum Stein. Ihre Glückssneaker tippten und tappten über die Fliesen. Gleich musste er auftauchen, bei den anderen religiösen Reliquien, die Teil der Dauerausstellung waren.

Doch als sie um die Ecke bog, hörte sie einen Schrei.

Und plötzlich hatte Riley doch große Angst ...

18:22 Uhr

Neil McNair beäugt meine Eltern, als könnte er nicht glauben, dass sie real sind.

»Möchtest du den Kiddusch sprechen?«, fragt Mom ihn, nachdem sie die Kerzen mit einer Hand über den Augen angezündet hat. Wahrscheinlich hat sie das Gefühl, er möchte das, so wie er sie angestarrt hat.

»Gern«, sagt er nach kurzem Zögern.

Im Auto hat er sich darüber geärgert, sich nicht etwas Schickeres angezogen zu haben, aber ich habe ihm versichert, meine Eltern würde das T-Shirt mit dem kryptischen lateinischen Spruch nicht stören. Der Nachteil: Neils Arme lachen mich schon wieder an.

Da die Dämmerung noch nicht eingesetzt hat – ich sagte ja, keine jüdische Vorzeigefamilie –, fällt nach wie vor Licht von draußen herein. Als wir hier angekommen sind, hat Neil die Schuhe im Flur ausgezogen und meinen Eltern die Hand geschüttelt, aber kaum ein Wort herausgebracht. Sie wissen grob über ihn Bescheid: langjähriger Rivale, nervig, mittelmäßiger Literaturgeschmack. Und jüdisch – wie in der Nachricht geschrieben, in der ich den Abschlussbesten der Westview High zum Abendessen angekündigt habe. Meine Eltern lieben es, andere jüdische Menschen in unserem Haus zu empfangen. Das kommt ohnehin zu selten vor.

Mom reicht ihm den Kidduschbecher.

»Baruch ata Adonai, Elohejnu Melech haOlam, bore pri Haga-
fen«, spricht er mit tiefer, geschmeidiger Stimme den Segen über
den Wein.

Seine Aussprache und Intonation sind fehlerlos. War klar, bei
seinem Faible für Wörter und Sprachen. Ich mag vieles am Judentum: seine Geschichte, das Essen, den Klang der Gebete. Aber oft
fühle ich mich auch allein. Und jetzt sitzt hier jemand, den ich
eigentlich zum Feind erklärt habe, der sich aber vielleicht genauso
allein fühlt.

Nach dem, was bei ihm zu Hause passiert ist, weiß ich nicht,
wie ich mich verhalten soll. Etwas zwischen uns hat sich verändert.
Wir haben uns gegenseitig mehr anvertraut, als wir den meisten
anderen Menschen erzählen würden. Doch wie sage ich ihm, dass
ich ihm das Preisgeld überlassen möchte, wenn wir die Pirsch gewinnen?

Wir reichen den verzierten, silbernen Kidduschbecher herum,
der meinen Großeltern väterlicherseits gehört hat. Neil nimmt
einen kleinen Schluck und gibt ihn an mich weiter. Auch ich nip-
pe nur daran. Denkt er, ich hätte absichtlich von einer anderen
Stelle getrunken? Ich drücke meinem Dad den Becher in die Hand
und versuche, mich ein bisschen weniger neurotisch zu benehmen.

Anschließend sprechen wir den Segen über die Challot, und
dann ist es Zeit fürs Essen. Wie angekündigt, haben meine Eltern
Pilzravioli geholt. Dazu haben sie einen Salat mit Dads geheimem
Dressingrezept aufgetischt.

»Verbringst du den Schabbat sonst mit deiner Familie, Neil?«,
fragt Mom.

»Nein, nicht besonders oft. Aber ich habe ein gutes Gedächtnis
und erinnere mich genau an früher, als meine Schwester und ich
jünger waren und wir das noch gemacht haben.« Einen Augenblick
lang spannt er kaum merklich den Kiefer an. »Begehen Sie den
Schabbat immer?«

»Wenn wir können, essen wir jeden Freitagabend zusammen«,

antwortet Dad. »Wahrscheinlich ändert sich das, sobald Rowan auf dem College ist.«

»Es ist komisch, einer der wenigen jüdischen Schüler in der Stufe zu sein«, meint Neil. Merkwürdig, dass er etwas ausspricht, das ich bisher nur gedacht habe. Merkwürdig und gleichzeitig erleichternd.

Den Großteil des Jahres merkt man den Unterschied fast gar nicht. Es ist so was wie eine Familientradition am Freitagabend. Wir schotten uns nicht von der Außenwelt ab wie andere strenggläubige jüdische Menschen. Aber im November und Dezember ist man trotzdem außen vor. Viele Leute kapieren einfach nicht, dass nicht jede und jeder Weihnachten feiern.

»In der Fünften hat eine Lehrerin mal einen Tannenbaum aufgestellt, ehe ihr eingefallen ist, dass sie ja jemanden mit jüdischem Glauben in der Klasse hat«, berichte ich. »Und weil sie mich nicht kränken wollte, hat sie vor versammelter Mannschaft verkündet, sie würde ihn wieder abbauen. Alle waren eine ganze Woche sauer auf mich! Sie hat mich nicht mal gefragt, was ich dazu sage oder ob sie zum Ausgleich eine Menora dazustellen soll. Es war fast, als *sollten* die anderen denken, dass es wegen mir keinen Weihnachtsbaum gibt.«

Einen Moment herrscht Schweigen am Tisch. Die Story habe ich ziemlich lange für mich behalten.

»Das hast du uns nie erzählt!«, sagt Mom entrüstet. »Welche Lehrerin war das?«

»Ich wollte keine große Sache daraus machen«, entgegne ich. Wobei genau das vielleicht der richtige Weg gewesen wäre. »Mrs. Garrison?«

»Wir haben einen ganzen Klassensatz Bücher an sie gespendet«, grummelt Dad.

»Das ist ja schrecklich«, meint Neil. Er lässt den Arm durch das Zimmer schweifen. »Aber das hier ist schön. In Gesellschaft anderer jüdischer Menschen zu sein.«

Da hat er recht.

Mom schenkt unserem Gast ein strahlendes Lächeln. »Rowan hat erzählt, dir gefallen unsere Bücher?«

Neil klappt den Mund auf und zu, doch es kommt kein Ton heraus. Seine *Ausgegraben!*-Exemplare liegen unter dem Tisch. Fanboy Neil ist immer wieder eine echte Überraschung.

Ich verpasse ihm einen Tritt. *Vergiss nicht, wie man spricht*, versuche ich ihm telepathisch zu vermitteln. Nach diesem Ego-Boost werden meine Eltern unerträglich sein.

»Ich bin ein Riesenfan«, sagt er schließlich. »In der dritten Klasse habe ich mit der *Ausgegraben!*-Reihe angefangen und konnte nicht aufhören. Die Bücher haben mich zum Lesen gebracht.«

Meine Eltern sind entzückt. »Das ist das netteste Kompliment, das du uns machen kannst«, meint Dad. »Hast du alle Bände gelesen?«

»Schon so oft, dass ich gar nicht mehr mitzählen kann.« Er deutet auf den Tisch. »Sie ernähren sich beide vegan, richtig? Genau wie Riley!«

»Stimmt«, erwidert Dad. »Nur Rowan ist Vegetarierin. Ohne Milchprodukte kann sie nicht.« Mom und Dad ernähren sich seit dem College vegan, wollten mich aber ab einem bestimmten Alter selbst entscheiden lassen. Im Kindergarten habe ich mich zur Vegetarierin erklärt und bin seitdem dabei geblieben. Ich mochte Tiere zu gern und konnte mir nicht vorstellen, sie zu essen. Dementsprechend ist es für uns drei relativ leicht, sich an die Koscherregeln zu halten – zumindest an die grundlegenden.

»Rowan *liebt* Käse«, sagt Mom. »Manchmal, wenn sie Appetit hat, schnappt sie sich einen Löffel und eine Packung Frischkäse und verzieht sich damit auf ihr Zimmer.«

Neil sieht mich mit erhobenen Brauen an und unterdrückt ein Lachen.

»Mutter.« Ja, Frischkäse ist die Speise der Götter – besonders für Chris Hemsworth in *Thor: Tag der Entscheidung* –, trotzdem habe ich das erst ein paarmal gemacht. Das kann man an höchstens zwei Händen abzählen.»Können wir das Käsegespräch vielleicht überspringen?«

Mir geht es nicht nur mit Käse so. Auch ohne die Zimtschnecken von Two Birds möchte ich nicht leben.

»Na schön. Wie läuft die Pirsch?«

Sie lauschen gebannt, während Neil und ich ihnen alles über unsere Taktik, den diesjährigen Leitfaden und das hohe Preisgeld erzählen. Jetzt, nach ihrer Deadline, sind sie viel entspannter.

»Wir könnten das in einem unserer Bücher aufgreifen. Das wäre doch lustig, oder?«, sagt Dad.

Mom zuckt mit den Schultern.»Ich weiß nicht. Ist vielleicht zu kompliziert, zu nischig.«

»Geniale Idee!«, meint Neil ein bisschen zu begeistert.»Und was für ein Manuskript haben Sie gerade abgegeben?«

Wenn meine Eltern einmal loslegen, hören sie nicht mehr auf. Ich spähe aufs Handy. Anderthalb Stunden noch bis zu Delilahs Lesung. Dass wir die übrigen fünf Hinweise bis dahin lösen, ist unwahrscheinlich, also werde ich Neil wohl für eine Weile allein lassen müssen. Ob das klappt, ohne ihm zu verraten, warum?

»Den Anfang einer Spin-off-Reihe über Rileys jüngere Schwester …«

»Roxy!«, sprudelt es aus Neil heraus.»Sie ist superwitzig. Ich liebe ihre Ausrufe, wenn sie auf Essen anspielt, das sie nicht mag. *Mangomann!*, zum Beispiel oder *Himmel, Arsch und Zwiebel!* An den Stellen muss ich immer laut lachen.«

»Unsere Lektorin mag sie auch. Und die Verlagsleiterin war der Meinung, wir könnten damit noch mal eine ganz neue Zielgruppe ansprechen. Darin begleiten wir Roxy auf ihrem Weg zur Konditormeisterin, und in jedem Band wird es hinten ein Rezept geben, das für Kinder leicht nachzubacken ist«, erzählt Mom.

»Das ist ja eine coole Idee! Meine Schwester wird es lieben. Sie ist elf und fängt gerade erst an, die Bücher zu lesen. Übrigens finde ich, *Ausgegraben!* würde sich toll als Film machen«, meint Neil.

Darauf springt Dad sofort an: »Wir auch! Die Rechte wurden schon verkauft, aber bisher hat sich nichts getan.«

»Wie ich die Hollywood-Industrie kenne, würden sie wahrscheinlich ohnehin Whitewashing betreiben und Riley Rodriguez in Riley Johnson oder so umbenennen. Oder Chanukka durch Weihnachten ersetzen«, sagt Mom.

Neil schüttelt sich. »Ich habe ein paar Bücher mitgebracht. Falls es Ihnen nichts ausmacht …«

»Natürlich nicht!«, unterbricht Dad ihn prompt. Ich könnte schwören, er hatte seinen Stift vorher schon gezückt. »Neil mit e-a oder mit e-i?«

Nachdem er meinen Eltern die richtige Schreibweise verraten hat, setzen sie ihre geschwungene Signatur auf die Titelseite.

Für Neil
Auf die Schätze,
fertig, los!

Neil liest sie wieder und wieder und formt die Worte mit den Lippen. Er sieht aus, als würde er gleich in Ohnmacht fallen. »Könnten Sie das andere für meine Schwester Natalie signieren?«, fragt er, und sie tun ihm den Gefallen. »Danke. Ganz, ganz lieben Dank. Ich kann Ihnen gar nicht sagen, wie viel mir das bedeutet.«

All die Jahre habe ich Krieg gegen einen riesigen Riley-Rodriguez-Fan geführt. Wie niedlich.

»Gern geschehen, Neil. Wenn du im Spätsommer noch mal vorbeischaust, können wir dir ein paar Illustrationsentwürfe für unser nächstes Bilderbuch zeigen«, schlägt Mom vor.

»Das wäre großartig!«, ruft er und setzt sich etwas aufrechter hin, als hätte er gerade an Selbstbewusstsein gewonnen. »Wissen Sie, welche Bücher ich auch toll finde? Liebesromane.« Dann isst er weiter seinen Salat, als wäre nichts.

Ich hingegen muss meine Kinnlade erst mal wieder einhängen.

Mom hebt eine Augenbraue und erwidert leicht perplex: »Ach, tatsächlich?«

»Das haben Rowan und du wohl gemeinsam«, bemerkt Dad. »Anscheinend sind sie nicht mehr ausschließlich für gelangweilte Hausfrauen.« Dabei betont er »gelangweilte Hausfrauen« so, als würde er den Begriff nicht unbedingt mögen, hätte aber keinen besseren parat. Oh Mann, Dad, Frauenfeindlichkeit lässt grüßen.

»Nein, sie sind nicht ausschließlich für Frauen«, meint Neil nach einer kurzen Pause, die bedeuten könnte, dass ihn Dads Kommentar ebenfalls stört. »Selbst wenn sie weibliche Erfahrungen in den Fokus rücken wie kein anderes Medium.«

Seine Stimme klingt fest, bestimmt, und es schwingt keinerlei Sarkasmus mit. Ich bin mir nicht sicher, ob er mich hier nur necken will oder nicht. Unsere Blicke treffen sich, und er zieht einen Mundwinkel hoch. Es ist eher ein beruhigendes als ein verschwörerisches Lächeln. Als wollte er meinen Eltern helfen, diese Sache zu verstehen, die ich so mag.

So ein Quatsch.

»Na ja, das stimmt so doch auch nicht«, meint Dad und rattert ein paar Titel von Netflix herunter. Natürlich, drei aktuelle Beispiele sind der unumstößliche Beweis dafür, dass Serien und Filme nicht immer noch hauptsächlich von der männlichen Perspektive dominiert werden.

Was würden die beiden sagen, wenn ich ihnen jetzt mein Geheimnis erzählen würde? Wenn sie erfahren würden, dass ich Kreatives Schreiben an der Emerson belegen möchte, um die Art von Büchern zu verfassen, die sie für belanglos halten? Würden sie versuchen, mich umzustimmen, oder würden sie es akzeptieren? Ich hoffe, dass sie es verstehen, weil ich damit ja zumindest halbwegs in ihre Fußstapfen treten würde. Trotzdem möchte ich mir erst sicher sein, dass ihre Reaktion mir nicht den Boden unter den Füßen wegreißt.

Meine Brust fühlt sich eng an, und auf einmal ist hier nicht mehr genug Luft zum Atmen. Ich springe auf.

»Entschuldigt mich kurz«, sage ich und fliehe in die Küche.

Ich brauche ein paar Minuten für mich. Wie kann Neil McNair innerhalb eines einzigen Tages erst zum Abschlussbesten werden und sich dann vor meinen Eltern für Liebesromane einsetzen? Das Lachen aus dem Esszimmer dringt nur gedämpft herüber, aber ich höre es.

»Rowan?« Das ist Moms Stimme.

Ich drehe mich vom Fenster weg, durch das ich in unseren Garten geblickt habe. Mom nimmt die Brille ab und reibt die Gläser an ihrem Pulli sauber. Die Haare hat sie sich zum gleichen Knoten gebunden wie ich, wobei ihr Messy Bun ein professionelles Autorinnen-Image ausstrahlt. Wahrscheinlich liegt das an den zwei Bleistiften, die daraus hervorragen.

Sie deutet Richtung Esszimmer. »Das ist doch nicht der Junge, mit dem du dich vier Jahre lang gemessen hast, oder? Er ist ziemlich sympathisch. Sehr höflich.«

»Doch, genau der.« Ich lehne mich an die Küchenzeile. »Und du hast recht, er ist nett. Hat mich selbst überrascht.«

Mom lächelt zärtlich und umfasst meine Schultern. »Rowan Luisa Roth. Geht es dir auch ganz bestimmt gut? Der letzte Schultag muss hart gewesen sein.«

Rowan Luisa. Mein mittlerer Name stammt von der Mutter ihres Vaters. Ihre Abuela lebte und starb in Mexiko, bevor ich geboren wurde.

Moms Akzent macht sich nur selten bemerkbar. Zum Beispiel, wenn sie gewisse Wörter ausspricht, sich an Papier schneidet oder sich den Zeh anschlägt und so hastig *Dios mío* flucht, dass es klingt, als würde es zusammengeschrieben werden. Oder wenn sie etwas laut liest wie Anleitungen und Rezepte. Außerdem zählt sie auf Spanisch. Einmal habe ich sie darauf hingewiesen, einfach weil ich es interessant fand und ihr Spanisch gern höre. Ihr war es gar nicht aufgefallen, und im Nachhinein hatte ich Sorge, sie könnte von da an darauf achten und es unterdrücken. Zum Glück war das nie der Fall.

»Keine Ahnung.«

Bisher konnte ich meinen Eltern immer die Wahrheit sagen. Mom weiß sogar von meinem ersten Mal. Liebesromane haben mich bestärkt, darüber zu reden.

Die Sache ist die: Ich habe Angst.

Angst, auszusprechen, dass ich das möchte, was sie haben.

Angst, dass sie es als Hobby abtun.

Angst, dass sie meine Texte lesen und der Meinung sind, ich wäre nicht gut genug.

Angst, dass sie nicht an meinen Erfolg glauben.

Sie streichelt mir über die Wange. »Es ist meist schwer, ein Ende zu finden«, meint sie und lacht. »Ich muss es ja wissen. Immerhin haben wir den ganzen Tag an unserem gefeilt.«

»Eure Bücher sind immer perfekt.« Das ist mein Ernst. Ich war ihre erste Leserin, ihr erster Fan. »Hat jemals …« Ich breche ab, unsicher, wie ich es formulieren soll. »Hat euch jemals jemand dafür belächelt, dass ihr Kinderbücher schreibt?«

Sie wirft mir diesen Blick über ihre Brille zu, als wäre die Antwort klar. »Ständig. Haben wir dir erzählt, wie die Eltern deines Dads reagiert haben, als Riley Band 3 es in die *New York Times* Bestsellerliste geschafft hat?« Auf mein Kopfschütteln fährt sie fort: »Sein Vater hat gefragt, wann endlich mal was Vernünftiges von uns erscheint.«

»Grandpa liest doch eh nur Bücher über den Zweiten Weltkrieg.«

»Und das ist auch okay. Ich kann zwar nichts an ihnen finden, aber ich verstehe, warum er sich dafür interessiert. Wir haben immer gern für die jüngeren Kids geschrieben. Sie tragen so viel Hoffnung und Begeisterung in sich, für sie ist alles toll und neu und aufregend. Und wir lieben es, Leute zu treffen, die unsere Bücher lesen. Selbst wenn sie keine Kinder mehr sind«, ergänzt sie mit einem Nicken in Richtung Esszimmer.

»Habt ihr mal daran gedacht ...?« Ich kaue auf der Innenseite meiner Wange. »Na ja, das, was Grandpa gesagt hat ... Dass ich mich auch manchmal so fühle wie ihr?«

»Geht es um die Liebesromane? Ich würde nie anzweifeln, dass es vernünftige Bücher sind, Rowan. Jeder Mensch hat seinen eigenen Geschmack. Wir müssen nicht der gleichen Meinung sein.«

Ich versuche, nicht zu traurig über diese Antwort zu sein. Das war zwar nicht direkt ein Schritt aufeinander zu, aber immerhin auch keiner voneinander weg. Es muss wohl reichen, bis ich Delilah treffe.

»Apropos Liebesromane. Ist da was zwischen dir und Neil?«, fragt Mom.

Ich schlage die Hand vor den Mund, und auf meinem Gesicht zeichnet sich wahrscheinlich ein wahres Horrorschauspiel ab. »Oh mein Gott, Mom. Nein, nein, nein, nein, nein. Nein.«

»Tut mir leid, wie war das?«

Ich verdrehe die Augen. »*Nein!* Wir haben uns nur wegen des Spiels verbündet. Das hat überhaupt nichts zu bedeuten.«

Trotzdem kriege ich den von ihm gesprochenen Kiddusch nicht aus dem Kopf. Wie die Worte aus seinem Mund klangen! Dabei kenne ich sie so gut, genau wie seine Stimme. Ich erinnere mich daran, wie ich ihn auf seinem Bett an der Schulter berührt habe, und in meinen Fingern kribbelt es. Diese ungewohnte körperliche Nähe zwischen uns. Die Sommersprossen, die sich über das Gesicht und den Hals, um seine Hände und Arme hinaufwinden. Der Anblick seiner *Arme* in diesem T-Shirt.

Wahrscheinlich lasse ich mich generell viel zu leicht von Armen beeindrucken.

»Tja, dann genießt mal euer *Spiel*«, sagt Mom schmunzelnd, ehe sie ins Esszimmer zurückkehrt.

LEITFADEN FÜR DIE PIRSCH

- ~~*Laden, der Nirvanas erstes Album führt*~~
- ~~*Ort, der von oben bis unten rot ist*~~
- *Chiroptera-Zone*
- ~~*Ein regenbogenfarbener Zebrastreifen*~~
- ~~*Eis für Schneemenschen*~~
- *Der Riese im Mittelpunkt des Universums*
- ~~*Etwas, das regional, nachhaltig und bio ist*~~
- *Eine Diskette*
- ~~*Kaffeebecher mit einem fremden Namen (oder deinem eigenen, aber total falsch geschrieben)*~~
- ~~*Auto mit Knöllchen*~~
- *Hoher Aussichtspunkt*
- ~~*Die beste Pizza der Stadt (subjektiv)*~~
- ~~*Eine Touri-Aktion, die Einheimischen peinlich wäre*~~
- ~~*Ein Regenschirm (wir wissen alle, dass wahre Seattler Nordlichter keinen benutzen)*~~
- *Würdigung des rätselhaften Mr. Cooper*

19:03 Uhr

»Frischkäse aus der Packung also. Wie unanständig«, meint Neil kopfschüttelnd, während wir die Fremont Avenue entlangfahren.

Ich halte Ausschau nach einer Parklücke. »Kein Mensch hat Manieren, wenn er allein isst. Du hast doch bestimmt auch fiese Angewohnheiten.«

»Eigentlich kann ich mich benehmen. Ich benutze Geschirr. Davon hast du doch schon mal gehört, oder? Teller? Oder Schüsseln?«

Kurz bevor wir mit dem Essen fertig waren, haben wir uns einen Plan überlegt: zuerst zum Fremont Troll (*Der Riese im Mittelpunkt des Universums*), dann weiter zu *hoher Aussichtspunkt*. Als ich den Gas Works Park vorgeschlagen habe, bekannt durch die Paintballszene in *10 Dinge, die ich an dir hasse*, hat er geschnaubt und gefragt: »Soll das ernsthaft die beste Aussicht in Seattle sein?«

»Es ist *eine* Aussicht«, habe ich erwidert. »Es muss ja nicht die beste sein.«

Fremont ist freitagabends immer voll. Es ist noch nicht dunkel, und aus den Bars und Restaurants dringt Stimmengewirr. Nächste Woche wird hier die Sommersonnenwende mit einer Parade und einer Nacktradeltour gefeiert. Der Troll, knapp sechs Meter groß, hat einen echten VW-Käfer in der Hand und eine Radkappe als Auge.

Wohl zum zehnten Mal schaue ich jetzt auf die Uhr am Armaturenbrett. Die Lesung mit Delilah Park ist in einer Stunde. Meine Nervosität steigt.

Natürlich wird sie die Eleganz in Person sein, wie auf den Fotos. Und nett. Bestimmt ist sie nett. Ich habe schon befreundete Autoren und Autorinnen meiner Eltern kennengelernt, aber das ist nicht dasselbe. Delilah kommt nicht auf ein Getränk bei uns vorbei, wenn sie in der Stadt ist – ich habe sie für mich entdeckt. Entsetzt fällt mir auf, dass ich ganz vergessen habe, das fleckige Kleid gegen etwas Sauberes zu tauschen. Hoffentlich ist es in der Buchhandlung einigermaßen schummrig. Ich will zwar nicht in der ersten Reihe sitzen, aber in der letzten auch nicht unbedingt. Wie verhalten sich Leute, die ohne eine Begleitperson zu Veranstaltungen gehen? Vielleicht stelle ich den Rucksack neben mir auf den Platz, als würde ich ihn für jemanden freihalten.

»Hast du noch irgendwas vor? Du guckst ständig auf die Uhr«, bemerkt Neil, während wir weiter nach einem Parkplatz suchen.

»Ja. Nein. Ich meine … um acht muss ich weg.«

»Oh. Okay. Und wolltest du mir irgendwann davon erzählen?«

»Ja. Jetzt gerade.«

Die Lesung muss ich allein durchziehen, egal wie vehement er beim Essen Liebesromane verteidigt hat. Wäre er dabei, könnte ich nicht ich selbst sein. Nur bin ich unsicher, wie ich zu der Person werde, die ohne Scham zu dem steht, was sie mag.

»Okaaay, und wohin willst du?«, fragt er gedehnt.

»Nach Greenwood. Ich bin in zehn Minuten da, und es dauert nur eine Stunde. Außerdem haben wir einen Riesenvorsprung.« Ich klinge, als würde ich mich rechtfertigen. »Danach können wir uns ja wieder treffen und die Pirsch beenden. Es sei denn, du machst vorher schlapp.«

»Ich bin dabei, bis zum bitteren Ende.«

»Gut. Ich auch.«

Es folgt peinliches Schweigen. Ich muss das Thema wechseln, bevor ich mich in ein noch schlimmeres Nervenbündel verwandle.

»Du und deine Schwester, ihr scheint euch gut zu verstehen.«

»Stimmt. Solange ich nicht sechs Monate lang versuche, ihr einzureden, dass sie ein Alien ist – wie damals, als sie acht war.« Ein Grinsen umspielt seine Lippen.

»Okay?«, erwidere ich prustend.

»Sie ist die einzige Linkshänderin in der Familie und die Einzige mit einem nach außen gestülpten Bauchnabel. Ich habe ihr erzählt, das wären Zeichen dafür, dass sie ein Alien ist. Sie ist total durchgedreht und wollte unbedingt zurück auf ihren Heimatplaneten, den ich Tatooine genannt habe. Hin und wieder erkundige ich mich heute noch bei ihr, wie es so auf Tatooine läuft.«

Ich spüre, wie viel ihm an seiner Schwester liegt und dass er ein guter Bruder ist, obwohl ich Geschwisterliebe als Einzelkind nur bedingt begreife. Ich finde es rührend.

»Die Arme.«

»Du und deine Eltern, ihr versteht euch auch gut.« Es ist eine Feststellung, keine Frage.

Ich nicke. »Was du vorhin zu ihnen gesagt hast, war übrigens echt nett. Danke.«

»Ich hatte unrecht. Und das haben sie auch. Trotzdem, deine Eltern sind ziemlich cool. Du hast Glück.«

Er klingt bedrückt. Ich weiß, dass ich Glück habe.

»Danke«, schaffe ich zu sagen. »Noch mal.« An diese Höflichkeit zwischen Neil McNair und mir werde ich mich wohl nie gewöhnen.

Wir finden einen Parkplatz, zehn Minuten zu Fuß vom Troll entfernt. Ich schließe den Wagen ab, während Neil sich dehnt, als würde er sich auf ein großes Rennen vorbereiten. Er hebt die Arme über den Kopf, sodass sein T-Shirt ein Stück Bauch freigibt, natürlich übersät mit Sommersprossen. Darunter kommt ein schlichter brauner Gürtel zum Vorschein, und der dunkelblaue Bund seiner Boxershorts blitzt ein wenig hervor.

Mein Gesicht beginnt zu glühen. Der Befehl, wegzugucken, verliert sich irgendwo zwischen der Gehirnhälfte, die gute, und der, die schlechte Entscheidungen trifft. Als könnte mein Verstand den Anblick von Neil McNairs Bauch nicht verarbeiten.

Es ist ein schöner Bauch, objektiv betrachtet. Und um mehr geht's hier auch nicht. Eine schlichte Anerkennung seines männlichen Körperbaus. Der Schultern und der Arme und des Bauchs. Und der Ansammlung von Sommersprossen um seinen Nabel. Und des roten Haarflaums, der unter seiner Boxershorts verschwindet.

Er lässt die Arme sinken und damit auch das T-Shirt. Schon ist der Bauch wieder vor fremden Blicken geschützt. Doch ehe ich wegschauen kann, hat er mich im Visier und schmunzelt. Oh nein. Nein, nein, nein. Denkt er etwa, ich hätte ihn angestarrt?

»Ich habe den Schabbat lange nicht mehr mit einem Essen gefeiert«, sagt er, und ich bin erleichtert, dass wir über das Judentum sprechen, nicht über die Gründe, warum ich seinen sommersprossigen Bauch gemustert habe. »Danke dafür. Ehrlich. Und was du über deine Lehrerin erzählt hast …« Er schüttelt den Kopf. »So was ist mir schon so oft passiert, dass ich aufgehört habe, zu zählen. Viele sagen, mach dir nichts draus, nimm das nicht so ernst, nur um anschließend einen ›Witz‹ nach dem anderen zu reißen. Und irgendwann fragst du dich, ob du tatsächlich empfindlicher bist als sie. Deswegen binde ich meinen Glauben niemandem mehr auf die Nase, und bei meinem Nachnamen kommen die Leute von selbst nicht drauf.« Wir laufen nebeneinanderher, vorbei an einer glutenfreien Bäckerei und einem Laden, der Bilderrahmen verkauft. »Aber die Feiertage haben es echt in sich. Jedes Jahr denke ich, so schlimm kann es ja nicht werden, und dann ist es doch immer wieder dasselbe.«

»Ist es nicht toll, wenn ständig von Feiertagen oder Festen die Rede ist, und letzten Endes hängt überall rot-grüne Deko und irgendwo taucht ein bescheuerter Weihnachtsmann auf?«, ergänze ich. »Als würden sie mit dem Wort ›Feiertag‹ automatisch alle einbeziehen. Dabei macht sich niemand die Mühe, wirklich alle einzubeziehen.«

»Genau das!« Er schreit fast. Zumindest ist er so laut, dass uns eine Familie anstarrt, die gerade ein Thai-Restaurant verlässt. Neil lacht, aber nicht, weil es lustig ist. »Ich hatte mal einen Lehrer, der meinte, ich dürfte nicht an der Ostereiersuche teilnehmen. Dabei wollte ich das gern.«

»Wenn die Leute mitkriegen, dass ich jüdisch bin, nicken sie manchmal, so von wegen ›Wusste ich's doch‹. Angeblich sehe ich sehr jüdisch aus.«

»Ein Freund aus der Grundschule ist plötzlich nicht mehr zum Spielen zu mir gekommen. Jake. Als ich ihn gefragt habe, wieso, hat er geantwortet, seine Eltern würden es nicht erlauben. Todunglücklich habe ich das zu Hause Mom erzählt. Ich hab's einfach nicht verstanden. Also hat sie seinen Vater angerufen. Nachdem sie aufgelegt hatte … Diesen Gesichtsausdruck werde ich nie vergessen. Noch bevor sie was sagen konnte, war mir klar, warum er nicht mehr kommen durfte.«

Schon wieder bricht es mir das Herz.

»Zum Kotzen.« Ich schaue mich um, ehe ich weiterspreche: »Vorhin in der jagdfreien Zone, als ich Savannah belauscht habe, meinte sie, ich bräuchte das Preisgeld ja wohl offensichtlich nicht. Und dann hat sie sich an die Nase getippt.« Ich ahme sie nach, merke aber sofort, dass ich so nur die Aufmerksamkeit darauf lenke. Findet Neil meine Nase auch zu höckerig oder zu groß für mein Gesicht, so wie ich früher? Er erstarrt und reißt die Augen auf.

»Dein Ernst?« Geräuschvolles Ausatmen. »Scheiße, Rowan. Was für ein Mist. Das ist echt unter aller Sau. Tut mir leid.«

Seine Reaktion hilft mir, mich etwas zu entspannen. Als hätte er mich gerade in meinen Gefühlen bestätigt, weil ich dann nicht die Einzige bin, die sich darüber aufregt. Dabei sollte mir meine Reaktion reichen, oder nicht? Wenn ich mich deswegen mies fühle, ist das doch Bestätigung genug.

Neil macht einen Schritt auf mich zu und streicht mir mit den Fingerspitzen über den Arm, eine kleine Geste der Empathie, die sich auch in seinem Gesicht widerspiegelt. Seine Berührung ist sanft und zögerlich. So wie meine vorhin in seinem Zimmer auf dem Bett. »Tut mir leid«, wiederholt er und sieht mich unverwandt an. Aber diese Worte, zusammen mit den Fingern auf meiner Haut sind mir so fremd, dass ich verlegen den Blick abwende. Er lässt die Hand sinken.

»Die Leute halten das für harmlos. Für einen Spaß. Deswegen tun sie es.« Ich versuche, das seltsame Knistern an der Stelle, an der er mich berührt hat, zu ignorieren. Bestimmt sind die Härchen nur statisch aufgeladen. »Und es ist auch harmlos. Bis was Schlimmes passiert. Bis auf einmal Sicherheitskräfte vor der Synagoge stehen, weil jemand mit einem Bombenanschlag droht. Bis du am Samstagmorgen Schiss hast, aufzustehen und zum Gottesdienst zu gehen.«

»Hast du das …«, hebt er leise an.

»Kurz vor meiner Bat Mizwa.«

Damals hat die Polizei den Verantwortlichen geschnappt. Offenbar war es nur ein dummer Scherz. Ich weiß nicht, was sie mit ihm gemacht haben, ob er ins Gefängnis musste oder ob die Polizei ihm bloß auf die Finger gehauen und ihn gewarnt hat, das in Zukunft sein zu lassen. Wie das so ist, wenn weiße Männer grausame Taten begehen. Ich jedenfalls hatte richtig Angst, habe geweint und meine Eltern wochenlang angefleht, mich nicht mehr in die Synagoge zu schicken. Heute sind wir nur noch selten da, hauptsächlich an Feiertagen.

Es war alles andere als ein harmloser Scherz – diese Tat und die Angst, die darauf folgte, haben mir etwas sehr Wichtiges im Leben genommen.

Neil und ich sind beide ein bisschen außer Atem und verfallen wieder in einen gleichmäßigen Schritt. Seine Wangen sind gerötet, als wäre dieses Gespräch körperlich genauso anstrengend wie emotional.

»Ist schon komisch. Bei dem Nachnamen, den Haaren und den Sommersprossen denken die Leute immer, ich wäre Ire. Bis jemand erfährt, dass ich jüdisch bin. Dann machen sie auf einmal dauernd Anspielungen darauf. Die Menschen hier sind so bemüht darum, dass man sich wohlfühlt, grenzen einen dadurch oft allerdings nur umso mehr aus. Einige von ihnen meinen es nur gut, andere wiederum …«

Ja, so ist es. »Wenn man etwas über den Holocaust lernt, denkt man, Antisemitismus wäre Geschichte. Ist er aber nicht.«

»Wann hast du davon erfahren?«, fragt er, und ich überlege. »Mir hat Mom es nach dem Vorfall mit Jake erzählt.«

»In der Schule haben wir das in der Vierten durchgenommen. Da war das schon nicht neu für mich. Das Ding ist …« Ich verstumme und durchforste mein Gedächtnis, doch es gibt nur diese eine niederschmetternde Erkenntnis: »Ich kann mich nicht erinnern. Bestimmt haben meine Eltern es mir irgendwann mal gesagt, aber ich kann an keine Zeit zurückdenken, in der ich es *nicht* wusste.«

Ich wünschte, ich könnte es. Mich interessiert, ob ich geweint habe. Welche Fragen ich gestellt habe. Fragen, die unmöglich zu beantworten sind.

»Dafür treten wir Savannah bei der Pirsch ordentlich in den Arsch, okay?«, sagt Neil.

Seine lässig vulgäre Ausdrucksweise heitert mich auf und macht noch etwas anderes mit mir, das ich nicht genau benennen kann. Er meint es ernst. Er regt sich für mich auf und will sogar Rache. Als wären wir nicht nur im Spiel Verbündete.

Dieses Gespräch lässt mich ein klein wenig bereuen, dass wir uns nicht früher angefreundet haben. Kylie Lerner, Cameron Pereira und Belle Greenberg haben immer mit anderen Leuten abgehangen, dabei hätte ich so, so gern jüdische Freundinnen und Freunde gehabt. Ich war überzeugt, sie würden mich von allen am besten verstehen. Doch ich bin nicht ganz unschuldig an dieser Situation mit Neil. Ich habe mich nie bemüht, ihn besser kennenzulernen, habe ihn immer nur als Konkurrenten gesehen. Ich hab's vergeigt und ihn wie einen Rivalen behandelt, wo er viel mehr als das hätte sein können. Was wäre aus uns geworden, wenn ich nach dem Essay-Wettbewerb keine Revanche gefordert hätte und er nicht darauf eingestiegen wäre?

Dieses alternative Universum klingt sehr verlockend.

»Fast würde ich …«, beginne ich, kann mich aber gerade noch stoppen.

Er bleibt stehen. »Was?«

»Ich … ich weiß nicht. Fast würde ich mir wünschen, wir hätten das Gespräch früher geführt«, spucke ich hastig aus, bevor ich es mir anders überlegen kann. Scheiß drauf, wir haben uns heute Abend eh schon so viel erzählt. »Ich hatte nie jemanden, mit dem ich darüber reden konnte.«

Quälende Sekunden vergehen, bis er antwortet.

»Geht mir auch so«, murmelt er.

Wir machen ein Foto vom Troll – *mit* dem Troll, weil Neil darauf beharrt und sein Handy einem Touristen gibt. Ich bin mir sicher, dass ich kritisch geguckt habe, aber als wir uns das Bild ansehen, bin ich überrascht. Wir lächeln beide. Es wirkt zwar ein bisschen unbeholfen, aber es ist viel besser als das Erfolgsversprechende-Talente-Foto.

»Vor deiner Privatangelegenheit schaffen wir den Gas Works Park nicht mehr«, sagt Neil, als wir zum Auto zurückkehren. »Lass uns zuerst zum Zoo fahren.«

Ich nicke. »Okay. Was ist? Warum hältst du an?«

Er verzieht den Mund, als würde er überlegen, ob er es mir erzählen soll. »Das klingt jetzt vielleicht verrückt, aber ich hab gehört, dass es total abgefahren sein soll, wenn man high da reingeht.« Mit hochgezogenen Augenbrauen deutet er auf den Laden zu unserer Linken. SHITSTORM heißt es auf einem Schild im Fenster, darunter ist eine Hanfpflanze abgebildet.

Hat Neil McNair, Abschlussbester der Westview High, soeben vorgeschlagen, *high* in den Zoo zu gehen?

»Äh, ich hab mich wohl verhört. Willst du etwa Gras kaufen?«

»In mir steckt mehr, als du glaubst, Erzwo.«

Ich gucke aufs Handy. »Wir haben nur fünfunddreißig Minuten, bevor ich losmuss zu dieser, äh, Sache. Außerdem sind wir beide noch nicht einundzwanzig.«

»Wir haben genug Zeit für diese Sache *und* den Zoo. Und wir stehen doch schon direkt vor einem Laden. Adrians Bruder arbeitet hier. Er sagt ständig, wir sollen mal vorbeischauen und uns was aussuchen«, erwidert er.

»Mitarbeiter des Monats also, hm?« Trotzdem bin ich neugierig. Ich habe nichts gegen Gras, und auf Partys kommt man leicht an das Zeug. Nur wusste ich nie genau, wie es funktioniert. Das hat mich davon abgehalten, es auszuprobieren.

»Gibt es nichts, das du auf der Highschool schon immer mal machen wolltest, wozu du aber nie die Gelegenheit hattest?«

Er hat mich am Haken.

Und da wir heute eh schon so viel übereinander erfahren haben, gewähre ich ihm noch einen kleinen Einblick in mein verrücktes Hirn. »Ich habe eine Liste geschrieben. Vor vier Jahren. Ein Erfolgsrezept, in dem steht, was ich vor dem Abschluss alles tun will. Das habe ich zwischendurch total verdrängt, bis heute. Die Liste hat mir gezeigt, dass ich ein paar wesentliche Erfahrungen versäumt habe. Dope gehört nicht unbedingt dazu, aber … andere Dinge.«

Es ist ein bisschen befreiend, über das Erfolgsrezept zu sprechen. Aber wie lässt sich eine Freundschaft zu Neil McNair mit meiner Liste vereinbaren? Höchstwahrscheinlich gar nicht.

»Zum Beispiel?«

»Der Abschlussball. Ich war nicht da.« Manchmal überlege ich, ob es vielleicht auch ohne Date Spaß gemacht hätte, ohne den perfekten Highschool-Freund. Aber für mich gehört zu einem gelungenen Abschlussball ein Begleiter einfach dazu. Stattdessen habe ich mich meiner FOMO hingegeben, mich den ganzen Abend durch Social Media gescrollt und meine Traurigkeit mithilfe meines Lieblingsbuchs von Delilah Park erstickt.

»Da hast du nicht viel verpasst. Brady Becker war Ballkönig, Chantal Okafor Ballkönigin, und Malina Jovanovic und Austin Hart hätte man beinahe rausgeworfen, weil sie zu, äh, aufreizend getanzt haben, laut Mrs. Meadows.« Er reibt sich den Nacken. »Und Bailey war die ganze Zeit total still. Hat mich nicht gewundert, als sie ein paar Tage später Schluss gemacht hat.«

Ich weiß, dass die Beziehung erst seit Kurzem vorbei ist. Bailey hat in ein paar meiner Kurse gesessen und war immer ziemlich introvertiert.

Um mich daran zu hindern, mein Bedauern auszudrücken, fügt Neil rasch hinzu: »Schon okay. Ehrlich. Wir hatten eh kaum was gemeinsam. Und wir sind sogar noch Freunde.«

»Spencer wollte auch mit mir befreundet bleiben, aber wir hatten nicht mal als Paar besonders viel Spaß.« Ich seufze schwer und bohre die Fußspitzen in den Beton. Es ist komisch, ihm das alles zu erzählen – obwohl ich es gern möchte. »Die Beziehung war eher körperlicher Natur. Das war zwar auch ganz schön, aber ich wollte mehr.«

Neil hüstelt. »Das zwischen euch ging doch relativ lang. Außerdem habt ihr immer glücklich gewirkt.«

»Das ist nicht das Gleiche wie glücklich *sein*.«

Falls ich heute irgendetwas gelernt habe, dann, dass jede Form von Beziehung kompliziert ist. Was auch erklärt, warum ich mit Neil hier bin und nicht mit meinen besten Freundinnen. Ihre Worte schießen mir durch den Kopf. Ich bin nicht hier, weil ich besessen von ihm bin. Ich bin hier, um das zwischen uns ein für alle Mal zu beenden. Erst dann kann ich nach vorne schauen. Zumindest hoffe ich das.

Da ich nicht länger über Spencer reden möchte, ergänze ich: »Viele Beziehungen gehen in die Brüche. Darius Vogel und Nate Zellinsky haben letzte Woche Schluss gemacht, dabei waren sie seit der Zehnten ein Paar. Wahrscheinlich ist es hart, mit jemandem zusammenzubleiben, der Hunderte Kilometer weit wegzieht.«

»Glaubst du das wirklich?«

Ich zucke unschlüssig die Achseln. »Lass uns reingehen.« Wir haben heute schon so viele Dinge getan, die wir sonst nie tun würden. Und wenn das hier ein vernünftiger Abschied werden soll, können wir genauso gut auch ein paar Punkte von Neils Liste streichen. Die Pirsch wird immer mehr zu einem Lebewohl von der Highschool und dem Jungen, der mich den Großteil davon in den Wahnsinn getrieben hat.

Neil grinst.

Der Typ hinter dem Tresen sieht aus wie ein typischer Hipster aus Seattle: kariertes Hemd, dicke Brille und gepflegte Gesichtsbehaarung. Das Licht ist hell, und der Tresen ist mit so einigen essbaren Produkten bestückt. An den Wänden hängen Pfeifen in allen möglichen Farben und Designs.

»Neil, mein Bester!«

»Hey, Henry«, erwidert Neil, und als wir Adrian entdecken, rufen wir beide: »Hey!«

Die Quinlan-Brüder halten identische Schalen mit Essen in der Hand. Adrian winkt uns zu sich.

Er setzt zu einer Erklärung an: »Mom findet es zwar nicht so toll, dass Henry hier arbeitet, trotzdem soll er ja nicht vom Fleisch fallen. Und ich bin eh tot, von daher … Seid ihr zwei noch im Spiel?«

Neil nickt und erzählt ihm von unserem Plan.

»Wie krank ist das denn?!«, empört sich Adrian. Eins muss ich ihm lassen: Er wirft mir keinen einzigen merkwürdigen Blick zu.

»Sagt Bescheid, wenn ihr Hilfe braucht«, meint Henry fröhlich, offenbar vollkommen fein damit, Gras an Minderjährige zu verkaufen.

Wir schauen uns das Dope in all seinen Formen an, genau wie die Auswahl an Pfeifen, von denen viele richtige Kunstwerke sind. Es gibt Karamellbonbons, Cookies und Lutscher, Küchlein, Weingummis und sogar Lippenbalsam.

Ich bin in einem Coffeeshop mit Neil McNair. Holy Shit!

»Soll ich fragen, ob sie auch Hasch-Frischkäse und einen kleinen Löffel haben?«, flüstert Neil.

»Ach, halt die Klappe«, sage ich lachend, obwohl das auf einem Bagel bestimmt schmecken würde.

Neil tippt an eine Vitrine. »Was würdest du uns beiden empfehlen, so als Grünschnäbel in der Marihuana-Welt?« Oh mein Gott. Peinlicher hätte er sich nicht ausdrücken können.

»Wollt ihr lieber was zum Essen oder was zum Rauchen?«

»Was zum Essen«, antworte ich. Ist weniger verdächtig.

Er greift in die Vitrine. »Eine gute Anfangsdosis sind fünf Milligramm THC. Diese Cookies hier verkaufen wir am häufigsten, die gibt es in der Fünf- oder Zehn-Milligramm-Ausführung. Mit Schokolade, Erdnussbutter oder Minze.«

»Welche Wirkung haben sie?«, frage ich. Ich möchte mich nicht wie eine Amateurin anhören, hinterher aber auch nicht komplett neben mir stehen.

»Eine entspannende«, erwidert Henry. »Dein Hirn hat damit keinen Totalausfall. Eine so niedrige Konzentration macht dich nur etwas lockerer.«

Ich horche auf. Vielleicht ist das genau das, was ich vor dem Treffen mit Delilah brauche. »Das klingt super.« Wir besuchen zuerst den Zoo, anschließend gehe ich zu Delilah und werde dort dann ganz normal und cool und locker aufkreuzen.

Wir kaufen zwei Fünf-Milligramm-Cookies.

Adrian wünscht uns viel Erfolg und reckt die Faust in die Luft.

»Quad life!« Diesmal versinke ich nicht mehr vor Scham im Boden, als Neil es nachmacht.

Draußen stößt Neil mit seinem Dope-Cookie meinen an. »Auf fragwürdige Entscheidungen«, sagt er, und wir beißen hinein.

SPIELSTAND

TOP 5
Neil McNair: 11
Rowan Roth: 11
Mara Pompetti: 8
Iris Zhou: 8
Brady Becker: 7

IM SPIEL VERBLEIBEND: 21

PIRSCH-FUNFACT: Die kürzeste Pirsch dauerte knapp dreieinhalb Stunden. Die längste zog sich über vier Tage und zehn Stunden und führte dazu, dass künftige Organisationsteams die Abschlussfeier am Sonntag als Spielzeitbegrenzung festsetzten.

19:34 Uhr

Ich kann nichts sehen. Es dauert etwas, bis meine Augen sich an die Lichtverhältnisse gewöhnen und meine anderen Sinne sich schärfen. Es ist warm bei den Nachtschwärmern. Und dunkler als dunkel. Ein Rascheln, ein Trippeln, ein Ruf. Langsam zeichnen sich die Umrisse von Bäumen ab. Ist das da ein Teich? In diesem Bereich des Zoos war ich schon immer am liebsten. Die unheimliche und gleichzeitig friedliche Atmosphäre lässt sogar die wildesten Kids zur Ruhe kommen und vor Ehrfurcht staunen.

Ich bin im Moment alles andere als friedlich gestimmt, weil uns beim Betreten des Zoos eine Zielperson durch die Lappen gegangen ist. Carolyn Gao hat ein paar Meter vor uns das Nachttierhaus mit Iris Zhou verlassen.

»Neil!«, habe ich gezischt, aber er hat überhaupt nicht reagiert. Daraufhin habe ich ihn in den Arm gezwickt – den mit den Sommersprossen und dem unscheinbaren, aber dennoch überraschenden Bizeps. »Was ist los mit dir? Da ist Carolyn!«

»Carolyn …?«

»Carolyn *Gao*. Deine Zielperson?«

»Oh.« Er hat geblinzelt, als würde er aus einem Traum aufwachen, wobei ich bezweifle, dass das Gras da schon Wirkung gezeigt hat. »*Oh*. Verdammt. Stimmt ja.«

Carolyn und Iris entfernten sich in Richtung Ausgang.

»Dafür haben wir keine Zeit«, meinte er und steuerte auf das Nachttierhaus zu. Widerstrebend folgte ich ihm.

Wir schossen ein Foto am Eingang, aber statt eines grünen Häkchens schickte das Orga-Team ein rotes X zurück. »Wahrscheinlich müssen wir rein«, hat Neil gesagt. Und nur deswegen haben wir ja auch eigentlich die Haschkekse gegessen. Es gehe ganz schnell, hat er mir versichert. Ich würde meinen geheimnisumwobenen Termin schon nicht verpassen. Na hoffentlich!

Eine Fledermaus rauscht an mir vorbei, und ich bleibe so abrupt stehen, dass Neil in mich hineinrennt.

»Sorry«, wispert er. Ich spüre ihn hinter mir. Seine Fingerspitzen streifen meine Schulter, während er versucht, das Gleichgewicht wiederzufinden. Nicht zu wissen, wo genau er ist, lässt mein Herz so schnell trommeln wie Hasenpfoten über Felder. »Merkst du schon was?«

»Nicht so richtig«, erwidere ich, aber sofort, nachdem ich das gesagt habe, fällt mir doch eine Veränderung auf. Ein Lachen sprudelt aus mir heraus, obwohl es gar nichts zu lachen gibt. »Ich … Moment. Ich merke doch was.«

Mein Ärger scheint zu verfliegen, und plötzlich kommt mir Delilahs Lesung viel weniger Furcht einflößend vor. Danke, Henry! *Delilah.* Prüfend schaue ich aufs Handy. In zehn Minuten muss ich los.

Undeutliches Gemurmel ertönt, als ein zweites Grüppchen das Haus betritt.

»Was machst du, wenn du gewinnst?«, fragt jemand, und zwar nicht im Flüsterton, wie eigentlich vorgeschrieben.

»Fünftausend reichen für einen Gebrauchtwagen. Ich hab so was von keinen Bock mehr auf Busfahren«, entgegnet eine andere Stimme. »Savannah meinte zwar, die beiden aus dem Spiel zu werfen hätte oberste Priorität, aber ich wäre ja blöd, wenn's mir nicht ums Geld gehen würde.«

So langsam wie möglich drehe ich mich um. Ich kann Neils Gesichtsausdruck nicht erkennen, aber ich spüre, wie er sich neben mir versteift.

»Trang hat den ganzen Nachmittag Schmiere gestanden und sie nicht gesehen. Das heißt, sie müssen bald hier vorbeikommen.«

»Irgendwie habe ich mir das leichter vorgestellt, ihn zu finden, mit den roten Haaren.«

»Tja. Hat Savannah gesagt, wer Rowan hat?«

»Nope. Wahrscheinlich niemand von uns.«

Wir hocken uns hin, und Neil beugt sich so weit zu mir herüber, dass er mir ins Ohr flüstern kann. »Bleiben wir hier, bis sie weg sind?« Sein Atem streift heiß über meine Haut.

Ich schlucke. »Okay«, wispere ich zurück.

Er ist mir so nah, dass ich seine Körperwärme spüre, sein Duschgel oder sein Deo rieche. Der Cookie scheint mir mittlerweile die Gedanken zu vernebeln.

Savannahs Delegation wandert umher und bleibt hin und wieder stehen, um die Tiere zu betrachten. Ich bemühe mich, meinen Atem unter Kontrolle zu halten. Sie könnten Neil jeden Moment entdecken und schnappen.

Und dann wüsste ich nicht, warum ich noch weiterspielen sollte.

Da ich mein Handy nicht erreiche, habe ich keine Ahnung, wie viel Zeit inzwischen vergangen ist. Zwei Minuten? Zehn? Ich muss los zu Delilah. Außerdem hocken wir schon viel zu lange hier, und allmählich wird es richtig unbequem. Meine Muskeln sind darüber ganz und gar nicht glücklich.

Ich beuge mich vor, bis ich bestimmt fast mit dem Mund an seinem Ohr bin.

»Ich glaube, ich kann das Gleichgewicht nicht mehr halten.« Meine Nase streicht über seine Haut. Ist das seine Wange? Sein Ohr? Keine Ahnung.

Er schweigt einen Moment. »Okay. Du gehst jetzt, so langsam du kannst, auf die Knie. Und dann schiebst du die Beine zur Seite.«

»Könntest du, äh …«

»Dir helfen?«

Ich nicke, dabei kann er mich ja gar nicht sehen, also flüstere ich: »Ja, bitte.«

Er legt mir eine warme Hand auf die Schulter und stützt mich, während ich langsam, *unendlich langsam*, in eine bequemere Position rutsche. Er ist kräftiger, als ich dachte. Die zweigdürren Ärmchen gehören definitiv der Vergangenheit an.

»Gut so?«, fragt er, als ich mich hingesetzt habe.

Ich atme aus. »Mm-mm.« Er zieht die Hand von meiner Schulter.

Wir kauern uns eng zusammen. *Das* in Kombination mit dem Rausch und der Angst, entdeckt zu werden, wecken eine ganz neue Art der Panik in mir.

»Hier ist niemand«, sagt schließlich einer von ihnen. »Los, hauen wir ab. Savannah kann eh eine richtige Bitch sein. Ich will das Ding für mich gewinnen.«

Ich warte ein bisschen länger als nötig, damit sie nicht nur ganz sicher weg sind, sondern auch weit genug entfernt, um nicht mitzukriegen, wie wir das Haus verlassen. Dann rapple ich mich auf und strecke dankbar die Beine.

»Ich glaube, die Luft ist rein.« Die ausbleibende Antwort interpretiere ich als stillschweigende Zustimmung.

Draußen hat der Himmel mittlerweile ein dunkles Blau angenommen, und die Wolken hängen noch schwerer über uns als schon den Rest des Tages. Es ist ein wunderschöner Anblick, und so starre ich eine Weile einfach hinauf, während sich meine Augen wieder an die hellere Umgebung gewöhnen. Aha, das ist wahrscheinlich der lockere Zustand, von dem Henry gesprochen hat.

Kurz darauf durchzucken mich zwei Gedanken wie ein Stromschlag.

Erstens: Die Lesung hat vor zehn Minuten angefangen. Zweitens: Neil ist nirgends in Sicht.

Der Zoo schließt bald, und ich warte wie erstarrt zwischen dem Nachttierhaus und dem Haupteingang. Ich will ihm keine panische Nachricht schicken und versuche stattdessen, gelassen zu klingen.

> hey, bist du heile rausgekommen?

Ich glaube nicht, dass er mich einfach stehen lassen würde. Würde er doch nicht, oder? Vielleicht ist er immer noch bei den Nachtschwärmern. Aber was, wenn er vor mir rausgegangen ist und von den anderen erwischt wurde?

Bevor ich mich auf den Weg zu Delilah mache, brauche ich eine Antwort. Ohne ein Lebenszeichen von Neil kann ich nicht hier weg. Sobald ich weiß, dass es ihm gut geht, kann ich ja zur Buchhandlung sprinten und mir ganz hinten noch einen Platz sichern. Das wird schon. Alles wird …

»Rowan?«

Ich wirble herum und erkenne Mara, die mir zuwinkt.

»Hey«, sage ich misstrauisch, doch sie schüttelt den Kopf.

»Ich hab deinen Namen nicht.«

»Oh. Gut.« Ich trete von einem Fuß auf den anderen. »Neil und ich sind nach wie vor ein Team. Ich warte gerade auf ihn.« Hoffe ich.

»Neil, hm?« Sie lächelt schief.

»Das ist sein Name.«

»Du nennst ihn sonst immer McNair oder McNightmare oder irgendwie so was.«

Hm. Stimmt. Da muss sich bei mir, ohne dass ich groß darüber nachgedacht hätte, ein Schalter umgelegt haben.

»War ein verrückter Tag«, gebe ich schließlich zu, aber sie grinst eh schon übers ganze Gesicht. »Wo ist Kirby?«

»Tot«, erklärt Mara so nüchtern, als würde sie mir von einer durchschnittlichen Note in einer Hausarbeit berichten. »Ich konnte sie nicht retten.«

»Und du machst einfach weiter. Sehr ehrgeizig.«

»Musst du gerade sagen. Es war total abgefahren. Meg Lazarski hat sie im Seattle Center entdeckt, und aus irgendeinem Grund dachte Kirby, der Brunnen wäre ein gutes Versteck, weil Meg bestimmt nicht hinterherspringen würde. Falsch gedacht. Sie war klitschnass und ist erst mal nach Hause, um sich umzuziehen. Wir treffen uns in der nächsten jagdfreien Zone.«

Mir blutet das Herz, weil die beiden den letzten Schultag so völlig anders erlebt haben als ich. Aber ich habe mich entschieden: Ich bleibe bei Neil. Falls ich ihn wiederfinde.

Was nicht heißt, dass ich das mit meinen Freundinnen nicht wieder geradebiegen kann.

»Mara«, hebe ich an, und weil mir Entschuldigungen schwerfallen, kaue ich zuerst auf meiner Lippe. »Du und Kirby, ihr hattet recht. Ich war dieses Jahr wirklich egoistisch. Aber ich möchte es besser machen. Es tut mir leid, wie wenig Mühe ich mir gegeben habe. Ich glaube, ich war im Kopf so auf die Vorstellung fixiert, die ich von uns dreien hatte, dass ich mich darauf ausgeruht habe. Ich war eine schreckliche Freundin.«

Ich denke an das Foto auf meinem Handy. Keine Ahnung, wann diese Dynamik verloren gegangen ist, aber uns bleibt noch Zeit, sie zurückzugewinnen. Es nicht zu versuchen, wäre die einzige Garantie dafür, dass es nicht klappt.

Kurz schweigt Mara und schiebt mit den Zehenspitzen eine Strohhalmverpackung über den Boden. »Du bist zu hart zu dir. Ich meine, klar, du warst nicht richtig da dieses Jahr, aber wir hatten alle viel zu tun.«

»So leicht lässt du mich davonkommen?«, frage ich, und sie grinst.

»Da musst du dir schon mehr einfallen lassen, um mich loszuwerden.« Sie legt mir eine Hand auf die Schulter. »Uns bleibt immer noch der Sommer. Außerdem gibt es College-Ferien. Social Media. Wir verwandeln uns ja nicht von heute auf morgen in Fremde. Ich kann nicht versprechen, dass wir für immer beste Freundinnen sind, aber … wir können es probieren.«

»Ich möchte es wiedergutmachen. Können wir nach der Pirsch noch mal reden? Nach der Abschlussfeier?«

»Ja, gerne. Und wer weiß … vielleicht ist Neil ja auch dabei.«

Begriffsstutzig ziehe ich die Augenbrauen hoch. Ich bin mir nicht sicher, ob Neil und ich nach dem Spiel noch etwas miteinander zu tun haben, aber Mara ist wie immer optimistisch und geht davon aus, dass er und ich auf magische Weise Freunde werden, nur weil wir uns heute verbündet haben.

»Wenn ich noch eine Chance haben will, euch einzuholen, muss ich mich ranhalten«, sagt sie.

»Viel Glück«, erwidere ich, und sie joggt in Richtung Ausgang.

AP-Kurs Literatur Gruppenchat
(11. Klasse)
Dienstag, 15. Januar, 20:36 Uhr

BRADY BECKER

YES! mit den zwei Strebern in einer Gruppe

🚀 🎉 🤓

meint ihr wir kriegen ein A oder ein A+?

LILY GULATI

Brady, du wirst es nicht glauben,
aber für ein A muss man  was tun.

also ich hab schon ein
paar projektideen

ich mag ms. grable

NEIL MCNAIR

Klar, wenn du für sie sogar Bücher liest,
die nicht mal in der Prüfung vorkommen.

BRADY BECKER

@lily du spielverderberin!!!

du musst nicht gleich beleidigt
sein nur weil wir deinen kumpel
mark twain nicht lesen

NEIL MCNAIR

Er ist nicht mein Kumpel. Außerdem lesen alle anderen Englischkurse dieses Jahr Huck Finn. Entschuldige bitte, dass ich mich darauf gefreut habe.

Brady Becker hat sein Profilfoto geändert.
Brady Becker gefällt das.

kein plan wie man sich auf so offensichtlichen rassismus und frauenfeindlichkeit freuen kann aber jeder wie er meint.

LILY GULATI

Geht das jetzt die ganze Zeit so?

NEIL MCNAIR

Nein.

ja

Neil McNair hat den Chat verlassen.

20:28 Uhr

Er geht immer noch nicht an sein Handy. Delilah Park löst wahrscheinlich gerade in einem Raum voller Romance-Bookies eine Lachsalve nach der anderen aus, und Neil McNair geht einfach nicht ans Handy!

Mein Gruppenchat mit Mara und Kirby leuchtet auf, und obwohl wir noch nicht alles geklärt haben, bin ich erleichtert, dass offenbar alles in Ordnung ist.

KIRBY

Hello from the other siiiiiide

MARA

Kirby. WARUM.

KIRBY

Aber kein Pieps von Neil. Als ich kurz davor bin, die Nerven zu verlieren, spaziert er plötzlich aus einem kleinen Steinhäuschen auf der anderen Seite des Platzes.

»Wo zum Teufel warst du?«, frage ich und klinge dabei fast wie eine wütende Mutti, die ihren Sohn zusammenstaucht, weil er zu spät nach Hause kommt.

Überall um uns herum schieben Erwachsene ihre Kinder zum Ausgang.

Er wirft mir einen seltsamen Blick zu. »Ich war auf der Toilette, wie ich dir im Nachttierhaus zugeflüstert habe. Ich meinte doch, du sollst dein Ding durchziehen und mir schreiben, wenn du fertig bist.«

»Das habe ich nicht gehört. Ich hab mir … Sorgen gemacht«, sage ich stockend, weil es so albern klingt. »Wir müssen zusammenbleiben. Ich dachte, du wärst …« Ich verstumme, plötzlich verlegen.

»Abgehauen?«, fragt er, aber nicht auf gemeine Art.

»Na ja … ja. Oder getötet worden.«

»Ich würde dich nicht einfach sitzen lassen, versprochen.« Er räuspert sich und schaut auf die Uhr. »Mist, es ist fast halb neun.«

»Ja, ich weiß.« Die Wut, die wegen der Angst um ihn in den Hintergrund gerückt war, gewinnt wieder die Oberhand. Ich stelle mir reihenweise gestapelte Ausgaben von *Skandal bei Sonnenuntergang* vor, die darauf warten, signiert zu werden. Die anderen Leute haben im Gegensatz zu mir bestimmt kein schlechtes Gewissen, wenn sie sie kaufen. Und bestimmt verstecken sie das Cover auf dem Weg aus dem Laden auch nicht.

»Kannst du auch etwas später zu deiner Veranstaltung kommen?« Seine Augen hinter den Brillengläsern sind groß. Hoffnungsvoll.

Mittlerweile ist es zu spät für »später«. »Nein, danke. Ich will keine Aufmerksamkeit auf mich ziehen.« Trotzdem ist ein kleiner Teil von mir erleichtert beim Gedanken daran, die Lesung zu verpassen. Jetzt muss ich mir den Kopf nicht mehr darüber zerbrechen, wo ich sitzen oder was ich zu Delilah sagen soll. Es ist das genaue Gegenteil von FOMO. Ich bin zwar nicht stolz darauf, aber es lässt sich nun mal nicht ändern. »Ich hätte keine Haschkekse essen sollen. Dadurch hatte ich im Nachttierhaus überhaupt kein Zeitgefühl.« Und das bringt mich wahrscheinlich auch so durcheinander.

»Warum erzählst du mir nicht, worüber wir hier reden, damit ich vielleicht wenigstens *einen* hilfreichen Vorschlag machen kann?«

»Eine Lesung«, seufze ich und ignoriere das befreiende Gefühl dabei. Es ist einfacher, sauer auf ihn zu sein, also konzentriere ich mich darauf. »Meine Lieblingsautorin, Delilah Park, ist – *war* – heute mit ihrem neuen Buch in Seattle, und dank Henry Machtdich-nur-etwas-locker Quinlan und deinem perfekt getimten Verschwinden habe ich sie verpasst.«

Er spricht das Offensichtliche nicht aus: dass ich nicht auf ihn hätte warten müssen.

»Du hast mir eine Lesung verschwiegen?«, fragt er und gießt damit Öl in mein Frustfeuer. Als wäre es so leicht gewesen, ihm davon zu erzählen! »Wir haben doch vorhin über Liebesromane geredet. Du hast sogar einen in meinem Regal gefunden. Warum dachtest du, du müsstest das vor mir geheim halten? Das versteh ich nicht.«

»Weil ich selbst ein Buch schreibe, okay?« Es rutscht mir einfach so raus, und nach einem kurzen Schockmoment merke ich, dass es gar nicht so übel klingt. Das Geständnis verschafft mir einen richtigen Adrenalinkick. »Einen Liebesroman. Ich schreibe einen Liebesroman. Ich bin noch nicht bereit, ihn jemandem zu zeigen, und wahrscheinlich ist er sowieso furchtbar. Teilweise vielleicht auch ganz okay. Jedenfalls habe ich es noch niemandem verraten. Du weißt ja, was die Leute über Liebesromane sagen. Und bei dieser Veranstaltung, na ja, ich dachte, meine Lieblingsautorin live zu sehen, andere Menschen zu treffen, die ihre Bücher mögen … Ich dachte, da würde ich mich wohlfühlen.«

Keine Ahnung, warum mein Hirn ausgerechnet jetzt, nachdem ich mich als Schriftstellerin zu erkennen gegeben habe, keine klaren Sätze mehr formulieren kann. Ich mache mich auf eine spöttische Bemerkung gefasst, aber sie bleibt aus.

»Das ist … ziemlich cool«, sagt er.

Unerwarteterweise entspannen sich meine verkrampften Schultern, und ich atme erleichtert aus. Ich bin davon ausgegangen, dass er nicht versteht, was für eine Last dieses Geheimnis ist, aber vielleicht tut er es doch.

»Findest du?«

»Dass du ein Buch schreibst?« Er nickt. »Natürlich. Ich habe nie mehr zustande gebracht als zehn Seiten.«

»Ich will …«, hebe ich an, muss mich aber zuerst sammeln. Jetzt gibt es kein Zurück mehr. »Ich will Autorin werden. Nicht nur ein Buch veröffentlichen, um mich als solche zu bezeichnen. Ich möchte es beruflich machen. Manchmal fühle ich mich nur etwas einsam. Nicht wegen der Tätigkeit an sich. Da ist man ja nun mal allein. Es geht darum, dass ich mit niemandem darüber reden kann. Deshalb kommt es mir auch so unwirklich vor. Ich dachte, durch die Lesung würde es sich irgendwie realer anfühlen.«

»Ich hab deine Hausarbeiten gelesen. Die waren zwar keine Fiktion, aber du kannst gut schreiben«, meint er.

»Hat dich trotzdem nicht davon abgehalten, meine Grammatik und Interpunktion zu zerpflücken«, erwidere ich, obwohl ich das Kompliment gern einfach annehmen würde. Ich will zu dem stehen, was ich mag – jederzeit. Nicht nur mit Neil am letzten Schultag, an dem ich nichts mehr zu verlieren habe. Ich will den Kopf nicht mehr einziehen. »Ich schätze, ich selbst kann noch so überzeugt davon sein, dass das, was ich schreibe, super ist. Aber sobald ich sage, ich bin Autorin, muss ich das auch unter Beweis stellen. Gerade im kreativen Bereich finde ich es sowieso schwer, zu behaupten, man hätte was drauf. Uns Frauen wird immer beigebracht, einfach über Komplimente hinwegzugehen, es lachend abzutun, wenn jemand uns erzählt, wir wären gut in einer Sache. Wir machen uns klein, reden uns ein, dass das, was wir schaffen, nicht von Belang ist.«

»Das darfst du nicht denken.«

223

»Mein Traum ist genauso legitim wie der Wunsch, Lexikograf zu werden«, sage ich, ohne einen Funken Sarkasmus in der Stimme. »Das ist doch bei allen heimlichen Leidenschaften so. Was ist das überhaupt für ein Konzept? Warum sollte man etwas verheimlichen, das man … leidenschaftlich gern tut?«

Vor dem Wort gerät er ins Stocken, und seine Ohren werden rot. Ich recke den Finger. »Genau! Und meistens sind es Dinge, die Frauen oder Jugendliche oder Kinder mögen.«

»Nicht zwangsläufig.«

Ich ziehe eine Augenbraue hoch. »Boybands, Fanfiction, Soaps, Reality Shows, die meisten Serien und Filme mit weiblichen Hauptrollen … Wir stehen nach wie vor viel zu selten im Mittelpunkt, und sogar noch seltener, wenn man die Komponenten Hautfarbe und Sexualität berücksichtigt. Gibt es dann doch mal etwas speziell für uns, vermittelt man uns ein schlechtes Gewissen, wenn wir es mögen. Wir können nicht gewinnen.«

Er wirkt verlegen. »So habe ich das bisher nie betrachtet.« Neil McNair stimmt mir zu. Wie surreal.

Seine Einsicht fühlt sich allerdings nicht nach einem Erfolg an. Hätten wir darüber schon vor ein, zwei, drei Jahren gesprochen, hätten wir an der Westview High eine Liebesroman-Revolution auslösen können!

Neil wischt über seinen Handybildschirm. »Guck mal.« Er hat Delilahs Instagram-Account aufgerufen. Ihre letzte Story ist erst ein paar Minuten alt.

delilahschreibdochmal
Der Abend bei Books & More war fantastisch! Danke an alle, die da waren. Vielleicht lese ich bei einer Open-Mic-Veranstaltung noch ein paar Seiten aus meinem nächsten Buch. Könnt ihr das Bernadette's empfehlen?

»Weißt du, was sie damit meint?«

»Ach, das ist ihr Ding. Sie spricht immer davon, wie wichtig es ist, Geschriebenes laut vorzulesen, um den richtigen Rhythmus zu finden, und am liebsten tut sie das vor Publikum.«

»Warum gehen wir dann nicht dahin?«

Er will nur helfen, und das weiß ich zu schätzen, wirklich, aber … »Es wäre nicht dasselbe.« Enttäuschung überkommt mich. Ich wollte mich mit Leuten umgeben, die meine Leidenschaft teilen. »Außerdem sollten wir nicht noch mehr Zeit verschwenden. Machen wir einfach weiter.«

Er schiebt das Handy zurück in die Tasche. »Wenn es das ist, was du willst.«

Es ist das, wozu ich mich zwinge. Wir beschließen, zum Auto zurückzukehren und für das Aussichtsfoto zum Gas Works Park zu fahren. Als wir an der Bushaltestelle auf der Phinney Avenue vorbeikommen, kündigt die Digitalanzeige den nächsten 5er, der uns schneller zum Wagen bringen würde, erst in zwanzig Minuten an. Also laufen wir, obwohl sich die Wolken am Himmel unheilvoll zusammenbrauen.

»Komisch, dass noch niemand hinter mir her ist.« Ich habe die Hände tief in den Taschen vergraben, um sie vor der Kälte zu schützen, und gebe mir alle Mühe, Delilah aus meinen Gedanken zu verbannen. »Es haben sich echt viele Leute gegen uns verbündet. Aber irgendwie haben es alle nur auf dich abgesehen, niemand auf mich.«

Neil strafft die Schultern. »Na ja, ich bin ja auch Abschlussbester.«

Ohne ihn zu beachten, ergänze ich: »Es macht mich wahnsinnig, nicht zu wissen, wer mich hat.«

»Wir müssen einfach weiter vorsichtig sein. Uns fehlen nur noch drei Hinweise. Das schaffen wir schon.«

Ein paar Blocks vom Zoo entfernt klatscht mir der erste Regentropfen auf die Wange.

»Was steht da eigentlich auf deinem T-Shirt?«, erkundige ich mich. »Das frag ich mich schon den ganzen Tag.«

Er grinst. »Es bedeutet ›Auf Latein klingt alles tiefgründig‹. Wörtlich übersetzt wäre es eigentlich eher ›Was auch immer auf Latein wird gesagt, hoch wird gesehen‹. Aber das hört sich an wie Yodasprech.«

»Was für'n Sprech?«

Er fasst sich an die Brust und taumelt rückwärts. »Hast du das gerade wirklich gefragt? Vielleicht muss ich deinen Spitznamen noch mal überdenken.«

»Nein …«, will ich schon protestieren, ehe ich mich bremsen kann.

Er lächelt. »Er gefällt dir.« Seine Augen leuchten, als hätte er etwas begriffen, das mir entgangen ist. »Dir gefällt der Spitzname.«

Und das stimmt irgendwie. Er nervt mich schon länger nicht mehr. Es ist eine Sprache, die nur wir sprechen, obwohl ich die Anspielung nicht mal verstehe.

»Ist halt mal was anderes. Und besser als das Ro-Ro von Dad.«

Sein Lächeln wird breiter. »Okay, Erzwo. *Yoda* …«, hebt er an, als wollte er mir erklären, wie man ein Erdnussbutter-Marmeladen-Sandwich zubereitet, »… gehört einer unbekannten Spezies an, ist ein Jedimeister und bringt Luke bei, wie man die Macht nutzt.«

»Ist das dieser kleine grüne Frosch?«

Er seufzt und zwickt sich in die Nasenwurzel, bevor er bestätigt: »Ja, der kleine grüne Frosch.«

Die Straße, auf der wir sind, besteht hauptsächlich aus Wohnhäusern. Sie sind in Pastellfarben gestrichen, und in den Vorgärten stecken Schilder mit Werbung für progressive Politik. Es nieselt jetzt stärker, und allmählich fehlt mir mein Cardigan.

»Also, wenn wir zusammen weitermachen wollen, muss ich dir erst noch was sagen«, meint Neil.

»Okay«, erwidere ich zögerlich.

»Erinnerst du dich, als wir College-Zusagen verglichen haben?« Als ich nicke, erzählt er:»Ich habe mich für ein Linguistikstudium an der NYU beworben, für eine vorzeitige Zulassung, bei der die Bewerbungsgebühren wegfallen. Das Warten war eine richtige Qual. Ich wäre sonst auf Darlehen oder Fördermittel oder beides angewiesen gewesen. Also habe ich dir weisgemacht, ich hätte Glück gehabt, und das hatte ich auch, aber ...« Verlegen fährt er fort:»Mit meinen Freunden rede ich nicht darüber. Manchmal ist mir das peinlich mit dem Geld. Dass wir so wenig haben.« Vorsichtig schaut er auf.»Siehst du, genau deswegen! Die Reaktion kriege ich immer. Diesen verständnisvollen Blick. Ich will kein Mitleid, Erzwo.«

»Ha-hab ich doch gar nicht«, erwidere ich schnell, obwohl er absolut recht hat. Ich versuche, eine weniger verständnisvolle Miene aufzusetzen.»Das wusste ich nicht.«

»Ich kann es gut kaschieren. Die Anzüge helfen. Hab überall im Sozialkaufhaus gesucht, bis ich das Richtige gefunden habe. Dann habe ich gelernt, wie ich sie mit Moms alter Nähmaschine anpassen kann. Das Ergebnis war nie perfekt. Vor regionalen Quizturnieren musste ich Überstunden schieben, um genug zusammenzusparen. Ich habe die gesamte Highschoolzeit darauf verschwendet, den Schein zu wahren, damit die anderen mich nicht bedauern. Wenn ich hier wegziehe, möchte ich neu anfangen. Ich will nicht mehr Neil McNair, der Abschlussbeste, sein oder Neil McNair, dessen Vater im Gefängnis sitzt, oder Neil McNair, der nie genug Geld hat. Ich möchte sehen, wer ich ohne all das bin.«

Aus Versehen trete ich in eine Pfütze, und schmutziges Wasser spritzt auf meine Kniestrümpfe.»Das gönne ich dir auch«, erkläre ich ehrlich.»Aber wenn du mein Mitgefühl nicht willst, habe ich keine Ahnung, was ich sagen soll.« Jetzt bin ich die Verlegene von uns.

»Sei einfach ... normal. Verhalt dich mir gegenüber nicht anders, nur weil du es weißt. Hör nicht auf, mich herauszufordern.« Der

Regen tränkt seine Haare und tropft ihm von der Brille. »Gerade bei dir hoffe ich, dass du mich deswegen nicht anders behandelst.«

»Okay, tu ich nicht. Ich finde dich immer noch unausstehlich.«

Dabei bleibe ich eher hängen an dem *Hör nicht auf, mich herauszufordern.* Denn wann hätte ich nach der Pirsch überhaupt noch eine Chance dazu?

So viel Spaß wir auch haben, so sehr ich unsere Gespräche genieße, ich darf nicht vergessen, dass *das hier* – unser Duell, unser Duett, das dynamische Duo, das wir hätten sein können – nach der Pirsch vorbei ist. Was wird aus dem Erzfeind, wenn er dir sein Zimmer gezeigt und dich in seine Geheimnisse eingeweiht hat?

»Gut. Wir wollen das Universum ja nicht aus dem Gleichgewicht bringen.«

Am liebsten würde ich die Augen verdrehen, aber trotz der frustrierenden letzten Stunde entscheidet sich mein Gesicht für ein Lächeln.

Und ich lasse es zu.

Als wir das Auto endlich erreichen, sind wir bis auf die Haut nass und bibbern vor Kälte. Ich springe in den Wagen. Neil ist da penibler als ich und trocknet erst seine Brille und seine Uhr vorsichtig am Sitzpolster ab, ehe er sich neben mich setzt.

Seine Haare triefen, und das T-Shirt klebt ihm am Körper. Falls ich vorher schon der Meinung war, sein Oberteil hätte viel enthüllt, ist es in diesem Zustand geradezu unanständig.

Ich taste unter dem Sitz nach meinem Cardigan, bevor mir wieder einfällt, wo er ist. »Mist, ich hab meine Strickjacke im Plattenladen vergessen.« Mir klappern die Zähne.

Er holt eine trockene graue Sweatshirtjacke aus dem Rucksack und reicht sie mir. »Hier, nimm die.«

»Sicher? Du bist doch auch klitschnass.«

»Ja, aber du hast weniger an.« Er zieht die Brauen zu einem ge-
quälten Ausdruck zusammen. »Das klang jetzt hoffentlich nicht
taktlos. Damit meine ich, dass du unter dem Kleid vermutlich
nichts trägst außer, äh, du weißt schon. Also, da ist ja keine Hose,
also keine Strumpfhose oder Leggings. Ehrlich gesagt habe ich den
Unterschied zwischen Strumpfhose und Leggings eh noch nie verstanden. Ich mach es nur schlimmer, oder? Du trägst eine vollkommen akzeptable Menge an Kleidung. Willst du mich ernsthaft
noch weiterreden lassen?«

»Ja.« Der nervöse Neil ist immer wieder amüsant. »Mir ist klar,
was du meinst. Danke.« Ich schließe den Reißverschluss über meinem regen- und kaffeedurchnässten Kleid. Dann drehe ich die
Heizung voll auf und binde das Bandana über dem Ärmel der Jacke neu. »Leggings sind übrigens unten offen und meistens viel di-
cker als Strumpfhosen.«

Erst als ich mich zurücklehne und darauf warte, dass der Wagen
sich aufwärmt, nehme ich den Duft seiner Sweatshirtjacke wahr.
Sie riecht gut, und ich frage mich, ob das das Waschmittel ist oder
der natürliche Geruch von Neil, auf den ich vorher nie geachtet
habe. Ich war ihm wohl nie nah genug, um ihn zu bemerken. Er-
staunlich, wie wenig abstoßend ich ihn finde. So wenig, dass mir
für den Bruchteil einer Sekunde sogar der Kopf schwirrt.

Vielleicht verzerrt auch nur der Haschkeks meine Wahrneh-
mung.

Er hält die Hände vor die Lüftung.

»Wird gleich warm«, sage ich. Trotz Angst vor der Vogelscheu-
che, die mir entgegenstarren könnte, werfe ich einen Blick in den
Spiegel. Mein Eyeliner ist fast komplett verblasst, und die Wim-
perntusche hat sich selbstständig gemacht. Ich wische mir über die
Wangen, löse das Zopfgummi aus meinen Haaren und öffne die
Autotür, um sie draußen auszuwringen. Mit den Klammern aus
dem Flaschenhalter stecke ich die Haare wieder hoch. Mein Pony
allerdings …

»Du fummelst ständig an deinen Haaren rum.«

Sofort lasse ich den Pony los, als wäre ich auf frischer Tat bei etwas Verbotenem ertappt worden. Es ist komisch, wenn andere Leute die eigenen nervösen Ticks durchschauen. »Dieser blöde Pony. Ich weiß nie, wohin damit.« Ich seufze.

Er mustert mich eingehend, als wäre ich ein Satz, den er in eine andere Sprache übersetzen will. »Ich mag ihn so, wie er ist«, meint er schließlich. Das ist irgendwie keine Hilfe und verunsichert mich zusätzlich.

Ich schwöre, ich lasse mir den Pony vor der Abschlussfeier noch schneiden. Auf Beauty-Tipps von Neil McNair kann ich verzichten.

Hastig stöpsle ich mein Handy an und spiele The Smiths. Musik für Regentage.

Neil stöhnt auf. »Im Ernst, hast du keine fröhliche Musik?«

»The Smiths sind fröhlich.«

»Nein, das da ist ein trauriger Grübelsong. Wie heißt der?«

»Sag ich nicht.«

Ich versuche, es zu verhindern, aber er ist schneller und schnappt sich das Handy. »›Heaven Knows I'm Miserable Now‹?«

»Der Song ist super!«

Er scrollt durch meine Playlist, während wir darauf warten, dass es wärmer wird. Sofort packt mich dieses ätzende Jemand-hat-mein-Handy-Gefühl. Er wählt ein Lied von Depeche Mode aus und legt das Handy zurück in den Flaschenhalter. Die Anspannung in meinen Schultern lässt nach.

»Gas Works Park?«, frage ich.

Neil seufzt schwer. »Von da aus hat man zwar nicht die beste Aussicht, aber okay. Wir müssen auch noch rausfinden, was hinter dem Cooper-Hinweis steckt, sonst sind wir am Arsch. Ich forsche noch mal ein bisschen online und frage Sean, Adrian und Cyrus, ob sie eine Idee haben.«

Da Neil ins Handy vertieft ist, fahren wir eine Weile schweigend dahin, während Dave Gahan darüber singt, dass er einfach nicht genug kriegt. In einer engen Linkskurve poltert etwas vom Rücksitz auf den Boden.

Neil dreht sich um und schaut nach. »Hast du immer so viele Bücher dabei?«

»Oh, shit!« Ich haue auf das Lenkrad. »Die muss ich heute eigentlich zurückgeben.« Wegen des Stromausfalls heute Morgen habe ich das total verpennt. »Denkst du, die Schule ist noch auf?«

»Klar, ist ja erst neun Uhr. Als ob, Erzwo! Die ist definitiv zu.«

»Was glaubst du, wie hoch werden die Gebühren?«

»Pro Buch? Wie viele hast du denn? Fünf? Günstig wird das nicht.« Er schnalzt mit der Zunge. »Ich hab gehört, die überreichen einem das Zeugnis nicht, wenn man noch überfällige Bücher hat. Könnte aber auch nur ein Gerücht sein. Ich kenne bisher niemanden, dem das passiert ist. Aber hey, du könntest die Erste sein!« Er sieht noch einmal die Bücher an, dann mich. »Da bleibt uns wohl nur eins übrig.«

Ich blinzle und hoffe auf irgendeine magische Lösung.

»Wir verschaffen uns Zutritt.«

Ich pruste. »Klar. Der Abschlussbeste und die Zweitbeste brechen in die Schulbücherei ein. So einen Umweg können wir uns gerade leider nicht erlauben.«

»Wir haben einen Riesenvorsprung«, widerspricht er. »Welche Wahl hast du, wenn du keine Gebühren zahlen willst? Und am Sonntag dein Zeugnis haben möchtest?«

Ich beiße mir auf die Innenseite meiner Wange. Mist, er hat recht. Das will ich nicht aufs Spiel setzen. Was er erzählt hat, glaube ich zwar nicht, aber sicher ist sicher …

»Da passiert schon nichts. Geht ganz schnell. Rein, raus, fertig«, meint er.

Ich halte an einer Kreuzung und mache einen U-Turn, der uns zurück zur Schule führt. »Dann mal los. Brechen wir in die Bücherei ein!«

Chat von Rowan Roth und Neil McNair
April, 11. Klasse

McNIGHTMARE

Mr. Kepler hat in der dritten Stunde angedeutet, dass er einen Überraschungstest schreiben lässt.

Ich weiß, dass du ihn heute in der Vierten hast. Wollte nur Bescheid sagen.

Eine Hand wäscht die andere.

das ist ... irgendwie nett?

stimmt was nicht mit dir?

20:51 Uhr

»Petrichor«, sagt Neil, als wir zur Bücherei schleichen. Wir haben
ein paar Straßen von der Schule entfernt geparkt, damit niemand
mein Auto erkennt. In dem Wohngebiet, durch das wir gerade laufen, haben sich die meisten Familien schon für die Nacht in ihre
Häuser zurückgezogen. Ein Mann zieht seinen Hund von einem
Blumenbeet weg, und auf der anderen Straßenseite quetschen sich
drei Mädchen mit schicken Kleidern in ein Uber.

»Wie bitte?«, frage ich. Die Bücher stecken in einer Stofftasche,
die ich in meinem Handschuhfach gefunden habe.

»Der Duft der Erde nach Regen. Tolles Wort, oder?«, erwidert
er.

Ich mummle mich tiefer in die Sweatshirtjacke. Wir sind nicht
mehr völlig durchnässt, nur noch etwas klamm. Hier draußen bin
ich auf einmal überzeugt davon, dass seine Jacke auch nach Regen
riecht. Natürlich denke ich nicht immer noch darüber nach, aber
würde ich das, wäre es definitiv … Petrichor.

»Also, du weißt, was zu tun ist?«, fragt er, als wir den Gehweg
entlangmarschieren.

Wir haben uns noch während der Fahrt einen Plan zurechtgelegt,
direkt nachdem wir »wie bricht man in eine Bücherei ein« gegoo-
gelt haben. Denn wenn wir eins sind, dann einfallsreich.

»Jep. Wir suchen ein Fenster, das nicht verschlossen ist, steigen

233

ins Gebäude ein und stellen die Bücher zurück.« Ich halte die Tasche hoch.

»Und sehen zu, dass wir schnell wieder rauskommen«, ergänzt Neil.

»Gibt es sicher keine Alarmanlage?«

»Nicht in der Bücherei.«

Wir verfallen in einen gleichmäßigen Schritt, und ich versuche, den Geruch seiner Sweatshirtjacke so gut wie möglich zu ignorieren.

»Das kommt auf die Liste meiner denkwürdigen Nacht-und-Nebel-Aktionen an der Westview High. Direkt nach dem Abend, an dem ich es zum ersten Mal mit Luke Barrows in seinem Auto getrieben habe. Es stand genau … da.« Ich deute auf die andere Straßenseite.

Er schnappt theatralisch nach Luft. »Rowan Roth! Und ich dachte, du wärst ein anständiges Mädchen.«

Abrupt bleibe ich stehen.

»Bin ich auch.« Mein Herz pocht laut. »Das heißt aber nicht, dass ich noch Jungfrau bin.«

»Oh, ich wollte nicht …«

»Du denkst, anständige Mädchen – Mädchen wie ich, die Bestnoten schreiben – hätten keinen Sex?« Meine Stimme klingt etwas spitz, aber ich kann es nicht verhindern. Er hat etwas angesprochen, das mir eh auf der Seele brennt. Und ich weiß nicht, was mich gerade mehr aus der Bahn wirft: Was er damit sagen wollte oder dass wir offen über Sex reden. »Dir ist schon klar, wie falsch und unzeitgemäß diese Annahme ist, oder? Anständige Mädchen sollen keinen Sex haben, aber wenn sie keinen haben, sind sie prüde, und wenn doch, Flittchen. Und das breite Spektrum von Gender und Sexualität wird sowieso wieder komplett außen vor gelassen. Die Dinge ändern sich zwar ganz allmählich, aber Fakt ist, dass für Männer immer noch andere Regeln gelten.«

Neil verschluckt sich fast, wahrscheinlich an seiner Zunge. Die weit aufgerissenen Augen deuten darauf hin, dass er keinen blassen Schimmer hatte, was er mit seiner Aussage anstößt. Er weicht meinem Blick aus. »Woher soll ich das wissen? Ich hatte ja noch nie … na ja.«

Oh mein Gott, er kann das Wort nicht mal aussprechen.

»Sex?«, sage ich, und er nickt.

Rasch ergänzt er: »Ich habe schon andere Sachen ausprobiert. So ziemlich alles. Nur noch keinen …« Er wedelt mit der Hand.

Andere Sachen. Meine Gedanken gehen mit mir durch, während ich mir den Kopf darüber zerbreche, ob *andere Sachen* für ihn wohl das Gleiche bedeutet wie für mich. Jetzt habe ich eine Antwort auf meine Frage von vorhin: Neil ist Jungfrau.

»Sex.«

»Ja.«

»Es ist kein schlimmes Wort«, bemerke ich.

»Ist mir klar.«

Wir laufen weiter. Vor ein paar Jahren wäre mir dieses Gespräch extrem peinlich gewesen. Natürlich führe ich solche Diskussionen mit meinen Freundinnen – Kirby lässt sich keine Gelegenheit entgehen, über das Patriarchat zu schimpfen –, aber noch nie habe ich mit einem Typen darüber geredet. Weder mit Luke noch mit Spencer. Nach so vielen Liebesromanen hätte das eigentlich kein Problem sein dürfen. Ich habe schon so oft darüber gelesen. Da sollte es doch möglich sein, es anzusprechen. Aber so leicht ist das nicht, wenn man nicht einmal zugeben kann, dass man diese Art von Büchern mag. Und hier bin ich, sage endlich, was mir durch den Kopf geht, und das ausgerechnet zu Neil.

»Hattest du schon …?«, hebt er an und lässt mich die Leerstelle füllen.

»Ja, mit Spencer. Und Luke.« Dass er das nicht kommentiert, rechne ich ihm hoch an. »Ich versteh nicht, was an dem Thema peinlich sein soll, wenn so viele von uns so oft darüber nachdenken. Vor allem für Mädchen ist es tabu.« Das ist ein weiterer Grund, warum ich Liebesromane mag. Sie stellen solche Gespräche als normal dar. Ich behaupte ja nicht, die Welt wäre besser, wenn mehr Menschen Liebesromane lesen würden. Wobei … doch, eigentlich schon. »Die schlimmste Doppelmoral gibt es beim Masturbieren.«

Der Himmel ist fast schwarz, nur eine Straßenlaterne wirft Licht auf Neils dunkelrotes Gesicht.

»Da kann ich mitreden.«

Ich schnaube. »Klar. Bei Jungen geht man ja auch davon aus, dass sie es auf jeden Fall tun. Sie können sogar Witze darüber reißen. Aber für Mädchen ist es immer noch manchmal diese schmutzige Sache, über die man nicht spricht. Obwohl es total gesund ist und superviele das machen.«

»Und du …«

»Ich werd dir jetzt nicht haarklein davon berichten.«

Er hüstelt und verschluckt sich auf einmal heftig. So, das war's. Jetzt habe ich Neil McNair den Todesstoß versetzt.

Er hebt eine Hand, als wollte er mir versichern, dass alles okay ist. »Ich hab heute Abend eine Menge gelernt.«

Mittlerweile haben wir den Parkplatz vor der Bücherei erreicht. Endlich kann ich mich wieder auf den eigentlichen Anlass konzentrieren, denn ehrlich gesagt hat mich das Gespräch etwas aufgewühlt. Außerdem hängt mein Verstand in einer Gedankenspirale zu *andere Sachen* fest und verursacht damit ein spektakuläres Kopfkino für alle möglichen Sex-Alternativen.

Wahrscheinlich bin ich allerdings eher nervös wegen des Einbruchs. Das würde auch den rasenden Herzschlag erklären.

»Ich überprüf mal die Fenster hier«, meint NcNair und entfernt sich ein paar Meter von mir. Als er außer Reichweite ist, atme ich lang und zittrig aus und wuschle den Pony wieder zurecht.

Ich versuche es zuerst am Hintereingang, aber die Tür gibt nicht nach. »Hinten ist zu«, sage ich laut und drücke gegen ein Fenster. »Mist. Glaubst du, wenn uns hier jemand sieht, hat das Auswirkungen auf unseren Status? Ich meine … wir verschaffen uns zwar illegal Zutritt, aber nur um Bücher zurückzugeben. Dafür rufen die doch nicht die Polizei, oder? Immerhin gehören wir zur Schüler-schaft. Oder *gehörten* dazu. Hier ist alles dicht. Gab es nicht irgend-einen Trick mit einer Kreditkarte?«

Ich hole eine aus meinem Rucksack und öffne eine vielver-sprechende WikiHow-Seite. »Da steht, man soll die Karte in den Schlitz zwischen Tür und Rahmen schieben und … Neil?«

Ich drehe mich um. Neil ist direkt hinter mir und hat Schwie-rigkeiten, sich das Lachen zu verkneifen. Er scheitert spektakulär und prustet los.

»Was? Was ist so lustig?«

Er schüttelt den Kopf, krümmt sich und hält sich den Bauch. Allmählich habe ich das Gefühl, er lacht mich aus.

»Neil McNair. Erklär dich!«

Mit einem Finger bedeutet er mir, zu warten, kramt in seiner Tasche und fördert einen Schlüsselbund zutage. »Ich … ich arbeite hier«, presst er inmitten seines Lachflashs hervor. »Oder habe hier gearbeitet. Wahrscheinlich sollte ich den Schlüsselbund auch lieber zurückgeben.«

»Ernsthaft? Und da lässt du mich so lange zappeln?« Ich angle danach, aber er zieht ihn mir vor der Nase weg. »Warum hast du mir nicht gesagt, dass du noch einen Schlüssel hast?« Trotzdem la-che jetzt auch ich. Ein bisschen.

»Ich wollte sehen, ob du das wirklich tust. Wie hätte ich ahnen sollen, dass du so weit gehst? Ich dachte, du gibst früher auf.«

»Wie fies!« Ich boxe ihn gegen die Schulter.

Immer noch laut lachend dreht er den Schlüssel im Schloss, und wir sind drin.

Wir bahnen uns mit den Handytaschenlampen einen Weg zur Aus-leihtheke.

»Irgendwie gruselig hier«, sage ich.

Er scheint meine Nervosität zu spüren, denn sanft erwidert er: »Wir sind allein, Erzwo.«

»Weißt du eigentlich, dass ich *Star Wars* nie gesehen habe?«

»Die alten Filme hast du nie gesehen«, korrigiert er, aber ich schüttle den Kopf. »Warte, was?« Er leuchtet mir mit der Taschenlampe ins Gesicht, sodass ich blinzeln muss.

»Ich hab doch gesagt, ich hab keine Ahnung, wer Yoda ist!«

»Yoda taucht in den neuen Filmen ja auch kaum auf. Ich dachte, wenigstens die hättest du dir angeschaut!«

»Ich glaube, ich habe auf einer Party mal Ausschnitte gesehen. Kann mich nur noch an einen übellaunigen Kerl in Schwarz erinnern.«

»Du *glaubst?* Wenn, dann wüsstest du es, Rowan. Du wüsstest es. Wir müssen sie unbedingt gucken.«

Nun leuchte *ich* ihm mit der Taschenlampe ins Gesicht und starre ihn an. »*Wir?*«

Er wird rot und schirmt die Augen vor dem Handylicht ab. »*Du* musst sie gucken. Nicht mit mir. Warum sollten wir das zusammen machen?«

Ich zucke übertrieben mit den Achseln. »Keine Ahnung. Es war *dein* Vorschlag. Und jetzt bist du ganz rot.«

»Nur weil du mich so unter Druck setzt!« Er nimmt die Brille ab und reibt sich die Augen. »Das war nur so dahergesagt. Und dass ich ständig rot werde, hasse ich, genau wie meine Sommersprossen. Damit verrate ich mich immer. Ich konnte noch nie mit einem süßen Mädchen sprechen, ohne mich in eine Scheißtomate zu verwandeln!«

»Zähle ich etwa zu dieser Kategorie?«

Seine noch dunkler werdende Gesichtsfarbe ist Antwort genug. So, so. Neil McNair findet mich also süß.

Nach ein paar Sekunden des Schweigens meint er: »Du weißt, dass du nicht gerade unattraktiv bist. Dafür brauchst du doch keine Bestätigung von mir.«

Stimmt, brauche ich nicht, ist aber trotzdem schön zu hören. Ich muss schon auf Komplimentenzug sein, wenn mir sogar ein »nicht gerade unattraktiv« schmeichelt. Und offenbar tut es das, mir wird nämlich ziemlich warm ums Herz.

»Soll ich sie einfach hierlassen oder noch eine Notiz beilegen?«, frage ich und hole die Bücher aus der Tasche.

»Ich würde wirklich liebend gern in Schönschrift ›Rowan Roths überfällige Bücher‹ draufschreiben, aber am besten legst du sie so in das Rückgabefach.«

Also füttere ich das Fach mit einem Buch nach dem anderen. Jedes Rumsen ist lauter als das vorherige.

Ich war oft genug nach Schulschluss an der Westview High. Ich kenne sie in- und auswendig, weiß, wo die besten Spinde sind, welche Snackautomaten ständig den Geist aufgeben, wie man am schnellsten zu einer Versammlung in der Sporthalle kommt. Aber heute Abend finde ich es echt unheimlich. Es fühlt sich an, als hätte ich hier nichts mehr zu suchen.

Habe ich wahrscheinlich auch nicht.

Wir sollten gehen, will ich sagen, schließlich möchte ich unbedingt das Preisgeld für Neil gewinnen. Doch stattdessen zieht es mich zu den Regalen. Er folgt mir. Die Bücherei ist zwar gerade furchtbar gruselig, andererseits aber auch sehr friedlich.

»Das werd ich vermissen.« Ich streiche über die Buchrücken.

»Ich glaube, in Boston haben sie auch Bibliotheken. Große sogar.«

Ich stupse ihn spielerisch an. »Du weißt, wie ich das meine. Vielleicht sind wir zum letzten Mal hier.«

»Ist das nicht gut so?«

Ich lehne mich ihm gegenüber an ein Regal. »Keine Ahnung.« Gedankenverloren greife ich in meinen Rucksack und hole das Erfolgsrezept raus. Wir haben uns heute schon so viel erzählt. Welche Grenze bleibt noch, nachdem man sich an der Schulter seiner Erzfeindin ausgeheult hat? »Ich war so versessen darauf, die perfekte

Highschool-Zeit zu erleben, und jetzt bin ich irgendwie enttäuscht, weil es nicht so gelaufen ist, wie ich es mir vorgestellt habe. Wahrscheinlich lachst du mich gleich aus, aber … hier ist das Erfolgsrezept, das ich mit vierzehn geschrieben hab.«

Er nimmt den knittrigen Zettel, überfliegt die Liste und schmunzelt. Ich frage mich, worüber. Über die Sache mit dem Pony oder dem Rummachen unter der Tribüne?

»Ich habe mir genau zurechtgelegt, was für ein Mensch ich am Ende der Highschool sein möchte. Aber der bin ich nicht.«

Als er durch ist, tippt er trocken auf Nummer zehn. »Neil McNair vernichtend schlagen«, liest er vor. »Tja, dich vernichtend zu schlagen, würde wahrscheinlich auch auf meinem Erfolgsrezept stehen, wenn ich eins hätte.«

»Ich habe versagt. Bei allem.«

Er starrt weiter darauf, und es bringt mich fast um, nicht zu wissen, was er denkt. »Du wolltest Englischlehrerin werden? ›Kluge Köpfe ausbilden‹?«

»Wieso? Meinst du, ich wäre nicht gut darin?«

»Doch, doch. Sofern du deine Abneigung gegen Klassiker überwindest.« Er gibt mir den Zettel zurück. Ich bin erleichtert, aber auch etwas enttäuscht, dass er nicht auf den perfekten Highschool-Freund eingeht. Wäre interessant, zu erfahren, was er dazu sagt. »Die Liste ist nicht schlecht. Nur etwas unrealistisch, oder? Willst du denn jetzt überhaupt noch was davon?«

Den Gedanken hatte ich heute selbst schon, habe ihn aber bisher verdrängt.

»Ein paar von den Punkten die noch möglich sind, bestimmt. Ich denke jetzt nicht ständig daran, aber ich würde wirklich gern fließend Spanisch sprechen. Mom kann es, ihre ganze Familie kann es, und ich habe mir immer gewünscht, ich hätte es als Kind gelernt.«

»Es ist nie zu spät.«

Ich stöhne. Er hat ja recht.

»Sicher gab es einen Grund, warum du mit Spanisch aufgehört hast.« Als ich mit den Achseln zucke, meint er: »Weil deine Interessen sich verschoben haben. Zwischendurch waren dir andere Dinge wichtiger. Genau deswegen möchtest du wahrscheinlich auch nicht mehr Lehrerin werden. Du kannst nicht krampfhaft an dieser Liste festhalten, die du mit vierzehn geschrieben hast. Wer hat heute die gleichen Ziele wie mit vierzehn?«

»Bestimmt einige.«

»Klar, aber so viele auch wieder nicht. Die Leute ändern sich, Rowan. Zum Glück. Wir wissen beide, dass ich mit vierzehn ein arroganter Arsch war. Und trotzdem warst du in mich verknallt.«

»Zwölf. Tage.«

Er grinst – witzig, dass seine Arroganz für ihn der Vergangenheit angehört. »Kann schon sein, dass du so zu einem coolen Menschen geworden wärst«, meint er und tippt aufs Papier. »Aber jetzt bist du doch auch irgendwie toll.«

Irgendwie toll.

Das Kompliment lässt mein Herz schneller klopfen. Ich rutsche am Regal nach unten und mache es mir auf dem Teppich bequem. Er tut es mir nach, sodass wir uns gegenübersitzen.

»Ich wünschte nur, es wäre noch nicht vorbei«, sage ich, obwohl ich gern mehr darüber erfahren hätte, inwiefern ich *irgendwie toll* bin. »Ich hätte gern mehr Zeit.«

Erst als ich es ausspreche, merke ich, dass es die Wahrheit ist. *Zeit.* Der jage ich schon den ganzen Tag hinterher. Allein der Gedanke, dass nach heute Abend, nach dem Abschluss, niemand von uns mehr in derselben Stadt wohnt! Die Dinge, die uns in den letzten vier Jahren wichtig waren, sind plötzlich irrelevant. Alles wird sich verändern und entwickeln, und wahrscheinlich hört das ein Leben lang nicht auf. Beängstigende Vorstellung.

»Erzwo. Du hast vielleicht nichts von dieser Liste geschafft, aber du hast *eine Menge* erreicht. Du warst Vorsitzende in drei Clubs, Chefredakteurin des Jahrbuchs, Co-Schulsprecherin in der Schülervertretung …« Er grinst wieder, ehe er ergänzt: »Zweitbeste unseres Jahrgangs.«

Es stört mich nicht mehr. Ich ziehe die dreckigen und immer noch feuchten Kniestrümpfe hoch. Die Pirsch hat mein komplettes Letzter-Schultag-Outfit ruiniert.

»Trotzdem irgendwie seltsam, oder? Darüber nachzudenken, dass sich unsere Stufe nächstes Jahr in alle vier Winde zerstreut? Die meisten von uns kommen dann nur noch in den Ferien nach Hause, wenn überhaupt. Wir sehen uns nicht mehr jeden Tag. Und wenn ich dich zum Beispiel irgendwo auf der Straße treffe …«

»Auf der Straße? Was tue ich denn ›auf der Straße‹? Ist bei mir alles okay?«

»Wahrscheinlich tauschst du da gerade deine signierte Sammlung Riley-Rodriguez-Bücher gegen ein bisschen Geld für Pizza.«

»Ich habe eine ganze Sammlung signierter Ausgaben? Scheint doch super zu laufen bei mir.«

Ich haue ihn mit einem Ärmel. Mit *seinem* Jackenärmel. »Na schön, falls wir uns *zufällig treffen*. Besser? Wie sollen wir uns da verhalten? Was sind wir, wenn wir nicht gerade um den ersten Platz kämpfen?«

»Wäre wahrscheinlich wie heute Abend«, erwidert er sanft und stupst meine Ballerinas mit seinen Sneakers an. Obwohl mein Hirn meinem Fuß befiehlt, sich zurückzuziehen, bleibt er, wo er ist. »Als wären wir … befreundet.«

Befreundet. So lange ich ihn kenne, stehe ich mit Neil McNair in Konkurrenz. Ich habe viel Zeit damit verbracht, herauszufinden, wie ich ihn ausstechen kann, aber als Freund habe ich ihn noch nie betrachtet.

Die Wahrheit ist: Ich habe seit einer ganzen Weile zum ersten Mal wieder richtig Spaß. Ich war mir so sicher, ich hätte ihn inzwischen satt. Aber hier sitzt er, eine Geheimquelle tiefgehender Gespräche und lustiger Abenteuer.

Uns fehlen nur noch drei Hinweise auf dem Leitfaden. Und das

Ende des Spiels bedeutet auch, die Verbindung zu kappen, die wir aufgebaut haben. Es bedeutet, abzuschließen, einen letzten Sommer hier zu verbringen und dann in zwei verschiedene Flugzeuge zu steigen. Vielleicht will ich die Bücherei deswegen noch nicht verlassen. Oder weil ich heute so viel über ihn erfahren habe. Ich dachte, ihn verlieren zu sehen, wäre mein persönliches Highlight, dabei ist das hier viel besser. Ich genieße die Zeit mit ihm.

Wieder wünschte ich, ich hätte früher gemerkt, dass wir mehr hätten sein können als Konkurrenten. Ich frage mich, ob es ihm auch so geht. Ob er auch gern mehr solcher Gespräche geführt hätte. Und ob uns das jetzt zu Freunden macht oder einfach zu zwei Menschen, die sich leider auf dem Weg dahin verirrt haben.

»Ja, wahrscheinlich könnten wir wirklich befreundet sein«, sage ich und ignoriere meinen Magen, der ganz aufgewühlt ist durch diesen Late-Night-Deep-Talk. Ich sollte das Bein wegziehen. Rowan Roth und Neil McNair füßeln nicht, auch nicht als Freunde. Genau genommen habe ich keine Ahnung, wie sie sich als solche verhalten würden.

Ich lehne mich gegen das Bücherregal, aber selbst mit den Biografien herausragender Frauen im Rücken fühle ich mich wenig bestärkt. Neil und ich waren uns heute Abend schon *zu* oft an *zu* vielen dunklen Orten *zu* nah. Das hat alles durcheinandergebracht, und jetzt bin ich mir sogar bei Sachen unsicher, die ich sicher zu wissen glaubte.

Zum Beispiel mag ich offenbar nicht nur seine Arme oder seinen Bauch, sondern *ihn* und wie er mich angesehen hat, als er meinte, ich wäre »irgendwie toll«.

Aber das ist absurd. Oder? Es steht zwar viel Quatsch auf meinem Erfolgsrezept, aber eins dürfte ja wohl klar sein: Neil ist nicht der perfekte Highschool-Freund. Fällt mir nur schwer, das im Kopf zu behalten, wenn unsere Schuhe sich berühren oder das gedämpfte Licht der Bücherei seine Gesichtszüge so wunderbar weich zeichnet.

»Meinst du, du kannst mir mehr über dein Buch erzählen, jetzt wo wir befreundet sind?«, fragt er.

Das erinnert mich daran, wie kurz ich davor stand, Delilah Park zu treffen. Wahrscheinlich ist sie mittlerweile längst wieder zurück im Hotel. Und morgen geht es weiter zum nächsten Stopp.

Wenn ich es da schon nicht hinkriege, mutig zu sein, schaffe ich es vielleicht wenigstens hier.

»Willst du das wirklich wissen?« Als er nickt, atme ich tief durch. Ich tue alles, um mich davon abzulenken, was gerade mit unseren Füßen passiert, oder was mit dem Rest unserer Körper passieren oder auch nicht passieren könnte. »Es ist eine Art Workplace Romance. Zwischen Kollegin und Kollege.«

Hannah und Hayden. Zwei fiktive Figuren, die sich schon im Sommer vor Beginn der 11. Klasse in meine Gedanken eingenistet haben. Hannah kam zuerst, eine unbekümmerte, schlagfertige Anwältin mit einer bunten Mischung aus Charaktereigenschaften meiner liebsten Romanheldinnen. Dann Hayden, der steife Anwalt mit dem weichen Kern, der mit ihr um eine Beförderung konkurriert. Opposites Attract ist mein Lieblings-Trope, von daher fand ich es nur logisch, damit anzufangen. Das Ding bei Gegensätzen ist: Sie haben oft viel mehr gemeinsam, als sie glauben.

Manchmal denke ich an die beiden, bevor ich einschlafe, und träume von ihnen. Mit Neil über sie zu reden, fühlt sich an, als würde ich ihm von meiner unsichtbaren Freundin erzählen. Und so ist es ja auch irgendwie.

»War es jetzt so schwer, das auszusprechen?«

»Ja! War es«, beharre ich, aber jetzt ist es raus und hat den Schrecken verloren.

»Willst du nicht Autorin werden, *damit* die Leute deine Texte lesen?«

»Ja, aber ... Ach Mann! So weit bin ich noch nicht. Es ist ... kompliziert. Bisher hat nie jemand etwas von mir gelesen, das nicht für die Schule war.«

»Aber du möchtest es gerne«, meint er.

Ich nicke.

»Nehmen wir mal an, du bist nicht sofort perfekt darin. Dann probierst du es eben weiter und wirst mit der Zeit besser.«

»Hm, das klingt nach viel Arbeit«, erwidere ich.

Er verdreht die Augen. »Ich habe eine Idee. Aber die gefällt dir vielleicht nicht.« Als ich ihn mit hochgezogenen Brauen ansehe, fährt er fort: »Was, wenn … ich der Erste bin, der es liest? Nur ein oder zwei Seiten? Was könnte schlimmer sein, als es mir zu geben?«

Erstaunlicherweise finde ich den Vorschlag gar nicht so übel. Seine Miene ist weich, und ich bin mir sicher, dass er mich nicht auslacht. Überraschenderweise *will* ich ihm den Text sogar zeigen. Er liebt Worte genauso sehr wie ich. Mich würde seine Meinung interessieren.

»Erzwo, du hast ein verdammtes Buch geschrieben! Weißt du eigentlich, wie viele Leute das gern tun würden oder wie viele Leute darüber reden, ohne es zu tun?« Er schüttelt den Kopf, als wäre er beeindruckt von mir. Und ich wäre wirklich gern auch beeindruckt von mir. »Du hast *Frühlingsträume* in meinem Zimmer gefunden. Ich bin nicht mehr der, der ich zu Anfang der Highschool war. Und du kannst mir jederzeit sagen, ich soll aufhören, okay? Dann lege ich es sofort weg.«

Das ist echt süß von ihm. Wenn er wüsste, wie viel mir das bedeutet.

»Ich weiß. Okay.« Mit bebenden Fingern suche ich das Dokument und reiche ihm mein Handy. Klopfenden Herzens schließe ich die Augen. Auch wenn ich ihn nicht mehr sehen kann, spüre ich seine Wärme und höre jedes noch so leise Wischen auf dem Bildschirm.

»*Kapitel eins*«, setzt er an.

»Oh mein Gott. Lies es bloß nicht laut vor.«

»Na gut.« Daraufhin hüllt er sich in Schweigen, und schon nach wenigen Sekunden verliere ich die Nerven.

»Ich nehm's zurück. Die Stille ist noch schlimmer.«

Er lacht. »Soll ich es doch lieber nicht lesen?«

Unkontrolliert atme ich aus und versuche, die Schultern zu lockern. »Nein. Das hier ist gut für mich. Mach weiter. Ich sag dir, wann es genug ist.«

»Okay. *Kapitel eins. Hannah verachtete Hayden nun schon seit zwei Jahren, einem Monat, vier Tagen und fünfzehn – nein, sechzehn – Minuten ...*«

KAPITEL EINS

Hannah verachtete Hayden nun schon seit zwei Jahren, einem Monat, vier Tagen und fünfzehn – nein, sechzehn – Minuten.

Sie erinnerte sich noch genau an den Moment, als er das Büro zum ersten Mal betreten hatte, mit makellosem Anzug und nicht einer Haarsträhne an der falschen Stelle. Das wusste sie, weil sie häufiger – oder vielmehr unablässig – auf die Uhr über ihrem Schreibtisch gestarrt und die Minuten gezählt hatte, bis ihr Boss wieder ausrasten würde.

Sie hatte bereits mehr über den Neuen erfahren, als ihr lieb war. Er hatte Jura auf der Yale studiert und außerdem einen Master of Business Administration von der Penn. Niemand sonst in der Kanzlei hatte mehrere Abschlüsse vorzuweisen. Hannah war klar, dass das den Chefs imponierte; dem grauhaarigen Triumvirat in ihren piekfeinen Büros.

Hannah hingegen war weniger begeistert. Sie war auf dem besten Weg, selbst Partnerin zu werden, und würde sich von diesem Yale-Schnösel nicht daran hindern lassen. Nicht, nachdem sie dieser Kanzlei in den letzten fünf Jahren ihres Lebens sechzig, siebzig, achtzig Stunden pro Woche geschenkt hatte. Seit dem Jurastudium hatte sie sich weder einen Urlaub noch ein zweites Date gegönnt, doch das würde sich alles auszahlen, sobald sie selbst in einem dieser piekfeinen Büros saß.

Sofern Hayden Walker das Ganze nicht torpedierte.

Sie hatte dabei zugesehen, wie er die Regentropfen von seinem Jackett wischte und zu seinem Schreibtisch marschierte, der zufällig genau gegenüber von ihrem stand.

Mit stechend blauen Augen hatte er auf sie herabgesehen und gefragt: »Sind Sie meine Sekretärin?«

Klar, dass er auch noch einen britischen Akzent haben musste.

21:20 Uhr

»Bis dahin reicht erst mal«, sage ich vorsichtig.

Ohne zu zögern, gibt er mir das Handy zurück. Er versucht nicht, weiterzulesen oder mit mir zu verhandeln. Er hört auf mich. Während des Lesens hat er keine albernen Stimmen aufgesetzt, sondern es einfach wie vor einem Kurs vorgetragen. Als ich mich endlich so weit gefasst habe, dass ich ihn ansehen kann, fallen mir seine geröteten Wangen auf.

Ich mochte den Klang meiner Worte aus seinem Mund.

»Das war ...«

»Schrecklich? Soll ich es lieber lassen? Ich lasse es lieber.«

»Nein. Überhaupt nicht. Nein. Erzwo, das war richtig, richtig gut. Im dritten Absatz hätte ich zwar einen Gedankenstrich statt eines Semikolons verwendet, aber sonst ...«

»Du bist unmöglich.«

Er lächelt verlegen. »Du schreibst toll. Das meine ich ernst. Es hat ... geknistert.«

Jetzt werde auch ich rot. Neil McNair gefällt mein Schreibstil. Und als er meinen Text vorgelesen hat, ist auch mir noch mal klar geworden, wie toll ich die Geschichte und die Charaktere finde.

»Bisher ist doch noch gar nichts passiert«, erwidere ich.

»Aber es ist diese prickelnde Vorahnung. Man weiß, dass etwas passieren wird.«

»Und das ist auch gut so. Das liebe ich. Aber noch mehr liebe ich in diesen Geschichten das garantierte Happy End. Selbst wenn es nicht realistisch ist.«

»Glücklich zu sein ist realistisch. Oder zumindest möglich. Vielleicht nicht bis ans Lebensende, aber das macht es ja nicht weniger realistisch. Gerade in schweren Zeiten will man sich schließlich unterstützen, oder nicht?«

»Die schweren Zeiten kommen aber nach dem Epilog meistens nicht mehr«, werfe ich ein. »Viele von Delilahs Büchern enden mit einer Hochzeit oder einem Antrag und der Aussicht, dass alles perfekt wird. Ich weiß, das ist Wunschdenken. Das zwischen Spencer und mir war auch alles andere als perfekt.«

Spencer. Dem ich eine Rolle aufzwingen wollte. Wie wäre das letzte Halbjahr verlaufen, wenn ich mit ihm Schluss gemacht und mich von dem Gedanken verabschiedet hätte, bis zum Abschluss einen perfekten Highschool-Freund zu finden? Ich hätte mit ziemlicher Sicherheit mehr Spaß gehabt. Ich hätte mehr Zeit mit Kirby und Mara verbringen können, statt zu versuchen, Spencers kryptische Nachrichten zu analysieren.

»Dieses Gefühl hatte ich bisher auch noch nie bei jemandem«, sagt er, und ich richte mich auf, neugierig, mehr über Neil McNairs Beziehungen zu erfahren. »Die Freundinnen, die ich hatte … Es war schön mit ihnen, aber sie haben die Welt nicht aus den Angeln gehoben. Keine Ahnung. Sollten Beziehungen das nicht tun?«

»Was? Die Welt aus den Angeln heben?«

»Ja. So, dass dir ständig der Kopf schwirrt, wenn du mit diesem Menschen zusammen bist, du kaum atmen kannst und weißt, dass er dein Leben bereichert? Dass du durch ihn über dich hinauswächst, weil er dich immer wieder vor Rätsel stellt?«

»Ich … ich glaube schon.« Mit der Frage habe ich nicht gerechnet und bin mir nicht sicher, ob ich eine Antwort darauf habe. Spencer hat mir nicht den Atem geraubt oder die Sinne vernebelt. Ich verrate Neil nicht, dass auch ich mich nach dieser Welt-aus-den-Angeln-hebenden-Liebe sehne. Manchmal bin ich davon überzeugt, allein der Wunsch könnte sie wahr werden lassen.

»Du findest das jetzt bestimmt total bescheuert, aber Bailey und ich … Wir haben Schluss gemacht, weil sie den Verdacht hatte, ich steh auf dich.«

Ich schnaube. Laut. Das ist so was von absurd. »Oh mein Gott. Kirby und Mara meinen, ich wäre besessen von dir.«

»Meine Freunde meinen, *ich* wäre besessen von *dir*!«

Minutenlang kriegen wir uns vor lauter Lachen kaum ein.

Neil erholt sich als Erster. »Ich dachte, in Liebesromanen geht es nur um …« Er wedelt mit der Hand. »Sex.« Diesmal spricht er das Wort etwas weniger unbeholfen aus, ziert sich aber dennoch.

»Na ja, das gehört dazu, aber es dreht sich ja nicht alles nur darum. Und … ich mag ein bisschen Spice. Aber die Geschichten haben so viel mehr zu bieten als das. Die Figuren und zwischenmenschlichen Beziehungen, zum Beispiel. Wie sie einander ergänzen und sich Problemen stellen. Und gemeinsam Lösungen finden.« Ich halte inne, ehe ich hinzufüge: »Wobei sie mich haben glauben lassen, mein erster Kuss würde magischer werden, als er letztendlich war.«

»Jetzt bin ich neugierig.«

»Gavin Hawley, siebte Klasse. Wir hatten beide Zahnspangen. Es war von Anfang an zum Scheitern verurteilt.«

»Das kann ich toppen. Erinnerst du dich noch, dass ich damals im Winter ständig Nasenbluten hatte?«

»Oh. Oh, nein.«

»Oh doch. Chloe Lim, achte Klasse. In der Cafeteria – was im Nachhinein betrachtet die schlechteste Idee war, die ich je hatte. Alle haben es später ›das große Blutlecken‹ genannt.« Ich pruste los, und er schüttelt den Kopf. »Das war absolut traumatisch für mich. Ich hab danach zwei Jahre lang kein Mädchen mehr geküsst.«

Trotzdem lacht er mit. Ich höre und sehe ihm gern dabei zu. Mir ist noch nie aufgefallen, wie ausgelassen er in diesen Momenten wirkt. Als würde er vergessen, dass er eigentlich eher der hölzerne, herablassende Typ ist.

»Schreibst du jetzt was in mein Jahrbuch?«, fragt er, als wir uns wieder beruhigt haben. »Ich brauche ein Rowan-Roth-Autogramm, falls du mal berühmt wirst.«

Eine Welle der Erleichterung erfasst mich. »Klar! Seitdem ich Nein gesagt habe, fühle ich mich sooo mies …«

Wir reichen uns gegenseitig unsere Jahrbücher. Ich formuliere eine möglichst nette Nachricht, in der ich auf einige unserer vergangenen Streitigkeiten anspiele und ihm alles Gute für das nächste Jahr wünsche. Neil hingegen lässt sich Zeit. Er setzt den Stift an und wieder ab, tippt sich damit ans Kinn und schmiert sich Tinte an die Finger.

Als wir die Bücher zurücktauschen, will ich meins direkt aufschlagen, aber er kann mich gerade noch davon abhalten.

»Du darfst das erst morgen lesen«, sagt er.

»Es ist doch schon fast morgen.«

Er verdreht die Augen. »Guck es dir einfach nicht in meiner Gegenwart an, okay?«

Das macht mich natürlich noch neugieriger, aber nachdem ich ihm meinen Romanausschnitt auch gerade erst anvertraut habe, kann ich es nachvollziehen. Selbst bei einer Jahrbuchnachricht ist es bestimmt komisch, wenn die betroffene Person sie vor den eigenen Augen liest.

»Na gut. Dann gilt für dich aber das Gleiche.« Ich stecke das Jahrbuch in den Rucksack. »Wir sollten aufbrechen. Es sei denn, wir finden hier was Passendes zu einem der Hinweise.«

»Warte! Die Diskette!«, ruft er begeistert. So sehr hat sich seit mindestens zwei Jahrzehnten sicher niemand mehr über eine Diskette gefreut. »Das ist doch genau der richtige Ort für so was, oder? Ich guck mal im Materialraum nach.« Er springt auf, aber bevor er davonrast, kniet er sich noch einmal neben mich, als hätte er etwas vergessen. »Ich meine den am Ende des Flurs, bei den Naturwissenschaftsräumen. Damit du genau weißt, wohin ich gehe. Nicht, dass du wieder Schiss kriegst, weil ich auf einmal weg bin.«

Fünf Minuten später taucht er wieder auf, mit einer Diskette, einer Rolle Luftschlangen und einer Packung Skittles.

»Das hat aber nichts mit dem rätselhaften Mr. Cooper zu tun, oder?« Ich deute auf die Luftschlangen und die Skittles.

»Ich hatte da so eine Idee.« Er legt die Sachen auf den Ausleihtresen und verbringt übertrieben viel Zeit damit, sie ordentlich aufzureihen. »Wir haben doch über das Ende der Highschool gesprochen und dass du nicht auf dem Abschlussball warst, was ja laut Filmen und Serien das Highschool-Erlebnis schlechthin sein soll.«

»Jaaa …«

»Tja, das Essen war nichts Besonderes.« Er zeigt auf die Skittles. »Und die Musik war schnulzig.« Er scrollt durch sein Handy. Schließlich spielt er einen alten *High-School-Musical*-Song, und ich lache schnaubend. Der ist wirklich schnulzig. »Meine Schwester hat ihn gerade für sich entdeckt. Beileidsbekundungen nehme ich dankend an.« Dann wird seine Miene ernst. Er platziert das Handy auf dem Tresen und hält mir die Hand hin. »Es ist zwar nicht so perfekt wie auf deinem Erfolgsrezept, aber … würdest du mich zum Abschlussball begleiten?«

Ich höre auf zu lachen, denn obwohl ich es furchtbar kitschig finde, ist es auch echt süß. Das Herz klopft mir bis zum Hals. Ich kann mich nicht daran erinnern, wann das letzte Mal jemand etwas so Schönes für mich getan hat.

Sein Blick ist fest und unbeirrt auf mich gerichtet, wohingegen meine Knie plötzlich ziemlich weich sind.

Statt eines »Ja« bricht ein »Wir sollten gehen« aus mir heraus. Offensichtlich löst seine Gegenwart Signalstörungen zwischen meinem Hirn und meinem Mund aus.

Doch Neil lässt sich nicht aus der Ruhe bringen. »Nur ein Tanz?« Gott, im Dunkeln strahlt er so viel Aufrichtigkeit aus. Warum habe ich die Chance nicht sofort ergriffen?

»Na gut«, lenke ich ein, »aber nicht zu dem Song.«

Ich finde einen anderen auf meinem Handy, einen schönen, sanften von Smokey Robinson and the Miracles.

»Viel besser«, bestätigt er.

Ich schiebe die rechte Hand in seine und lege die andere auf seine Schulter, während er meine Taille umfasst. Ich habe schon mal getanzt – mit Spencer, Luke und ein paar anderen unbeholfenen Typen auf der Middleschool –, aber mit denen war ich zusammen. Das hier ist unbekanntes Terrain.

»Wir müssen nicht auf Abstand bleiben«, meint er.

»Das ist mein Tanzbereich, und das ist deiner«, zitiere ich übertrieben ernst, und er schnaubt.

Trotzdem mache ich einen Schritt auf ihn zu. »Ist seltsam, dich so anzustarren. Ich muss mich schwer beherrschen, nicht zu lachen.«

Mit der Hand an meinem unteren Rücken zieht er mich vorsichtig zu sich. Oh. Wow. Auf einmal sind wir uns sehr viel näher. Er fühlt sich fest und stark und *warm* an, dabei ist er fast den ganzen Tag im T-Shirt rumgerannt. Himmel, dieses bescheuerte T-Shirt. QUIDQUID LATINE DICTUM, ALTUM VIDETUR. Es könnte genauso gut heißen: »Guck dir meine krassen Muckis an.«

»Besser?«, fragt er, und ich spüre seinen Atem an meiner Wange. Dieses eine Wort reicht, um mir einen elektrisierenden Schauer über den Rücken zu jagen. In denke an die zwölf Tage in der Neunten, als ich auf ihn stand und mir vorgestellt habe, wir würden zusammen zum Homecoming-Ball gehen. Hätte er mich da auch so im Arm gehalten?

Wahrscheinlich nicht, entscheide ich. Damals, bevor er plötzlich einen ganz schönen Schuss in die Höhe gemacht hat, war ich viel größer als er. Außerdem war er ein Strich in der Landschaft. Jetzt … nicht mehr.

»Mh-mh«, murmle ich, obwohl ich mir nicht sicher bin. Besser, aber irgendwie auch schlimmer. Neil McNair ist einfach ein verdammtes Paradoxon. Dieser Duft seiner Sweatshirtjacke ist übrigens kein Regen. Sie riecht einfach nach *ihm*. Und falls seine Nähe mir die Röte ins Gesicht treibt, kann er es immerhin nicht sehen.

»Gut.«

Wir wiegen uns im Takt der Musik.

»Ich bin nicht gut darin«, bemerke ich, nachdem ich mich für einen Tritt auf seine Füße entschuldigt habe.

Das erinnert mich an die Szene in *Zucker am Sugar Lake*, in der Emma, Besitzerin eines Diners, früh schließt, um ihrem besten Freund Charlie (in den sie seit Ewigkeiten verknallt ist) für die Hochzeit seines Bruders das Tanzen beizubringen. Mich ärgert, dass ich die Chance auf ein Foto der nachgebildeten Sugar-Lake-Laube verpasst habe, die bei jeder Lesung von Delilah aufgestellt wird.

»Kein Problem. Ich gleiche das wieder aus.«

Klingt arrogant, ist aber wahr. Er tanzt richtig gut, während mein Stil eher dem dieser aufblasbaren Autohausmännchen gleicht.

»Du bist absurd gut.«

»Ich hab als Kind getanzt. Hauptsächlich Ballett und Jazz. Ab und zu aber auch mal Stepp.«

»Wie cool!«, sage ich. Und das ist es wirklich. »Meine Cousine Sophie ist Choreografin. Zumindest studiert sie das gerade am College. Sie, Kirby und Mara haben versucht, es mir zu zeigen, aber ich bin ein hoffnungsloser Fall. Hast du irgendwelche abgefahrenen Moves drauf? Die würde ich gern sehen.«

»Das hier ist leider alles, was ich momentan an abgefahrenen Moves draufhabe«, sagt er und führt mich in eine leichte Drehung. Als ich am Ende wieder in meiner Ursprungsposition lande, bin ich vollends beeindruckt. Er bewegt sich sicherer zur Musik als durchs Leben. Ich kann nicht fassen, dass das noch derselbe Typ ist, der heute Morgen einen Anzug mit viel zu langen Ärmeln getragen hat.

Neil, der Profitänzer, ist verdammt heiß.

Diese Einsicht krempelt mich komplett um. Es fühlt sich an, als würden mein verräterisches Herz und Hirn nun offen vor ihm liegen.

»Warum hast du mit dem Tanzen aufgehört?«, frage ich seine Schulter, nicht in der Lage, ihm in die Augen zu schauen. Wenn ich nicht irgendetwas sage, drehen sich meine Gedanken weiter im Kreis. *Neil. Heiß.* Mein Verstand gerät außer Kontrolle, und damit auch das Zittern in meinen Händen, die er ganz fest hält. *Weil er ein guter Tänzer ist. Was echt heiß ist.* Mann! Teufelskreis. Ich rufe mir die Momente der letzten Jahre in Erinnerung, in denen er mich so wütend gemacht hat, dass ich nur noch rot gesehen habe.

Es klappt nicht.

»Es wurde mir irgendwann zu viel mit der Schule«, sagt er. Das Bedauern, das in seiner Stimme mitschwingt, lässt mich den Atem anhalten. »Außerdem ging das Hobby meinem Dad gegen den Strich.«

»Vielleicht kannst du ja am College wieder Tanzunterricht nehmen.«

»Ja, vielleicht«, wiederholt er, als der Song gerade endet und ein neuer anfängt. *Nur ein Tanz*, hat er gesagt. Gleich lässt er bestimmt los. Tut er aber nicht, und so liege ich weiter in seinen Armen. »Ich hab das vermisst. Es ist echt … schön.«

Stimmt. Es ist verdammt schön, aber vergänglich, wie alles an diesem Abend. Ich darf ihm nicht verfallen. Es gibt mindestens fünf Gründe, die dagegensprechen. Erstens: Neil ist nicht der perfekte Highschool-Freund – eher der perfekte Highschool-*Feind*. Zweitens: Er ist nicht der Typ, der unter der Tribüne mit mir rummachen oder während eines Films Händchen halten würde. Drittens: Er würde nie alberne Selfies mit mir schießen und sie mit nicht ganz ernst gemeinten Hashtags posten, die ich ganz im Ernst mag. Viertens: Er würde mir seine Liebe nicht mit einem Strauß Rosen gestehen. Und fünftens: Er ist kein Held aus einem Liebesroman!

»Noch schöner ist es wahrscheinlich, wenn man mit einer Person tanzt, in die man verliebt ist.«

Sofort weiß ich, dass ich was Falsches gesagt habe. *Shit.* Ein Ruck geht durch seinen Körper. Nur für den Bruchteil einer Sekunde. Aber es reicht, um uns aus dem Takt zu bringen.

»Ja. Wahrscheinlich.«

Schlechten Gewissens beiße ich mir auf die Innenseite meiner Wange. Ich wollte doch nur diese Gefühlswelle zerschlagen, die mir sonst den Boden unter den Füßen weggerissen hätte. Aber ich bin zu weit gegangen. Ich sollte ihm gestehen, dass ich niemand anderen im Kopf hatte. Dass mir bei *seinem* Geruch schwindelig wird. Dass es unmöglich ist, an jemand anderes zu denken, wenn wir uns berühren, wenn seine Hand auf meinem Rücken liegt und meine Wimpern bei jedem Blinzeln seinen Hals streifen.

»Was ich damit meinte …« Ich mache einen Schritt zurück. Dabei trete ich ihm auf die Zehen und murmle hastig eine Entschuldigung. »Es ist nicht so, als würde ich nicht gern mit dir tanzen. Nur …«

»Schon kapiert.« Ohne Vorwarnung lässt er meine Hand los.

»Du hast recht. Wir sollten gehen.«

»Wir, ähm, okay.« Ich stolpere über seine Worte und meine Füße, die jetzt wieder auf sich allein gestellt sind. Die Stimmung kippt so rasant, dass ich fast ein Schleudertrauma bekomme. Die milde Temperatur im Raum fällt prompt unter Null. Halt suchend greife ich nach meinem Handy. »Der Spielstand wurde noch mal aktualisiert.«

Wir führen nach wie vor: dreizehn Punkte für Neil und mich, neun für Brady und Mara und acht für Carolyn Gao.

»Nicht schlecht, Brady«, sagt Neil leise pfeifend.

Im Two-Birds-Gruppenchat habe ich einige neue Mitteilungen verpasst.

> Kann jemand heute Abend für mich aufräumen und abschließen?? Mein Kleiner wollte bei einem Freund schlafen, hat sich aber übergeben. Ich muss ihn abholen ☹

> Niemand?? Ich überlasse euch auch mein komplettes Trinkgeld von heute.

Alle anderen haben geantwortet, dass sie es nicht schaffen, dass sie ihre Freitagabendpläne jetzt nicht mehr absagen können. Die letzte Nachricht ist wieder von Colleen. Mein Name mit drei Fragezeichen.

»Nach der Diskette fehlen uns nur noch zwei Sachen. Die Aussicht und Mr. Cooper. Für die Aussicht würde ich den Kerry Park vorschlagen. Das ist mein Lieblingsplatz in Seattle«, meint Neil, während ich fieberhaft überlege, wie ich auf die Nachricht antworten soll. Er merkt, dass ich abgelenkt bin. »Was ist los?«

»Die Arbeit. Two Birds One Scone. Meine Chefin braucht eine Person, die das Café aufräumt und abschließt, und ich bin die Einzige, die Zeit hätte. Hast du was dagegen, wenn wir einen kurzen Zwischenstopp einlegen? Es dauert auch nur zehn Minuten, versprochen.«

»Oh. Ja, klar.« Die Kälte in seiner Stimme hat bestimmt nicht nur etwas mit dem Umweg zu tun.

Ich hätte nicht andeuten dürfen, dass ich mir wünsche, er wäre jemand anderes. So etwas hört niemand gern von dem Menschen, mit dem er gerade tanzt, nicht mal, wenn es sich dabei um die absolute Erzfeindin handelt. Offenbar bin ich dazu verdammt, in seinem Beisein nie die richtigen Worte zu wählen – wobei ich mich allmählich frage, was überhaupt richtig wäre.

Wie mit dem Jahrbuch. Habe ich mir echt Sorgen gemacht, was ein freundliches Ja anrichten könnte, und deswegen vorschnell

Nein gesagt? Versucht mein Unterbewusstsein, mich vor zu viel Nähe zu bewahren? Oder habe ich in Wahrheit Angst davor, mir meine Gefühle einzugestehen? Denn eins ist klar: Sie bedeuten etwas. Wenn ich aus Liebesromanen eins gelernt habe, dann, dass das Herz ein ziemlich hartnäckiger Muskel ist, den man nicht einfach ignorieren kann.

Neil schnappt sich seinen Rucksack. Und plötzlich ist es unerträglich, das hier hinter mir zu lassen. Nicht die Schule oder die Bücherei, sondern diesen Moment. Mit ihm.

Trotzdem folge ich ihm nach draußen. Die Tür schließt sich automatisch hinter uns. Wir wechseln kein Wort miteinander, während wir zum Wagen laufen. Erst im schummrigen Licht der Straßenlaternen mache ich den Mund wieder auf.

»Danke.« Ich streiche mit den Fingerspitzen über seinen Arm. Die Haut ist kalt. »Für das gerade. Obwohl ich nicht glaube, dass der echte Abschlussball so fancy war. Bestimmt gab es da nur irgendeinen Skittle-Abklatsch.«

Ich verrate ihm nicht, dass das wahrscheinlich sogar besser war als der eigentliche Abschlussball. Ich weiß kaum noch, wie ich ihn mir vorgestellt habe. Natürlich hätten mein perfekter Highschool-Freund und ich getanzt, aber wir wären vorher längst ein Paar gewesen. Nur, wäre es dann so aufregend geworden wie der erste Tanz mit Neil? Wäre ich bei seiner Hand auf meinem Rücken und seinem Atem an meinem Ohr auch so erschaudert?

Zum Glück schmunzelt Neil wenigstens. »Für Rowan Roth nur das Beste«, meint er, und schon drehen sich meine Gedanken wieder im Kreis.

Im Licht glühen seine Sommersprossen, und die Haare schimmern bernsteinfarben. Er wirkt wie weich gezeichnet, fast schon verschwommen, als könnte ich diese neue Version von Neil McNair nicht genau definieren – was mich mehr denn je verunsichert.

Eine lückenhafte Liste von Neil McNairs Lieblingswörtern

- Petrichor: Der Duft der Erde, nachdem es geregnet hat (Englisch)
- Tsundoku: mehr Bücher kaufen, als man je lesen kann (Japanisch)
- Hygge: ein Gefühl der Wärme und Gemütlichkeit, das man beim Entspannen, Essen und Trinken mit lieben Menschen empfindet (Dänisch)
- Fernweh: Sehnsucht nach einem weit entfernten Ort (Deutsch)
- Fremdschämen: das Gefühl, sich stellvertretend für jemand anderes zu schämen (Deutsch)
- Davka: etwas trotz allem tun (Hebräisch)

22:09 Uhr

»Ganz, ganz lieben Dank.« Colleen zieht die Schürze aus. »Ich hätte ja früher geschlossen, aber auf den letzten Drücker kam noch ein Schwung Gäste.« Sie zählt auf, was noch erledigt werden muss: Tische abwischen, Geschirr spülen und das restliche Gebäck für die morgige Von-gestern-Auslage einpacken.

»Kein Problem. Ich bin gern hier, weißt du doch.«

Neil beugt sich über die Theke und begutachtet die Gebäckteilchen. Falls Colleen sich wundert, warum er hier ist, fragt sie zum Glück nicht nach.

Sie schnappt sich ihre Tasche. »Du wirst uns nächstes Jahr ganz schön fehlen.«

»Ich komme in den Ferien wieder. Den Zimtschnecken kann ich einfach nicht widerstehen.«

»Das sagen sie alle, wenn sie aufs College gehen. Aber dann haben sie zu viel zu tun, möchten die Zeit lieber mit Freundinnen und Freunden verbringen oder ziehen endgültig weg. So ist das Leben. Und ob du hier arbeitest oder nicht, eine Zimtschnecke haben wir immer für dich übrig.«

Am liebsten würde ich ihr sagen, dass das bei mir ganz bestimmt nicht der Fall sein wird, aber man kann nie wissen.

Colleen lässt uns in dem kleinen Café allein. Auf der Fahrt hierher konnte ich an nichts anderes denken als an den Tanz. Ich war so damit beschäftigt, dass ich sogar auf mein Musikprivileg verzichtet habe. Neil hat also mal wieder einen Song von Free Puppies! laufen lassen – seiner Meinung nach ihr bester. Aber ich konnte mich kaum darauf konzentrieren.

Die körperliche Nähe in der Bücherei hat meine Gefühle aufgemischt. Ich habe versucht, eine vernünftige Erklärung dafür zu finden. Vielleicht bin ich müde und durch das Spiel wie im Wahn. Oder mein Verstand spielt mir Streiche und will mich davon überzeugen, ich würde etwas für ihn empfinden, das ich gestern hundertpro noch nicht empfunden habe. Oder ich sehne mich einfach nach der Nähe eines anderen Menschen. Da ich sonst auch Geschichten erfinde, könnte ich mir hundert verschiedene Gründe ausdenken.

Eins ist allerdings sicher: Was ich indirekt gesagt habe – dass ich wünschte, er wäre jemand anderes –, hat sein Ego gekränkt. Es ist wie heute Morgen nach der Versammlung, als ich mich geweigert habe, in sein Jahrbuch zu schreiben. Neil ist verletzlicher, als mir klar war, und ich bin wie Stacheldraht. Wenn er mich berührt, steche ich zu.

»Was zuerst?«, fragt er.

Ich greife in den Glaskasten mit den Teilchen. »Zuerst gönne ich mir jetzt eine Zimtschnecke. Das solltest du auch tun.«

Die Schnecke ist keine perfekte Spirale, denn wie Colleen so gern betont, schmeckt nicht perfekt aussehendes Essen immer am besten. Ich halte Neil den Teller unter die Nase, damit ihm die zuckerzimtige Süße in die Nase steigt. Bevor er allerdings probieren kann, ziehe ich ihm das Teilchen wieder weg.

»Die Glasur fehlt noch.« Ich verschwinde in der Küche.

Ich will, dass zwischen uns wieder alles normal ist. Mein Plan ist, so zu tun, als wäre in der Bücherei nichts passiert. Ich kann ihn nicht auf diese Weise mögen. Das wäre das Gegenteil von *vernichtend schlagen*, und selbst wenn das eh nicht mehr mein Ziel ist, war er noch vor sieben Stunden mein absoluter Erzfeind. Er ist Neil McNair, ich bin Rowan Roth. Wir haben eine Rolle zu erfüllen.

Ich öffne den Kühlschrank. Angenehme Kälte schlägt mir entgegen und erfrischt mein erhitztes Gesicht, kann mein wild klopfendes Herz aber nicht beruhigen.

»Frischkäseglasur?«, fragt er neckisch.

»Das werde ich meinen Eltern nie verzeihen.«

»Ich für meinen Teil fand die Fun Facts über Rowan Roth höchst interessant.« Lässig lehnt er an der Küchenzeile. Vielleicht hat das Tanzen eine Blockade in ihm gelöst. Was für eine Ironie! Bei mir hat es nämlich erst eine *aus*gelöst. So angespannt war ich seit meiner Analysisprüfung nicht mehr, und selbst da war es nicht annähernd so schlimm. »Das mit der Decke, zum Beispiel. Einmalig!«

Ich stöhne. Nachdem ich wieder an den Esstisch zu ihm und meinen Eltern zurückgekehrt war, haben sie ihm alles und noch viel mehr über die Riley-Bücher und ihr Leben als Schriftstellerduo erzählt, einschließlich der Tatsache, dass sie früher vor Deadlines immer gesagt haben, ihnen würde bald die Decke auf den Kopf fallen. Als Kind habe ich das wörtlich genommen und sie eines Tages ängstlich gefragt, ob wir uns dann nicht lieber Helme aufsetzen sollten.

»Vorsicht! Ich hätte kein Problem damit, das hier als Waffe zu benutzen.« Ich halte die Schüssel mit Glasur hoch. »Und hey, wo wir schon bei peinlichen Eltern sind: Deine Mom wusste genau, wo ich aufs College gehe.«

»Es gibt Namenslisten. Meine Mom interessiert sich eben für alles, was mit meiner Bildung zu tun hat.« Er nickt in Richtung Glasur. »Außerdem bluffst du.«

Da ich die Schüssel eh ausspülen muss, tauche ich einen Finger hinein und schmiere ihm den Zuckerguss auf die sommersprossigen Wangen, ehe ich es mir anders überlegen kann.

Einen Moment ist Neil wie erstarrt. Dann prustet er los. »Unfassbar, dass du das gerade wirklich getan hast«, sagt er lachend, steckt selbst die Hand in die Schüssel und zieht einen zuckergetränkten Finger über meine Augenbraue. Es fühlt sich kalt an, aber nicht unangenehm. »So. Jetzt sind wir quitt.«

Unsere Blicke treffen sich. Herausfordernd starren wir uns an. Das Lachen lässt seine Augen funkeln. Ich werde mich hüten, eine Essensschlacht vom Zaun zu brechen, so kurz nach dem Tanz in der Bücherei. Viel zu gefährlich.

Dann passiert etwas sehr Merkwürdiges. Auf einmal verspüre ich den unerklärlichen Drang, ihm den Zuckerguss vom Gesicht *zu lecken.*

Erst habe ich Spaß mit Neil McNair, und dann will ich ihm auch noch Zuckerguss vom Gesicht lecken?

Hilf mir, Thor!

»Irgendwie habe ich das Gefühl, wir tun genau das Gegenteil von dem, was wir eigentlich tun sollten.« Er schnappt sich die Rolle Küchenpapier, die hinter ihm steht.

Mit dem Handrücken wische ich mir die Glasur von der Augenbraue und versuche, das Hämmern meines Herzens zu ignorieren. Schnell nehme ich eine Winkelpalette und verteile die Glasur auf der weniger gefährlichen Zimtschnecke. Dann schneide ich sie zur Hälfte durch, wobei der süße Zimt schon an den Seiten herausquillt.

Als er hineinbeißt, schließt er genüsslich die Augen. »Köstlich«, meint er, und ich freue mich so darüber, als hätte ich sie selbst gebacken. Ich habe nicht mal das Bedürfnis, über seine Wortwahl zu spotten.

»Iss ruhig weiter. Ich kümmere mich schon mal um den Abwasch.«

Er runzelt die Stirn und stellt den Teller ab. »Ich helf dir.«

»Nein, nein. Ist schließlich mein Job. Genau deswegen bezahlen sie mir dieses exorbitante Honorar.«

»Erzwo, ich mach's mir doch nicht gemütlich und guck dir dabei zu, wie du spülst.«

Ich vertilge meinen Teil der Zimtschnecke. Wahrscheinlich geht es schneller, wenn er mit anpackt, und es wäre wirklich ein bisschen komisch, wenn er mir einfach zuguckt. Er spielt etwas von den Free Puppies!, angeblich ihren besten Song, aber das hat er bei den letzten drei auch schon gesagt. Zusammen waschen wir das Geschirr ab.

Er singt sogar ganz unbefangen mit und wechselt die Stimmlage, um alle Noten zu treffen, manchmal mitten in der Zeile, was mich jedes Mal zum Lachen bringt. Die meisten Leute hätten nicht genug Selbstbewusstsein, um vor anderen zu singen. Außerdem muss ich gestehen, dass die Band einen, vielleicht auch zwei ganz gute Songs hat. Eventuell stimme ich sogar mit ein, als »Pawing at Your Door« läuft. Gemeinsam schmettern wir den Refrain.

Das ist offiziell der verrückteste Tag meines Lebens.

»Im Ernst: Danke«, sage ich wohl schon zum zehnten Mal und schiebe eine Pfanne in das Trockengestell. »Hätten wir das als Freunde auch gemacht?«

»Was? Geschirr gespült, Zimtschnecken gegessen und uns übers Jüdischsein unterhalten? Absolut!«, erwidert er. Seifenschaum klebt über den karamellfarbenen Sommersprossen an seinen Armen. »Stell dir vor, wie viele Filme wir uns angeguckt und wie viele Schabbats wir zusammen gefeiert hätten.«

Etwas an der Art, wie er Letzteres sagt, berührt mich. Das Gefühl ist ähnlich wie die Nostalgie, die ich schon den ganzen Tag verspüre, nur dass es sich in diesem Fall auf etwas bezieht, das nie passiert ist. Dafür gibt es doch bestimmt ein Wort.

Reue.

Ja, vielleicht trifft es das.

Vier Jahre lang haben wir uns hitzige Debatten geliefert, obwohl wir das hier hätten haben können: seinen furchtbaren Gesang, seine Hüfte, die gegen meine stößt, um mich zum Mitmachen zu animieren, die Röte auf seinen Wangen, nachdem ich mich mit Zuckerguss auf ihn gestürzt habe. Ich war so versessen darauf, ihn zu übertrumpfen, dass mir ganz schön viel entgangen ist.

»Tja, wie sich herausgestellt hat, bin ich eine schlechte Freundin. Ohne mich bist du also besser dran«, sage ich und wünschte sofort, ich könnte es zurücknehmen.

Ich reiche ihm einen Teller, aber er hält mitten in der Bewegung inne, sodass bloß Wasser daraufplätschert.

»Willst du … darüber reden?«

»Ach, ich habe einfach zu sehr am Idealbild meiner Freundschaft mit Kirby und Mara festgehalten. Dabei war ich in letzter Zeit kaum für sie da. In Zukunft will ich mich bessern, aber … wahrscheinlich läuft das bei mir mit vielen Dingen so. Ich sehe alles durch eine rosarote Brille.« Tief atme ich aus. »Bin ich nicht realistisch genug? Bin ich zu … romantisch?« Ich zucke zusammen. Das klingt seltsam. »Nicht romantisch gefühlsbetont, eher romantisch idealisierend.«

Er denkt nach. »Du bist … optimistisch. Vielleicht manchmal etwas zu sehr – siehe Erfolgsrezept. Aber das ist ja nichts Schlechtes. Vor allem nicht, wenn es dir bewusst ist.«

»Bewusst ist es mir seit genau drei Stunden.«

Ein Lächeln umspielt seine Lippen. »Das ist doch ein Anfang.« Da seine Hände in Seifenblasen stecken, deutet er mit dem Ellbogen auf mich. »Ist dir auch bewusst, dass da noch ganz viel Glasur an deiner Augenbraue klebt?«

Mir wird siedend heiß im Gesicht. Er nagelt mich mit seinem Blick geradezu fest.

In einem Liebesroman würde er jetzt mit dem Daumen über meine Augenbraue streichen, den Zuckerguss ablecken und mich verführerisch anschauen. Er würde mich mit der Hüfte gegen die Küchenzeile drücken und mich mit seinem Zimtzucker-Atem küssen.

Hundert Punkte für mein Hirn, weil es so kreativ ist und selbst in diesem Moment eine spicy Liebesszene wittert. Dabei schrubben wir gerade Krümel und angekaute Essensreste von den Tellern anderer Leute. Die Vorstellung, ihn zu küssen, erschüttert mich wie ein Erdbeben und bringt mich ziemlich aus dem Gleichgewicht.

»Willst du sie nicht abwaschen, bevor die Bröckchen antrocknen?«

Ding, ding, ding! Da haben wir das Gewinnerwort unter den Stimmungskillern. Der Preis geht an *Bröckchen*.

»Äh, ja«, erwidere ich und wische mir mit dem Handgelenk über die Braue. Der Moment ist vorbei – war ja klar. Realität killt Fantasie. »Gibst du mir mal das Handtuch?«

Als ich hinter uns abschließe, macht Neil ein schnalzendes Geräusch mit der Zunge.

»Dieses Open Mic findet ganz in der Nähe statt. Wir hätten noch Zeit hinzugehen, falls du Delilah sehen willst«, wirft er ein.

Die kalte Luft beißt mir in die Wangen. »Muss nicht unbedingt sein«, erwidere ich. Andererseits fehlen uns nur noch zwei Punkte des Leitfadens, und der Gedanke, dass dieser Abend bald endet – dass das mit Neil endet – stimmt mich traurig. Durch das Open Mic ließe sich das noch ein bisschen hinauszögern.

»Okay.« Er schiebt die Hände in die Taschen und marschiert los in die Richtung, in der das Auto geparkt ist.

»Okay?« Ich jogge fast, um mit ihm Schritt zu halten. »Hätte nicht gedacht, dass du dich so leicht geschlagen gibst.«

Er zuckt mit den Schultern. »Wenn du sie nicht treffen willst, dann halt nicht.«

»Versuchst du gerade so einen umgekehrten Psychologiescheiß?«

»Kommt drauf an. Klappt es?«

»Manchmal hasse ich dich.«

»Es zwingt dich niemand. Wir können auch ins Auto steigen. Aber sie ist dein Vorbild, oder nicht? Wann kriegst du noch mal so eine Chance? Welche Ausrede hast du beim nächsten Mal, wenn deine Lieblingsautorin in der Stadt ist oder jemand wissen will, was für Bücher du schreibst?« Er legt mir eine Hand auf die Schulter. Die Geste soll mir vermutlich Mut machen, aber sie lenkt mich eher ab. »Du schaffst das. Immerhin hast du sogar das Müllsystem an der Westview High revolutioniert, schon vergessen?«

Ich muss lächeln.

»Also, Augen zu und durch. Wenn nicht jetzt, wann dann?«

»Dein Ernst? Gleich zwei abgedroschene Sprüche auf einmal?«, entgegne ich. Er sieht mich mit hochgezogenen Augenbrauen an.

»Hinterher bereust du es. Genau wie mit dem Erfolgsrezept. Das hier ist ein Ziel, das du erreichen kannst, auch wenn es auf keiner Liste steht.«

Ich versuche, mir das Szenario auszumalen, aber da ich noch nie im Bernadette's war, funktioniert es nicht. Vielleicht stottere ich mir etwas zurecht und blamiere mich vor Delilah. Heute sollte der Tag werden, an dem ich zu dem stehe, was ich gern tue. Und ich habe schon enorme Fortschritte gemacht. Mit Neil, ausgerechnet. Es hat sich großartig angefühlt, endlich darüber zu reden. *Befreiend.*

Das kann noch nicht alles gewesen sein.

»Du hast gewonnen«, sage ich.

Sein Lächeln ist wie ein Leuchten in der dunklen Nacht.

Irgendwie schön.

SECHS DINGE, DIE ICH AN NEIL MCNAIR NICHT HASSE

— Trägt ab und zu T-Shirts.
— Weiß beeindruckend viel über Wörter und Sprachen.
— Ist ein ganz passabler Zuhörer, wenn nicht im Wettbewerbsmodus.
— Hat Nora Roberts gelesen.
— Wusste irgendwie, dass ich zum Open Mic wollte, obwohl ich selbst so meine Zweifel hatte.
— Seine Sommersprossen. Alle siebentausend.

22:42 Uhr

Das Bernadette's sieht aus wie eine alte Flüsterkneipe mit gedämpftem Licht und historischen Schwarz-Weiß-Fotografien von Seattle an den Wänden. Tische und Stühle sind zu einer kleinen Bühne im hinteren Bereich ausgerichtet, auf der gerade ein Mädchen, das nur etwas älter ist als wir, mit dem Bogen über ihre Geige – nein, Bratsche – streicht.

»Wahrscheinlich ist sie längst weg«, wispere ich Neil zu. »Oder sie hält mich für eine Stalkerin, weil ich ihr nachschleiche, nur um ein paar Bücher signieren zu lassen.«

»Oder sie fühlt sich geschmeichelt«, entgegnet er.

Ich fahre mit den Fingern durch meinen Pony und streiche ihn nach links, wo er nach Jahren des geduldigen Kämmens eigentlich von allein liegen sollte. Ich lasse ihn rauswachsen, Ende Gelände.

Ich mag ihn so, wie er ist, meinte Neil vorhin. Der Satz echot durch meinen Kopf, bis ich nur noch *Ich mag Ich mag Ich mag Ich mag* höre, immer und immer wieder. Als ich ihn dabei ertappe, wie er mich ansieht, wendet er schnell den Blick ab. Ich werde rot.

In dem Moment entdecke ich Delilah. Sie sitzt mit einer anderen Frau an einem Tisch, nicht weit entfernt von uns.

Sie ist perfekt. Gerade lacht sie herzlich, aber leise über das, was die andere Frau sagt. Sie trägt einen dunkelblauen Jumpsuit mit weißen Herzen darauf, die schwarzen Haare sind zu einem glatten Bob frisiert. Sogar ihre Fingernägel zieren kleine Herzchenaufkleber.

Und ich habe ein Kleid mit einem kackbraunen Fleck an.

»Sag hallo«, flüstert Neil und schiebt mich sanft vorwärts.

Irgendwie setze ich mich in Bewegung. »Entschuldigung, aber sind Sie, äh, Delilah Park?«

Delilah und ihre Tischnachbarin drehen sich um. Delilahs beerenfarbene Lippen verziehen sich zu einem freundlichen Lächeln. »Die bin ich.« Höflich, wie sie ist, deutet sie auf die Frau neben sich, die einen maßgeschneiderten Blazer anhat und das vor ihr auf dem Tisch liegende Handy ignoriert, obwohl es dauernd aufleuchtet. »Das ist meine Verlegerin, Grace. Tut mir wirklich leid, aber ich war schon vor zwanzig Minuten auf der Bühne.«

Cool, cool. Dann versinke ich mal im Erdboden. Instinktiv will ich schon fliehen, da klopft Neil auf meinen Rucksack.

Sei mutig. Du schaffst das.

»Ich liebe Ihre Bücher«, sprudelt es aus mir heraus. »Ich meine, das hören Sie bestimmt ständig. Denn wenn die Leute schon zu Ihren Veranstaltungen gehen, dann doch wohl, weil sie Ihre Bücher lieben, es sei denn, sie wurden von jemandem mitgeschleppt, wobei sie in dem Fall auch, na ja, ein bisschen Respekt zeigen und Ihnen nicht einfach ins Gesicht sagen sollten, dass sie Ihre Bücher nicht mögen. Damit will ich nicht sagen, dass es Leute auf Ihren Veranstaltungen gibt, die Ihre Bücher nicht mögen. Bestimmt lieben sie fast alle. Und ich auch. Also Ihre Bücher, meine ich.«

Grace versucht, sich ein Grinsen zu verkneifen.

»Danke, das ist lieb«, sagt Delilah. Sie klingt aufrichtig. »Haben wir uns vorhin in der Buchhandlung gesehen?«

Ich schüttle den Kopf. »Die Lesung habe ich leider verpasst. Ist ne lange Geschichte, die einen Zoo, Haschkekse und ein ziemlich kompliziertes Spiel beinhaltet.«

»Oh, das sind die besten Geschichten«, erwidert sie lachend, als wären wir Freundinnen.

Erleichtert lasse ich die Schultern sinken. Ich spreche mit ihr. Ich spreche mit Delilah Park, deren Worte mich schon seit so vielen Jahren beeindrucken.

»Ist er derjenige, der meine Bücher nicht mag, und den du trotzdem mit hergeschleppt hast?«, fragt sie und zeigt auf Neil.

Jetzt wird mein Gesicht richtig heiß, aber ihre Stimme klingt immer noch absolut freundlich. Sie will sich nicht über mich lustig machen.

»Ich habe noch kein Buch von Ihnen gelesen«, gesteht Neil und schaut mich fest an, als er ergänzt: »Aber das habe ich vor.«

Ich schwebe wie auf Wolken. »Ich habe ein paar dabei. Würden Sie sie signieren?«

»Selbstverständlich«, erwidert Delilah, und Grace reicht ihr bereits einen Stift. »Wem darf ich es denn widmen?«

Ich buchstabiere meinen Namen. Grace hat auch den Kussmundstempel dabei. Als sie ihn erst in das Stempelkissen und dann auf das Papier drückt, bin ich überrascht, mich noch auf den Beinen halten zu können. Nach der Szene mit Neil und meinen Eltern ist das hier wie ein Déjà-vu. Tja, es lässt sich nicht leugnen: Wir sind beide Buchnerds.

»Es war toll, dich kennenzulernen, Rowan«, sagt sie und gibt mir die Bücher zurück. Sie deutet auf die Bühne. »Trittst du auch auf?«

»Also eigentlich«, sagt jemand, und mit Schrecken stelle ich fest, dass *ich* dieser Jemand bin, »wollte ich mich gerade eintragen.«

Möglicherweise antwortet sie, dass sie mir die Daumen drückt oder sich darauf freut oder ich damit den größten Fehler meines Lebens begehe. Da hat mein Gehirn allerdings schon längst abgeschaltet, und Neil muss mich zu einem Tisch führen.

»Du strengst dich echt an, nicht zu grinsen, oder?«, meint er.

Ich nicke, und dann platzt das Grinsen doch aus mir heraus. »Oh mein Gott! Sie ist so lieb! Sie ist so toll! Hab ich mich ganz schlimm zum Affen gemacht oder ging's?«

»Du hast dich nicht zum Affen gemacht.« Er schmunzelt. »Und du willst wirklich auf die Bühne?«

Oh. Stimmt. »Da hab ich mich wohl vom Moment mitreißen lassen.«

»Ich finde die Idee super!«

Und vielleicht ist sie das sogar. Zumindest ist es keine totale Schnapsidee, denn plötzlich bahne ich, Rowan Roth, mir auf Wolken schwebend einen Weg zur Theke, an der ein Hipster-Typ mit Klemmbrett lehnt.

»Heute ist nicht viel los«, meint er, als ich frage, ob es noch offene Slots gibt. Er trägt Seattles offizielles Aushängeschild: ein kariertes Flanellhemd. »Du kannst als Nächste rauf, wenn du willst.«

Mit zitternder Stimme nenne ich ihm meinen Namen, ehe ich zu Neil an den Tisch zurückkehre. Er fragt, ob er mir Wasser oder eine Limo oder sonst etwas holen soll, aber ich weiß nicht, ob mein Magen das gerade verkraftet. Ich streife die frisch signierten Bücher, als ich mein Notizbuch aus dem Rucksack ziehe. Die ersten Kapitel meines Romans habe ich per Hand geschrieben, bevor ich sie abgetippt habe, und ich lese lieber von Papier als vom Handy.

Da ich mir kein Best-Case-Szenario vorstellen kann, male ich mir auch kein Worst-Case-Szenario aus. Ich brauche keine Angst zu haben. Immerhin habe ich es Neil lesen lassen. Neil, meinen größten Konkurrenten, der mich ständig wegen meiner Lieblingsbücher aufgezogen hat. Ich bin stolz auf meinen Text. Warum ist es so schwer, mir das einzugestehen?

»Applaus für Adina«, ruft der Moderator. Unter seinen schweren Stiefeln knarzt und bebt das Holz. »War wie immer eine Freude, ihr zuzuhören.«

Das Publikum klatscht für die Bratschistin. In Gedanken versunken habe ich das Ende ihres Auftritts kaum mitbekommen. Ich stimme in den Beifall ein, während mein Magen einen Salto nach dem anderen schlägt.

Auf dem Weg zur Bühne kommt Adina mir entgegen. Das lange dunkle Haar fällt ihr über den Rücken, und sie hat die Lippen rot betont, ihre Wangen sind rosig vor Aufregung. Aus nächster Nähe betrachtet ist sie der wohl hübscheste Mensch, den ich je gesehen habe.

»Das war der Hammer«, sage ich.

Statt das Kompliment einfach abzuwehren wie manche anderen Leute, schenkt sie mir ein Lächeln – sie weiß genau, wie gut sie war.

»Danke schön. Warst du schon mal hier?«

»Nein, ist das erste Mal«, erwidere ich.

Ihr Lächeln wird breiter. Sie strahlt eine gewisse Leichtigkeit aus, als würde ihr alles einfach zufliegen. »Ich komme seit ein paar Jahren regelmäßig hierher, meistens in den Ferien. Die Atmosphäre ist klasse.« Sie schaut über meine Schulter zum Publikum. »Dein Freund scheint dich ja sehr zu unterstützen.«

»Oh, das ist nicht …«, hebe ich an, will unsere Geschichte aber nicht vor einer Fremden ausbreiten. Außerdem stellt das Wort »Freund« seltsame Sachen mit meinem Herzen an, worüber ich vor meinem Auftritt nicht nachdenken möchte.

»Du machst das bestimmt super«, versichert sie mir.

Da meldet sich der Moderator zu Wort: »Als Nächstes haben wir eine Newcomerin. Begrüßen wir sie also im Bernadette's mit einem extrafetten Applaus! Hier kommt Rowan!«

Ich betrete die Bühne und beobachte, wie Adina sich ganz hinten zu einem kurzhaarigen Mädchen an den Tisch setzt.

»Hi«, spreche ich ins Mikro. »Danke.« Die Lichter blenden so stark, dass ich Neil erst nach ein paar Sekunden entdecke. Wie könnte er mir auch nicht ins Auge fallen? Er sieht mich wieder mit diesem aufrichtigen Lächeln an – das, bei dem sich diese süßen Fältchen in seine Augenwinkel graben. Sofort beruhigen sich meine Nerven etwas.

Auch Delilah widmet mir ihre ganze Aufmerksamkeit, als würde es sie total interessieren, was ich vorzutragen habe.

»Das ist übrigens Kaffee. Nicht das, was ihr jetzt denkt.« Ich deute auf mein Kleid. Der Fleck wirkt im hellen Licht noch brauner. »Ein Haselnusslatte, um genau zu sein. War ein verrückter Tag.«

Das Publikum lacht.

»Ich werde den Anfang eines Romans lesen, an dem ich gerade arbeite. Der Text ist relativ kurz, und eigentlich müsst ihr nur wissen, dass es ein … Liebesroman ist.« Einige Leute jubeln, irgendjemand pfeift sogar. Vielleicht Delilah. Vielleicht Neil.

»Na dann los«, sage ich, und plötzlich ist es ganz leicht.

Draußen am gegenüberliegenden Gebäude lehnt Neil und wartet. Als ich fertig war mit Lesen, hat er auf seine Uhr gezeigt und mit dem Daumen zur Tür gewiesen. Mein Herz hämmert immer noch, mir schwirrt der Kopf. Puh, was für ein Adrenalinkick!

»Ich hab's gerockt!«, rufe ich und flitze zu ihm.

Er strahlt mich an. »Aber so was von!«, erwidert er genauso begeistert wie ich. »Du warst *großartig*.«

Ich falle ihm um den Hals – was ihn ziemlich überrumpelt, so wie er zurücktaumelt. Schnell entspannen sich seine Muskeln wieder, und er legt die Arme um mich. Zum Glück habe ich seine Sweatshirtjacke an. Darunter schwitze ich nämlich wie Sau.

Mein Gesicht ruht wie selbstverständlich unter seinem Ohr, da, wo Kiefer und Hals ineinander übergehen. Haben wir uns vorher schon mal umarmt? Nein, ich glaube, das ist das erste Mal. Der Stoff des T-Shirts ist weich. Ob ihm kalt ist? Vielleicht sollte ich ihm die Jacke zurückgeben. Eine Mischung aus Regen und männlichem Schweiß – nicht im negativen Sinn – überlagert seinen sonst frischen, wohltuenden Duft. Ich unterdrücke das Verlangen, tief einzuatmen, damit ich mich nicht anhöre, als würde ich ihn einsaugen.

»Sie fanden es nicht total grottig.«

Sein Puls pocht unter meinem Gesicht. »Weil der Text *gut* ist.«

Langsam lösen wir uns aus der Umarmung. Ich kann nicht fassen, was ich mich gerade getraut habe. Ich kann nicht fassen, dass Neil McNair dabei war und sich für mich *freut*. Wie oft hätten wir uns jetzt schon umarmt, wenn wir uns angefreundet statt bekriegt hätten?

Es hat mich in einen richtigen Rausch versetzt, meinen Romananfang vor anderen Leuten vorzutragen. Wahrscheinlich war das Erlebnis sogar noch besser, als wenn ich Delilah einfach gelauscht hätte. So hat *sie mir* zugehört, einem kleinen Licht, das eines Tages groß rauskommen will.

»Delilah folgt mir auf Instagram«, sage ich, um mich von dem dringenden Bedürfnis abzulenken, ihn schon wieder zu umarmen. »Sie hat mich noch mal beiseitegenommen, bevor ich gegangen bin, ihr Handy rausgeholt und mich nach meinem Nutzernamen gefragt. Oh mein Gott, was soll ich denn jetzt noch posten? Sie sieht ja alles! Vielleicht lösche ich den Account lieber.«

Er zieht die Augenbrauen hoch. »War ich bei deinen Eltern auch so?«

»Nein. Schlimmer.« Ich packe ihn am Arm, um auf seine Uhr zu schauen. »Wie spät ist es?«

Ich habe zwar ein Handy, aber irgendwie finde ich Neils anachronistisches Uhrzeitablesen süß.

»Kurz nach elf«, antwortet er. »Übrigens wurden wir zur nächsten jagdfreien Zone gerufen, als du auf der Bühne warst.«

Gemeinsam lesen wir die Nachrichten.

> ZWÖLFER-WÖLFE, SPITZT DIE OHREN

> DENN IHR HABT NOCH NICHT VERLOREN

> EINE RUNDE JAGDFREI GOLFEN

> DAMIT IST UNS ALL'N GEHOLFEN

Darunter haben sie eine nicht weit entfernte Minigolfhalle verlinkt, an der wir uns um halb zwölf treffen.

»Ich muss mich erst mal setzen«, sage ich, immer noch bebend vor lauter Adrenalin.

Da wir noch massig Zeit haben, machen wir es uns auf einer Bank im angrenzenden Park bequem. Plötzlich ist mir arschkalt.

»Willst du deine Jacke zurück?«, frage ich.

»Nein, behalt sie ruhig.« Er rutscht herum, bis seine Hüfte nur Zentimeter von meiner entfernt ist. Zwischen seine Jeans und mein Kleid würden ungefähr zwei Taschenbücher passen. »Ist nur fair, bei dem Kaffeefleck.«

Ob die Reinigung das Kleid noch retten kann, nach allem, was es heute durchgemacht hat? Aussortieren könnte ich es jedenfalls nicht. Es ist wie eine Trophäe von heute Abend, ein Andenken an das, was ich erreicht habe.

»Danke. Du … du hast mir geholfen, zu erkennen, dass ich es schaffen kann.«

Unbemerkt rücke ich näher zu ihm – weil es so kalt ist, rede ich mir ein.

Eine dicke, fette Lüge.

Im Mondlicht wirkt sein Haar bronzen, wie bei einer dieser Statuen, mit denen ich ihn heute Morgen aufgezogen habe. Unglaublich, dass das noch keinen Tag her ist.

»Dir ist wahrscheinlich gar nicht klar, wie sehr *du mir* geholfen hast«, sagt er, mehr zu dem ausgefransten Knie seiner Jeans als zu mir. »Die ganzen letzten Jahre. Ich konnte mir nicht erlauben, nicht mit dir mitzuhalten. Nicht nur, dass ich deinetwegen am Ball geblieben und ständig über mich hinausgewachsen bin. Der Konkurrenzkampf mit dir – mit dir im Besonderen – hat mich gezwungen, mich zu konzentrieren. Mich nicht zwischendurch von der Sache mit meinem Dad überrollen zu lassen. Ich … Darin hätte ich so schnell untergehen können. Du hast mir geholfen, ohne es überhaupt darauf anzulegen.«

Schon wieder bricht es mir das Herz.

»Neil, ich weiß nicht, was ich sagen soll«, flüstere ich.

»Gern geschehen?«, schlägt er vor, und ich knuffe ihn lachend mit dem Ellbogen in die Seite. Zwischen uns ist kaum noch Platz. Mit schiefgelegtem Kopf sieht er mich an. Sein Blick ist so aufwühlend, so intensiv. Wie konnte mir das vorher entgehen?

»Gern geschehen. Und danke noch mal«, erwidere ich und verrate ihm endlich, was ich schon seit dem Besuch bei ihm zu Hause mit mir herumtrage. »Ich hab mir was überlegt. Wenn wir gewinnen, sollst du das Geld bekommen.«

»Rowan ...«

Auf seinen Protest bin ich vorbereitet. Sofort schneide ich ihm das Wort ab. »Und ich finde, du solltest es nicht für deinen Dad ausgeben. Er hat nicht nur diesem Jungen etwas Schreckliches angetan, sondern deiner ganzen Familie. Und dir.« Ich rede mich richtig in Rage. »Du solltest es für dich nutzen. Für schöne Dinge. Ändere deinen Nachnamen, und vielleicht kannst du im Ausland studieren oder dir einen Anzug kaufen bei ... wo auch immer es schicke Anzüge gibt.«

Er schweigt einen Augenblick. Würde er nicht so nah bei mir sitzen bleiben, wäre ich überzeugt, ins Fettnäpfchen getreten zu sein.

»Jetzt weiß ich nicht, was ich sagen soll.« Er ringt sich ein Lachen ab. »Ziemlich untypisch für mich, wie du weißt. Ich bin nicht sicher, ob ich alles einfach behalten kann, aber danke. Das klingt wirklich toll.« Er seufzt. »Ich hab Angst«, sagt er dann, so sanft, dass mich seine Worte wie eine Decke einhüllen. »Das habe ich vorher noch nie jemandem erzählt, aber ich habe echt eine Scheißangst davor, wegzuziehen. Ich möchte es unbedingt. Trotzdem mache ich mir Sorgen, dass ich nicht so selbstständig bin, wie ich glaube. Dass ich zum Beispiel an der Uni vergesse, wie eine Waschmaschine funktioniert, obwohl ich seit Jahren meine Wäsche selbst wasche. Oder dass ich mich in der Stadt nicht zurechtfinde und mich verlaufe. Mom scheint glücklich mit Christopher zu sein. Trotzdem mache ich mir Sorgen, dass sie sich übernimmt. Ich mache mir Sorgen, dass meine Schwester das, was passiert ist, nicht hinter sich lassen kann. Oder dass mich mein Vater und seine Tat verfolgen, egal wo ich bin. Manchmal mache ich mir Sorgen, so zu werden wie er, und frage mich, ob das vererbbar ist. Ob ich dazu verurteilt bin, mein Leben zu versauen, wie er. Ob dieser Hang zur Gewalt irgendwo in mir steckt.«

»Das ist furchtbar.« Ich stupse seinen Schuh mit meinem an, wie um zu sagen, dass er falschliegt. Dass er nicht dazu verdammt ist. »Du bist kein bisschen so.«

Dieser Junge ist durch und durch sanftmütig. Wenn, dann teilt er mit Worten aus, nicht mit Fäusten. Wir sind uns so nah, dass ich mit der Nasenspitze Linien zwischen den Sommersprossen auf seiner Wange ziehen könnte. Oder sie zählen könnte. Sein Mund wirkt weich. Wie er wohl küsst? Langsam und mit Bedacht oder forsch und voller Verlangen? Würde er mich an der Taille oder an der Hüfte fassen? Kann er seine Gedanken abschalten und sich von seinem Körper leiten lassen?

Mit der Vorstellung, wie er die Kontrolle verliert, ist mein armes Hirn völlig überfordert.

»Du musst nicht darüber reden, wenn du nicht willst«, werfe ich ein.

»Das ist es ja. Ich glaube, ich möchte reden. Das habe ich so lange nicht getan, und mit dir ist es irgendwie nicht so hart, wie ich gedacht hab.«

»Dazu würde mir jetzt ein dreckiger Witz einfallen, aber ich will dich nicht in Verlegenheit bringen.«

Er stößt seine Schulter gegen meine. Es ist eine zurückhaltende, neckende Geste, ruft aber eher weniger zurückhaltende Gedanken bei mir hervor. Das hier fühlt sich noch vertrauter an als der Tanz in der Bücherei. Außerdem war mir nie bewusst, wie viele Nervenenden ich in meinen Oberschenkeln habe.

Einige Straßen weiter hupt ein Auto, und als ich mich instinktiv zu dem Geräusch umdrehe, merke ich, dass sich ein paar meiner Haarsträhnen zwischen den Brettern der Bank verfangen haben. Als wäre ich nicht eh schon ein wandelndes Chaos. Ich packe den Messy Bun, der mittlerweile mehr Messy als Bun ist und zupf-zupf-zupfe das elastische Band und die Klammern raus.

»Hoffnungsloser Fall«, sage ich zur Erklärung. »Das Schicksal meiner Haare war schon besiegelt, als ich heute Morgen im Dunkeln geduscht habe und sie nicht trocken föhnen konnte. Seitdem wird es jede Stunde exponentiell schlimmer.«

Neil betrachtet mich, wie ich mit den Fingern hindurchfahre.

»Sie, ähm, sind gar nicht so übel. Du spielst zwar den ganzen Tag schon daran rum, aber … sie sehen immer schön aus.«

Dann tut er etwas, das uns beide überrascht: Er streckt die Hand nach einer der Locken aus, die ich gerade gelöst habe, und streicht mit den Fingerspitzen darüber. Als wollte er sagen: *Hier. Diese Haare sehen immer schön aus.* Die Berührung macht mich ganz schwach, diese Zärtlichkeit, diese Mischung aus Unsicherheit und Mut. Er zieht die Hand wieder weg, ehe ich mich an sie schmiegen kann. Trotzdem stelle ich mir vor, wie es sich wohl anfühlt, wenn er beide Hände in meinen Haaren vergraben würde.

Sie sehen immer schön aus.

»Deine Anzüge sind auch nicht übel. Ich meine, bild dir jetzt nichts darauf ein oder so. Es ist immer noch total schräg, so was in der Highschool zu tragen, aber es ist nicht so, als würden sie dir nicht stehen.«

»Wir können nicht unbedingt gut Komplimente verteilen, oder?«

»Ich bin besser«, entgegne ich, und er lacht. Sein Lachen klingt wie dieser mitreißende Song, den er mir bei Doo Wop Records vorgespielt hat. Der von den Free Puppies!. Hinter der Brille leuchten seine Augen bernsteinfarben auf. Wieder denke ich, dass ich seinem Lachen nie genug Aufmerksamkeit geschenkt habe. Vielleicht hat er es in meiner Gegenwart auch nicht so oft gezeigt. Vielleicht hat er mich immer nur aus schmalen Augen und mit genervt zusammengezogenen Brauen angeguckt. Aber heute Abend möchte ich ihn zum Lachen bringen. Immer und immer wieder.

Mit pochendem Herzen schiebe ich mein Bein gegen seins und schließe damit die Lücke zwischen uns. Ich halte es nicht länger aus, ihn *nicht* zu berühren.

Ihm stockt der Atem. Himmel, was für ein tolles Geräusch. »Ist dir kalt?«, fragt er, und ich kriege ein schlechtes Gewissen, weil ich immer noch seine Sweatshirtjacke trage.

»Ein bisschen«, sage ich und bin überrascht, wie rau meine Stimme auf einmal klingt. Wenn ihn das dazu bringt, näher zu rücken, bin ich verdammt noch mal die Antarktis.

Ich höre und fühle Stoff, als er sein Bein gegen meins presst. Der Druck zeigt, dass es alles andere als ein Versehen ist, und so sitzen wir da. Hüfte an Hüfte, Oberschenkel an Oberschenkel, Knie an Knie. Er streicht mit dem Daumen über mein Bein, schnell und trotzdem sanft.

Die Berührung verdient einen eigenen Liebesroman.

»Okay?«, fragt er. Will er wissen, ob bei mir alles okay ist, ob das zwischen uns okay ist oder ob ich bereit bin, zu gehen? Denn das bin ich nicht. Es ist kalt, und trotzdem könnte ich in seiner Nähe ein Feuer entfachen. Und ja, es ist *okay,* aber nicht genug.

Ich nicke. Plötzlich ist mir in seiner Jacke viel zu warm. Es ist schon schade genug, was uns durch die nie zustande gekommene Freundschaft entgangen ist, aber was, wenn wir uns angefreundet hätten und dann mehr daraus geworden wäre? Vielleicht hätten wir all unsere ersten Male miteinander erlebt. Zusammen gelernt, uns gegenseitig erforscht, und uns, abseits vom Körperlichen, durch schwere Zeiten geholfen. Den ganzen Abend habe ich mir meine Gefühle anders erklärt, weil ich nicht zugeben wollte, dass ich etwas für ihn empfinde. So vieles wusste ich nicht über ihn, zum Beispiel, dass er gern Kinderbücher liest oder sein Lieblingswort *tsun-*

doku ist und er seine Anzüge selbst anpasst. Seine Mutter und seine Schwester liegen ihm am Herzen. Ich, Rowan Roth, das Mädchen, gegen das er vier Jahre erbittert gekämpft hat, liegt ihm am Herzen.

Ich habe noch nie etwas erlebt, das die Welt aus den Angeln gehoben hat, wie Neil es ausgedrückt. Aber ich kann mir vorstellen, wenn es passiert, dann … bei uns.

Durch diese Möglichkeit fühle ich mich auf einmal wie ein Magnet zu meinem ehemaligen Erzfeind Neil McNair hingezogen, der meinen Mund betrachtet, als hätte er gerade das perfekte Synonym für ein Wort gefunden, das keins hat.

Und vielleicht fühlt er sich aus dem gleichen Grund zu mir hingezogen.

»Rowan, oder?«

Eine Stimme zerschneidet die Dunkelheit. Neil und ich fahren auseinander.

»Hey, das warst doch du auf der Bühne im Bernadette's?« Ein Mädchen, ungefähr Mitte zwanzig, steht ein paar Schritte von uns entfernt. Sie hat die Haare unter einer Mütze versteckt, und im Licht der Straßenlaterne blitzt ein Septum-Piercing auf.

»H-hey«, stammle ich. »Ja. Jep. Das war ich.«

Meine Wangen glühen, als hätte man mich bei etwas ertappt. Entweder hat sie nicht gemerkt, was zwischen uns los war, oder es ist ihr egal. Ich traue mich nicht, Neil anzuschauen, der neben mir zur Salzsäule erstarrt ist.

Eine fußgroße Lücke hat sich zwischen uns auf der Bank aufgetan. Als wollte auch er nicht erwischt werden.

Das Mädchen fängt an zu grinsen. »Ich mochte deinen Text, bin echt süchtig nach Liebesromanen, aber in meiner Clique versteht das niemand. Und auf einmal standest du da und hast total selbstverständlich bei einer Open-Mic-Veranstaltung aus einem Liebesroman gelesen.«

Oh wow, so ein Gespräch hätte ich wirklich zu jeder anderen Zeit liebend gern geführt.

»Danke, danke.« *Danke, dass du den wohl romantischsten Moment meines ganzen Lebens gesprengt hast.*

»Das musste ich nur mal eben loswerden. Hoffentlich bis zum nächsten Mal!«, sagt sie.

»Ja, hoffentlich.«

Sie winkt und huscht davon.

Meine linke Seite ist kalt, und ich bibbere. Ich wünsche mir Neils weichen Körper zurück, aber jetzt ist er wie eine Statue mit eisernem Rückgrat und Schultern aus Beton. Wir waren kurz davor, uns zu küssen. Das habe ich mir nicht eingebildet.

Endlich kommt wieder Leben in ihn. »Wir sollten gehen.« Er springt auf und klopft sich die Hose ab. »Um halb zwölf müssen wir an der Minigolfhalle sein.«

»Stimmt«, krächze ich. Meine Beine sind wie Pudding.

Den ganzen Weg zum Auto sagt niemand von uns ein Wort.

LEITFADEN FÜR DIE PIRSCH

- ☽ ~~Laden, der Nirvanas erstes Album führt~~
- ☽ ~~Ort, der von oben bis unten rot ist~~
- ☽ ~~Chiroptera-Zone~~
- ☽ ~~Ein regenbogenfarbener Zebrastreifen~~
- ☽ ~~Eis für Schneemenschen~~
- ☽ ~~Der Riese im Mittelpunkt des Universums~~
- ☽ ~~Etwas, das regional, nachhaltig und bio ist~~
- ☽ ~~Eine Diskette~~
- ☽ ~~Kaffeebecher mit einem fremden Namen (oder deinem eigenen, aber total falsch geschrieben)~~
- ☽ ~~Auto mit Knöllchen~~
- ☽ Hoher Aussichtspunkt
- ☽ ~~Die beste Pizza der Stadt (subjektiv)~~
- ☽ ~~Eine Touri-Aktion, die Einheimischen peinlich wäre~~
- ☽ ~~Ein Regenschirm (wir wissen alle, dass wahre Seattler Nordlichter keinen benutzen)~~
- ☽ Würdigung des rätselhaften Mr. Cooper

23:26 Uhr

Wir hatten heute schon viele seltsame Autofahrten, aber diese hier toppt noch mal alles. Neil starrt schweigend aus dem Fenster, das Kinn auf die Hand gestützt. Ich möchte meine melancholische Musik spielen. Möchte, dass er mir etymologisch das Wort »Herzschmerz« erklärt.

Ich habe ein dumpfes Gefühl in der Brust, seit wir den Park verlassen haben. Nach der Sache mit seinem Vater hat er gelernt, sich zu verschließen – und sein stoisches Verhalten gerade zeigt, dass er immer noch ein Meister darin ist. *Scheiße*, das tut mir in der Seele weh. Ich mag diese Enge in der Brust nicht, auch nicht die Tränen, die sich in meinen Augen sammeln.

Ich könnte schwören, er hat sich auf der Bank zu mir gebeugt. Aber vielleicht merkt er erst jetzt nach dem Adrenalinrausch, was für einen Riesenfehler wir fast gemacht hätten. Vor sechs Stunden wäre ich selbst entsetzt gewesen – wobei, stimmt das? Wann hat das alles angefangen? Sicher nicht erst heute. Als ich von ihm geträumt habe? Schlummert es in mir, seitdem ich in der Neunten in ihn verknallt war? Das kann ich mir nicht vorstellen. Was ich ihm gegenüber empfinde, ist neu, aber auch alt und vertraut. Ich ziehe ihn zwar wegen seiner Anzüge auf, aber eigentlich mag ich sie, oder? Und seine Sommersprossen. Gott, diese Sommersprossen. Ich bin verrückt nach ihnen.

Sein Blick huscht zwischen seiner Uhr und der auf dem Armaturenbrett hin und her.

»Die geht drei Minuten vor«, bemerke ich.

»Es wird knapp.«

Er sagt nicht: Wären wir nicht zum Open Mic gegangen, hätten wir nicht auf der Bank herumgetrödelt, hätten wir uns nicht fast geküsst, dann würden wir nicht gerade unsere Disqualifikation von der Pirsch riskieren.

»Da war was frei«, meint er, während ich eine Runde um den Block drehe.

»Der war zu klein.«

Ich fahre sicher, wenn auch verkrampft, vor allem nach dem Auffahrunfall heute Morgen. Zu allem Überfluss haben wir rote Welle und so noch mehr Zeit, uns anzuschweigen. Neil seufzt. Hustet. Seufzt wieder. Scheint etwas sagen zu wollen, für das er keine Worte findet.

»Wir sind zu spät«, nuschelt er, als ich in der Nähe der Minigolfhalle parke.

Fang jetzt nicht an zu heulen. »Das kann nicht sein.«

»Über Zeit kann man nicht diskutieren. Zu spät ist zu spät. Das ist eine Tatsache.«

Seine schnippische Erwiderung trifft mich unerwartet. Mir wird flau im Magen. Ganz sicher bereut er, was fast zwischen uns passiert ist.

Logan Perez steht mit ihrem Klemmbrett am Eingang. »Ihr zwei seid zu spät.« Sie schüttelt den Kopf.

»Nur zwei Minuten«, entgegne ich schwach, dabei halte ich mich sonst immer penibel an Regeln. Zu spät ist zu spät, egal ob zwei Minuten oder zwei Stunden.

Neil strafft die Schultern. »Das ist meine Schuld, Logan. Ich habe Rowan dazu überredet, einen blöden Umweg zu fahren, obwohl sie es nicht wollte. Schmeiß mich raus, wenn du musst, aber lass *sie* weiterspielen.«

Hitze steigt mir ins Gesicht, und das flaue Gefühl im Magen lässt etwas nach. Was hat er vor? Zwar hat er nicht direkt gesagt, dass er das Geld am Ende nimmt, aber unsere Chancen auf den Gewinn würden dramatisch sinken, wenn ich als Einzige übrig bliebe. Logan schaut uns abwechselnd an. »Eigentlich sollte ich das nicht tun, aber als angehende Schulsprecherin liegt die Entscheidungsgewalt bei mir. Grundsätzlich bin ich eher streng. Trotzdem. Was du da gerade tust, Neil, ist echt süß. Das berührt mich – ungefähr hier.« Sie greift sich ans Herz und grinst. »Ihr könnt beide weiterspielen, aber *kein Wort* zu den anderen.« Als wir nicken, tritt sie beiseite und lässt uns vorbei. »Genießt euren Aufenthalt.«

Drinnen scheint Neil auf einmal ganz fasziniert von seinen Rucksackriemen.

»Das war nicht nötig«, sage ich, unsicher, wie ich seine Aktion verstehen soll.

Er zuckt mit den Achseln. »Du hattest recht. Wir hätten nicht so viele Umwege machen sollen.«

Prompt fühle ich mich, als wäre ich sechzig Zentimeter klein. »Dann bis in einer halben Stunde?«

Er nickt und trottet zu seinen Kumpels. Ich war noch nie so erleichtert, meine Freundinnen zu sehen. Mara winkt, und Kirby, etwas verhaltener, lächelt mich an.

»Hi«, begrüße ich die beiden, leicht wackelig auf den Beinen. Falls ich gleich doch anfange, zu heulen, bin ich wenigstens nicht allein. »Ich glaube, ich brauche jemanden zum Reden.«

In einer schummrigen Ecke des Minigolfplatzes, nachdem ich mich noch hundertmal für meine beleidigte Reaktion auf den Urlaub am Lake Chelan entschuldigt habe, beichte ich meinen Freundinnen, was sie schon jahrelang vermutet haben: dass ich mehr für Neil McNair empfinde.

Außerdem erzähle ich ihnen von den Büchern, die ich lese, von meinem Buch und von Delilah Park.

»Los, macht euch ruhig lustig.« Den Rücken an die Wand gepresst, wappne ich mich für ihr Gespött.

»Du schreibst einen Liebesroman«, wiederholt Kirby langsam. »Und hast ihn Neil McNair gezeigt.«

Mit schlechtem Gewissen nicke ich und warte auf den Vorwurf, warum ich damit nicht zuerst zu ihnen gekommen bin. Trotzdem geht es mir schon besser, weil ich nichts mehr vor den beiden verheimliche.

»Und du dachtest, wir würden dich nicht unterstützen?«, fragt sie, von Spott keine Spur. Vielmehr wirkt sie verletzt.

»Es ist ein Liebesroman. Es war ziemlich deutlich, was ihr davon haltet.«

»Ja, aber ...« Kirby schüttelt den Kopf. »Mir war nicht klar, dass du sie *magst* magst. Ich hab doch nur Spaß gemacht. Das war nicht fies gemeint. Du hast nie den Eindruck vermittelt, dass sie dir besonders wichtig wären. Du hattest nur ein paar davon zu Hause.«

»Ich hatte Angst«, sage ich leise. »Aber die will ich nicht mehr haben. Ich bin vielleicht noch keine Wahnsinnsschriftstellerin, aber ich glaube, ich bin ganz passabel. Und ich habe genug Zeit, um zu üben. Ich möchte mich nicht für das schämen, was ich gern tue.«

Mara hat während des gesamten Gesprächs keinen Mucks von sich gegeben – was nicht unbedingt untypisch für sie ist. Doch nun sprudelt sie los: »Ich steh auf Harry Styles.« Das überrascht nicht nur mich, sondern auch Kirby.

Sie wendet sich Mara zu. »Echt? Das hast du nie erzählt. Er sieht ja auch nicht übel aus.«

Mara wird rot. »Ich meinte, ich steh auf seine *Musik*.«

»Oh, die habe ich mir noch nie so genau angehört«, erwidert Kirby.

»Die ist toll. Ich schick dir mal ein paar Songs«, beharrt Mara.

Dann starren Mara und ich Kirby erwartungsvoll an.

»Okay, na schön. Ich mag Reality Shows. Nicht die, in denen man was vom Singen oder von Mode verstehen muss, sondern die richtig üblen, in denen sich heiße reiche Schickimickis gegenseitig ankeifen. Bevor meine Schwester aufs College gegangen ist, habe ich angefangen, sie aus Spaß mit ihr zu gucken. Und irgendwie haben sie mir gefallen.«

»Ich liebe Harry Styles!«, ruft Mara nun laut und kichert. Einige aus unserer Stufe blicken mit hochgezogenen Brauen zu uns herüber. So kennt man Mara gar nicht. »Und meinetwegen darf es die ganze Welt erfahren!«

Sie ist großartig.

»Du kannst uns ja mal Bücher empfehlen«, meint Kirby, und mir wird warm ums Herz.

»Das mach ich.«

Nachdem Mara sich gefangen hat, legt sie mir eine Hand aufs Knie. »Neil also, ja?«

Allein bei seinem Namen steigt mir wieder die Hitze ins Gesicht.

»Ich dachte ja, ihr müsstet nur mal übereinander herfallen, um die Spannung abzubauen, aber du magst ihn wirklich, oder?«, fragt Kirby.

»Mein Gott, und wie. Die Sache auf der Bank hat nur leider einen Schalter bei ihm umgelegt, und jetzt verhält er sich seltsam.«

»Klingt, als hätte er kalte Füße gekriegt«, meint Mara. »Mir ging es am Anfang mit Kirby auch so. Ich hatte Bedenken, dass es kein Zurück mehr gibt, wenn wir diesen Schritt erst mal gegangen sind. Dass es unsere Freundschaft zum Guten, aber auch zum Schlechten verändern könnte.«

»Zum Glück war es zum Guten«, wirft Kirby ein.

Mara verschränkt die Finger mit Kirbys. »Die Schule ist zwar vorbei, aber ihr könnt immer noch rausfinden, was im Sommer passiert oder am College, falls ihr euch bis dahin nicht die Köpfe eingeschlagen habt. Es ist alles ungewiss, und das kann einem ganz schön Angst einjagen. Selbst mir geht es so, obwohl Kirby und ich an dieselbe Uni gehen.«

Kirby blinzelt. »Ach, echt?«

»Na ja … ja. Wir kriegen neue Kurse, treffen neue Leute und führen zum ersten Mal ein halbwegs eigenständiges Leben. Da verändert man sich.«

»Ich mag mich aber so, wie ich bin«, jammert Kirby, und Mara verpasst ihr einen Klaps auf den Arm.

Ich liebe die beiden. Und vielleicht verdiene ich sie nicht, umso froher bin ich, sie zu haben.

»Es tut mir alles so leid. Das mit Neil, und dass ich euch im Stich gelassen habe.«

»Wir haben eine Geschichte. Die kannst du nicht innerhalb von ein paar Monaten ausradieren«, sagt Mara. »Aber falls du es wiedergutmachen willst, hätte ich nichts dagegen, wenn du Bilder für die Pirsch mit uns teilst.«

»Netter Versuch.«

»Und ich lasse dich doch nach einem winzigen Streit nicht fallen wie eine heiße Kartoffel.« Kirby lächelt wehmütig. »Ich wünschte nur, das mit Neil wäre früher passiert. So viele versäumte Doppeldates …«

Wieder bereue ich, dass die letzten vier Jahre nicht anders gelaufen sind. Ich sehe schon vor mir, wie wir spätabends in Capitol Hill an einem Tisch bei Hot Cakes sitzen und Mara alberne Fotos schießt. Ich presse eine Hand aufs Herz, als würde es mir körperlich Schmerzen bereiten.

»Keine Ahnung, wie es ist, wenn sich unser Verhältnis zueinander ändert und mehr aus uns wird.« Allein die Vorstellung ist schräg. »Auf jeden Fall möchte ich euch dabeihaben. Okay, nicht *bei allem*.«

»Ich will aber alles über eure heißen McNächte wissen.« Kirby klimpert mit den Wimpern.

Ich verdrehe die Augen. »Wie sagt man dem Menschen, dem

man vier Jahre das Leben schwer gemacht hat, dass man in ihn verknallt ist?«

»Bestimmt gibt es ein Buch darüber. Und mit hoher Wahrscheinlichkeit hast du es sogar gelesen«, meint Mara.

»Sorg einfach dafür, dass es ernst und aufrichtig rüberkommt.
Sarkasmus ist tabu«, rät Kirby. »Du als Streberin packst das doch
mit links.«

»Ich versuch's.« In diesem Moment bin ich total überwältigt von
dem Abend und von meinen beiden Freundinnen, und plötzlich
habe ich eine Idee. »Hey, sollen wir ein Foto machen? Das letzte
ist ewig her.«

Prompt zückt Mara das Handy. »Ich dachte schon, du fragst nie.«

Es ist mir scheißegal, wie ich mit den verquollenen Augen, dem
verblassten Make-up und dem dreckigen Kleid aussehe. Geübt
streckt Mara ihren Selfie-Arm aus, und wir stecken die Köpfe zusammen. Ohne einen Blick aufs Display weiß ich, dass das Bild auf
seine eigene perfekte Art unperfekt wird.

In der Ferne trillert eine Pfeife, ehe Logans Stimme durch die
Lautsprecher schallt: »Zwölfer-Wölfe! In drei Minuten läuft die
jagdfreie Zeit ab. Bitte begebt euch geordnet zum Ausgang.«

»Okay.« Motiviert springe ich auf. »Ich werde es tun. Ich werde
es ihm sagen.«

Ich komme mir vor wie eine neugeborene Giraffe, die gerade
laufen lernt. Aber nachdem ich Kirby und Mara umarmt habe,
fühle ich mich schon gefestigter.

»Kann man auf eine Person stolz sein, die genauso alt ist wie
man selbst? Ich bin nämlich wirklich stolz auf dich«, sagt Mara.
Und wieder, diesmal allerdings aus einem anderen Grund, sammeln sich Tränen in meinen Augen.

Beim Anblick von Neil schlägt mein Magen Radau. Er ist noch
süßer als vorher – falls das überhaupt möglich ist. Ich will mich ihm
an den Hals werfen, will, dass er mich festhält wie vor dem Bernadette's. Ich will zurück zur Bank und auf seinen Schoß klettern.

Ich will ihn küssen wie niemanden je zuvor. Ich will, dass er sich vergisst – was ich mir nie vorstellen konnte. Aber vielleicht war es einfach schwer vorstellbar, weil es mit niemandem außer mir passieren sollte.

Hi. Ich glaube, ich mag dich. Möchtest du dir noch eine Zimtschnecke mit mir teilen?

Übrigens stimmt es gar nicht, dass ich dich hasse.

Du. Ich. Autorückbank. Jetzt.

»Bereit?«, fragt er.

»Hm?«, sage ich gedankenversunken. Er zieht die Augenbrauen hoch. Ich reiße mich aus dem Dämmerzustand. »Ja. Machen wir zuerst das Aussichtsfoto, da, wo man deiner Meinung nach den besten Blick über Seattle hat. Danach kümmern wir uns um den rätselhaften Mr. Cooper.«

Logans Pfeife gellt ein zweites Mal. Heißt, wir müssen innerhalb von fünf Minuten so weit wie möglich von hier weg, bevor die Jagd wieder freigegeben ist. Als sich die Tür öffnet, sprinten Neil und ich in der trüben Dunkelheit Richtung Auto.

Kreuz und quer laufen wir durch die Straßen, damit niemand uns folgen kann. Es ist deutlich kälter geworden, und ich vergrabe die Hände in den Taschen seiner Sweatshirtjacke. Ich sollte sie ihm zurückgeben, das weiß ich, aber ich trage sie einfach zu gern.

Fast am Wagen angekommen, streifen meine Finger einen Zettel in der Tasche.

Abrupt bleibe ich stehen und hole ihn hervor. Mir rutscht das Herz in die Hose, als ich wieder und wieder den Namen lese. *Nein.* Nein, nein, nein. Ich streiche über die Buchstaben und versuche, schlau daraus zu werden.

ROWAN ROTH.

00:05 Uhr

Neil hat meinen Namen.

Neil hat *mich* gezogen.

Er hat noch niemanden getötet, also hatte er mich von Anfang an.

»Rowan?«, sagt er. Nicht »Erzwo«. Weil wir keine Freunde sind. Und auch nicht mehr als das, auch wenn es auf der Bank den Anschein hatte. »Vielleicht hat Cooper irgendwas mit der Gründung von Seattle zu tun oder mit der Geschichte allgemein. Ich habe einen Artikel über einen gewissen Frank B. Cooper gefunden, der den Aufbau neuer Schulen beaufsichtigt hat. Könnte das ein Hinweis auf die erste Schule in Seattle sein oder ist das zu weit hergeholt? Was meinst du?«

Mein Herz rast. Oh Gott, ich glaub's nicht. Ich kann jetzt nicht über Frank B. Cooper oder Schulen nachdenken. Nervös wippe ich auf den Fußsohlen vor und zurück und zupfe an meinen Rucksackriemen, das Gesicht brennend heiß.

Plötzlich ergibt alles einen Sinn. Dass er so herumgedruckst hat, nachdem ich ihn gerettet hatte. Dass er Carolyn Gao nicht verfolgen wollte. Nur, damit er mich ein letztes Mal schlagen kann. Er hat mir was vorgespielt, den Pakt mit mir geschlossen, mich in sein Haus und sein Zimmer eingeladen, mir seine Geheimnisse verraten und mir meine entlockt. Nur, um mich später genüsslich abzumurksen.

Und ich war kurz davor, ihm von meinen Gefühlen zu erzählen!

Ich balle die Faust um den Zettel. Langsam drehe ich mich zu ihm um und halte ihm meinen Namen anklagend unter die Nase.

So verharren wir einige Sekunden reglos.

Ihm weicht die Farbe aus dem Gesicht. »Oh. Mist«, murmelt er. »Ich kann das erklären.«

»Da bin ich ja mal gespannt.«

Er reibt sich die Augen und haut dabei gegen die Brille. »Es tut mir ehrlich leid. Du … du solltest das nicht rausfinden.«

»Offensichtlich nicht«, spucke ich aus. »Hattest du mich die ganze Zeit?«

Er nickt unglücklich. »Seit dem Cinerama. Ich hätte es dir sagen sollen. Ich dachte nur … ich dachte, du würdest mir dann nicht mehr vertrauen.«

Welch Ironie!

»Und was war dein Plan? Es geheim halten, um mich am Ende bloßzustellen, *weil* ich dir vertraut habe? Mich weichkochen, damit ich unvorsichtig werde?« Ich schüttle den Kopf. Sein Verrat ist schlimmer als das verlorene Preisgeld. »Mir geht es nicht mehr ums Geld, das weißt du. Warum hast du es mir nicht gesagt?«

Er schweigt.

»Tja, herzlichen Glückwunsch! Du hast gewonnen. Dann kannst du mich ja jetzt aus dem Weg räumen.«

Ich strecke ihm den Arm mit dem blauen Bandana hin.

»So war das nicht …«

»Tu's einfach, okay?«, presse ich zwischen zusammengebissenen Zähnen hervor. Wir starren auf das Band. Sanft stoße ich ihn gegen die Schulter, aber er rührt sich nicht, als wäre er aus Stein, nicht aus Haut und Knochen. »Von deinen Schuhen kriegst du keine Antwort. Sieh mich wenigstens an!«

Als er mir endlich in die Augen schaut, rutscht mir das Herz in die Hose. Er wirkt so verletzt wie den ganzen Abend nicht.

»Rowan«, sagt er mit bebender Stimme, bemüht, freundlich zu klingen. Er schluckt. »Es stimmt. Du hast recht. Zuerst wollte ich nicht bis zum Ende warten. Im Plattenladen gab es einen Moment, da dachte ich, ›jetzt tu ich's‹. Aber ich konnte nicht. Keine Ahnung. Wir haben uns so gut verstanden, und tut mir leid, es war einfach *schön*. Es war schön. Ich war *gerne* mit dir zusammen.«

»Warum so geschockt?«, knurre ich, obwohl das Kompliment runtergeht wie Butter. »Ist es echt so abwegig, meine Gesellschaft zu genießen?«

Er verschränkt die Arme. »Tu nicht so, als würde es dir an Selbstwertgefühl fehlen. Sorry, dass ich Zeit mit dir verbringen wollte. Sorry, dass ich dich nicht aus dem Spiel werfen wollte, aber dir ging es doch am Pike Place Market nicht anders. Du hast es darauf angelegt, dass zum Schluss nur noch wir zwei gegeneinander antreten, damit du mich schlagen kannst. Offensichtlich ist das sowieso das Einzige, was dich interessiert.«

»Ist es nicht.« Seit Stunden nicht mehr.

Unter den Sommersprossen in seinem Gesicht bilden sich wutrote Flecken – was nicht niedlich ist, sondern mich aufregt. Wir stehen uns so nah gegenüber, dass ich sämtliche Sommersprossen erkennen kann, inklusive einer Narbe am Kinn, die mir vorher nie aufgefallen ist. Genauso wenig wie die roten Stoppeln.

»Wir kannten uns bis heute kaum. Klar, ich wusste, dass du es hasst, wenn du in der Schülervertretung nicht genug Stimmen für einen Beschluss bekommst, und dass du gern Liebesromane liest. Aber ich wusste zum Beispiel nicht, warum. Ich wusste nicht von deinen Eltern oder deiner Schreiberei. Ich wusste nicht, wie sehr du traurige Musik magst.« Er holt Luft. »Außerdem wusstest du auch nichts über mich. Du wusstest nichts über meine Familie. Hast du eine Ahnung, wie vielen Leuten ich das mit meinem Dad freiwillig erzählt habe?« Er schüttelt den Kopf. »Fünf, wenn's hochkommt. Du warst seit Langem die Erste, der ich es anvertraut habe.«

Er hat sich entschuldigt. Ganz offensichtlich hat er ein schlechtes Gewissen. Vielleicht ist es ja auch gar nicht so schlimm, dass er es mir verheimlicht hat. Vielleicht können wir einfach darüber hinwegsehen und weiterspielen.

Sein Gesicht leuchtet im Mondlicht. Es ist wunderschön.

»Wir haben über echt persönliche Sachen gesprochen. Zählt das denn gar nicht?«, fragt er.

Jetzt werde ich ebenfalls rot, das merke ich. Ich denke an die Bücherei und wie gut sich die Gespräche mit ihm angefühlt haben. Ich bin gern mit ihm auf der Pirsch, und mehr noch …

Ich wollte ihn küssen und wollte, dass er mich zurückküsst. Das wollte ich so sehr.

Will ich so sehr.

»Natürlich zählt das.« Ich mache einen Schritt auf ihn zu. Ich möchte mich nicht mit ihm streiten. Der Tag zieht an mir vorbei: die Versammlung, die Rettungsaktion auf dem Pike Place Market, die Diskussion beim Pizzaessen. Der Plattenladen, Sean Yees Labor, Neils Zuhause – in das er sonst nie jemanden mitbringt. Dann mein Zuhause, der Zoo, die Bücherei. *Die Bücherei.* Der Tanz. Das Two Birds, das Singen beim Abwasch, das Open Mic und das atemberaubende Gefühl danach.

Die Bank.

Was davon war echt? Das bei ihm zu Hause und das bei mir auf jeden Fall. Aber alles andere? Bevor ich ihm verzeihe, muss ich sicher sein.

»Sag mir nur eins: Wie viel von dem, was heute passiert ist, war ernst gemeint? Weil … auf der Bank hätten wir uns fast geküsst, Neil.« Der letzte Teil kommt nur noch im Flüsterton heraus.

Das fast *würde ich so gern aus dem Satz streichen,* möchte ich noch nachlegen. Ich wollte seinen Mund auf meinem spüren, seine Hände in meinen Haaren. Und davon habe ich nicht monatelang geträumt. Ich hatte keine Erwartungen. Zum ersten Mal wollte ich einfach abschalten und *fühlen.*

Wie soll ich ihm erklären, wie ungewöhnlich das für mich ist?

Neil wird noch röter. »Gut, dass es dazu nicht gekommen ist. Wir … haben uns nur von dem Moment verleiten lassen. Es wäre ein Fehler gewesen.«

Ein Fehler.

Er zieht den Kopf ein und wendet sich von mir ab. Vor lauter Schock weiche ich zurück. Als hätte man mir einen Felsblock vor die Brust geknallt. Es war also nur einseitig. Er hat mich nur ausgenutzt. Nach so vielen Stunden ist es immer noch nur ein Spiel für ihn.

Stunden. Es sind erst ein paar Stunden vergangen. So schnell kann man die eigene Meinung nicht ändern. Aber genau das ist bei mir passiert. Und ich war sicher, bei ihm wäre es auch so.

Ich muss mich beherrschen, damit mir die Gesichtszüge nicht entgleisen. Damit meine Hände nicht zittern. Mein Herz allerdings lässt sich nicht kontrollieren. Als Kind habe ich nie begriffen, wie jemandem das Herz schwer werden kann. *Das ist physikalisch unmöglich*, habe ich allen erzählt, die es hören wollten. Jetzt verstehe ich das Gefühl nur zu gut. Und es ist nicht nur mein Herz – mein ganzer Körper bricht unter der Last zusammen.

Ihm scheint das auf der Bank so peinlich zu sein, dass er mich nicht mal ansehen kann. Stattdessen beschäftigt er sich mit einem offenbar faszinierenden Schlagloch auf dem Gehweg.

»Rowan?«, hakt er nach, als wollte er wissen, ob ich seine verletzenden Worte mitgekriegt habe.

»Klar. Stimmt«, sage ich überzeugter, als ich bin. Wegen der Kälte schlinge ich die Arme um mich. Das ändert jedoch auch nichts an der bleiernen Schwere, den brennenden Augen und meiner bebenden, angestrengten Stimme. »Jep, ein Riesenfehler.«

»Zum Glück sind wir uns einig«, sagt er, aber es klingt kurz angebunden und absolut nicht erleichtert.

»Gut, dass wir zur Vernunft gekommen sind. Ich meine, du und ich? In welchem Universum wäre das eine gute Idee?« Wenn ich es laut ausspreche, glaube ich es vielleicht. Vielleicht tut es dann weniger weh. »Der Rest der Stufe hätte sich vor Lachen nicht mehr eingekriegt.«

Ich muss an die Momente denken, in denen ich so fies zu ihm war, in denen ich ihn vor den Kopf gestoßen habe. Würden wir dieses Gespräch führen, wenn ich da anders reagiert hätte? Oder wäre es nur umso schmerzhafter?

»Können wir … können wir das einfach vergessen?«, stammelt er. »Bitte?«

»Gut. Klar.« Ich gehe auf die Knie und krame im Rucksack nach dem Autoschlüssel. Ich kann ihn nicht angucken. Er soll die Tränen in meinen Augen nicht sehen. Damit würde ich ihm nur Munition liefern.

Himmel, was stimmt nicht mit mir? Neil McNair wäre niemals ein perfekter Freund gewesen. Er ist definitiv nicht der Richtige.

Ich ertaste kühles Metall und schließe die Faust fest um den Schlüssel, wie um mein seelisches Gleichgewicht wiederzufinden. Letztendlich wäre sein Sieg sogar verdient. Immerhin hat er mich denken lassen, ich würde etwas für ihn empfinden. Er ist der wahre Champion der Westview High. Er hat die letzte Runde für sich entschieden. Ich bin am Boden.

»Uns fehlen nur noch zwei Punkte auf der Liste«, sagt er, sanft diesmal. *Scheiße.* Hoffentlich fasst er mich jetzt nicht mit Samthandschuhen an. Keine Ahnung, was schlimmer wäre: die Sticheleien, nachdem ich ihm von meiner Schwärmerei in der Neunten erzählt habe, oder das hier. »Haken wir die erst mal ab, danach schauen wir weiter.«

Das hier. Definitiv das hier!

»Es gibt kein Danach.« Ich springe auf, so schnell, dass mir schwindelig wird, und schließe die Faust noch fester um die Schlüssel. »Wir gehen getrennte Wege, ob jetzt, am Ende der Pirsch oder nach der Abschlussfeier. Warum sollten wir es also hinauszögern? Dieses Freundschaftsding zwischen uns klappt sowieso nicht.« Das altbekannte Gefühl der Rache erwacht. Verdrängt die bleierne Schwere, das Am-Boden-Sein. Ich will ihm Schmerzen zufügen. Und ich weiß genau, wo ich ansetzen muss, damit es am meisten wehtut. »Das Schlimmste ist: Ich mochte den Menschen, der du heute warst. Ich hab gern Zeit mit dir verbracht. Deswegen bin ich auch so sauer, dass du mir das mit dem Namen den ganzen Tag verheimlicht hast! Du hattest so viele Gelegenheiten, damit rauszurücken. Ich dachte, du wärst anders, aber vielleicht bist du deinem Dad doch ähnlicher, als du glaubst.«

Ich bereue die Worte sofort. Durch mein herausragendes Talent, ihn niederzumachen, habe ich mich in den letzten vier Jahren stark gefühlt. Jetzt komme ich mir sehr klein vor. Das bin nicht ich. So möchte ich nicht sein.

Sein Blick verdüstert sich, und er öffnet den Mund, als wollte er etwas sagen, aber zuerst kommt kein Mucks heraus.

»Das ist ein Schlag unter die Gürtellinie, und das weißt du auch. Wenn wir schon über persönliche Defizite sprechen, was ist dann mit dir?«

Ich weiche einen Schritt zurück. »Was ist mit mir?«

Verzweifelt wirft er die Arme in die Luft. »Rowan! Du sabotierst dich selbst. Seit Jahren. Das Erfolgsrezept?«

»Daran habe ich ewig nicht gedacht«, erwidere ich leise und frage mich, wie er mich so schnell wieder in die Defensive drängen konnte.

»Du hast die Liste mit vierzehn geschrieben. Ist doch klar, dass du heute nicht mehr dieselben Ziele hast. Du bist nicht mehr dieselbe. Du bist älter geworden, hast dich verändert, und das ist *gut* so. Warst du im Zoo wirklich high oder war das nur eine Ausrede, weil du Schiss hattest, Delilah zu treffen?«

»Quatsch«, widerspreche ich, bin mir aber unsicher. War ich deswegen so erleichtert?

»Was ist mit Spencer? Mit Kirby und Mara? Mit dem Schreiben, deiner Leidenschaft? Du hast es selbst gesagt. Du machst dir solche

Sorgen, dass die Realität nicht mit deinen Vorstellungen mithalten kann, dass du Dinge, vor denen du Angst hast, gar nicht erst angehst. Und Beziehungsprobleme lässt du nicht an dich ran, weil sie erst existieren, wenn du dich mit ihnen auseinandersetzt, richtig?« Ich schüttle den Kopf. »Ich ... Nein. Nein.« Ich habe mich heute Abend auf die Bühne getraut. Und mit Kirby und Mara ist alles super. Wir arbeiten daran. Das weiß Neil zwar nicht, aber das muss ich ihm auch nicht auf die Nase binden. Ich schulde ihm nichts. Soll er doch von mir denken, was er will.

Er richtet sich zu voller Größe auf, sodass er mich ein paar Zentimeter überragt. »Verdammt, du stehst dir selbst im Weg. Und solange du das nicht wahrhaben willst, wirst du nie glücklich.«

Ich hole zum letzten Gegenschlag aus.

»Wenn wir keine Freunde sind«, meine Stimme klingt furchtbar gepresst, »was machst du dann noch hier?«

In seinem Gesicht spiegeln sich Schmerz, Verwirrung – Reue? Aber vielleicht ist das auch nur Wunschdenken.

»Gute Frage.«

Damit kehrt er mir den Rücken zu, stemmt sich gegen den Wind und stapft davon.

Und plötzlich bin ich allein in der kalten, dunklen Nacht.

SPIELSTAND

TOP 5
Neil McNair: 14
Rowan Roth: 13
Brady Becker: 12
Mara Pompetti: 10
Iris Zhou: 8

IM SPIEL VERBLEIBEND: 13

00:27 Uhr

Wenn es am Pike Place Market tatsächlich spuken würde, würden die Geister spätestens jetzt ihr Unwesen treiben. Ich fühle mich selbst etwas gespenstisch, wie ich mich so durch die Stadt schleppe, am Wasser entlang vorbei am Geschäftsviertel. Hier ist es noch kälter. Und windiger.

Ich mummle mich in Neils Sweatshirtjacke und wünschte, sie würde jemand anderem gehören. Sie riecht ekelhaft gut. Verflucht seist du duftende Jacke, die ich nicht ausziehen kann, ohne zu frieren!

Meine Füße tun weh vom Laufen. Ich habe auf dem leeren Marktgelände geparkt, wo die Geschäfte längst geschlossen sind. Ich wollte den Kopf frei kriegen und herausfinden, was da eben passiert ist und was ich jetzt verdammt noch mal machen soll.

Ich muss wirklich besessen von Neil McNair sein, wenn ich selbst in seiner Abwesenheit an nichts anderes denken kann. Und das Schlimmste ist: Er hatte gar nicht so unrecht.

Das Erfolgsrezept ist vier Jahre alt. Nur weil ich nicht zu hundert Prozent zu dem Menschen geworden bin, den ich mir damals vorgestellt habe, heißt das nicht, dass ich keinen Erfolg habe. Tief in meinem Inneren war mir das den ganzen Tag schon klar, aber das Rezept, der Gedanke daran, dass es noch etwas abzuhaken gibt, hat mich beruhigt.

Heute ist nichts nach Plan verlaufen. Trotzdem war bis zu dem Streit gerade alles okay. Sogar mehr als okay. Ich habe mich an meine Vorstellungen geklammert und mir eingeredet, die Realität könnte eh nicht mithalten.

Aber was, wenn die Realität *besser* ist?

Wie soll ich das ändern, dieses *persönliche Defizit*, wie Neil es genannt hat? Nach der Pirsch ist es endgültig vorbei mit unserem Konkurrenzkampf. Er zieht nach New York, ich nach Boston. Sollten wir uns in den Ferien in Seattle begegnen, haben wir vielleicht kurz Blickkontakt, nicken uns zu und schauen dann schnell wieder weg. Wenn etwas zwischen uns laufen würde, wäre das nur eine weitere Sache, die nach der Highschool endet. Unsere Unis liegen mehr als vier Stunden auseinander (habe ich vorhin nachgeguckt).

Am liebsten würde ich mit Kirby und Mara darüber reden, aber ich weiß nicht, ob ich es in Worte fassen könnte. Und trotz allem bin ich froh, dass ich mich auf die Bühne getraut und meinen Text vorgelesen habe. Das Erlebnis werde ich auf ewig mit Neil McNair verbinden.

Ach, was soll's.

Ich zücke mein Handy und tippe auf das vertraute Icon.

»Rowan?« Mom nimmt nach dem dritten Ton ab. Meine Eltern feiern ihre Manuskriptabgaben immer auf die gleiche Art: indem sie sich abschießen. Zu diesem Anlass lagern sie eine Flasche zwölf Jahre alten Scotch im Büro. »Es ist spät. Ist alles in Ordnung? Wir haben den Scotch schon aufgemacht …«

»Ich schreibe ein Buch«, sprudele ich los.

»Jetzt gerade?«

»Nein. Ich sitze seit Längerem daran.« Nervös kaue ich auf der Innenseite meiner Wange und warte auf ihre Reaktion. Im Hintergrund ertönt Geraschel. Sie hat mich auf Lautsprecher gestellt. »Es ist ein Liebesroman.«

Schweigen am Ende der Leitung.

»Ich weiß, ihr mögt sie nicht, aber ich finde sie wirklich toll! Es macht Spaß, sie zu lesen. Sie sind so emotional, und die Entwicklung der Figuren ist oft besser als in anderen Büchern.«

»Ro-Ro, du schreibst ein Buch?«, fragt Dad.

Ich nicke, obwohl sie mich ja gar nicht sehen können. Oh Mann, warum ist Sprechen manchmal so schwer? »Jep. Ich … Vielleicht möchte ich das später machen. Beruflich. Zumindest würde ich es gern ausprobieren.«

»Unglaublich! Du hast keine Ahnung, wie schön es ist, das zu hören.«

»Ja?«

Mom lacht. »*Ja!* Dass das Schreiben seinen Reiz nicht verloren hat, mit uns als Eltern, das ist großartig.«

Da ist was dran.

»Es ist ein Liebesroman«, wiederhole ich, nur für den Fall, dass sie es beim ersten Mal nicht mitgekriegt haben.

»Haben wir mitbekommen«, meint Dad. »Rowan, das ist …« Pause. Hintergrundgemurmel. »Es tut uns leid, wenn wir dir je das Gefühl gegeben haben, es wäre ein weniger ernst zu nehmendes Genre. Du warst damals, als du damit angefangen hast, einfach ziemlich jung. Wir dachten, es wäre nur eine Phase.«

»War es nicht.«

»Das haben wir jetzt auch verstanden«, erwidert Dad.

»Ich mag das, was ihr macht, und genauso mag ich Liebesromane. Ich muss zwar noch viel lernen, aber dafür ist das College schließlich da, oder?«

Das bringt Dad zum Lachen, obwohl es überhaupt nicht witzig ist.

»Überraschung«, meint Mom. »Wir sind beide schon leicht angeschickert. Trotzdem sind wir froh, dass du es uns erzählt hast. Falls wir mal einen Blick darauf werfen sollen, immer her damit.«

»Danke. Ich denke, so weit bin ich noch nicht, aber wenn, dann sag ich Bescheid.«

»Läuft es sonst gut? Du bleibst doch nicht zu lang weg, oder?«

»Wahrscheinlich schlafen wir schon, wenn sie wiederkommt –
sofern der Scotch hält, was er verspricht«, unterbricht Dad sie.

Mom pfeift leise. »Ja, heute ist es fast so schlimm wie nach dem
Buch über D. B. Cooper. Wobei es da Whiskey gab.«

»Moment, wie war das?«, frage ich.

»Das war ein Band von *Ausgegraben!*, in dem Riley versucht, den
Fall um D. B. Cooper zu lösen«, erklärt Mom. »Erinnerst du dich?
Wir haben uns so aufgeregt, als unsere Lektorin uns mitgeteilt hat,
dass sie es nicht rausbringen wollen. Sie war der Meinung, es wäre
nicht kindgerecht genug.«

»D. B. Cooper ... Das hatte was mit Seattle zu tun, oder?«

»Kennst du die Geschichte nicht?« Als ich verneine, erzählt sie
sie mir.

1971 entführte ein Mann namens D. B. Cooper irgendwo zwischen Portland und Seattle eine Boeing. Er forderte 200.000 Dollar
Lösegeld und sprang mit einem Fallschirm aus dem Flugzeug, wurde jedoch nie gefunden, obwohl sogar das FBI nach ihm fahndete.
Es ist der einzige ungeklärte Fall dieser Art.

Das Manuskript habe ich zwar gelesen, aber den Inhalt habe ich
offenbar vergessen, nachdem es in der Schublade verschwunden ist.
Und deswegen kennt Neil die Legende auch nicht.

»Wir haben damals mit dem Personal des Museum of the Mysteries zusammengearbeitet«, sagt Mom. »Das ist in diesem unheim-
lichen alten Gebäude in Downtown.«

»Von innen ist es auch unheimlich. Total *bizarr*. Es ist zur Hälfte
Museum, zur Hälfte Bar«, ergänzt Dad.

Plötzlich ergibt alles einen Sinn. Gott, ich liebe meine Eltern!

»Rowan?«, ruft Mom mit Nachdruck, als wäre ich kurz wegge-
treten gewesen. »Rowan Luisa, wann bist du wieder zu Hause?«

»Allzu spät wird es wahrscheinlich nicht.«

»Dann noch viel Spaß«, trällert sie, und die beiden kichern los,
ehe sie auflegen.

Das Museum of the Mysteries. Falls ich die Pirsch also beenden will, könnte ich zuerst das Aussichtsfoto schießen und anschließend dahin gehen. Gut zu wissen.

Erleichtert atme ich aus. Nun haben auch Mom und Dad von meiner heimlichen Leidenschaft erfahren, genau wie Kirby und Mara. Und im Herbst am College erzähle ich es vielleicht meinen neuen Freundinnen. *Ich schreibe einen Liebesroman.*

Das Seattle Great Wheel funkelt vor dem dunklen Himmel. Ich war noch nie auf dem Riesenrad. Der Name ist Programm. Als es 2012 gebaut wurde, war es das größte Riesenrad an der Westküste, und ich hatte immer zu viel Angst davor, den Boden so weit unter mir zurückzulassen. Aber jetzt zieht es mich zu den vielen Lichtern. Wie konnte ich je Angst davor haben?

»Letzte Fahrt für heute«, sagt der Typ im Kassenhäuschen, als ich ihm einen Fünf-Dollar-Schein reiche. »Da hast du ja Glück gehabt.«

Eine Minute später hebe ich auch schon ab.

Kalte Luft schlägt mir ins Gesicht, und unter mir erstreckt sich schwarz und still das Wasser. Ein paar Gondeln weiter oben lachen zwei Teenager und machen Selfies. Ein paar Gondeln weiter unten versucht ein Vater, sein wildgewordenes Kind zu bändigen.

»Wehe, du schaukelst, Liam. Liaaam … LIAM!«

Ich sitze um Mitternacht in einem Riesenrad. Das wäre extrem romantisch, wenn ich nicht allein wäre.

Den ganzen Tag stand ich vor einem steilen Abgrund. In der Highschool wusste ich immer, wie die Dinge laufen und was für Gefühle mich erwarten. Es hatte etwas Beruhigendes, gegen Neil anzutreten. Es konnte immer nur auf zwei Arten ausgehen: Entweder er gewinnt oder ich gewinne. Das war unsere Routine. Eine sichere Bank.

Mein Leben lang habe ich in Seattle gelebt und war doch nie auf dem Great Wheel. Ich bin nie in eine Bücherei eingebrochen. Ich habe die Stadt nie so erlebt wie heute Abend. Und es ist nicht nur das Setting. Stück für Stück wurde ich aus meiner Komfortzone gelockt. Mit der Pirsch ist auch die Highschool zu Ende, und obwohl ich vieles romantisiert habe, werde ich so einiges echt vermissen. Kirby und Mara. Meine Kurse, meine Lehrerinnen und Lehrer. *Neil.*

»Oh mein Gott«, ruft jemand und reißt mich aus meinen Gedanken. Die Stimme gehört einer Frau. »Oh mein Gott!«

Es kommt von der gegenüberliegenden Seite des Riesenrads. Das *Oh mein Gott* ist keins von der ängstlichen Sorte, sondern eins von der fröhlichen.

»Sie hat Ja gesagt!« Noch eine Frauenstimme.

Alle auf dem Riesenrad klatschen Beifall, als das Pärchen sich umarmt. Wenn das nicht romance-tauglich ist, dann weiß ich auch nicht.

Ich möchte mich furchtlos auf das einlassen, was das Leben für mich bereithält. Wirklich. Ist ja nicht so, als hätte ich eine Wahl und könnte mich den Rest meiner Tage auf dem Riesenrad verstecken. Aber ich habe Angst zu fallen, eine Bruchlandung hinzulegen, nicht mehr aufstehen zu können.

Oben bleibt die Gondel stehen. Sie ist so wunderschön, meine hell erleuchtete Stadt, dass ich wie eine aufgeregte Touristin unbedingt ein Foto schießen will. Ich öffne den Rucksack und greife nach meinem Handy. Dabei streife ich einen vertrauten Buchdeckel.

Das Jahrbuch.

Langsam hole ich es raus und blättere mit zitternden Händen nach ganz hinten. Eigentlich soll ich es vor morgen nicht lesen, aber jetzt ist es auch egal. Genau genommen ist es schon morgen, und ich will endlich wissen, was er geschrieben hat.

Ich muss ein bisschen suchen. Da, wo zwei Seiten leicht aneinanderkleben, hat er noch etwas Platz gefunden. In der ersten Zeile steht mein Spitzname in Schönschrift, und darunter … uff, ist das lang. Mein Blick huscht ziellos umher, bleibt an einzelnen

Wörtern hängen. Vielleicht versteckt sich irgendwo ein Hinweis darauf, dass noch nicht alles verloren ist. Obwohl der Text vor unserem Streit entstanden ist, klammere ich mich an seine Worte wie an einen Rettungsring.

Tief atme ich die kalte Nachtluft ein, ehe ich anfange zu lesen.

Erzwo,

ich gehe hier lieber wieder zu normaler Schrift über —
Schönschreiben ist nicht leicht. Außerdem habe ich nicht
die richtigen Stifte dabei. Und mir fehlt die Übung.
Gerade sitzt du mir gegenüber und kritzelst wahrscheinlich so
was wie »Endlich bin ich dich los« in mein Buch. Und obwohl ich
viele Sprachen kenne, fällt es mir schwer, die passenden Worte
zu finden. Okay, versuchen wir's.
Zuerst solltest du wissen: Ich schreibe das Folgende nicht
auf, weil ich hoffe, dass es auf Gegenseitigkeit beruht. Es
muss einfach raus (sorry, abgedroschene Phrase), bevor wir
getrennte Wege gehen (und noch eine). Und heute ist der
letzte Schultag, also auch meine letzte Chance.
Also: Man könnte sagen, du hast mich mitten ins Herz getroffen.
Auch wenn das vielleicht nicht der beste Ausdruck ist. Trotzdem
passt er für meine Zwecke gerade ganz gut, denn ich bin
getroffen. Getroffen, weil wir bislang nur Feinde füreinander
waren. Getroffen, weil der Tag fast vorbei ist und ich nichts
zu dir gesagt habe, das nicht mindestens von fünf Schichten
Sarkasmus überlagert war. Getroffen, dieses Schuljahr fast
beendet zu haben, ohne zu wissen, dass du melancholische Musik
magst, nachts Frischkäse aus der Packung löffelst oder ständig
aus Nervosität an deinem Pony zupfst. Als müsstest du dir
Sorgen machen, ob er gut aussieht! (Tut er immer.)
Du bist ehrgeizig, intelligent, aufregend und sehr hübsch.
»Hübsch« habe ich bewusst an den Schluss gesetzt, weil du
wahrscheinlich die Augen verdrehen würdest, wenn es am
Anfang stünde. Aber, scheiße, du bist nun mal hübsch. Hübsch
und liebenswert und so verdammt sympathisch. Du strahlst
Energie aus, einen funkelnden Optimismus, den ich mir
manchmal gern ausleihen würde.

Gerade guckst du mich an, als wolltest du sagen: Bist du
etwa immer noch nicht fertig? Also fasse ich mich jetzt kurz,
bevor ich einen ganzen Essay schreibe. Aber wäre es einer,
wäre das mein Standpunkt:
Ich bin verliebt in dich, Rowan Roth.
Mach mich deswegen auf der Abschlussfeier nicht fertig, okay?

Dein

Neil P. McNair

00:43 Uhr

Zuerst dringen die Worte nicht zu mir durch. Sie ergeben keinen Sinn. Das muss ein ausgeklügelter Scherz sein, ein letzter fieser Trick von Neil, um mich reinzulegen und zu gewinnen. Ich lese es noch einmal, bleibe beim vierten Absatz hängen, dann beim sechsten, dann bei meinem schnörkelig geschriebenen Spitznamen. Und schließlich beim siebten Absatz, dem Ein-Satz-Geständnis:

Ich bin verliebt in dich, Rowan Roth.

Es klingt zu gefühlvoll und aufrichtig für einen Scherz. Der Puls röhrt in meinen Ohren, als wäre mein Herz ein wild gewordenes Tier.

Neil McNair ist verliebt in mich. Neil McNair. Ist verliebt. In *mich*.

Keine Ahnung, wie oft ich den Text überfliege. Jedes Mal sticht ein anderes Wort hervor. »Getroffen« und »hübsch« und »verliebt«, »verliebt«, »verliebt«.

Ein undefinierbarer Laut entweicht aus meinem Mund. Ein Lachen? Ein Schluchzen? Neil McNair, der Abschlussbeste höchstpersönlich, hat »scheiße« in mein Jahrbuch geschrieben. Ich gehe alles noch einmal durch. Ich kann einfach nicht aufhören. »Funkelnder Optimismus«, nicht Traumtänzerismus. Er mag diese Eigenschaft an mir so sehr, mag *mich* so sehr, dass er mir sogar sagt, wenn ich übers Ziel hinausschieße und mir damit selbst im Weg stehe.

Und trotzdem. *Es wäre ein Fehler gewesen*, hat er zu dem Moment auf der Bank gesagt.

Hat er geblufft? Die geschriebenen Worte kommen aus tiefstem Herzen. Solche Gefühle kann man nicht innerhalb von ein paar Stunden abschalten. Ich habe mein Wissen über die Liebe zwar nur aus Büchern, aber ich bin mir ziemlich sicher, dass sie länger anhält. Sie ist die Glut, nicht der Funken.

Seine Nachricht ist süßer als jeder Liebesroman.

Sie ist *echt*.

Neil ist verliebt in mich.

Ich konnte mir nie vorstellen, wie er jemanden küsst. Lag es daran, dass ich diejenige sein wollte? Haben alle das vorhergesehen? Kirby und Mara, meine Eltern, Chantal Okafor, Logan Perez, die uns noch in die jagdfreie Zone gelassen hat?

Bin ich verliebt in Neil McNair?

Sicher bin ich nicht, aber möglich wäre es.

Ich muss von diesem blöden Riesenrad runter.

Manchmal ist das Leben wirklich lustig: Im wohl romantischsten Moment überhaupt sitze ich ganz oben auf einem Riesenrad. Und das mit meinem Jahrbuch statt mit dem Jungen, der mir den Liebesbrief hineingeschrieben hat.

> können wir reden?

> ich fühle mich schrecklich wegen dem was passiert ist und ich glaube ich habe den letzten hinweis geknackt

Das Museum of the Mysteries befindet sich in Downtown in einem Keller und ist das einzige Museum für Paranormales in Seattle. Keine Ahnung, warum sie das extra erwähnen oder wozu die Stadt *mehr* als ein Museum für Paranormales bräuchte, aber es steht auf dem Schild am Eingang.

Bis jetzt hat noch niemand die Pirsch gewonnen, sonst hätten wir längst eine Info bekommen. Ich will das zwischen Neil und mir wiedergutmachen.

Er hat auf meine Nachrichten nur mit einem knappen ok geantwortet, ohne Satzzeichen. Ganz untypisch für ihn. Wenn er das Wort schon nicht ausschreibt, muss er echt sauer sein. Andererseits könnte seine Bereitschaft für ein Treffen auch ein Zeichen dafür sein, dass er noch das Gleiche empfindet wie vorher. Oder er will einfach nur das Spiel gewinnen und diesen Abend beenden.

Er wartet in der kopfsteingepflasterten Gasse vor einer klapprigen Treppe, die zum Museum führt. Mit hängenden Schultern und zerzaustem Haar steht er da. Warum habe ich ihn überhaupt jemals wegen seiner Sommersprossen aufgezogen? Ich liebe sie. Jede einzelne. Ich liebe die Sommersprossen und die roten Haare, die zu kurzen Hosenbeine und zu langen Ärmel seiner Anzüge, sein Lachen und wie er die Brille hochschiebt, um sich die Augen zu reiben.

Ich bin verliebt in dich, Rowan Roth.

Er winkt, und schon schmelze ich dahin.

Mich hat's echt übel erwischt.

»Hi«, begrüße ich ihn zaghaft.

»Hey.«

»Irgendwie gruselig, dass …«, fange ich an, während er anhebt: »Sollen wir …«

»Was wolltest du sagen?«, fragt er.

»Oh, äh. Ich wollte sagen: Irgendwie gruselig, dass sie so spät noch geöffnet haben.«

»Na ja, ist ja auch das einzige Museum für Paranormales in Seattle«, meint er und deutet auf das Schild.

Er ist nicht ganz so reserviert wie befürchtet. Im selben Moment strecken wir die Hände nach dem Türgriff aus, sodass sie einander berühren. Wir zucken zurück, als hätten wir uns verbrannt.

313

Die Frau hinter dem Tresen liest gerade ein Buch. Die weißblonden Haare fallen ihr bis über die Hüfte, und sie trägt eine große lilafarbene Brille.

»Nabend.« Sie schaut kaum auf.

Wir zahlen den ermäßigten Eintrittspreis, bedanken uns bei ihr und wagen uns in das Museum vor. Es läuft seltsame Musik im Hintergrund: ein klassisches Stück, durchsetzt von Schreien. Wie in einer Geisterbahn. Ständig rempeln wir uns an, als hätten wir das Gehen verlernt.

»Ich, ähm, konnte den hohen Aussichtspunkt mittlerweile von der Liste streichen«, werfe ich ein.

»Dito.« Da er nicht fragt, wo ich gewesen bin, hake ich bei ihm auch nicht nach.

Wir bleiben vor einer Auslage stehen, die sich mit dem UFO-Vorfall über Maury Island befasst.

Ich lese vor, was auf der Tafel steht: »Der UFO-Vorfall über Maury Island ereignete sich im Juni 1947. Nachdem unbekannte Flugobjekte über Maury Island im Puget Sound gesichtet wurden, berichteten Fred Crisman und Harold Dahl von herabfallenden Trümmerteilen und Männern in Schwarz, die sie bedroht hätten. Dahl zog seine Aussage später zurück und meinte, es sei bloß ein Scherz gewesen … DOCH WAR ES DAS?« Ich tippe mir ans Kinn. »Da wird die Meinung direkt mitgeliefert.«

Neil schnaubt nur.

Die Stille zwischen uns war noch nie so unangenehm.

»Du könntest mal mit deiner Schwester herkommen«, schlage ich vor, um die Stimmung zu heben.

Er zuckt die Achseln. »Wahrscheinlich kriegt sie dann Angst. Sie hat's nicht so mit Gruselzeugs, nicht nach der Sache mit Tatooine.«

»Verstehe.« Ich biege um eine Ecke und deute auf ein Schild, auf dem steht: D. B. COOPERRAUM. »Der Glückspilz hat einen ganzen Raum für sich allein.«

An einer Wand sind alle bekannten Infos über ihn aufgelistet:

1. *Hat Bourbon Soda bestellt*
2. *Mitte vierzig*
3. *Dunkelbraune Augen*
4. *Perlmuttnadel an schwarzer Krawatte*
5. *Geheimratsecken*
6. *Flugerfahrung*

Das FBI hat den Fall 2016 zu den Akten gelegt, trotzdem übt er im Pazifischen Nordwesten noch immer eine gewisse Faszination aus, wie die Ausstellung zeigt.

»Bestimmt ist er tot. Den Sprung hat er niemals überlebt«, meint Neil.

»Wer weiß. Wäre irgendwie cool, wenn er doch noch draußen rumläuft. Klar, er wäre steinalt, aber vielleicht hat er sogar Kinder. Vielleicht hat er einfach alle ausgetrickst und ist davongekommen.« Wir halten vor einer Wachsnachbildung seines Kopfes an. »Heißer Typ«, bemerke ich in einem neuen Versuch, die Stimmung zu heben.

»Du stehst auf Mittvierziger, die langsam ihre Haare verlieren?« *Nein, auf sommersprossige Rotschöpfe, die ihre Anzüge eigenhändig abändern.* »Aber hallo«, entgegne ich, und für den Bruchteil einer Sekunde fühlt sich wieder alles normal an. Doch dann schreitet Neil den Raum ab und macht ein Foto.

»So, das war's. Wir sind fertig. Jetzt müssen wir nur noch zurück zur Sporthalle und das Preisgeld aufteilen. Anschließend können wir getrennte Wege gehen, wie du es wolltest. Du brauchst mir deinen Anteil nicht aus Mitleid zu überlassen.«

Wenn das kein Schlag in die Magengrube ist.

Er wendet sich ab, aber ich packe ihn am Arm.

»Neil. Warte.«

»Ich kann nicht, Rowan.« Er schließt die Augen und schüttelt den Kopf, als würde er einen auf D. B. Cooper machen wollen und sich gleich in Luft auflösen. »Der Pakt zwischen uns war eine dum-

315

me Idee. Warum sollten wir uns plötzlich verstehen, nachdem wir uns vier Jahre lange gebattelt haben?«

Schuldbewusst beiße ich mir auf die Innenseite meiner Wange. »Es tut mir leid, was ich über deinen Dad gesagt habe. Das habe ich nicht so gemeint. Du hast mir heute so viel Persönliches anvertraut, das hätte ich nicht gegen dich verwenden dürfen.«

»Da hast du recht.«

Ich trete einen Schritt zurück, um ihm den nötigen Raum zu geben. »Ich möchte, dass wir Freunde sind.«

Er schnaubt. »Warum solltest du? Du hast vorhin ziemlich deutlich gemacht, dass wir das nicht sind.«

»Stimmt, hab ich.« Ich hole tief Luft. »Es ist so: Ich konnte dich vier Jahre lang nicht ausstehen, aber es gibt so viele Dinge, die ich bis heute nicht über dich wusste. Du kannst toll tanzen. Du magst Kinderbücher. Deine Familie ist dir wichtig. Und du bist jüdisch, und, na ja … es ist schön, Gleichgesinnte zu treffen.«

»In Boston lernst du noch genug andere jüdische Leute kennen.«

»Du machst es mir wirklich schwer.«

Er lächelt verlegen, was mich ein bisschen beruhigt. Wir kriegen das wieder hin. Wir müssen einfach. »Mir tut es auch leid, was ich gesagt habe«, meint er. »Dass du dich sabotierst. Das war … übergriffig.«

»Ganz unrecht hattest du aber nicht.« Ich lehne mich mit etwas Abstand zu ihm an ein Geländer. »In gewisser Weise bin ich eine Träumerin und stehe mir selbst im Weg. Manchmal kommt es mir vor, als wäre unser Konkurrenzkampf das Einzige, das mich auf dem Boden der Tatsachen hält.« Nach einer kurzen Pause fahre ich fort: »Ich habe meine Eltern angerufen und ihnen von meinem Buch erzählt.«

Seine Augen leuchten auf – warum ist mir nie aufgefallen, wie schön sie sind? »Und? Wie ist es gelaufen?«

»Schrecklich, und toll«, erwidere ich, bin mit meiner Entschuldigung aber eigentlich noch nicht fertig. Ich war heute Abend nicht ganz ehrlich zu ihm. Jedes Mal, wenn ich gemein geworden bin, habe ich mich an einen Plan gehalten, der sich nicht mehr richtig anfühlt. Ich frage mich, wie es wohl wäre, ihn endgültig aufzugeben. »Neil. Ständig werfe ich dir abwertende Sprüche an den Kopf, die ich gar nicht so meine. Nicht nur das über deinen Dad. Sondern zum Beispiel auch, als du mich gebeten hast, etwas in dein Jahrbuch zu schreiben. Rein aus Instinkt will ich mich immer mit dir anlegen. Ich versuche echt, es zu unterdrücken, hab's aber nicht jedes Mal geschafft. Und das tut mir leid.«

Er schweigt einen Moment. »Rein aus Instinkt würde ich jetzt sagen, halb so wild, alles gut, aber … danke, dass du es angesprochen hast.«

»In der Bücherei, beim Tanzen …« Bebend atme ich aus. Dass er mir sein Herz im Jahrbuch ausgeschüttet hat, macht ihn mutiger, als ich es je war. Also muss ich mich anstrengen. »Da habe ich an niemand anderes gedacht.«

Das entlockt ihm ein Lächeln. »Ach ja?«, fragt er, und ich nicke. »Ich hatte heute wirklich Spaß mit dir.« Langsam rutsche ich näher an ihn heran und beobachte seine Miene. Ein kaum merkliches Zucken seiner Augenbrauen. Wenn ich es nicht besser wüsste, würde ich sagen, er dreht sich leicht in meine Richtung. Noch ein, zwei Schritte, dann stehen wir Brust an Brust, Hüfte an Hüfte.

»War das so schwer?« Sein Lächeln verwandelt sich in ein Grinsen.

Ich bin verliebt in dich, Rowan Roth.

Ich raufe mir die Haare und stoße einen frustrierten Laut aus. »Mann, du regst mich manchmal so auf.« Es klingt kein bisschen böse. Neckend vielleicht, aber nicht böse.

»Das gefällt dir doch.« Das ist das Verwegenste, was er heute zu mir gesagt hat. Als er einen Schritt auf mich zumacht, spüre ich die Hitze, die von ihm ausgeht. Kein Wunder, dass er mir seine Sweatshirtjacke überlassen hat. Der Junge ist eine menschliche Sauna.

»Du wirst gern von mir aufgeregt.«

Oh ja. Sehr sogar.

Mir stockt der Atem. Das muss er gehört haben, denn er schmunzelt und schiebt die Hand über das Geländer näher an meine heran, bis sie sich fast berühren. Uns trennt nicht mehr viel. Sein herber Duft steigt mir zu Kopf, und plötzlich erwacht ein unbekanntes Verlangen in mir.

In meiner Fantasie ist der perfekte Highschool-Freund ein rettungsloser Romantiker.

In der Realität hatte ich Neil McNair die ganze Zeit direkt vor der Nase.

»Du benutzt in so einem Satz das Passiv?«, necke ich ihn. Meine Stimme ist auf einmal wesentlich rauer als sonst. »Hat dich die Westview nicht eines Besseren belehrt?«

Er lacht nicht, wie ich gehofft habe. Stattdessen schaut er mich halb amüsiert, halb ernst an, was mich irgendwie kribbelig macht. Unverwandt hält er den Blick auf mich gerichtet und schluckt schwer, während ich die beste Sicht auf seinen Hals habe.

»Nein«, antwortet er. Wir sind uns so nah, dass ich fast seinen Herzschlag höre, der im Takt mit meinem schlägt. »*Du* hast mich eines Besseren belehrt.«

Das gibt mir endgültig den Rest. Ohne weiter zu überlegen, ohne mir den perfekten Moment auszumalen, drücke ich Neil gegen das Geländer und küsse ihn.

SPIELSTAND

TOP 5
Neil McNair: 14
Rowan Roth: 14
Brady Becker: 14
Mara Pompetti: 13
Carolyn Gao: 10

IM SPIEL VERBLEIBEND: 11

NA, HABEN WIR BALD EINE*N GEWINNER*IN?
JETZT ABER SCHNELL, UND VIEL GLÜCK!

1:21 Uhr

Neil McNair küsst mich zurück. Und das, ohne zu zögern wie vorhinbei der ungelenken Umarmung. Diesmal lässt er es einfach geschehen.

Seine Lippen drücken sich fest auf meine, als ich ihm die Arme um den Hals schlinge und mich an ihn schmiege. Es ist ein verzweifelter Kuss. *Gott*, und er fühlt sich so gut an. Neil vergräbt die Hände in meinen Haaren. Das, sein Mund auf meinem und dieses Geräusch, das tief aus seiner Kehle kommt, entfachen ein Feuer in mir. Vorsichtig öffne ich die Lippen und schmecke noch die zuckrige Zimtschnecke, die wir uns geteilt haben. Gegen das hier ist meine Fantasie ein Witz.

Ich spüre sein Lächeln.

»Rowan?« Schwer atmend löst er sich von mir. In seiner Stimme schwingen Überraschung und Erstaunen mit. Es ist hinreißend, was für einen Schlafzimmerblick er draufhat und wie die langen Wimpern die Brillengläser streifen. Vielleicht ist es Müdigkeit, vielleicht ist er aber auch genauso berauscht von seinen Gefühlen wie ich von meinen. »Was passiert hier?«

»Ich küsse dich.« Ich gleite mit der Hand von seinem T-Shirt-Kragen über seinen Nacken in seine Haare und präge mir ein, wie er sich anfühlt. »Soll ich aufhören?«

Er streicht mit dem Daumen über meine Wange. Obwohl die

Berührung hauchzart ist, könnte ich dabei glatt explodieren. »Auf keinen Fall«, erwidert er. Er streichelt meine Nase. Meine Lippen. »Ich wollte nur sichergehen ... ach, keine Ahnung. Dass du weißt, wen du vor dir hast?«

Bei der Verunsicherung in seiner Stimme wird mir warm ums Herz. Auf diesen Moment hätte mich kein Buch der Welt vorbereiten können. Dafür gibt es nicht genügend Worte.

»Das ist doch das Beste daran«, sage ich.

Aber eigentlich ist das Beste daran, dass unsere Körper sofort auf ungestüme Art wieder zueinanderfinden. Er dreht uns in einer fließenden Bewegung herum und drückt mich ans Geländer, eine Hand in meinen Haaren, die andere an meiner Hüfte. Münder, Zähne und Zungen ringen miteinander, versuchen, diesen neuen Wettbewerb zu gewinnen. Ich streiche über seine Brust und seine Arme. Diese Arme, die ich schon den ganzen Tag bewundere. Das Gefühl, ihn überall anfassen zu wollen, ist überwältigend. Erst berühre ich den bescheuerten Lateinspruch, dann kralle ich mich in den Stoff.

Wieder gleiten seine Hände durch meine Haare. Seine Lippen drängeln, necken, provozieren. *Scheiße*, Neil ist so was von heiß. Absurd, aber es stimmt.

»Du magst meine Haare«, stichele ich zwischen Küssen.

»Gott, und wie. Die sind der Hammer.«

Jetzt besteht kein Zweifel mehr, warum ich mir nicht vorstellen konnte, wie er jemand anderes küsst. Weil wir es zusammen erleben sollten. Es war so vorherbestimmt.

Er drückt mich weiter ans Geländer, küsst sich einen Weg vom Mund über den Hals bis unter mein Ohr. Ich erbebe, als er dort verharrt.

»Ist das okay?«, haucht er auf meine Haut.

»Ja«, sage ich, und er stempelt seine Lippen auf mein Schlüsselbein. Sofort bin ich dieser Art, wie er mich fragt – wie er sich vergewissert –, verfallen.

Das muss dieses Gefühl sein, das die Welt aus den Angeln hebt, ausgelöst von seinen Händen, die an meinen Seiten hinabwandern, den Küssen an meiner Schulter, seinem Mund auf meinem. Als würde er nicht genug von mir kriegen und unbedingt jeden Moment auskosten wollen. Schnell, langsam. Mir gefällt alles.

Weil wir fast gleich groß sind, schmiegen sich unsere Körper perfekt aneinander, und … *oh.* Der Beweis dafür, wie sehr er es zu genießen scheint, bringt mich fast um den Verstand. Ich presse ihm meine Hüfte entgegen. Die Nähe zu ihm ist unglaublich – wie das Stöhnen, das sich ihm entringt.

Ich fasse tiefer, an seinen Gürtel. Mit den Fingerspitzen streichle ich die weiche Haut seines Bauchs. Er lacht leise. Kitzlig also. Mir ist vage bewusst, dass wir uns hier in der Öffentlichkeit befinden. Dass wir aufhören müssen, bevor wir zu weit gehen. Noch nie habe ich mich so begehrt gefühlt. Nie habe ich mich so in jemandem verloren. Es ist berauschend.

Ich muss meinen gesamten Willen aufbringen, um mich von ihm loszureißen.

»Das war … wow«, schnaufe ich.

Er legt die Stirn an meine und hält mich an der Taille fest. »›Wow‹ ist kein Adjektiv.«

So hat seine Stimme in den letzten vier Jahren nie geklungen. Rau und atemlos.

Keine Ahnung, wie lange wir dort stehen, uns gegenseitig einatmen und mit vereinzeltem Lachprusten die Stille durchbrechen wie zwei Teenies im Liebeswahn. Seine Wangen sind rot. Meine bestimmt auch.

»Ich war mir so sicher, dass ich es verbockt habe«, meint er nach einer Weile. Er nimmt meine Hand, und ganz selbstverständlich verschränke ich die Finger mit seinen. »Auf der Bank wollte ich dich unbedingt küssen. Als wir dann unterbrochen wurden … hab ich irgendwie Schiss gekriegt. Dass du nicht das Gleiche empfindest.«

Erleichterung durchströmt mich. »Deswegen hast du gesagt, es wäre ein Fehler gewesen.« Ich streichle über seine Knöchel.

Er nickt. »Ich dachte, dass du es vielleicht bereust. Deshalb habe ich es als Fehler abgetan. Ich wollte nicht, dass du dich unwohl fühlst.«

»Es war also nur ein Schutzmechanismus.«

»Ja«, erwidert er und legt die freie Hand an mein Gesicht.

»Das kenne ich.«

Wir küssen uns wieder, diesmal sanfter, zärtlicher.

Aus dem Augenwinkel sehe ich, wie D. B. Cooper uns anstarrt – was mich daran erinnert, warum wir eigentlich hier sind.

»Die Pirsch.« Ich muss all meine Kraft aufbieten, um den Kuss zu beenden. Wir sind kurz davor, die fünftausend Riesen zu gewinnen, mit denen Neil seinen Nachnamen ändern könnte. Mit denen er sich von seinem alten Leben befreien und ein neues aufbauen könnte – ob ich nun Teil davon werde oder nicht. »Wir sollten los.«

»Ich, ähm, brauche einen Moment.« Verlegen schaut er an sich herunter. Hitze steigt mir in die Wangen. Unwillkürlich muss ich grinsen.

Umständlich entwirren wir unsere Gliedmaßen und fischen die Handys hervor. Kein Spielstand-Update. Das heißt, es ist noch niemand am Ziel. Allmählich schalte ich wieder in den Wettbewerbsmodus. Die Westview High ist weniger als fünfzehn Minuten entfernt. Der Sieg ist zum Greifen nah.

Wir laufen kreuz und quer um einige Ecken bis zum Ausgang und verbergen unsere geröteten Gesichter vor der Frau an der Kasse. Als ich einen Blick zurückwerfe, könnte ich schwören, dass sie lächelt.

Ich weiß nicht, ob ich zuerst seine Hand nehme oder er zuerst meine nimmt, aber es fühlt sich sofort richtig an. Auf dem Weg zum Auto fährt er mit dem Daumen über meine Finger. Dort angekommen, presst er mich gegen die Fahrertür wie der Bad Boy in einem Teeniefilm.

»Dafür haben wir noch den ganzen Sommer Zeit«, protestiere ich. Trotzdem kralle ich mir sein T-Shirt und ziehe seinen Mund auf meinen. »Falls du das willst.«

Und obwohl bei jedem Blinzeln sein Liebesbrief vor meinem inneren Auge auftaucht, schickt seine Antwort einen elektrischen Schauer durch meinen Körper.

»Ob ich dich den ganzen Sommer küssen will?« Er hebt die Augenbrauen und schmunzelt. »Schreibt Nora Roberts Liebesromane?«

»Sie hat mehr als zweihundert Bücher veröffentlicht«, entgegne ich und füge widerwillig hinzu: »Wir sind so dicht dran. Lass uns das hier auf später verschieben.«

Ein langer Kuss. Ein Seufzen. »Okay, okay. Hast gewonnen.«

»Kannst du das bitte wiederholen?«

»Wie frech du bist.« Doch auf seinem Gesicht zeichnet sich dieses durchtrieben süße Schmunzeln ab, das ich vor heute Abend nie an ihm gesehen habe. Es gehört allein mir.

Trotzdem schnürt sich mir die Kehle zu. *Den ganzen Sommer.* Das hört sich plötzlich viel zu kurz an.

»Hey, ihr Turteltäubchen. Habt es wohl endlich kapiert, was?«

Gegenüber, auf der anderen Straßenseite, schließt Brady Becker einen kleinen weißen Toyota auf und winkt uns zu. Da wird mir der Zettel mit seinem Namen, den ich in der Tasche trage, wieder bewusst.

Die Überraschung beim Anblick vom Star-Quarterback der Westview, der uns gerade quasi in flagranti erwischt hat, wird schnell von nacktem Grauen überlagert.

Neil blinzelt heftig, als würde er versuchen, zu begreifen, was

Brady hier macht. »Hey«, sagt er leise und mit maximaler Verunsicherung in der Stimme. Wir haben noch nicht darüber geredet, wie wir es dem Rest der Stufe beibringen wollen, falls überhaupt. Ich schiebe meine Hand in Neils, damit mein Standpunkt klar ist. Seine Miene entspannt sich sichtlich, und er erwidert den Druck um meine Finger. »Ja, wir, ähm … ja. Haben wir.«

Er ist zu süß, wenn er nervös wird.

»Cooles Museum«, meint Brady, und ich forsche in meinem vom Oxytocin benebelten Hirn nach dem letzten Spielstand.

Brady hatte zuletzt vierzehn Punkte.

Genau wie wir. Und wenn er gerade im Museum war, bedeutet das …

»Wir sehen uns an der Schule«, ruft er. »Ich bin der mit dem Fünftausend-Dollar-Scheck.«

ENTWURF: (KEIN BETREFF)

Rowan Roth <rowanluisaroth@gmail.com>
An: jared@garciarothbooks.com, ilana@garciarothbooks.com
Gespeichert: Samstag, 13. Juni, 00:32 Uhr
Anhang: Kapitel 1–3 für Mom und Dad.docx

Liebste Mom, liebster Dad,

das kostet mich zwar ganz schön Überwindung, aber hier sind
die ersten Kapitel. Bitte seid nett.

Eure Lieblingstochter, Frischkäsefanatikerin und eines Tages
vielleicht Liebesromanautorin

2:04 Uhr

Ich hatte keine Ahnung, dass die Pirsch mit einer Verfolgungsjagd im Auto enden würde, aber ich habe heute auch viele andere Dinge nicht kommen sehen. Es ist ein faires Rennen zwischen zwei Gebrauchtwagen mit einigermaßen sparsamem Kraftstoffverbrauch und höchsten Sicherheitsstandards. *Fast & Furious: Patente Personenkraftwagen.*

Die Straßen sind wie ausgestorben, und die Lichter lassen Seattles Skyline golden verschwimmen. Mein Herz pocht gegen den Gurt, während wir Brady auf den Freeway folgen.

»Ich habe gar nicht gemerkt, dass er uns so dicht auf den Fersen war«, sage ich, wechsle die Spur und gebe Gas. Wir fahren auf gleicher Höhe mit seinem Toyota.

Neil starrt aufs Handy. »D. B. Cooper scheint auch sein letzter Hinweis gewesen zu sein. Wir waren wohl etwas … abgelenkt.«

»Ja.« Sein Kommentar versetzt mir einen Dämpfer. Bereut er das, was im Museum passiert ist?

Als hätte Neil mir meine Verunsicherung angehört, meint er: »Selbst wenn er gewinnt, würde ich nichts anders machen wollen. Das solltest du wissen.« Er klingt so bestimmt wie den ganzen Abend noch nicht, und das erfüllt mich mit bitterer Entschlossenheit.

»Keine Sorge. Das lassen wir nicht zu.«

Es ist ein Kopf-an-Kopf-Rennen, bis wir die Ausfahrt erreichen und ich mich wieder rechts einfädeln muss. Hinter ihm.

»Eins-a-Einsatz!«, ruft Brady aus dem Fenster, als er über eine gelbe Ampel hinwegrauscht, kurz bevor sie auf Rot springt.

Ich steige auf die Bremse. »Scheiße, und jetzt?«

»Bieg rechts ab. Wahrscheinlich nimmt er die Fünfundvierzigste. Wenn wir uns an die kleineren Straßen halten, vermeiden wir die Ampeln.«

»Bist du sicher?«

»Nein, aber es ist unsere einzige Chance«, erwidert er.

Ich setze den Blinker und fahre in ein Wohngebiet. Meine Fingerknöchel treten weiß hervor, so fest umklammere ich das Lenkrad, während ich den Wagen durch einen Kreisverkehr nach dem nächsten steuere.

Dann taucht der Schulparkplatz vor uns auf. Bradys Toyota nähert sich von der anderen Seite. Vor dem Eingang zur Sporthalle steht Logan Perez, zusammen mit Nisha und Olivia, die zwei schwarz-weiß-karierte Flaggen in die Höhe hält. Zwischen dem Parkplatz und der Sporthalle liegt ein Rasen. Das heißt, wir kommen mit dem Auto zwar nah dran, müssen die letzten Meter aber trotzdem rennen.

Das ist der entscheidende Moment.

»Wir sind zu zweit, er ist alleine. Du musst zu Logan«, erkläre ich. »Ich parke so nah wie möglich an der Sporthalle und versuche, Brady zu stoppen. Ich muss mir nur irgendwie sein Bandana schnappen.« Ein Lachen sprudelt aus mir heraus. »Ein Kinderspiel.«

Er streicht über mein Handgelenk. Selbst die leisesten Berührungen fühlen sich unfassbar intensiv an. »Hey, wir schaffen das. Und … alles andere besprechen wir später, ja?«

Unsere Wette. Das Preisgeld.

Ich habe heute Abend schon mehr erreicht als erhofft. Der zweite Platz klang noch nie so verlockend.

»Okay«, sage ich, folge Brady zu einer Parklücke am Rand und stelle den Wagen ab. *»Los!«*

Mit der gesammelten noch in mir schlummernden Kraft vom früheren Fußballtraining und dem Herumtragen des schweren Rucksacks in den letzten vier Jahren stoße ich die Wagentür auf und werfe mich auf Brady. Auf der anderen Seite springt Neil auf den Rasen und sprintet auf Logan zu.

»Rowan … Was soll das?«, fragt Brady, doch da greife ich schon nach seinem Bandana, bekomme es zu packen und reiße es ab. »Oh, *fuck.*«

Die Beine ineinander verheddert, purzeln wir auf den Beton. Brady dämpft den Sturz geringfügig ab – klar, er hat Erfahrung im Tackling –, während ich mir das Knie aufschlage. Aber ich bin so im Adrenalinrausch, dass ich es gar nicht richtig mitkriege, vor allem nicht, als plötzlich lautes Jubelgeheul ertönt. Und eine Trillerpfeife. Neil lacht ungläubig.

Schwer atmend schwenke ich Bradys Armband wie eine Flagge durch die Luft.

Wir haben gesiegt!

»Scheißeeeeee«, stöhnt Brady unter mir, ob vor Schmerz oder weil er verloren hat, kann ich nicht genau sagen.

Mühsam versuche ich, mich aufzurappeln. *Autsch.* Auch wenn ich nicht blute, wird das definitiv ein fetter blauer Fleck.

»Tut mir leid«, entschuldige ich mich bei Brady. »Alles okay?«

»Wow, das gibt einen jupitergroßen Bluterguss, aber sonst alles gut. Bei dir?«

»Jep.« Mit schmerzverzerrtem Gesicht hinke ich zur Sporthalle.

Als Neil mich entdeckt, stürzt er vor, und ich kollabiere quasi in seine Arme.

»Dein Knie«, sagt er, doch ich winke ab. Er zieht mich an sich, seine Lippen streifen mein Ohr. »Du bist der Wahnsinn. Ich kann es nicht fassen. Wir haben gewonnen!«

»Du hast gewonnen.« Ich lasse die Hand über seinen Nacken

hoch in seine Haare gleiten. Es ist mir egal, was Logan, Nisha oder Olivia denken.

Er hält inne und hebt die Augenbrauen. »Ist das dein Ernst? Ohne dich hätte ich das nie geschafft. Wir sind ein ziemlich gutes Team.« Nach diesen Worten kann ich ihn schlecht *nicht* küssen.

Jetzt glaube ich fest daran. So war es von Anfang an für uns vorherbestimmt. Trotzdem realisiere ich immer noch nicht ganz, was die letzten Stunden alles passiert ist. Wir haben gewonnen. Bestimmt würde sich ein alleiniger Sieg nicht mal halb so gut anfühlen.

Die drei Elftklässlerinnen umringen uns.

»Herzlichen Glückwunsch«, sagt Logan und blickt zwischen uns hin und her, als wüsste sie schon seit dem Jagdfrei, was los ist. Es ist fast beängstigend, was für eine gute Politikerin sie eines Tages abgeben könnte. Sie dreht sich um und öffnet die Tür zur Sporthalle. »Eure Party fängt gleich an. Sobald wir alle informiert haben.« Sie gibt Nisha und Olivia ein Zeichen, und die beiden zücken ihre Handys, wahrscheinlich, um eine Rundnachricht zu schicken.

»Unsere was?«, fragt Neil.

Die Sporthalle ist hell erleuchtet und festlich im Blau und Weiß der Westview High dekoriert, mit Girlanden, Bannern und Lichtern. Es sind eine Reihe von Videospielautomaten und Essensständen aufgebaut sowie eine kleine Bühne am anderen Ende der Halle. Ein paar Leute aus der Elften kümmern sich um den letzten Schliff.

»Wir hatten ein bisschen Geld übrig und wollten, dass ihr noch feiern könnt«, meint Logan. »Die Party sollte direkt nach der Pirsch losgehen, also haben wir gewartet …«

»… und gehofft, zwischendurch etwas schlafen zu können«, wirft Olivia ein.

»Tja, es hat sich gelohnt!«, ergänzt Nisha.

Ich starre unablässig auf die Szene vor uns. Wahrscheinlich trage ich momentan eine rosarote Brille, aber so schön habe ich die Sporthalle wirklich noch nie gesehen. »Danke. Euch allen.«

Neil blickt wie gebannt auf die Band, die gerade ihr Schlagzeug auspackt und Verstärker auf der Bühne aufstellt.

»Oh mein Gott. Free Puppies!«

Es ist die beste Party, auf der ich je gewesen bin. Fast die ganze Stufe ist da, plus Neils Lieblingsband. Außerdem hat er fünftausend Dollar gewonnen, von denen ich die Hälfte nicht mal dann haben wollen würde, wenn er sie mir anbietet. Zur Aufsicht sind ein paar Lehrerinnen und Lehrer gekommen, aber es artet eh nicht aus. Wahrscheinlich sind wir alle zu müde, um uns danebenzubenehmen.

Als Kirby und Mara uns zusammen entdecken, ringt Mara um Atem, und Kirby rast auf uns zu und umarmt uns stürmisch. »Ha! Ich wusste es!«, ruft sie triumphierend. Viele reagieren ähnlich. Neil und ich können nicht aufhören, zu grinsen und uns zu berühren. Mal hält er meine Hand oder schlingt den Arm um meine Taille, mal küssen wir uns verstohlen, wenn niemand hinguckt. Wobei eigentlich ständig jemand guckt.

Die Wände sind mit Postern von vergangenen Events zugekleistert, und es liegt ein Hauch von Nostalgie in der Luft. Doch zum ersten Mal heute macht es mich nicht traurig. Die Pirsch war schon immer ein Abschied von der Westview High und von Seattle. Eine Tradition am letzten Schultag, bei der es um so viel mehr geht als um Sieg oder Niederlage.

Während wir gespannt darauf warten, dass die Free Puppies! anfangen zu spielen, kommt Savannah Bell auf uns zu. Ihr Anblick versetzt mich in Alarmbereitschaft.

»Glückwunsch«, sagt sie nüchtern.

»Danke«, erwidert Neil, wie immer höflich und aufrichtig hinter dem selbstgefälligen Grinsen.

Meine Höflichkeit hingegen hält sich in Grenzen.

»Hey, weißt du, worauf ich jetzt richtig Lust hätte?«, sage ich zu Neil. »Auf Pizza. Wie die aus dem Hilltop-Bowlingcenter. Meinst du, so was haben sie hier?«

»Du … hattest im Hilltop eine Pizza?«, stammelt Savannah mit besorgter Miene.

»Nein. Aber du.« Ich schaue sie unverwandt an und tippe mir mit dem rechten Zeigefinger ein, zwei Mal gegen die Nase. Sie wird rot, weil sie genau weiß, wovon ich spreche.

Neil erfasst die Situation sofort. »Ich bin übrigens auch jüdisch.« Er legt mir eine Hand auf den Rücken. »Und du kannst es dir vielleicht nicht vorstellen, aber das Preisgeld kann ich wirklich gut gebrauchen.«

Er ist so, so großartig!

»Das ist … toll«, presst Savannah hervor und weicht zurück, bis die Menge sie verschluckt hat.

Kirby und Mara, die sich gerade eine Zuckerbrezel teilen, tauchen auf einer Seite neben uns auf, Neils Freunde auf der anderen. Sie wirken ungefähr so überrascht wie Kirby und Mara, dass zwischen uns was läuft – nämlich gar nicht.

»Was hast du mit dem Geld vor?«, erkundigt sich Adrian. »Und spiel jetzt nicht den Vernünftigen und erzähl mir, du willst es sparen. Hab wenigstens mal *ein bisschen* Spaß im Leben.«

Neil wirft mir einen Blick zu, der meine Knie weich werden lässt. »Oh, den werden wir haben. Ich hab da schon ein paar Ideen.«

Heiße McNächte, formt Kirby mit dem Mund.

»Wie bitte?«, fragt Neil.

»Kirby ist mal wieder unmöglich.«

»Glaubst du, das macht mich jetzt weniger neugierig?«

»Oh, wir werden diesen Sommer eine Menge Spaß miteinander haben«, meint Kirby.

Mara scheint ihre Niederlage noch nicht ganz verkraftet zu haben. »Mir fehlten nur zwei Punkte von der Liste«, beschwert sie sich, nur halb im Scherz.

Wir schießen zu dritt und zu siebt Selfies und verabreden uns für die Capitol Hill Block Party, ein Musikfestival, das in ein paar Wochen stattfindet. Ich weiß nicht, ob wir weiterhin so gute Freundinnen bleiben, wenn wir auf dem College sind. Aber immerhin haben wir den Sommer, und danach müssen wir einfach unser Bestes geben. Damit kann ich vorerst leben.

Ein kreischender Rückkopplungston lenkt unsere Aufmerksamkeit auf die Bühne.

»Guten Morgen, Westview!«, ruft der Leadsänger mit den neonfarbenen Haaren und entlockt uns allen ein Jubeln. »Wir freuen uns, dass ihr extra wegen uns die Nacht durchgemacht habt. Unser erster Song heißt ›Stray‹, und falls wir niemanden von euch tanzen sehen, packen wir direkt wieder ein und ziehen Leine.«

Die Band ist live echt super, genau wie Neil gesagt hat. Er streicht meine Haare zurück und küsst mich unter dem Ohr. Ob ihm klar ist, wie empfindlich ich dort bin? Wie zur Antwort grinst er mich an.

Ich hatte ja keine Ahnung, wie sich so etwas anfühlen kann.

Als die Band eine Pause einlegt, schlendern Neil und ich durch die Halle, nehmen Glückwünsche entgegen und machen bei ein paar Spielen mit. Aber nach zehn Minuten hat es sich bei uns ausgespielt. Mein Knie tut weh, und ich weiß nicht, wie lange ich noch stehen kann.

»Keine Ahnung, wie ich das schlau formulieren soll … Willst du auch hier weg?«, frage ich ihn.

»Ja, und ich habe sogar schon eine Idee, wohin, falls du für ein letztes Abenteuer zu haben bist.«

Begeistert stimme ich zu, ehe ich ihm durch das dichte Gedränge unserer bald ehemaligen Mitschülerinnen und Mitschüler folge. Nächste Woche wird es noch einige Partys geben, da bin ich sicher. Und außerhalb der Highschool wartet so vieles auf mich. So vieles, das ich mir nicht vorstellen kann – und vielleicht auch noch gar nicht will. Erst mal muss ich mich diesen Sommer von allem verabschieden. Von meinen Freundinnen, meinen Eltern und der Gum Wall, dem Fremont Troll und den gesichtsgroßen Zimtschnecken. Aber es ist kein Auf-Nimmer-Wiedersehen. Ich komme zurück, Seattle. Versprochen.

Draußen werfe ich einen letzten Blick auf die Schule. Später werden Neil und ich über diesen bedeutsamen Moment reden, darüber, was heute Abend los war und was morgen auf uns zukommt. Aber aktuell möchte ich einfach nur das Hier und Jetzt mit ihm genießen. Die Stille und die Art, wie er mich ansieht. Als würde er die Sekunden zählen, bis er mich wieder küssen kann wie im Museum.

Vielleicht ist es genau richtig, die Highschool so abzuschließen: ohne Liste, die ich aus einer Laune heraus geschrieben habe, und ohne vorgefertigte Meinung davon, wie mein Leben ablaufen sollte, sondern mit der Erkenntnis, dass wir zusammen besser dran sind.

Neil drückt meine Hand. »Bereit?«

»Ich glaube schon.«

Dann hole ich tief Luft … und lasse los.

DIE TOP 5 FREE-PUPPIES!-SONGS
LAUT NEIL MCNAIR

1. »Pawing at Your Door«

2. »Enough (Is Never Enough)«

3. »Stray«

4. »Darling, Darling, Darling«

5. »Little Houses«

2:49 Uhr

»Von hier aus hat man die beste Aussicht in ganz Seattle«, meint Neil, als wir am Südhang des Queen Anne Hill aus dem Wagen steigen.

Kerry Park ist nicht groß und besteht nur aus einem Streifen Rasen, einem Brunnen und ein paar Skulpturen. Der Anblick der Space Needle trifft einen jedoch völlig unvorbereitet. Sie wirkt unwirklich, riesig, majestätisch, vor allem so, wie sie bei Nacht beleuchtet ist. Neil hat recht: Es ist die beste Aussicht in ganz Seattle.

»Hier warst du also vorhin?«, frage ich, und er nickt.

Ich humple neben ihm her zum Rand des Aussichtspunkts.

»Unfassbar, dass du das wirklich gemacht hast.« Er deutet auf mein Bein. »Willst du sicher kein Eis zum Kühlen oder so?«

Ich wehre ab. »Manchmal muss man eben Opfer bringen.«

Wir setzen uns auf die Mauer und lassen die Beine über dem Grasabhang unter uns baumeln. Wahnsinn, wie normal mir das vorkommt. Er begleitet mich schon so lange durchs Leben, dass ich mich in seiner Nähe direkt wohlfühle, obwohl das alles noch neu ist. Ich kann es kaum erwarten, die Seiten an ihm kennenzulernen, die mir bisher entgangen sind.

»Seit wann weißt du es?« Ich lege den Kopf auf seine Schulter. »Dass du mich nicht hasst.«

»Es gab keinen bestimmten Auslöser.« Er schlingt mir den Arm um die Taille. »Ich habe irgendwann Anfang der Elften Gefühle für dich entwickelt, hab mir aber nicht allzu viele Hoffnungen gemacht. Du konntest mich nicht ausstehen, und ich habe so getan, als könnte ich dich nicht ausstehen.«

»Du hast es echt gut versteckt.«

»Musste ich ja auch. Hätte ich mich auf einmal anders verhalten, wärst du sofort misstrauisch geworden.«

»Heißt das, du mochtest mich schon bei der SV-Versammlung, die sich bis Mitternacht gezogen hat? Ich sag nur: *Weißer Mann in Not*.«

»Hä?«

»*Weißer Mann in Not* – so nenne ich deine Klassiker. Immerhin handeln sie alle von …«

»Weißen Männern in Not«, ergänzt er lachend. »Und ja. Da mochte ich dich schon. Und wie lange weißt du es?«

»Drei Stunden?«, schätze ich, und er fasst sich mit der freien Hand theatralisch an die Brust. »Vielleicht auch fünfzehn Stunden, seit ich deine Arme in dem T-Shirt gesehen habe?«

»Dann hat sich mein hartes Workout ja gelohnt.«

»Meinst du die kleinen Hanteln auf deinem Schreibtisch?«

»Die, äh, größeren bewahre ich im Schrank auf«, entgegnet er. »Das sind Kaliber! 25 bis 30 Kilo. Ich möchte nur niemanden einschüchtern.«

»Wie rücksichtsvoll.« Ich kuschle mich an ihn. »Ehrlich gesagt bin ich mir nicht ganz sicher. Ich habe es zwar erst heute kapiert, aber ich glaube, ich mag dich schon länger.«

Nach einem Moment des Schweigens fragt er: »Weißt du noch, die Klassensprecherwahl?«

»Klar. Da habe ich haushoch gewonnen.«

»In meiner Erinnerung war das Ergebnis ziemlich knapp.« Er zwirbelt eine meiner Haarsträhnen auf. »Ich war Erster im Essay-Wettbewerb, du bist als Siegerin aus der Wahl hervorgegangen.

Seitdem haben wir ständig versucht, uns gegenseitig zu übertrumpfen.«

»Wir sind so viele Jahre gegeneinander angetreten, dabei hätten wir es auch einfach … lassen können.«

Er löst sich von mir, und als ich den Kopf hebe, guckt er mich komisch an. »Eigentlich habe ich genau das Gegenteil gedacht. Ich weiß nicht, ob wir bereit dafür gewesen wären. Ich war's definitiv nicht.«

»Stimmt, könnte sein«, gebe ich zu. Aber die Vorstellung, was wir alles gemeinsam hätten erleben können, macht mich traurig. Bilder aus einem anderen Leben ziehen an mir vorbei: Footballspiele, Tanzen auf dem Homecoming-Ball, alberne Fotos und …

Ich schiebe sie weg. Das ist nicht unsere Realität.

»Trotzdem irgendwie bühnenreif, dass es ausgerechnet heute passiert«, meint er und fügt besorgt hinzu: »Für dich ist das doch keine einmalige Sache, oder? Ich will das nämlich wirklich. Solange du es auch willst.«

»Ja. Das zwischen uns ist … echt. Ich möchte mit dir zusammen sein.« Wieder denke ich an all die Gespräche, die wir nicht geführt haben. Gerade fühlt sich alles so perfekt mit ihm an, dass mir der Gedanke plötzlich Angst macht.

Er streicht mit dem Finger über meine Augenbraue. Erst über die eine, dann über die andere, als würde er sich jedes Detail meines Gesichts einprägen. »Was ich dir übrigens erzählen wollte: Ich werde meinen Dad diesen Sommer nicht besuchen. Vielleicht überleg ich es mir irgendwann anders und möchte doch eine Beziehung zu ihm aufbauen, aber momentan sind die Wunden noch zu frisch. Ich bin nicht bereit dazu.«

»Und geht es dir mit der Entscheidung gut?«

Er nickt. »Ja. Außerdem habe ich heute online einen Termin gebucht. Um meinen Nachnamen zu ändern. Es wird höchste Zeit.«

»Neil.« Ich lege eine Hand auf sein Knie. »Das ist … Wow!«

»Es ist das Richtige. Aus vielen Gründen.«

»Dann muss ich wohl auch deinen Spitznamen ändern.« Als er ein verwirrtes Gesicht macht, füge ich hinzu: »Ich freu mich für dich.«

Ich beuge mich rüber und küsse ihn. Es ist so einfach, den Moment mit ihm zu genießen und die Außenwelt auszublenden.

»Ich, ähm, hab was für dich«, sagt er kurz darauf und zieht seinen Rucksack zu sich. »Nachdem wir uns gestritten haben, bin ich an einem Supermarkt vorbeigekommen und dachte, falls du irgendwann wieder mit mir redest, bringt es dich vielleicht zum Lachen. Und wer weiß, vielleicht hast du ja Hunger?« Er überreicht mir das Geschenk: eine Packung Philadelphia, verziert mit einer roten Schleife, und eine Tüte mit zwei Bagels. »Ich hätte auch einen Löffel, wenn dir das lieber ist.«

»Das trägst du mir jetzt bis in alle Ewigkeit nach, hm?«, frage ich, obwohl mein Herz bei diesem unerwarteten Mitbringsel ins Stolpern gerät. Es ist zwar albern, aber ziemlich süß.

»Nein. Ich liebe es einfach. Ich …« Er bricht ab, als würde er sonst etwas aussprechen, für das ich möglicherweise noch nicht bereit bin.

»Geht mir auch so«, entgegne ich, und seine Miene entspannt sich. Es kommt mir so leicht über die Lippen und verursacht einen solchen Kick, dass ich es fast direkt ein zweites Mal sage. »Ich, äh, hab gelesen, was du mir ins Jahrbuch geschrieben hast. Zu meiner Verteidigung: Es war nach Mitternacht, und ich dachte, du hasst mich. Aber ich bin auch verliebt in dich, Neil McNair – Neil Perlman –, und das schon eine ganze Weile, glaube ich. Mein Hirn hat nur etwas länger gebraucht als mein Herz, um es zu kapieren. Keine Ahnung, warum ich es nicht gemerkt hab, aber du bist wirklich toll.«

Auf einmal ist seine harte Schale verschwunden. Sein Gesicht wird weicher, er öffnet die Lippen und zieht mich an sich.

»Ich habe es zwar aufgeschrieben, trotzdem möchte ich es dir persönlich sagen«, meint er, und ich warte auf die Worte, die ich

schon seit dem ersten Liebesroman vom Flohmarkt hören wollte. »Ich bin verrückt nach dir. Du bist der interessanteste Mensch,
den ich kenne, und ich kann mit niemandem so gut reden wie mit
dir. Die letzten vier Jahre habe ich alles daran gesetzt, Seattle endlich zu entkommen. Du … du bist das Beste an der Stadt. Wegen
dir möchte ich bleiben. Ich bin in dich verliebt, Rowan, und das
schon lange.«

Nach so vielen Büchern, die ich gelesen habe, dachte ich, ich
hätte das Konzept der Liebe begriffen, aber *wow*, ich hatte keine
Ahnung. Sanft schmiege ich mich noch dichter an ihn – nicht weil
er so schön warm ist, sondern weil ich ihm gar nicht nah genug
sein kann. Ich dachte, ich wäre bereit für seine Worte. Immerhin
hatte ich sie längst schriftlich. Aber sie erfüllen mich mit so viel
Glück, dass mir fast die Brust zerspringt. Ich habe ihm mein chao-
tisches Leben gezeigt, und mehr als einmal hat er mir bewiesen,
dass er damit sensibel umgeht.

Erst schauen wir uns tief in die Augen und küssen uns. Dann
blicken wir in den Nachthimmel und tauchen die Bagels in den
Frischkäse. Als wir mit dem Essen fertig sind, hole ich Rowan Roths
Erfolgsrezept für die Highschool aus dem Rucksack.

»Das war absoluter Müll, was?«

»Kein Müll, aber womöglich nicht besonders motivierend und
inspirierend?«

»Vielleicht sollte ich es zerreißen.« Ich drehe den Zettel um und
streiche ihn auf der Mauer glatt. »Oder wir schreiben ein Neues?«

<u>Rowan Roths Erfolgsrezept für die Highschool ... und danach!</u>
von Rowan Luisa Roth, 18
und Neil (Perlman) McNair, 18

1. »Perfektion« als Illusion akzeptieren. Nichts ist perfekt.
   Niemand will eine perfekte Zimtschnecke. Sie muss krumm
   und schief sein, mit fett Glasur drauf. Frischkäseglasur
   natürlich.

2. Buch zu Ende schreiben. Neues anfangen.

3. Interessante Kurse belegen: Kreatives Schreiben, Spanisch,
   etc. Für alles offenbleiben!

4. Mehr Gute-Laune-Musik hören. Wobei melancholische
   Musik zur richtigen Zeit und am richtigen Ort auch nicht
   verkehrt ist.

5. Nächte wie diese genießen, und zwar so viele wie möglich!

3:28 Uhr

Neil McNair sitzt in meinem Zimmer, der Strom ist nach wie vor aus. Und das ist nicht mal das Schrägste am heutigen Tag. Nachdem wir das Erfolgsrezept fertig hatten, habe ich ihn zu mir eingeladen. Immerhin hat er mein Zimmer noch nie gesehen. Es ist genau der richtige Abschluss für den Tag. Ich lasse ihn in meine kleine Welt, so wie er mich in seine gelassen hat.

Gott sei Dank schlafen meine Eltern unten tief und fest. Vor Mittag werden sie wahrscheinlich nicht wach, aber um kein unnötiges Risiko einzugehen, schleichen wir uns auf Zehenspitzen durchs Haus und beschränken uns aufs Flüstern.

Mein Handy konnte ich im Auto ein bisschen aufladen, sodass ich jetzt einen ruhigen, nicht zu deprimierenden Song von The Smiths spiele.

»Das ist also Rowan Roths Reich«, meint er und fährt mit der Hand über den Schreibtisch. Der Anblick gefällt mir: er in meinem Zimmer, sanft erleuchtet vom Schein einer Taschenlampe. Nacheinander begutachtet er die Fotocollagen und Auszeichnungen an den Wänden, den Bücherstapel auf meinem Nachttisch und die aus dem Schrank quellenden Klamotten.

»Jep. Ein Reich voller Wunder.«

»Schön hier. Passt zu dir.« Er dreht sich um. »Also, worauf hast du Lust?«

»Hmmm … auf Monopoly.«

»Monopoly?« Er grinst schief. »Okay, aber ich bin echt gut darin. Wäre ja peinlich, wenn ich dich heute zum dritten Mal …«

Ich verschließe seine Lippen mit meinen. Der Kuss fühlt sich intensiver an als der im Museum, in der Sporthalle, im Kerry Park. Als hätte man uns an eine Steckdose angeschlossen oder angezündet. Er vergräbt die Hände in meinen Haaren und drängt mich rückwärts, bis ich mit den Kniekehlen gegen das Bett stoße. »Sorry«, wispert er. Ich verkneife mir ein Lachen, ziehe ihn mit auf die Matratze, klettere auf seinen Schoß. Dann küssen wir uns wieder, und seine Brille verrutscht. Irgendwann nimmt er sie ab und legt sie auf den Nachttisch. Er ist so süß und so heiß und so *lieb*.

»Ich möchte alles von dir sehen.« Verführerisch nestle ich am Saum seines T-Shirts.

»Ich warne dich, ich hab viele Sommersprossen.«

Trotzdem zieht er das Oberteil aus. Darunter kommt ein wundervoll gepunkteter Bauch zum Vorschein, auf den ich vorhin schon einen kurzen Blick erhaschen konnte.

»Ich mag deine Sommersprossen. Ehrlich.«

Während ich unsichtbare Handabdrücke auf seiner Brust hinterlasse, merke ich genau, wo er kitzlig ist. Er fährt mit der Hand über mein Knie, meine Hüfte und schlüpft unter mein Kleid, das sich plötzlich viel zu eng anfühlt. Ungeduldig rutsche ich auf seinem Schoß herum und greife nach dem Reißverschluss. Erst mit seiner Hilfe gelingt es mir, es auszuziehen.

Als ich nur noch BH und Höschen trage, starrt er mich unverwandt an.

»Nicht schlecht, was?« Es macht einfach zu viel Spaß, ihn zu necken.

»Jetzt weißt du, warum es unmöglich ist, dir ein Kompliment zu machen. Du bist der Hammer.« Er küsst sich meinen Hals hinunter. »Atemberaubend. Und … sexy.« Er zögert kurz, bevor er das letzte Wort ausspricht. Ich erschaudere. *Oh mein Gott.*

»Wegen dir bin ich bald rettungslos verloren«, flüstere ich.

Nachdem ich das Kleid losgeworden bin, küsse ich ihn umso drängender. Ich gleite mit der Hand über seine Jeans, und er schnappt nach Luft. Das ist das vielleicht beste Geräusch, das ich je gehört habe – bis ich den Reißverschluss öffne, ihm die Jeans abstreife, ihn auf dem Bett festnagle und er leise stöhnt. Jep, ich bin rettungslos verloren.

Eine Weile verlieren wir uns in einem Rausch aus Lippen, Seufzern, Empfindungen. Sobald wir das Gewicht verlagern, quietscht die Matratze. Wir sind nur durch einen Hauch Stoff voneinander getrennt. Jede seiner Berührungen ist zuerst zaghaft, was mich völlig um den Verstand bringt.

Er legt eine Hand zwischen meine Beine, streichelt die Innenseiten meiner Oberschenkel, wandert weiter nach oben. »Ist das … okay für dich?«

»Ja. *Ja.*« Was ich aber eigentlich meine, ist: *Mach schon!*

Ich habe selbst lange gebraucht, bis ich wusste, was mir gefällt, also gebe ich ihm Hinweise. Wie sich herausstellt, ist er ein exzellenter Zuhörer. Er wispert mir meinen Namen ins Ohr, treibt mich langsam auf die Spitze, und dann stehe ich am Abgrund und falle …

Ich bin immer noch dabei, mich zu erholen, als der Strom auf einmal wieder da ist und das Haus zum Leben erwacht. Sämtliche Lampen in meinem Zimmer flammen auf.

Er hat wirklich *überall* Sommersprossen.

Ich liebe es.

Da fällt mir auf, dass wir heute ziemlich viel Zeit im Dunkeln verbracht haben. Ich muss lachen, und er stimmt mit ein, die Augen zusammengekniffen. »Psst«, mache ich, aber er kann einfach nicht aufhören.

»Zu grell«, stöhnt er. »Draußen ist es hell genug.«

Er hat recht. Ich schäle mich aus den Laken, um das Licht auszuschalten, und lausche, ob sich unten etwas regt. Als ich sicher bin, dass meine Eltern noch tief und fest im Scotch-Koma liegen, krieche ich zu Neil ins Bett zurück.

Er will mich an sich ziehen, doch ich bremse ihn mit einer Hand auf seiner Brust.

»Warte mal. Wie weit sollen wir eigentlich gehen? Wir müssen darüber reden ... was wir wollen. Und was nicht.« Nervös zupfe ich an meinem Pony. »Ich bin bei allem dabei, aber du hattest ja noch keinen ... du weißt schon ... Sex.«

Schwer hängt das Gesagte zwischen uns. Neil setzt sich auf, nur seine Füße sind vom Laken bedeckt. Es ist nicht wie bei Spencer, bei dem ich dachte »Warum nicht?«, weil ich es vorher auch schon mit Luke getan hatte. Ich will das hier. Mit Neil. Ich möchte darüber reden, wünsche mir, dass er mit mir darüber reden kann. Allein bei der Vorstellung, gewisse Dinge mit ihm zu tun, wird mir schwindelig vor Verlangen. Ich will mehr als diese eine Nacht, aber über die Zukunft kann ich gerade nicht nachdenken.

Er legt eine Hand auf meine Hüfte, als wäre es das Normalste der Welt. »Glaub mir, es gibt buchstäblich nichts, das ich mehr will als dich. Nicht mal Abschlussbester zu sein, könnte das toppen.«

»Na, ich bin nicht sicher, ob Sex wirklich besser ist, als Abschlussbester zu sein. Und ich bezweifle, dass das der korrekte Gebrauch von ›buchstäblich‹ war. Eigentlich solltest du das doch wissen.«

»Mit *dir* ist es bestimmt besser.« Sorge überschattet sein Gesicht. »Ganz ehrlich? Ich bin etwas nervös. Dass ich es, na ja, versaue oder dass es schrecklich für dich wird und du es danach nie wieder machen möchtest. Das wäre unerträglich. Ich mag dich nämlich sehr.«

Durch seine Verunsicherung will ich ihn direkt noch ein bisschen mehr. Dass er nicht sofort einen auf lässig macht und sich selbst überschätzt, ist ein absoluter Pluspunkt.

»Ich bin auch nervös«, gebe ich zu. »Das ist normal. Deswegen müssen wir reden. Darin waren wir doch immer gut, oder?«, sage ich, und er nickt. »Das erste Mal ist fast nie perfekt. Das ist das Beste daran: Man findet zusammen raus, wie es schön wird.«

»Wahrscheinlich wird es nicht liebesromantauglich«, meint er, allerdings nicht als Seitenhieb.

»Nein. Nicht beim ersten Mal. Oder beim zweiten und dritten Mal. Aber ganz ehrlich? Es gehört allein uns. Und das ist doch das Beste daran.«

Er kreist mit dem Daumen über meine Hüfte. »Bist du sicher, dass du das willst? Wir haben … Ich meine, wir kennen uns zwar schon länger, aber wir haben uns gerade mal geküsst, und …« Dieser vor sich hinbrabbelnde Neil McNair ist einfach zu süß.

Die Entscheidung ist leicht. »Ich bin sicher.«

»Und hey, immerhin hast du ein Kondom im Rucksack.«

Ich ächze. »Oh Gott, das war *so* peinlich!«

»Tschechows Kondom«, sagt er, und da muss ich lachen.

»Ich habe auch noch welche hier, die nicht Gott weiß wie lange in Kirbys Spind rumlagen.«

Einen Moment später bin ich aus dem Bett geschlüpft, habe sie geholt und mich meiner Unterwäsche entledigt. Noch einen Augenblick weiter, und ich habe ihm beim Überstreifen des Kondoms geholfen, festgestellt, dass es verkehrt herum sitzt, es weggeschmissen und einen neuen Versuch gestartet.

Als wir es endlich hinkriegen, ist es schnell vorbei. Vielleicht weil wir zu müde sind oder es sein erstes Mal ist oder wegen einer Kombination aus beidem. Zwischendurch fragt er, ob es sich gut anfühlt, ob es mir gut geht. Und ja. *Ja.* Wir verhalten uns möglichst leise, können aber nicht aufhören, uns gegenseitig zuzuflüstern. Wir sind gerade erst Freunde, richtige Freunde, und haben uns so viel zu erzählen.

Er kommt zuerst, schiebt seine Finger zwischen uns nach unten und treibt mich ein zweites Mal heute Abend zum Höhepunkt. Noch eine Sache, die ich über Neil McNair gelernt habe: Er ist sehr großzügig.

Dann sind wir still, stiller als das schlafende Haus. Und die Stille ist friedlich. Ich kuschle mich an ihn und schmiege die Wange

an sein klopfendes Herz, während er an meinen Haaren herum-
spielt.

»Meine Welt ist aus den Angeln gehoben«, wispert er.

»Durch das gerade? Oh ja.«

Er küsst mich auf den Kopf. »Das auch, aber eigentlich meinte
ich durch *dich*.«

guten morgen 😶

hiermit weise ich freundlich darauf hin
dass du nur noch etwas mehr als eine (1)
minute hast bis ich dich aufwecke

5:31 Uhr

Als ich aufwache, verspüre ich diese Panik wie manchmal am Wochenende, wenn man denkt, man würde zu spät zur Schule kommen.

Heute bin ich nicht zu spät, und ich muss auch nicht mehr zur Schule. Aber ich teile mir das Bett mit Neil McNair.

Er liegt neben mir auf der Seite, einen Arm um das Kissen geschlungen, den anderen um meine Taille. Die frühe Morgensonne scheint ihm ins Gesicht und taucht seine Haare in feuriges Rot. Er ist wunderschön. Der Himmel ist eine klare kobaltblaue Leinwand, keine Spur vom schlechten Wetter gestern.

Endlich wird es Sommer.

Als hätte er gemerkt, dass ich wach bin, zieht er mich an sich und drückt mir einen Kuss auf die Stirn. Allmählich klärt sich mein Verstand. Neil und ich hatten letzte Nacht Sex. Oder vor einer Stunde, also genau genommen heute Morgen. Und es war superschön.

»Ist das wirklich passiert?«, frage ich.

»Ja. Es sei denn, wir hatten beide den gleichen Sex-Traum.«

»Dann doch lieber in der Realität.« Ich schmiege mich enger an ihn. »War es okay für dich? Fühlst du dich jetzt anders?«

»Um sicherzugehen, müssten wir das noch ein paarmal wiederholen«, erwidert er mit diesem wundervoll schelmischen Grinsen.

»Es war unglaublich. Ob ich mich anders fühle, weiß ich nicht. Ich bin einfach glücklich. Und … für dich war es auch nicht schrecklich?«

Ich antworte, indem ich mich an ihn presse und ihn von der Wange bis zum Hals mit Küssen bedecke. »Du machst mich auch sehr, sehr glücklich, das ist dir hoffentlich klar.«

Er hält mich ganz fest. »Ich liebe dich, Rowan Roth. Kaum zu fassen, dass ich das sagen darf.«

Das kann ich in Zukunft bestimmt gar nicht oft genug hören. Ich flüstere ihm eine liebevolle Antwort zu, dicht an seiner Haut. Dann streiche ich über die Sommersprossen auf seinem Arm und hebe ihn an, um auf seine Uhr zu gucken. »So schlimm das auch klingt, aber wir sollten aufstehen, bevor meine Eltern wach werden.«

Er küsst mich auf die nackte Schulter, und ich rapple mich langsam auf. »Glaub ja nicht, nur weil wir Sex hatten, würde ich den Buchbericht nicht morgen auf meinem Schreibtisch erwarten.«

»Über welches Buch?«

»Hmm. *Moby Dick? Die Drehung der Schraube?*« Er überlegt kurz, wieder legt sich dieses durchtriebene Schmunzeln auf sein Gesicht. »*Harte Zeiten?*«

»Ist das eine Autobiografie?«

»Nein, ein Roman von Dickens. Mindestens drei Seiten, bitte«, verlangt er, ehe ich ihn zurück ins Kissen schubse.

Zehn Minuten später schnappt er sich sein T-Shirt und zieht sich an. »Was meinst du? Soll ich ganz cool aus dem Fenster klettern?«

»Musst du vielleicht sogar.«

»Tja, dann sehen wir uns wohl zur Abschlussfeier in der KeyArena? Wow, die ist schon morgen. Ich sollte langsam mal an meiner Abschlussrede arbeiten.«

»Und den Tag danach können wir einen *Star-Wars*-Marathon

einlegen. Oder uns für ein richtiges Date verabreden«, schlage ich vor.

»Und das hier sollten wir unbedingt wiederholen.« Er deutet auf die zerwühlten Laken.

»Definitiv! Ganz oft. Zumindest bis August.« Die plötzliche Last drückt mich flach aufs Bett. »Hmm. Das müssen wir auch noch besprechen.«

Neil scheint meinen veränderten Gesichtsausdruck zu bemerken, denn er hört auf, sich den Gürtel umzuschnallen und macht einen Schritt auf mich zu. »Erzwo. Hey. Irgendwas fällt uns schon ein.«

Der Spitzname lässt mich dahinschmelzen.

»Ich … ich bin nicht bereit, mich zu verabschieden.« Ich bin selbst überrascht, wie brüchig sich meine Stimme anhört. »Von allem anderen – okay. Von der Schule, den Lehrkräften und der Stufe, kein Problem. Aber nicht von dir.«

»Das musst du auch nicht.« Er umfasst mein Gesicht mit beiden Händen und streicht mir über die Wange. »Das ist nicht das Ende. Das bleibt uns hoffentlich noch lange erspart. Wenn wir uns nach dem Sommer nicht total satthaben, warum sollte es dann nicht weitergehen? New York und Boston liegen nicht so weit auseinander.«

»Etwas über vier Stunden mit dem Zug.« Andere Städte mit Neil zu erkunden, klingt zu schön, um wahr zu sein.

»Und in den Ferien sind wir eh wieder hier«, ergänzt er. »Du und ich wollen doch in allem die Besten sein, oder? Wenn wir wollen, können wir einfach die Besten im Führen einer Fernbeziehung werden. Aber vorerst …«, er lässt den Arm durchs Zimmer schweifen, »… sind wir hier.«

Ich lasse das sacken und versuche, mit dieser Ungewissheit zu leben. Denn er hat recht. So sehr ich mir ein kitschiges Happy End wünsche – Neil und ich sind noch nicht im Epilog. Wir sind gerade erst am Anfang.

Und Happy Ends sind sowieso eher was für Bücher.

»Ich glaube, damit komm ich klar«, sage ich und strecke erneut die Arme nach ihm aus.

Die Liebe, die ich so verzweifelt herbeigesehnt habe, fühlt sich anders an, als ich dachte. Sie macht mich schwindelig und gibt mir gleichzeitig Halt. Sie bringt mich zum Lachen, wenn nichts lustig ist. Sie schimmert und sprüht Funken, kann aber auch beruhigend sein wie ein schläfriges Lächeln, eine sanfte Berührung, ein regelmäßiger Atem. Und auf einmal dreht sich alles nur noch um diesen Jungen – meinen Konkurrenten, meinen Wecker, meinen unerwarteten Verbündeten.

Das übertrifft alles, was ich mir je vorgestellt habe.

Anmerkung der Autorin

Mein Herz hing nicht immer an Seattle.

Das Land der Duwamish, auf dem die Stadt errichtet wurde, ist seit Tausenden von Jahren bewohnt. Seattle wurde 1869 gegründet, nachdem die Pioniere einen Mangel an »heiratsfähigen Frauen« festgestellt und Hunderte von ihnen von der Ostküste als Bräute für die frühen Siedler angeworben hatten. Nach dem Goldrausch florierte die Stadt, verlor beim Großen Brand von 1889 allerdings das Geschäftsviertel, das schnell wieder aufgebaut wurde. Zwei Weltausstellungen im zwanzigsten Jahrhundert trieben den Fortschritt entschieden voran: zunächst die Alaska-Yukon-Pacific Exposition 1909, dann die Century 21 Exposition 1962, die uns die Space Needle einbrachte. Heute ist Seattle Dreh- und Angelpunkt sowohl für Start-ups als auch für Big-Tech-Unternehmen.

Ich habe mein ganzes Leben dort verbracht, erst in einem Vorort, der durch seine Verbindung zu Microsoft bekannt wurde, dann in der Nähe eines Colleges und zum Schluss auf einem Hügel im Norden Seattles, ähnlich wie Rowan. Als Teenagerin war ich besessen von der Idee, mich selbst auf der anderen Seite des Kontinents neu zu erfinden, und wollte unbedingt raus aus der Stadt. Ich konnte die vielen Bäume, Wolken und grauen Tage nicht mehr ertragen. Als sich aber herauskristallisierte, dass ich in Seattle zur Uni gehen würde, steckte ich meine gesamte Energie in die Bewerbungen für Praktika und später für Jobs außerhalb des Staates Washington.

Es ist nicht so, dass ich mich dann doch in Seattle verliebt habe, weil ich irgendwann einfach aufgegeben hätte und sich keiner meiner Pläne verwirklichen ließ. Ich saß nicht fest. Vielmehr wuchs nach und nach meine Bewunderung für die Landschaft, die Kultur und die Leute. Auch für die Musik – nirgendwo habe ich bisher derartige Musiksnobs wie die gebürtigen Seattlerinnen und Seattler kennengelernt. Ich stelle mir gern vor, dass die Stadt und ich die Art von Beziehung führen, in der ich getrost Witze über sie machen kann, ohne dass sie es mir übel nimmt. Es kommt immer von Herzen.

In der Popkultur werden meist nur bestimmte Dinge aus Seattle gezeigt: Regen, die Space Needle, Flanell. Ich wollte tiefer graben, und so entstand die Idee der Pirsch. Obwohl die Geschichte in einer realen Stadt spielt, ist diese ein Patchwork aus dem heutigen Seattle und dem aus meiner Kindheit. Viele der Sehenswürdigkeiten gibt es noch: das Cinerama, den Pike Place Market, die Gum Wall, das Riesenrad, die Seattle Public Library, den Fremont Troll, Kerry Park. Bei manchen habe ich mir künstlerische Freiheiten gelassen. Der Nachtschwärmerbereich im Woodland Park Zoo musste während der Rezession leider geschlossen werden, und trotz der Pläne zum Wiederaufbau hat ein Brand in besagtem Gebäude das Vorhaben vorerst auf Eis gelegt. Das Museum of the Mysteries, früher ein echter Ort in Capitol Hill, existiert heute nur noch auf nwlegendsmuseum.com. Außerdem sollte ich vielleicht erwähnen, dass Rowan und Neil wirklich ein Mordsglück mit den Parkplätzen haben.

Schon als ich mit *Today Tonight Tomorrow* angefangen habe, war es mir wichtig, dass Rowan Seattle liebt, selbst wenn sie es für das Studium verlassen würde. Dieses Buch ist ein Liebesbrief an die Liebe, aber zuallererst war es ein Liebesbrief an Seattle.

Städte befinden sich ständig im Umbruch. Es kann also sein,

dass einige Setting-Details sich zum Zeitpunkt eurer Lektüre verändert haben. Mehr und mehr meiner liebsten Nischenläden werden zu Wohnungen, und bevor sie meine liebsten Nischenläden waren, waren sie das liebste Irgendwas anderer Leute.

Dies ist das dritte Buch von mir, das in Seattle spielt. Trotzdem gibt es noch so viel, das ich über diese Stadt, mein jahrelanges Zuhause, nicht weiß. Obwohl ich inzwischen weggezogen bin, werde ich sie immer in meinem Herzen und meiner Schriftstellerseele tragen.

Seattle, du bist verrückt und voll Wunder, und ich würde nichts daran ändern wollen.

Danksagung

Dieses Buch ist ein Happy Read, obwohl ich es in einer schwierigen Zeit geschrieben habe. Normalerweise greife ich selbst gern zu schwerer Kost, aber nach der Wahl 2016 konnte ich monatelang keine der dramatischen Geschichten aus meinem Regal zur Hand nehmen. Ich *wollte* lesen – ich wäre nicht ich, wenn ich nicht mitten in drei Büchern stecken würde –, doch nichts schien zu passen. Das war der Moment, in dem ich das Romance-Genre für mich entdeckt habe.

Handlungsstränge mit Liebesgeschichten mochte ich immer schon. Je mehr ich davon gelesen habe, desto klarer wurde mir, dass ich mich als Nächstes unbedingt selbst diesen Büchern widmen wollte. Meine ersten beiden enthalten viel Leichtigkeit, aber auch bittersüße Enden und Verzweiflung. Ich wusste nicht, ob ich eine Geschichte schreiben konnte, die Spaß macht – sogar meine Schubladenmanuskripte sind sehr, sehr düster –, trotzdem wollte ich auf einmal nichts anderes mehr. In der Rohfassung war Rowan noch keine Liebesromanautorin, doch nachdem ich mich so ausgiebig mit dem Genre beschäftigt hatte, erschien es mir einfach richtig. Nora Roberts, Meg Cabot, Christina Lauren, Alyssa Cole, Tessa Dare, Alisha Rai, Sally Thorne, Courtney Milan – ohne ihre Bücher wäre ich niemals in der Lage gewesen, einen Liebesroman über Liebesromane zu verfassen.

Zu meiner Schande muss ich gestehen, dass ich Neil früher ziemlich ähnlich war und zu den Leuten gezählt habe, die über ein Werk der Popkultur urteilen, ohne es vorher gelesen, gesehen oder gehört zu haben. Inzwischen machen mich Liebesromane so glücklich wie sonst keine Bücher. Düstere Geschichten liebe ich natürlich nach wie vor. Und Düsteres lauert auch im Romance-Bereich, aber es ist ein Trost, zu wissen, dass die Happy Ends nie weit sind. Sie heben meine Welt immer wieder aus den Angeln.

Es gibt kaum genug Adjektive, um meine phänomenale Lektorin Jennifer Ung zu beschreiben. Danke für die prompte Unterstützung, obwohl das Buch vom Ton her so anders ist als seine beiden Vorgänger. Du verstehst immer genau, was ich sagen will, selbst wenn meine Absicht irgendwo zwischen meinem Hirn und der Seite verloren gegangen ist. Du sorgst dafür, dass die Bücher noch mal um Klassen besser werden.

Ich danke Mara Anastas und dem genialen Team bei Simon Pulse: Chriscynethia Floyd, Liesa Abrams, Michelle Leo, Amy Beaudoin, Sarah Woodruff, Ana Perez, Amanda Livingston, Christine Foye, Christina Pecorale, Emily Hutton, Lauren Hoffman, Caitlin Sweeny, Alissa Nigro, Savannah Breckenridge, Nicole Russo, Lauren Carr, Anna Jarzab, Chelsea Morgan, Sara Berko, Rebecca Vitkus und Penina Lopez. Laura Eckes, vielen Dank dir für den traumhaften Coverentwurf, und Laura Breiling, dir für die perfekten Illustrationen. Um den Laura-Hattrick zu vervollständigen, geht noch ein Dank raus an meine Agentin Laura Bradford, dafür, dass sie mir meine Schriftstellerinnensorgen nimmt und sich so geschickt um das Geschäftliche kümmert.

Kelsey Rodkey, wie passend, dass das Buch mit dir beginnt und endet. Danke für alles – die professionellen Anmerkungen, die Motivationsreden, das Herumgefuchtel und die Memes. Du bist die Größte, und unsere Freundschaft bedeutet mir einfach alles. Äußerst dankbar bin ich auch meinen Freundinnen für das Feedback in den verschiedenen Phasen der Buchentstehung: Sonia

Hartl, Carlyn Greenwald, Tara Tsai, Marisa Kanter, Rachel Griffin, Rachel Simon, Heather Ezell, Annette Christie, Monica Gomez-Hira und Auriane Desombre. Danke schön an meine Schriftstellerkolleginnen Joy McCullough, Gloria Chao, Kit Frick und Rosiee Thor, und natürlich auch an meine Lieblingskollegin im Café, Tori Sharp. So schnell werdet ihr mich nicht mehr los!

Die früheste Version des Texts habe ich bei einem Djerassi-Workshop im Juni 2017 unter Leitung der großartigen Nova Ren Suma vorgestellt. Vielen Dank, Nova, und danke auch an Alison Cherry, Tamara Mahmood Hayes, Cass Frances, Imani Josey, Nora Revenaugh, Sara Ingle, Randy Ribay und Kim Graff. Die Woche in den Bergen war ein absolutes Highlight meiner Karriere.

Ivan: Dies ist die erste Danksagung, in der ich dich als meinen Mann bezeichnen darf. Ich bin so froh, dich zu haben. Danke für die leckersten Deadline-Mahlzeiten überhaupt.

Ich habe immer etwas Angst, ein Buch in die große weite Welt hinauszuschicken, aber der Support von Leser*innen, Blogger*innen, Buchhändler*innen, Bibliothekar*innen und Lehrer*innen nimmt sie mir ein bisschen. Ihr seid einfach UNGLAUBLICH, ich kann meine Dankbarkeit für eure Posts, Tweets, E-Mails und mündlichen Weiterempfehlungen, die mir meinen Traumjob ermöglichen, kaum in Worte fassen. Danke, von ganzem Herzen.

Erfahre in Band 2, wie es mit Rowan und Neil weitergeht!

Rachel Lynn Solomon
Past, Present, Future
Klappenbroschur, ca. 368 Seiten
€ 18,00 [D] | € 18,50 [A]
ISBN 978-3-03880-096-5

Rowan und Neil steigen nach den Sommerferien in getrennte Flugzeuge: Rowan nach Boston, Neil nach New York. In einem Jahr voller nächtlicher Anrufe, Wochenend-Trips und alltäglichen Struggles müssen die beiden herausfinden, ob ihr Glück von Dauer ist - selbst wenn die Vergangenheit droht, sie einzuholen.

Packend, romantisch und absolut zeitlos.

Auf zur Leseprobe

Rachel Lynn Solomon
See You Yesterday
Klappenbroschur, 432 Seiten
€ 18,00 [D] | € 18,50 [A]
ISBN 978-3-03880-078-1

Barrett Bloom erlebt den schlimmsten ersten Collegetag aller Zeiten: Ein arroganter Physiknerd, ein verpfuschtes Vorstellungsgespräch und ein (versehentlich!) gelegter Brand sorgen dafür, dass ihr langersehnter Neuanfang so richtig nach hinten losgeht. Als sie am nächsten Morgen aufwacht, stellt sie mit Erschrecken fest: Alle Ereignisse von gestern sind wie ausradiert. Denn gestern ist heute und heute ist gestern. Nach einem Zusammenstoß mit Miles, dem unnahbaren Typen aus der Physikvorlesung, erfährt Barrett, dass sie nicht allein ist – er ist seit Monaten in der Zeitschleife gefangen. Was sie nicht ahnt: Miles hat ein Geheimnis, das ihr Gefühlsleben komplett auf den Kopf stellen wird.

Eine literarische Schnitzeljagd, ganz viel Humor und ein herrlich britischer Bookboy.

Becky Dean
Liebe, Stolz und andere Vorurteile
Klappenbroschur, 400 Seiten
€ 18,00 [D] | € 18,50 [A]
ISBN 978-3-03880-088-0

Britt Hanson hat es schon immer vorgezogen, auf dem Fußballplatz Tore zu schießen, statt verstaubte alte Bücher zu analysieren. Als ihr Sport-Stipendium wegen einer Knieverletzung platzt, bricht ihre ganze Welt zusammen. Doch da erhält sie die Chance, an einer literarischen Schnitzeljagd durch Großbritannien teilzunehmen – und obwohl Bücher so gar nicht Britts Ding sind, will sie unbedingt gewinnen. In England angekommen, trifft sie auf den klugen und sehr, sehr britischen Buchnerd Luke Jackson, der sie kurzerhand begleitet.

Du möchtest
nichts verpassen?

Dann **folge uns** auf Instagram
und TikTok und werde Teil der

Arctis-Community!

- 🔥 Spannende Insights aus dem Verlagsleben
- 🔥 Exklusive News rund um unsere
  Autor:innen und Bücher
- 🔥 Tolle Aktionen und Gewinnspiele
- 🔥 ... und vieles mehr!

Hier findest du
die aktuelle Verlagsvorschau,
alle Leseproben und
weitere Links.